云南省社会发展计划项目（2009CA026）
云南省科学技术协会2009年度科普项目
资助出版

NONGCUN
HUANJING BAOHU ZHISHI DUBEN

农村 环境保护 知识读本

张乃明　主编 ■

化学工业出版社
·北京·

本书以农村生态环境为主线，全书分为基础篇、治理篇和综合篇三部分共十二章，内容包括农村环境保护概述、农村水环境问题、大气污染对农业的影响、农村生活污水与固体废弃物处理处置与利用、农田土壤污染修复与防治、农村工业污染防治、化肥农药地膜等农用化学物质污染控制、有机农业与有机食品生产、生态农业与农业清洁生产、外来物种入侵与生态安全、农村环境保护的政策法规与标准等。

本书内容系统、数据资料翔实，文字深入浅出，适合于从事农业环保、生态环境等领域的科技工作者及基层农村干部群众阅读，也可供高等院校相关专业师生参考。

图书在版编目(CIP)数据

农村环境保护知识读本/张乃明主编. —北京：化学工业出版社，2011.1
ISBN 978-7-122-10103-7

Ⅰ. 农… Ⅱ. 张… Ⅲ. 农业环境-环境保护-普及读物 Ⅳ. X322-49

中国版本图书馆 CIP 数据核字（2010）第 241836 号

责任编辑：刘兴春		文字编辑：糜家铃
责任校对：战河红		装帧设计：史利平

出版发行：化学工业出版社（北京市东城区青年湖南街 13 号　邮政编码 100011）
印　　刷：北京云浩印刷有限责任公司
装　　订：三河市宇新装订厂
787mm×1092mm　1/16　印张 12¾　字数 327 千字　2011 年 4 月北京第 1 版第 1 次印刷

购书咨询：010-64518888（传真：010-64519686）　售后服务：010-64518899
网　　址：http://www.cip.com.cn
凡购买本书，如有缺损质量问题，本社销售中心负责调换。

定　　价：36.00 元

《农村环境保护知识读本》编写委员会

主　　编：张乃明

副 主 编：秦太峰　段永蕙　丁忠兰　史　静

编写人员（按姓氏笔画为序）：

丁忠兰　王　磊　车晓虎　史　静

白来汉　刘郎玲　何　云　张　刚

张乃明　张仕颖　段永蕙　段红平

秦太峰　夏运生　蒋智林

前言
PREFACE

党的"十七"大提出建设生态文明，十七届三中全会又提出构建资源节约与环境友好型农业生产体系，2008 年国务院召开了新中国成立以来第一次农村环境保护电视电话会议，进一步明确农村环境保护是我国环境保护与生态建设的重要组成部分。2009 年云南省的政府工作报告提出"以农村污染综合整治为重点，推进农村环境保护，努力为农村居民创造洁净优美的生活环境"。当前农村环境污染问题十分严重，农村环境保护知识急需普及，而现有的环保知识读物缺乏针对农村环境污染特点和农民读者群的图书资源，作为长期从事农业环境保护教学科研的工作者，深感有必要编写一本针对农村实际环保问题与农民特点的环保知识读本，并希望本书的出版能为普及农村环境保护知识、推动农村环境综合整治发挥积极作用。所幸作者的想法得到云南省科学技术协会的大力支持，并将编写《农村环境保护知识读本》列入 2009 年云南省科普项目予以资助。在此对云南省科协的资助和化学工业出版社的支持表示衷心的感谢！

本书分基础篇、治理篇和综合篇三部分共十二章，内容包括农村环境保护概述、农村水环境问题、大气污染对农业的影响、农村生活污水与固体废弃物处理处置与利用、农田土壤污染修复与防治、农村工业污染防治、化肥农药地膜等农用化学物质污染控制、有机农业与有机食品生产、生态农业与农业清洁生产、外来物种入侵与生态安全、农村环境保护的政策法规与标准等。

本书由张乃明教授策划并提出编写大纲，各章的分工为：第一章由张乃明、秦太峰编写，第二章和第七章由史静编写，第三章由丁忠兰、张乃明编写，第四章由张刚、丁忠兰编写，第五章由王磊、段永蕙编写，第六章由夏运生、段永蕙编写，第八章由秦太峰、白来汉编写，第九章由张仕颖编写，第十章由段红平编写，第十一章由蒋智林编写，第十二章由秦太峰、车晓虎、何云、刘郎玲编写。张乃明、秦太峰、丁忠兰、段永蕙分别审阅了相关章节，最后由张乃明负责全书的统稿和审定工作。

本书在编写过程中力图既注重对农村环境保护知识系统全面的介绍，又突出作为科普读物的通俗性和普及性的要求；在文字表达上力求言简意赅、通俗易懂，真正做到知识性、通俗性和实用性的统一。但限于学识水平和编写时间，书中欠妥之处在所难免，敬请广大读者批评指正。

编　者

2010 年 10 月于春城昆明

目 录
CONTENTS

第一部分
基 础 篇

第一章　农村环境保护问题概述

　　环境问题的产生与人类社会的进步密不可分，举世闻名的世界八大环境公害事件均发生在城市和工业聚集区，所以一开始环境保护关注的重点主要在城市，农村环境保护问题意识的提高和逐步得到重视是近年来的事，实际上农村环境问题是一个涉及面广、综合性很强的问题，本章重点论述我国农村环境污染问题的现状，分析了其产生的原因，简要回顾了我国农村环境保护工作的发展历程，并针对现状与产生的原因提出进一步加强农村环境保护的对策。

第一节　农村环境问题的产生

一、我国农村环境的现状与问题

　　改革开放以来，我国农民的收入有了明显提高，居住条件得到不断改善，但在城市环境日益改善的同时，农村环境问题的解决却不尽如人意，农村环境污染已经在一定程度上阻碍了农村的社会发展和农民的福利改善。当前农村环境问题十分突出，生活污染加剧，面源污染加重，工矿污染凸显，饮水安全存在隐患，直接影响农村人民群众的生产生活和身体健康。特别值得注意的是在一些地区，农村的环境状况不仅没有改观，反而污染更趋严重。据有关资料显示：中国农村有 3 亿多人喝不上干净的水，其中超过 60％是由于非自然因素导致的饮用水源水质不达标；农业面源污染和农田土壤污染范围不断扩大，我国农村人口中与环境污染密切相关的恶性肿瘤等疾病死亡率逐步上升，解决农村环境污染问题已成为各级政府的当务之急。

　　我国农村环境污染问题主要表现在以下六个方面。

1. 农村生态破坏严重

　　我国农村存在大量掠夺式的采石开矿、挖河取沙、毁田取土、陡坡垦殖、围湖造田、毁林开荒等行为，很多地区农业生态系统功能遭到严重损害。生态破坏最直接的表现就是水土流失加剧，据统计全国共有水土流失面积 356 万平方千米，占国土总面积的 37.08％。其中，水蚀面积 165 万平方千米，占国土总面积的 17.18％；风蚀 191 万平方千米；占国土总面积的 19.9％。总体看，农村生态破坏在局部有所控制和改善，但面上仍然不容乐观。

2. 农业农村面源污染日益突出

随着农村经济的发展，农民在施肥观念上越来越重视化肥，轻视有机肥，化肥的长期大量使用在一定程度上改变了土壤原来的结构和特性，局部出现土壤板结、酸化、有机质含量下降等现象。目前我国已经是世界上化肥、农药使用量最大的国家，在 2005 年我国化肥和农药年施用量就分别达 4766 万吨和 130 多万吨，按播种面积 15548.8 万平方千米计算，化肥使用量 $31t/km^2$，远远超过发达国家为防止化肥对土壤和水体造成危害而设置的 $22.5t/km^2$ 的安全上限，而且化肥利用率偏低，氮肥仅 30%～40%，磷肥当季利用率在 20% 左右，残留在土壤中的比例很高。

化肥中的氮磷流失到农田之外，会使湖泊、池塘、河流、水库和浅海水域水体富营养化，导致水体缺氧，水中鱼虾死亡。近年来我国不少江河湖泊出现了不同程度的富营养化，部分地区的水体营养化十分严重。化肥的不合理使用还会直接污染着地下水源，使地下水的总矿化度、总硬度、硝酸盐、亚硝酸盐、氯化物和重金属含量逐渐升高。农药的大量使用同样对农业系统的生态平衡带来严重影响，而且对农产品和环境带来严重污染，一些有机化学药品会残留并积累在农产品中，致使人食用后在体内聚积并引发疾病。被有机农药污染的水非常难净化，直接威胁人类饮用水的安全。

3. 畜禽养殖污染不断加剧

畜禽养殖污染，是指在畜禽养殖过程中，畜禽养殖场排放的废渣，清洗畜禽体和饲养场地、器具产生的污水及恶臭等对环境造成的危害和破坏。随着畜禽养殖业的迅速发展，畜禽粪便所带来的环境污染问题也越来越突出。根据全国第一次污染源普查公报，全国畜禽养殖业粪便产生量 2.43 亿吨，尿液产生量 1.63 亿吨，畜禽养殖业主要水污染物排放量达化学需氧量 1268.26 万吨，总氮 102.48 万吨，总磷 16.04 万吨，铜 2397.23t，锌 4756.94t。目前 80% 的规模化畜禽养殖场没有污染治理设施，畜禽养殖不仅带来地表水的污染和水体富营养化，而且能产生大气的恶臭污染和地下水污染，同时畜禽粪便中所含病原体也对人群健康造成了极大的威胁。

4. 农村生活污染和工矿污染叠加

据测算，我国农村每年产生生活垃圾约 2.8 亿吨，生活污水约 90 多亿吨，人粪尿年产生量为 2.6 亿吨，绝大多数没有处理，生活污水和垃圾随意倾倒、随地丢放、随意排放。"室内现代化，室外脏乱差"成为一些地区农村的形象写照。

乡镇企业布局分散，工艺落后，绝大部分没有污染治理设施，这也是造成农村环境严重污染的原因。由于经济发展不平衡，在工业发展和产业转型过程中，城市工业污染"上山下乡"现象加剧，出现污染由东部向中西部转移、城市向农村转移。另外全国因城市和工业固体废弃物堆存而被占用和毁损的农田面积已超过 200 万亩。乡镇企业布局不合理，污染物处理率低，我国乡镇企业废水 COD 和固体废物等主要污染物排放量已占工业污染物排放总量的 50% 以上。

5. 土壤污染程度加剧

土壤污染被称作"看不见的污染"，所有污染物（包括水污染、大气污染在内）的 90% 最终都要归于土壤。当前，我国土壤污染日趋严重，耕地、城市土壤、矿区土壤均受到不同程度的污染，而且土壤的污染源呈多样化的特点。土壤污染的总体情况可以用"四个增加"来概括：土壤污染的面积在增加，土壤污染物的种类在增加，土壤污染的类型在增加，土壤污染物的含量在增加。据国家环保总局有关负责人介绍，土壤污染的总体形势相当严峻，已对生态环境、食品安全和农业可持续发展构成威胁。一是土壤污染程度加剧。据不完全调查，目前全国受污染的耕地约有 1.5 亿亩，污水灌溉污染耕地 3250 万亩，固体废弃物堆存占地和毁田 200 万亩，合计约占耕地总面积的 1/10 以上，其中多数集中在经济较发达的地区。二是土壤污染危害巨大。据估算，全国每年遭重金属污染的粮食达 1200 万吨，造成的直接经济损失超过 200 亿元。土壤污染造成有害物质在农作物中积累，并通过食物链进入人体，引发各种疾病，最终危害人体健康。土壤污染直接影响土壤生态系统的结构和功能，最终将对生态安全构成威胁。三是土壤污染防治基础薄弱。目前，全国土壤污染的面积、分布和程度不清，导致防治措施缺乏针对性。防治土壤污染的法律还存在空白，完善的土壤环境标准体系尚未形成。资金投入有限，土壤科学研究难以深入进行，有相当一部分领导和企业界对土壤污染的严重性和危害性缺乏认识。

导致土壤污染的主要因素有以下几种。

①工业排放的废气、废水、废渣。工业"三废"未经处理或处理不当直接排放，将会污染环境，并最终归于污染土壤。②污水灌溉。不少地区用污水灌溉农田，且多数污水未经处理，所含重金属及有毒、有害物质会在土壤中累积，导致土壤污染。③农药、化肥等农用化学制品的使用。许多地区单纯为了提高粮食产量，大量使用农药、化肥等农用化学制品，造成土壤过酸，使土壤的团粒结构遭到破坏，导致土壤板结。④重金属污染。使用含有重金属的废水进行灌溉是重金属进入土壤的一个重要途径。重金属进入土壤的另一条途径是随大气沉降落入土壤。⑤非降解农膜的大面积使用。残留在土壤中的农膜阻碍了土壤水分和气体的交换，破坏土壤的物理性状，甚至使土壤性质改变到不宜耕作。最终使得土壤地力普遍下降，土壤结构被破坏，导致农产品的产量和质量下降，最终危害人体健康。

6. 农膜污染

我国的塑料地膜覆盖技术是 1978 年由日本引入的，虽然起步较晚，但发展势头迅猛，农膜覆盖技术已在我国农业生产中得到了广泛应用，农膜覆盖栽培已成为我国农业生产中增产、增收的重要措施之一。但是由于局部使用量大、部分使用方法不当等原因，其所产生的环境问题也日趋严重。随着塑料地膜使用量的不断扩大以及使用年数的增长，农田中残留塑料地膜不断积累。由于塑料地膜是一种高分子碳氢化合物（聚氯乙烯），具有分子量大、性能稳定的特点，在自然条件下很难降解的特点，在土壤中可以残存 200~400 年。目前我国使用主要是厚度在 0.012mm 以下的超薄地膜，这种地膜强度低、易破碎、难以回收。据农业部调查显示，目前我国地膜残留量一般在 $60\sim90kg/hm^2$（$1hm^2=10^4 m^2$），最高可达 $165kg/hm^2$。据估计，聚乙烯塑料在自然界分解需要几百年的时间，而我国农膜的残留量为 30 多万吨，占农膜使用量的 40% 左右，残膜对农田的污染被称为"白色污染"。

二、农村环境污染严重的原因

导致农村环境污染越来越严重的原因很多，概括起来包括以下六个方面。

1. 环境保护意识淡漠，农村环境管理体系薄弱

由于农民整体受教育程度不高，加之缺乏必要的环卫设施，随意处置垃圾、随意排放污水的现象非常普遍，难以适应农村环境形势变化的需要。一般认为，农村车辆少，各种工业废料少，而面积又广大，污染情况不是很严重。特别是基层政府，为了发展经济，引进项目，较少考虑环境污染问题。同时，农村居民对环境保护的意识也没有城市居民强，反对破坏环境行为的呼声也没有城市居民高，其实这与城市污染初期时有一点相像。

经过 30 年的努力，我国的环境污染问题在城市和工业发达地区已经得到了比较好的控制，而农村工业薄弱、经济落后，温饱问题刚刚得到基本解决，解决污染问题和提高生活质量还只是美好的愿望。各级政府对改善农村环境、提高农产品质量、营造和谐环境还没有引起足够的重视，再加上科技文化知识欠缺，对工业污染转移和农村自身污染问题普遍认识不足。

由于受传统观念影响，温饱即足，只顾眼前利益，没有长远打算，农民的环境意识和维权意识普遍不高，对环境污染和破坏的危害性认识不足；即使认识到环境的危害性，也不知自己拥有何种权利、该如何维护自己的合法权益。

2. 农村环境政策法规、标准、管理机构不健全

我国有关农村生态环境的立法很不健全，如对于农村养殖业污染、塑料薄膜污染、农村饮用水源保护、农村噪声污染、农村生活和农业面源污染、农村环境基础设施建设等方面的立法基本是空白。

目前的诸多环境法规，如《中华人民共和国环境保护法》、《中华人民共和国水污染防治法》等，对农村环境管理和污染治理的具体困难考虑不够。例如，目前对污染物排放实行的总量控制制度只对点源污染的控制有效，对解决面源污染问题的意义不大；对规模普遍较小、分布较为分散的乡镇企业的污染排放监控，也由于成本过高而难以实现。

3. 资金投入严重不足，导致农村环境污染治理不力

由于我国城乡二元制社会结构导致了在环保领域也是如此，过去我国污染防治投资几乎全部投到工业和城市，而农村从财政渠道却几乎得不到污染治理和环境管理能力建设资金，也难以申请到用于专项治理的排污费。对城市和规模以上的工业企业的污染治理，制定了许多优惠政策，如申请财政资金贷款贴息、排污费返还使用，城市污水处理厂建设时征地低价或无偿、运行中免税免排污费，规模以上工业企业污染治理设施建设还可以申请用财政资金贷款贴息等。对农村各类环境污染治理却没有类似优惠政策，导致农村污染治理基础滞后，难以形成治污市场。乡镇和村一级行政组织普遍财源不够，连应付生产性基础设施建设都不够，更难以建设污染治理基础设施。由于投入不足导致农村处理污染物能力较差，是造成污染的另一个原因。据测算，全国农村每年产生生活污水约 80 亿吨，生活垃圾约 1.2 亿吨，大多放任自流。

4. 经济发展和生态建设不协调

许多地方只注重经济建设，片面追求经济效益忽视生态建设和环境质量的改善，甚至不惜牺牲生态环境谋求经济发展，导致农村生态环境恶化。当前，农村社区生态环境保护面临的矛盾越来越突出，主要体现在：生态环境退化与自然资源短缺导致的局部利益与全局利益、眼前利益与长远利益之间的矛盾，粗放型增长方式与有限的生态承载能力之间的矛盾，人民对生态环境质量的要求不断提高与生态环境日渐恶化的矛盾，国家对生态环境保护监管水平的要求越来越高与实际监管能力严重滞后的矛盾。

特别是我国矿山、能源基本上在农村山区，不加保护地盲目竭泽而渔式开采，已经在大量破坏着植被等生态环境。掠夺式的采石开矿、挖河取沙、毁田取土、陡坡垦殖、围湖造田、毁林开荒等行为，使很多生态系统功能遭到严重损害。

5. 城市工业污染向农村转移趋势加剧

一些高污染企业正在向农村转移，一些外资污染企业更是盯住了农村这个市场，一些城郊结合部成为城市生活垃圾及工业废渣的堆放地。

实际上农村绝不能走"先污染，后治理"之路，农村必须从城市工业污染、沿海工业污染中吸取教训，特别是在新农村建设中，环保必须先行。我国大部分农村，由于经济基础薄弱，应对污染的能力不强，如果过度污染，会给农村、农民带来各种严重疾病，那么，农村居民将陷于困境。同时，农村环境一旦遭到严重破坏，治理起来的难度非常大，不但需要时间，而且需要巨大投入。

6. 农村环境政策的城市思维

我们的环境政策存在以城市导向为主的问题，这些城市导向的环境政策经常忽视农村环境保护的实际和农村居民的利益。事实证明，单从城市的角度来理解农村是不行的。前几年北京沙尘暴时，有人说要"杀掉山羊保北京"，因为他们认为山羊对草原的破坏很严重，比如说山羊会把草根吃掉，而绵羊则不会，所以山羊是导致沙漠化的罪魁祸首，为了北京的绿色奥运，应当禁止养山羊。事实上，在不同的环境下，山羊对草原的影响是非常不同的。在相对沙漠化的环境中，由于草料不够，山羊的确会啃食草根、树枝和灌木丛，从而破坏植被，促进沙漠化，以灌木为主的地区尤为严重。但在一般的草甸草原及草的密度大的地方，山羊对环境的破坏极小，而且比喜欢集体活动的绵羊的破坏力更小。甚至在有些地方，山羊会吃掉影响草甸生长的灌木从而促进草原的生长，在这些地方，山羊不仅不会破坏环境，而且对草甸保护非常有利。

第二节 我国农村环境保护工作的发展历程

一、起步探索阶段（1978—1998）

环境问题起源于史前时期，当人类使用火，开始农业耕种，人类对自然的施加影响便开始了。然而，掀起第一次环境浪潮的则是自工业革命以来，由于科学发明和技术进步使社会生产力迅速提高，创造了巨大的物质财富，人类干预和改造大自然的能力和规模突飞猛进，同时也带来了新的环境问题，自然资源的过度开发利用已使其难以恢复和再生，急剧增加排向环境的有害、有毒废物导致生态环境不断恶化，化肥、农药的过度使用造成对生态系统的严重破坏，发生在 20 世纪 50～60 年代震惊世界的"八大公害事件"使成千上万人罹难。

20 世纪 70 年代以来殃及全球的温室效应、臭氧层破坏、酸雨沉降、生态环境退化等环境问题给人类的生存和发展带来了空前的威胁，也对农业生产与农村发展形成影响。长期以来，一味追求经济产值的发展模式，使人们赖以生存的地球以及建立在资源废墟上的文明正面临着危难。当人类拥有主宰地球的能力并用以进行自毁家园的畸形发展时，不堪重负的地球生态环境总是报之以一次次沉重的打击，并唤起人类应有的环境意识。

我国的环境保护工作是在 1972 年斯德哥尔摩人类环境会议之后才逐步引起重视，其中农村环境保护工作真正提到议事日程是改革开放以后，在 20 世纪 80 年代，农业部成立农业环境保护科研监测所，创办《农村环境保护》杂志，在行政管理方面，农业部下设农村环保能源司，负责全国的农村环境保护与农村能源建设，全国各省市自治区农业厅成立农业环保站，作为各省市区的农村环保事业的行政主管和业务指导单位。开展了包括乡镇企业污染调查、农业土壤环境背景值调查、污水灌区环境质量状况调查、农产品污染状况调查、生态农业试点县建设等一系列的全国性工作。特别是在 1991 年山西省农业环保站起草，经省人大审议率先在全国出台地方性农业环保法规《山西省农业环境保护条例》之后，辽宁、黑龙江、湖北、山东、云南、宁夏纷纷效仿出台各省区的农业环保条例，为农村环保事业步入法制化轨道发挥巨大推动作用。一直到 1998 年中央进行机构精简改革，农业农村环保工作的领导与监管职能划归国家环保总局（现环保部），农业部环保能源司撤销，只在科技教育司设生态处，我国的农村环保工作从宏观上虽然理顺关系，涉及环保包括农业农村环保都由环保总局管理，但在过渡期工作还是受到一定的影响。

二、改革发展阶段（1998—2006）

随着农村环境污染问题的严峻形势，农村环保问题逐步引起了政府部门和社会各界的高度关注。1998 年长江发生特大洪水灾害，国家及时做出退耕还林的重大举措，对大江大河上游的植被恢复与生态重建发挥了重要作用。在生态建设方面的资金投入逐年增加，2000 年以后国家环境保护总局开始系统考虑农村环保问题，由国家环保总局牵头，开展生态实验区、生态村、生态乡镇、生态县、生态市的创建工作，并制定颁布了一系列的建设标准（试行），之后结合环保小康行动计划开展了全国环境优美乡镇的创建工作，特别是 2006 年编制的国家环境保护"十一五"规划，首次将农村环境保护列为重点领域，农村环境污染防治成为国家生态环境保护工作的重要任务。

三、不断完善阶段（2006 年以后）

我国农村环境保护工作不断完善的标志表现在以下几个方面。

1. 农村环境保护列入国家环境保护"十一五"规划

在 2006 年编制的国家环境保护"十一五"规划中，首次将农村环境保护列为重点领域，农村环境污染防治成为国家生态环境保护工作的重要任务。

2. 党的十七大报告首次提出建设生态文明

党的十七大报告明确提出，要建设生态文明，统筹城乡发展，推进社会主义新农村建设。要建设生态文明，推进社会主义新农村建设，就必须重视农村环境保护。当前，我国农村环境的现状与建设社会主义新农村、构建和谐社会的要求还不相适应，已成为农村经济社会可持续发展的制约因素。一些地区由于环境污染引发的各类疾病明显上升，已严重威胁到广大农民群众的身体健康；一些地区农田污水灌溉及过量施用农药、化肥，导致农作物品质下降、减产，甚至绝收，影响农民增收；一些地区农村环保信访量不断增加，由于环境污染引发的群体性事件也呈上升之势，影响农村社会的稳定。这些环境问题如不能及时得到解决，必将影响社会主义新农村建设和全面建设小康社会总体目标的实现。各地区、各部门在党中央、国务院的坚强领导下，围绕农村改革发展大局，采取有力措施，扎实深入推进农村环境保护工作，取得了明显成效，为促进农村经济社会又好又快发展提供了良好的环境保障。

3. 新中国成立以来全国第一次农村环境保护工作电视电话会议召开

2008 年 7 月，国务院召开全国农村环境保护工作电视电话会议，会议根据农村环境状况，提出当前和今后一个时期要着力抓好以下 8 个方面的工作：一要全力保障农村饮用水安全；二要严格控制农村地区工业污染；三要加强畜禽养殖污染防治监管；四要积极防治农村土壤污染；五要加快推进农村生活污染治理；六要深化农村生态示范创建活动；七要强化农村环境监管体系建设；八要加大农村环保宣传教育力度。

会议提出了"以奖促治"重大决策，旨在通过加大农村环境保护投入，逐步完善农村环境基础设施，调动广大农民投身农村环境保护的积极性和主动性，推进农村环境综合整治。"以奖促治"政策实施以来，中央财政投入农村环境保护专项资金达 15 亿元，支持 2160 多个村开展环境综合整治和生态建设示范，带动地方投资达 25 亿元，1300 多万农民直接受益，许多村庄的村容村貌明显改善，一些项目实现了生态效益、社会效益和经济效益的统一。

4. 中央农村环境保护专项资金设立"以奖促治"方案出台

国务院 2009 年 3 月 5 日转发环境保护部、财政部、发展改革委《关于实行"以奖促治"加快解决突出的农村环境问题的实施方案》（以下简称"方案"），进一步落实"以奖促治"政策，加快解决突出的农村环境问题。

"方案"指出，计划到2010年，集中整治一批环境问题最为突出、当地群众反映最为强烈的村庄，使危害群众健康的环境污染得到有效控制，环境监管能力得到加强，群众环境意识得到增强。到2015年，环境问题突出、严重危害群众健康的村镇基本得到治理，环境监管能力明显加强，群众环境意识明显增强。

"方案"明确了"以奖促治"政策的实施范围。原则上以建制村为基本治理单元，优先治理淮河、海河、辽河、太湖、巢湖、滇池、松花江、三峡库区及其上游、南水北调水源地及沿线等水污染防治重点流域、区域，以及国家扶贫开发工作重点县范围内群众反映强烈、环境问题突出的村庄。"方案"提出，在重点整治的基础上，可逐步扩大治理范围。

"以奖促治"政策重点支持农村饮用水水源地保护、生活污水和垃圾处理、畜禽养殖污染和历史遗留的农村工矿污染治理、农业面源污染和土壤污染防治等与村庄环境质量改善密切相关的项目。

"方案"对整治成效提出了具体要求，包括：在农村集中式饮用水水源地划定水源保护区，在分散式饮用水水源地建设截污设施，加强水质监测能力，依法取缔保护区内的排污口，确保无污染事件发生；采取集中和分散相结合的方式，妥善处理农村生活垃圾和生活污水，并确保治理设施长期稳定运行和达标排放；有效治理规模化畜禽养殖污染，对分散养殖户进行人畜分离，集中处理养殖废弃物；对历史遗留农村工矿污染采取工程治理措施，消除污染隐患；建立有机食品基地，在污灌区、基本农田等区域，开展污染土壤修复示范工程，保障食品安全。

5. 国务院办公厅发布《关于加强农村环境保护工作的意见》（以下简称"意见"）

"意见"指出：到2010年，农村环境污染加剧的趋势有所控制，农村地区工业污染和生活污染防治取得初步成效。到2015年，农村人居环境和生态状况明显改善，农村环境与经济、社会协调发展。"意见"是在深刻分析我国农村环境保护的形势和任务的基础上做出的重要决策，充分体现了党中央、国务院对农村环境保护工作的高度重视。"意见"的发布对于切实加强农村环境保护，推动各地将农村环保工作摆到更加突出和重要的位置，建设农村生态文明，广泛调动全社会力量，促进社会主义新农村建设将产生巨大的推动作用。它的重大意义主要表现在三个方面：第一，"意见"是深入贯彻科学发展观，建设农村生态文明的具体体现；第二，"意见"是促进社会主义新农村建设的重要举措；第三，"意见"是解决影响农民健康和农村可持续发展的环境问题的迫切需要。

第三节 加强农村环境保护的对策措施

一、加大宣传，提高对农村环境保护工作的认识

按照"生产发展、生活宽裕、乡风文明、村容整洁、管理民主"的要求，在建设社会主义新农村的过程中，农村环境保护面临着重大的机遇，也存在着严峻的挑战。

加强农村生态环境保护是落实科学发展观、构建和谐社会的必然要求；是促进农村经济社会可持续发展、建设社会主义新农村的重大任务；是建设资源节约型、环境友好型社会的重要内容；是全面实现小康社会宏伟目标的必然选择。

在新世纪新阶段，各级地方政府和有关部门应高度重视农村环境问题，把农村环境保护作为"三农"问题的一个重要内容，采取措施，予以认真解决，并树立长期作战的思想，坚持不懈地抓好农村环保工作，推动农村走上生产发展、生态良好、生活富裕的文明发展道路。

1. 以舆论为导向加强农村环保宣传

农民群众环保意识的提高需要舆论引导，特别是要充分运用广播、电视、报纸、网络等新闻媒体，加强对各级领导和农民群众的环保教育，宣传环保法律法规和知识，提高干部群众对环境保护的认识，增强环境保护责任感，树立"保护环境、人人有责"的环保意识，争作环境保护的主人。通过多层次、多形式的宣传教育活动，引导农民群众树立生态文明观念，提高环境意识。开展环境保护知识和技能培训，广泛听取农民对涉及自身利益的发展规划和建设项目的意见与诉求，尊重农民的环境知情权、参与权和监督权，维护农民的环境权益。

2. 以科学发展观为引领改善农村人居环境

贯彻落实科学发展观，实现以人为本的可持续发展，就必须以解决好农民群众最关心、最直接、最现实的环境问题为着力点，把改善农村人居环境作为社会主义新农村建设中解决环境问题的突破口，以清洁水源、清洁家园、清洁能源为切入点，从办得到的事情抓起。组织农民开展村容村貌综合整治，突出抓好改水、改路、改厕、改灶、改圈等工作，推进农村废弃物综合利用，引导农民变"三废"（畜禽粪便、农作物秸秆、生活垃圾）为"三料"（肥料、饲料、燃料）。

3. 以创建环境优美乡镇和文明生态村为载体规范村民环境行为

在村容村貌综合整治的基础上，通过开展这一创建活动，高起点、高标准建设新农村。发动农民从自身做起，改变不良生产生活习惯，如建垃圾固定存放点以改变农民乱堆垃圾的习惯，建沼气池以改变农民烧柴的习惯；引导农民科学合理施用化肥、农药，减轻对土壤的污染；引导农民治理规模化畜禽养殖污染；控制污染源；地方政府和有关部门应切实抓好农村环境保护规划编制工作，认真实施农村环境综合整治规划。鼓励各地积极创建环境优美乡镇、生态村，加大农村地区资源开发监管力度，有计划地扶持一些有利改善农村环境的建设项目，提高农民共建美好家园的积极性和自觉性，着力保护农村自然生态。

二、充分发挥政府在农村环境整治中的主导作用

1. 科学制定乡村环境保护规划

规划是龙头，地方政府和有关部门应在认真调研的基础上，科学制定当地乡村建设规划，把农村环境保护作为重要内容纳入其中；抓紧编制国家农村小康环保行动计划实施规划，并将这两个规划有机结合，且分步组织实施。这些规划既应立足当前，又应着眼长远。规划中应明确农民生产生活产生的各类污染物的收集和处理等与环保有关的各项内容，这样不仅能使地方政府和有关部门，而且能使乡村干部和群众知晓农村环保工作如何开展、怎样开展，且目标明确，使得农村环保工作有序进行。

2. 建立农村环保的长效运行机制

农村环保工作是一项长期艰巨的任务，应建立政府领导、有关部门协调推进，乡村两级具体落实，农民群众广泛参与的机制。明确政府和相关部门的有关职责，定期研究解决农村环境问题，形成工作制度，促使农村环保工作有计划、有目标、有步骤地进行。

3. 充分发挥中央农村环保专项资金的引导作用

对农村沼气推广、道路硬化、生活垃圾收集等方面，国家和地方政府分级负责给予财政投入、补贴或者以奖代补，引导农民积极建设与环境保护有关的设施，做好与农村环境保护有关的工作。

4. 抓好示范以点带面

在解决农村环境问题上，应注重以示范带动，以典型引路，供农民解决具体环境问题学习

借鉴。坚持量力而行和尽力而为相结合，在示范的基础上，地方政府和有关部门支持、帮助农民实施具体的环保工作。

5. 强化农村环境监管

环保有关部门应加强环境监管力量和力度，建立和完善农村环境监测体系，定期公布全国和区域农村环境状况。积极推动环保机构向县以下延伸，逐步建立覆盖农村的环境管理组织体系。加大对农村环保的支持力度，全面开展环境监测、环境执法、环境管理"三下乡"活动。配合立法部门，抓紧研究拟定有关土壤污染防治、畜禽养殖污染防治等方面的法律法规。在加强对工业企业服务的同时，应严肃查处环境违法行为起到震慑作用；加强排污单位的现场监管，并发动群众举报环境违法行为；严格执行各级政府有关招商引资的规定，坚决杜绝引进高能耗、高污染的项目，加强工业污染防治，尤其强化在农村地区兴起的工业园区的环境管理，防止工业污染向农村转移。

三、调动社会资源，共同推进农村环保工作

农村环境保护工作是一项复杂的系统工程，需要靠全社会的力量共同推进。

1. 广开渠道多方筹措农村环保资金

采用市场机制的办法，多渠道、多层次筹集资金，解决农村环境问题。除政府财政投入外，还应有部门支持、农民和农村集体组织，在承受能力内自筹等措施。争取多方支持，建立长效、稳定的多种投入保障机制。

2. 发挥高校与科研院所优势依靠科技进步解决农村环境问题

农村环境问题的解决需要资金的保障，但由于农村环境污染与生态破坏的问题涉及面广、问题复杂，针对农村特点的污水、垃圾处理、污染土壤修复、饮用水源保护的技术性很强，这就需要充分发挥高等学校、科研院所的人才技术优势，依靠科技进步来解决农村环境综合整治的相关技术难题。

3. 充分调动农民群众建设清洁村庄清洁家园的积极性

农村环境保护涉及千家万户，农民群众是保护自身生活生存环境的主体，因此保护农村环境需要广泛发动群众，充分调动农民群众建设清洁村庄、清洁家园的积极性，形成全社会、全体农民群众自觉维护村落环境的良好社会氛围。

四、强化农村环境综合整治的财政机制建设

农村环境综合整治是一项长期、系统的工作，财政部门要充分发挥职能作用，进一步建立健全与农村环境保护相关的财政体制机制建设，切实保证农村环保资金来源长期稳定，资金使用管理规范高效，进而推动农村环境综合整治目标的有效实现。

1. 合理构建长效稳定增长的投入机制

优化财政结构，确保财政支出不断向农村环保倾斜，建立稳定的农村环保经费增长机制，并逐步提高农村环保投入占整个环保投入的比重，从制度上保证农村环保投入拥有稳定的增量资金来源。在加强相关部门间协调配合的基础上，统筹安排不同层面分散管理的农村环保专项资金，积极整合农村环保存量财力资源，使既有财政性资金的使用效能得到最大限度发挥。同时，积极争取社会赞助，并吸引世界银行等国际组织贷款向农村环保领域倾斜。

2. 合理构建成本多方分担的运营机制

在积极发挥政府主导作用的同时，建立完善政府、村组、村民、企业、民间组织、社会公

众等多方参与机制，多渠道筹集农村环保资金。有条件的地区可从城乡维护建设费中提取一定比例的资金，建立农村环境综合整治准备金制度，用于补贴农村环境综合整治工程的后期管理与维护，通过市场化经营与财政补贴相结合的方式，形成长效管理机制。切实推进环保投资PPP模式（公私合作），通过制度创新充分发挥市场机制与政府干预的各自优势。积极利用清洁发展机制（CDM）促进农村环保筹资和投资，努力寻求开发性金融机构对农村环境基础设施建设的资金支持，不断强化工业园区和乡镇企业治污责任意识，建立企业环境治理与生态恢复责任共担机制。

3. 合理构建长期可持续的管理机制

科学划分政府间农村环境保护事权范围，在此基础上，结合"乡财县管"改革，强化合理的财力匹配机制建设。建立"以奖代投"机制，对治污取得较大成效、农村群众生产生活条件明显改善的地区给予财力奖励代替财政投入，充分调动基层政府和农村群众参与环境综合整治工作的积极性，实现农村环保综合整治的良性循环。加强横向转移支付制度建设，完善生态补偿机制。对农村环保基础设施受益范围存在交叉的情况，鼓励相邻乡镇之间共建、共享，提高投资规模效益，节约建设成本，确保农村环保工作的长期可持续性发展。

4. 合理构建安全高效的资金使用制度

确立农村环保支出的优先和重点保障地位，在预算安排和执行环节要严格相关制度和操作规程，确保农村环保预算资金安全、有效地用于农村环保支出。加强对农村环保资金使用的绩效评价和监督检查，确保上级专项资金和转移支付资金切实运用到环保项目支出上。积极采取报账制，杜绝任何形式的截留、挪用。建立责任追究制度，形成制度性约束。加强相关政策的宣传教育，保证资金使用公开透明，切实保障广大农民的知情权，形成民众广泛参与监督的良好氛围，提高农村环保资金的使用效益。

五、加快农村环境保护的立法与制度保障

应建立农村环境保护的全国或地方性法规或政府规章。地方政府和有关部门应制定关于农村环境保护的规范性文件，并抓好落实，规范影响农村环境的各种行为，做到农村环境保护有章可循。特别应尽快制定出台农村环境污染治理相关规章制度，依照环境保护及卫生、农业、林业、畜牧业等法律法规，结合实际情况，制定保护农村环境的长效管理机制，明确各级各部门职责，用法律及行政手段保护和改善农村环境。

第二章 大气污染与农业生产

大气的环境质量与农业生产密切相关。大气中某些污染物的含量长期超过正常水平时，不仅会对农作物、果树蔬菜、经济作物、饲料及绿化植物等造成不良影响和危害，带来巨大经济损失，更重要的是大气中某些污染物的含量还会通过食物链的传递作用引起动物甚至人类患病或死亡。本章主要介绍大气污染对农业的影响及防治措施。

第一节 大气的主要污染物及来源

一、大气的主要污染物

据不完全统计，目前被人们注意到或已经对环境和人类产生危害的大气污染物有 100 种左右。人为排放的大气污染物有数十种之多，其中影响范围广、对人类环境威胁较大、具有普遍性的污染物有颗粒物、二氧化硫、氮氧化物、一氧化碳、烃类化合物及光化学氧化剂等。下面介绍数量多危害也较大的八种主要大气污染物的来源、危害及其在大气中的迁移转化等。

1. 颗粒物

大气是由各种固体或液体粒子均匀地分散在空气中形成的一个庞大的分散系统（气溶胶），气溶胶中分散的各种粒子（除水外）称为大气颗粒物质，包括尘、烟、雾等。

颗粒物即颗粒污染物，是指大气中粒径不同的固体、液体和气溶胶体。粒径大于 $10\mu m$ 的固体颗粒称为降尘，由于重力作用，能在较短时间内沉降到地面；粒径小于 $10\mu m$ 的固体颗粒称为飘尘，能长期地飘浮在大气中。粉尘的主要来源是固体物质的破碎、分级、研磨等机械过程或土壤、岩石风化等自然过程以及燃料燃烧所形成的飞灰。目前大气质量评价中常用到一个重要的污染指标——总悬浮颗粒物（TSP），它是指分散在大气中的各种颗粒物的总称，数值上等于飘尘与降尘之和。

颗粒物质的来源可分为天然源和人为源，而以人为源为主。人为源主要是燃料燃烧过程中形成的煤烟、飞灰等，各种工业过程排放的原料或产品的微小粒子，汽车排放的含铅化合物，以及化石燃料燃烧排放的 SO_2 在一定条件下转化为硫酸盐等。天然源，如风起尘埃、海浪溅起的浪沫、火山灰、森林火灾的燃烧物、宇宙陨星尘以及植物的花粉等。

颗粒物质是重要的大气污染物，大气中的一些有毒物质绝大部分都存在于颗粒物质中，对人及动植物的危害很大，尤其是大小在 $0.1\sim1\mu m$ 的颗粒有可能深深地侵入肺部，危害最大。粒子的吸附沉积，会使电气装置接触不良或引起短路，会使金属材料容易产生电化学腐蚀。此外，大气中的粒子还会遮挡阳光，使气温降低或形成冷凝核心，使云雾和雨水增多，以致影响气候。

由于重力沉降和雨雪，悬浮颗粒物质大多可以自然地从大气中除掉。

2. 硫氧化物（SO_x）

硫常以二氧化硫和硫化氢的形式进入大气，也有一部分以亚硫酸及硫酸（盐）微粒形式进入大气，人类活动排放硫的主要形式是二氧化硫（SO_2）。天然源排入大气的硫化氢，也很快

氧化为 SO_2，成为大气中 SO_2 的另一个源。因此大气中的硫氧化物主要是 SO_2，还有小部分 SO_3，主要来自发电厂和供热厂中含硫化石燃料（其中 80% 是煤）的燃烧；其次是冶炼厂、硫酸厂的排放气，有机物的分解和燃烧，海洋及火山活动等。自 20 世纪 70 年代以来，全球 SO_2 排放总量平均每年递增 5%，1980 年达到 2 亿吨，但自 90 年代前后起，SO_2 的排放在欧洲及北美发达国家进行了有效控制，全球总排放量有所下降。

SO_2 是一种无色具有刺激性气味的不可燃气体，刺激眼睛、损伤器官、引发呼吸道疾病，甚至威胁生命。它是一种分布广、危害大的大气污染物，而且对植物还会产生漂白的斑点、抑制生长、损害叶片和降低产量的作用。当空气中有颗粒物质共存时，二者具有协同效应，其危害可增大 3～4 倍，SO_x 的许多不良作用是由于 SO_2 与水作用生成的 H_2SO_4 造成的。同时 SO_2 在大气中不稳定，在相对湿度较大且有催化剂存在时，发生催化氧化，转化为 SO_3，进而生成毒性比 SO_2 大 10 倍的硫酸或硫酸盐，故 SO_2 是酸雨形成的主要因素之一。

3. 氮氧化物（NO_x）

氮氧化物是 NO、N_2O、NO_2、N_2O_4、N_2O_5 等的总称，其中主要是 NO、N_2O、NO_2。N_2O 是生物固氮的副产物，主要是自然源，故通常所说的氮氧化物，多指是 NO 和 N_2O 的混合物，用 NO_x 表示。

氮氧化物的种类很多，造成大气污染的主要是 NO 和 NO_2 等。它们主要来自化石燃料的高温燃烧（如汽车、飞机、内燃机及工业窑炉等的燃烧）过程，也有来自生产和使用 HNO_3 工厂的排放气，还有氮肥厂、有机中间体厂、有色及黑色金属冶炼厂的某些生产过程。现在，每年向大气排放的 NO_x 已超过 5000 万吨。

氮氧化物浓度高的气体呈棕黄色，从工厂高大烟囱排出来的含 NO_x 的气体，人们称它为"黄龙"。NO 毒性与一氧化碳类似，可使人窒息。NO 进入大气后被氧化成 NO_2，NO_2 的毒性约为 NO 的 5 倍。NO 会刺激呼吸系统，还能与血红素（血红素是血红蛋白分子的活化基团，血红蛋白的功能主要是运载 O_2 和 CO_2）结合成亚硝基血红素而使人中毒。NO_2 能严重刺激呼吸系统，并能使血红素硝基化，危害比 NO 的更大。另外，NO_2 还会毁坏棉花、尼龙等织物，使柑橘落叶和发生萎黄病等。然而，大气中 NO_2 更严重的危害可能是在形成光化学烟雾的过程中起了关键作用。另外，也会形成硝酸酸雨产生危害。

光化学烟雾的形成机理是美国加利福尼亚大学有机化学教授 Haggen Smit 于 1953 年首先提出来的。他认为，洛杉矶烟雾是由南加利福尼亚的强阳光照射引发了存在于大气中的烯烃类碳氢化合物和氮氧化物产生一系列的光化学反应而形成的。同时他还指出，大气中的碳氢化合物和氮氧化物的主要来源是汽车废气。

光化学烟雾的形成从 NO_2 的光化学分解为引发反应开始。

然后在强阳光作用下引起一系列复杂的链式反应，与大气中的一次污染物烃类（尤其是烯烃）、NO_x 等作用，生成 O_3、PAN（硝酸过氧酰酯类）、醛等为主要成分的二次污染物，它们与一次污染物一起，共同形成光化学烟雾。

4. 碳氧化合物

碳氧化合物主要是 CO 和 CO_2。CO_2 是大气中的正常组成成分，CO 则是大气中排量极大的污染物（约占大气中污染物总量的 1/3）。全世界 CO 年排放量约为 2.10×10^8 t，为大气污染物排放量之首。CO 是无色、无味的有毒气体，主要来源于燃料的不完全燃烧和汽车尾气，但是近年来的研究指出，天然产生的 CO 也不容忽视。由于近代对燃烧装置和燃烧技术的改进，所以从固定燃烧装置排放的 CO 量逐渐有所减少，而由汽车等移动源燃烧产生的 CO 量每年约有 2.5 亿吨，占人为污染源排放 CO 总量的 70% 左右。现代发达国家城市空气中的 CO 有

80％是由汽车排放的。内燃机车辆排放气的 CO 浓度可高达 $40\sim115mg/m^3$。

CO 化学性质稳定，可以在大气中停留较长时间。一般城市空气中的 CO 水平对植物和微生物影响不大，对人类却是有害物质。因为 CO 与血红蛋白的结合能力比氧与血红蛋白的结合能力大 $200\sim300$ 倍，当 CO 进入血液后，先与血红蛋白作用生成羧基血红素，能使血液携氧能力降低而引起缺氧，使人窒息。

低层大气中相当丰富的 CH_4 可被氢氧自由基（·OH）作用生成甲基自由基（·CH_3），继而转变成 CO。海洋是 CO 的另一个重要的天然来源。以前人们认为海洋是吸收 CO 的重要渠道，但现在发现海洋对 CO 是过饱和的，这样海洋中的 CO 浓度反而高于大气中的 CO 浓度。全球海洋面积按 $37\times10^{14}m^3$ 计算，则海洋每年向大气排放 CO 约达 0.6 亿吨。

近一个多世纪以来，随着工业、交通和能源的高速发展，使排入大气中的 CO_2 日益增多，超过了植物的光合作用等自然界消除 CO_2 的能力，而使 CO_2 浓度迅速增加。CO_2 主要来源于生物呼吸和矿物燃料的燃烧，对人体无毒。在大气污染问题中，CO_2 之所以引起人们普遍关注，原因在于它能引起温室效应，使全球气温逐渐升高、气候发生变化。

5. 碳氢化合物

碳氢化合物包括烷烃、烯烃和芳烃等复杂多样的含碳和氢的化合物。大气中碳氢化合物主要是甲烷，约占 70％。大部分的碳氢化合物来源于植物的分解，人类排放的碳氢化合物的量虽然小，却很重要。碳氢化合物的人为主要来源是通过炼油厂排放气、汽车油箱的蒸发、工业生产及固定燃烧污染源等而进入大气的。一个更重要的来源是汽车尾气，尾气中含有相当量的未燃尽的烃类，除非采取特别措施保证燃烧完全。这些烃类大多是饱和烃（如 CH_4、C_2H_6、C_8H_{18} 等），更为严重的是其中一小部分由饱和烃裂解而产生的活性较高的烯烃，如辛烷裂解：裂解产物乙烯、丙烯、丁烯等不饱和烃（可占排放气的 45％）更易和 O、NO 及 O_3 等发生反应，生成光化学烟雾中的某些有害成分。

碳氢化合物的生物来源也是不容忽视的，其中主要释放物有 CH_4（主要是牛体内的肠发酵和稻田耕作）和萜烯类化合物（广泛存在于某些植物的叶、花或果实中）等。这些物质释放量虽大，但分散在广阔的大自然中，所以并未构成对环境或人类的直接危害。但研究表明，从 $1978\sim1987$ 年的 10 年中，在低层大气中，全球范围内的 CH_4 浓度已上升 11％，CH_4 浓度的增加会强化温室效应，且效应比同量的二氧化碳大 20 倍。还应特别提出的其他大气有机污染物中，应首推氟氯代烷和苯并 [a] 芘。研究表明，氟氯代烷是破坏高空臭氧层的主要物质，苯并 [a] 芘是致癌物质。

6. 含卤素化合物

大气中的含卤素化合物主要是卤代烃以及其他含氯、溴、氟的化合物。大气中卤代烃包括卤代脂肪烃和卤代芳烃，如有机氯农药 DDT、六六六以及多氯联苯（PCB）等以气溶胶形式存在。含氟废气主要是指含 HF 和 SiF_4 的废气，主要来源于钢铁工业、磷肥工业和氟塑料生产等过程。氟化氢是无色有强烈刺激性和腐蚀性的有毒气体，极易溶于水，还能溶于醇和醚。氟化氢对人的呼吸器官和眼结膜有强烈的刺激性，长期吸入低浓度的 HF 会引起慢性中毒。在氟污染区，大气中的氟化物被植物吸收而在植体内积累，再通过食物链进入人体产生危害，最典型的是"斑釉齿症"和使骨骼中钙的代谢发生紊乱的"氟沉着症"。

7. 光化学烟雾（洛杉矶烟雾）

汽车、工厂等排入大气中的氮氧化物、碳氢化合物等一次污染物，在太阳紫外线的作用下发生光化学反应，生成浅蓝色的混合物（一次污染物和二次污染物）称为光化学烟雾。光化学烟雾的表观特征是烟雾弥漫，大气能见度低。一般发生在大气相对湿度较低、气温为 $24\sim$

32℃的夏季晴天。光化学烟雾最早在美国的洛杉矶发现，以后陆续出现在世界的其他地区。一般多发生在中纬度（亚热带）汽车高度集中的城市，如蒙特利尔、渥太华、悉尼、东京等。20世纪70年代，我国兰州西固石油化工区也出现了光化学烟雾。光化学烟雾成分很复杂，主要成分是臭氧、过氧乙酰硝酸酯（PAN）、大气自由基以及醛、酮等光化学氧化剂。夏季中午前后光线强时，是光化学烟雾形成可能性最大的时段。天空晴朗、高温低湿和有逆温层存在，或地形条件利于使污染物在地面积聚的情况都易于形成光化学烟雾。

光化学烟雾的危害非常大。烟雾中的甲醛、丙烯醛、PAN、O_3 等可刺激人眼和上呼吸道，诱发各种炎症。臭氧浓度超过嗅觉阈值（$0.01 \times 10^{-6} \sim 0.015 \times 10^{-6}$）时，会导致人哮喘。臭氧还能伤害植物，使叶片上出现褐色斑点。PAN 则能使叶背面呈银灰色或古铜色，影响植物的生长，降低抵抗害虫的能力。此外，PAN 和 O_3 还会使橡胶制品老化、染料褪色，对涂料、纤维、尼龙制品等造成损害。

8. 酸雨

环境科学中将 pH<5.6 的雨、雪等大气降水统称为酸雨。由于人类活动的影响，使大量 SO_2 和 NO_x 等酸性氧化物进入大气中，并经过一系列化学作用转化成硫酸和硝酸，随雨水降落到地面，形成酸雨。天然降水中由于溶解了 CO_2 而会呈现弱酸性，但一般 pH 值不低于 5.6。故一般认为是大气中的污染物使降水 pH 值达到 5.6 以下的，所以酸雨是大气污染的结果。

二、大气污染源

大气污染物主要来自两个方面：一是自然界各种过程中产生的，即所谓的"自然源"，主要指火山喷发、森林火灾等释放出的有害物质；二是人类生产和生活活动过程中产生的，即"人工源"。后者是广泛而又严重地引起大气污染的主要大气污染源，是通常环境科学中提到的"污染源"。重要的大气污染源可分为如下几类。

1. 工业企业污染源

工业生产过程中产生的大气污染物，是大气污染中最主要的来源，这类污染源的特点是污染物排放量大而集中，同时污染物的种类繁多而复杂。

2. 交通运输污染源

汽车、火车、轮船、飞机等交通工具和工业企业相比，具有小型、分散、流动的特点。但是由于其数量庞大，污染物排放总量也相当客观。在一些大中城市的郊区，大气环境质量下降主要由交通污染源引起。

3. 农业污染源

农业生产活动也向大气排放一些污染物，主要有 CH_4、N_2O 和挥发性农药等。

施入农田的能形成氨或铵的氮肥，可通过挥发作用向大气释放一部分氨。进入大气的氨中，一部分以干湿沉降而返回地面，还可以进入平流层后通过光化学反应产生氮氧化物。因此，农田中氮肥的氨挥发损失，不仅降低了肥效，而且也影响了环境。据观察，我国水稻田中氮肥的氨挥发损失约占施氮量的 10%～40%。

三、大气中污染物的迁移转化机理

（一）气态大气污染物的迁移转化机理

气态大气污染物通常指在常温常压下呈气态或蒸气态存在的污染物，如 NO_x、SO_x、

CO_x、CH_4 等。气态大气污染物多以扩散的方式迁移，部分能溶于水的气态污染物可以沉降的方式迁移。

气态大气污染物在大气中的扩散分为分子扩散和气团扩散两种。通过分子扩散或气团扩散可以对气态大气污染物起到稀释及迁移运动的作用，这样一方面能够通过稀释作用降低其对大气的污染，另一方面也会扩大污染区域。例如大气环境中的 SO_2、NH_3 等恶臭气体可以通过扩散作用而迁移。

气态大气污染物在大气中的转化机理主要有光解、酸碱中和、氧化还原以及聚合反应等。
例如，NO_2 受日光照射，光解产生原子 O $\quad NO_2 = NO + O$
原子 O 与 O_2 结合生成 O_3 $\qquad\qquad\qquad O + O_2 = O_3$
O 与 O_3 将碳氢化合物氧化成醛、酮及过氧乙酰硝酸酯（PAN）等刺激性很强的物质，光化学烟雾就是上述气体的混合物。

（二）颗粒态大气污染物的迁移转化机理

颗粒态大气污染物就是大气溶胶的胶粒，它主要包括公路两侧汽车运动引起的飘尘或发动机尾气中的铅、焚烧秸秆的烟气、工业烟尘。颗粒态大气污染物的迁移方式主要有沉降方式迁移及扩散方式迁移两种，其中又以沉降方式迁移为主。

气态或颗粒态大气污染物进入大气这一动态体系，通过风力、气流、沉降等物理因素在大气圈以及水圈、生物圈和土壤圈各个圈层进行扩散、沉降等迁移运动；在进行迁移的同时还存在化学转化。

1. 扩散

颗粒态大气污染物在大气中的扩散机理同气态大气污染物的扩散。

2. 沉降

与水汽结合的气态大气污染物或颗粒态大气污染物由于重力作用而迁移到其他圈层称为沉降，通常分为干沉降和湿沉降两种。通过沉降可以减轻或消除大气污染，但也会使污染物向其他圈层迁移带来二次污染。

（1）干沉降 大气污染物在重力的作用下沉降在水圈、土壤圈、生物圈的过程。沉降通常受颗粒物的密度、粒径和空气黏滞系数的影响。例如公路两侧汽车运动引起的飘尘会由于重力作用沉降在公路两侧。

（2）湿沉降 大气污染物可以通过凝结核通过凝结过程和碰撞过程使其增大成为雨滴，随降水而从大气中去除；或是通过同水滴的惯性碰撞、吸附而从大气中淋洗。例如酸性降雨从大气中去除了 SO_2 等大气污染物而对其他圈层带来了危害。

3. 化学转化

通过扩散、沉降等物理迁移过程，污染物在大气圈和其他圈层之间发生空间位移；而通过光解、酸碱中和、氧化还原以及聚合反应等去除污染，或成为更大毒性的二次污染物。

第二节 常见大气污染物对农作物的危害

大气污染对农业生态环境的影响和危害是人们极为关注的问题，已成为工业"三废"之首。各种形式的大气污染达到一定程度时，直接影响农作物、果树、蔬菜、饲料作物、绿化作物的正常生长；畜禽因摄入含污染物过多的饲料后，致病或死亡，导致农业生产的经济损失。大气污染物进入农业环境后，不仅直接影响农业生产，进入农用水域、土壤的污染物又间接危害植物、动物及微生物的生长。现将危害植物的大气污染物毒性分级及常见大气污染物对农作物的危害分述如下。

一、危害植物的大气污染物及其毒性分级

1. 分类

随着排入大气中的污染物种类不断增多，由各种污染源排放出的大气污染物及其次生产物对植物产生了不可忽视的影响，而植物对污染物的反应也各不相同。根据大气污染物的化学性质，大体可将常见的大气污染物分成六类。①氧化性污染物，包括臭氧、氯气、氮氧化物和PAN（过氧乙酰硝酸酯）及其同系物等；②还原性污染物，包括二氧化硫、硫化氢、甲醛、乙醛、丙烯醛等；③酸性污染物，包括氟化氢、四氟化硅、氯化氢、硫酸和硝酸烟雾等；④碱性污染物，包括氨气、水泥粉尘等；⑤有毒有机物，包括乙烯、丙烯、丁烯、乙炔、甲醇等；⑥固体颗粒物，包括烟尘、粉尘、重金属及其氧化物悬浮颗粒物。

2. 毒性分级

各种大气污染物对植物的毒性强弱有很大的差异，大致可分为以下三级：①A级（强毒性），有 HF、SiF_4、O_3、乙烯、过氧乙烯硝酸酯及其同系物等，它们在大气中浓度达到 $n \times 10^{-1} \sim n \times 10 \mu g/m^3$ 时，就能对植物产生直接毒害；②B级（中等毒性），有 SO_2、SO_3、NO_x、Cl_2、HCl、硫酸烟雾和硝酸烟雾，它们对植物产生毒害的浓度一般是 $n \times 10^{-2} \sim n \times 10^0 mg/m^3$；③C级（毒性较弱），有甲醛、$NH_3$、HCN 和 H_2S 等。它们对植物产生毒害的浓度一般需要达到 $n \times 10 mg/m^3$ 以上。

需要注意的是，上述情况指大气中有这些污染物存在时，植物产生可见伤斑时的浓度，而在有些情况下，虽然大气污染物浓度较低，未对植物产生直接的可见伤害，但由于污染物在植物体内及植物表面的吸附积累，而间接造成动物的中毒受害。

在我国广大农村地区，对植物危害最大、造成农业经济损失最严重的大气污染物主要是 SO_2 和氟化物。

3. 大气污染的剂量

大气污染对植物产生危害的大小，主要受污染的浓度和接触时间这两个因素的左右。大气中污染物浓度越高，植物与污染物接触的时间越长，植物受害的程度就不断加深。为了同时体现污染物浓度和接触时间两个因素的影响，在一定的时间和浓度范围，可以采用剂量来表示某种污染物对植物的影响程度。

$$剂量 = 大气污染浓度（cm^3/m^3）\times 接触时间（d/h）$$

在此，一般把污染物浓度和接触时间的联合作用，称为"剂量"，能引起植物伤害的最低剂量，称为"临界剂量"。

二、常见大气污染物对农作物的危害

（一）大气污染对农作物的危害种类

植物尤其是农作物容易受大气污染危害，首先是因为它们有庞大的叶面积同空气接触并进行活跃的气体交换；其次，植物不像高等动物那样具有循环系统，可以缓冲外界的影响，为细胞提供比较稳定的内环境；最后，植物一般是固定不变的，不像动物可以避开污染。

大气污染对植物（农作物）造成的危害一般分为可见性危害和不可见性危害两种情况。

（1）可见性危害 它是由于植物茎叶吸收较高浓度的污染物或长期暴露在被污染的大气环

境中而出现的可以看到的受害现象，是肉眼可以明显判断的危害，植物有明显的症状表现，根据症状出现的快慢，又分为急性型、慢性型和混合型三种类型。

① 急性型危害 是在污染物浓度很高的情况下，短时间内造成的危害，如叶片出现伤斑、脱落，甚至整株死亡；慢性伤害是指低浓度的污染物在长时间作用下造成的危害，例如叶片褪绿、生长发育受影响；其特征是污染物浓度高，接触时间短，1～3 天或更短的时间，植株亦出现症状的情况，浓度往往在 10^{-6} 级，一般毒性较强的气体污染物在特殊气象条件下，如湿度高、气流停滞、风向适宜、气温高时，容易很快表现出症状。失绿、组织坏死是常见的症状，因此变化较快，伤害较重，往往易于发现。

② 慢性型危害 在污染物浓度较低的情况下，如 10^{-6}～10^{-8} 浓度，经长时间接触（几十天）后，植物表现生育不良，生长不够茂盛，轻度失绿，色泽较淡等，能导致一定程度的减产，因此症状不明显，且发展缓慢，往往不被人们注意。

③ 混合型危害 它是介于急性危害和慢性危害之间的受害症状，常是在低浓度、长时间接触，表现慢性危害的基础上，又发生高浓度、短时间的急性危害所致。一般叶片出现黄白化症状，以后虽可恢复青绿，但会造成普遍减产。

（2）不可见性危害 亦称隐性危害或生理危害，一般是由于植物吸收低浓度污染物而使生理、生化方面受到不良影响。虽然叶片表现不呈明显的受害症状，但会造成植物不同程度的减产，或影响产品的质量。一般常被忽视，甚至认为不存在危害。

（二）危害农作物的主要大气污染气体

（1）二氧化硫 它是我国当前最主要的污染物，排放量大，对植物的危害也比较严重。二氧化硫是各种含硫的石油和煤燃烧时的产物之一，发电厂、石油加工厂和硫酸厂等散发较多的二氧化硫。0.05～10mg/L 的二氧化硫就有可能危害植物，当然以持续时间而定。少量的硫是植物生长所需要的，然而高浓度的二氧化硫进入植物体内，会造成高浓度的亚硫酸根离子的累积，高浓度的亚硫酸根离子能使植物受到损害。二氧化硫危害植物的症状是：开始时叶片微失去膨压，有暗绿色斑点，然后叶色褪绿、干枯，直至出现坏死斑点；禾本科植物如稻、麦叶尖呈色条斑，豆科及百合科中葱、蒜、韭菜叶片上呈黄色斑块，茄科中茄子、番茄叶面呈较深色斑。

（2）氟化物 有氟化氢、四氟化硅、硅氨酸及氟气等，其中排放量最大、毒性最强的是氟化氢。当氟化氢的浓度为 1～5μg/L 时，较长时间接触可使植物受害。凡是生产过程中使用冰晶石、含氟磷矿石等原料的工厂，如铝厂、磷肥厂、钢铁厂和玻璃厂等，都可能向大气中排放出氟化物，煤中也常含氟，燃烧时也会放出氟化氢气体。氟化氢被植物叶子吸收以后，由于卤素的特异活泼性，叶绿素会受到伤害，光合作用长时间地受到抑制，或使某些酶钝化，失去活性。叶子中若有胶状物硅酸存在，则由于硅氟结合，形成难溶性的硅氟化合物，这些化合物都会积累在受害部位。植物受到氟化物气体危害时，出现的症状与 SO_2 受害的症状相似，叶尖、叶缘出现伤斑，受害组织与正常组织之间常形成明显界线，未成熟叶片易受损害，枝梢常枯死；稻、麦类失绿，杏、桃叶片全失绿，番茄叶片呈土褐色，棉花叶片呈浅褐色。

（3）光化学烟雾 主要有害成分是臭氧、二硫化氮及过氧乙酸硝酸酯（PAN）。臭氧可以使葡萄糖氧化，含糖较多的植物对它的抵抗力较小；PAN 通过气孔进入叶子，使之收缩、失水，然后充以空气，这种损害可以贯穿整个叶子；如果植物不先暴露于光下，PAN 一般不会造成损害。光化学烟雾危害植物的症状是：叶片背面变为银白色或古铜色，叶片正面受害部分与正常部分之间有明显横带。

（4）氯　化学活泼性远不如氟，主要以氯气单质形态存在于大气中。氯气进入植物组织后产生的次氯酸是较强的氧化剂，由于其具有强氧化性，会使叶绿素分解，在急性中毒症状时，表现为部分组织坏死。氯气对植物的毒性不及氯化氢强烈，但较二氧化硫强 2~4 倍。氯气危害植物的症状是：叶尖黄白化，渐及全叶，伤斑不规则，边缘不清晰，呈褐色；妨碍同化作用，乃至坏死。玉米是浅褐色棱状斑，杨树叶呈褐色、卷曲或焦枯，菠菜叶面出现黄斑、稍卷曲，所有植物均可受害。

（三）主要大气污染物对农作物的危害

前已述及，大气污染物中对农作物影响较大的是二氧化硫、氟化物、臭氧和乙烯等气体；氯、氨和氯化氢等虽会对植物产生毒害，但一般是由于事故性泄漏引起的，危害范围不大。主要大气污染物对农作物的危害状况如下。

1. 二氧化硫对农作物的危害

二氧化硫是对农业危害最广泛的空气污染物。二氧化硫自古以来作为植物"烟斑"的原因物质对植物产生危害。典型的二氧化硫伤害症状是出现在植物叶片的叶脉间的伤斑，伤斑由漂白引起失绿，逐渐呈棕色坏死。伤斑的形状为不规则的点状、条状或块状坏死区，坏死区和健康组织之间的界限比较分明。

二氧化硫危害水稻时，如浓度较高，则表现急性危害，叶片变成淡绿色或灰绿色，上面有小白斑，随后全叶变白，叶尖卷曲萎蔫，茎秆稻粒也变白，形成枯熟，甚至全株死亡。如浓度较低，则表现为慢性危害，叶片伤斑呈褐色条状，似擦伤状，叶尖褐色，但不卷曲，谷粒失去固有金黄色而略呈褐色。二氧化硫对水稻的危害，以幼穗形成期至无花期严重。

小麦受二氧化硫危害后，叶片症状与水稻相似，典型症状是麦芒变成白色。因此白麦芒可以作为鉴定有微量二氧化硫存在的标志，是一种极好的自动报警材料。

蔬菜由二氧化硫危害的症状主要发生在叶片上，其他器官很少发生，叶片受害后呈现的颜色，因蔬菜种类而异：叶片上出现白斑或黄白斑的有萝卜、白菜、菠菜、番茄、葱、辣椒和黄瓜；出现褐斑的有茄子、胡萝卜、马铃薯、南瓜和甘薯；出现黑斑的有蚕豆。

果树受二氧化硫危害时，叶片多呈白色或褐色。梨树先是叶尖、叶缘或叶脉间褪绿，逐渐变成褐色，两三天后出现黑褐色斑点。葡萄在叶片的中央部分出现赤褐色斑。桃树则在叶脉间褪成灰白色或黄白色，并落叶。柑橘在叶脉间的中央部分出现黄褐色斑点，同时叶片皱褶。

由于农作物本身特性的差异，各种农作物对二氧化硫的敏感程度不同。国外研究报道，几种主要农作物的抗性指标见表 2-1 ［在二氧化硫浓度为 1.25×10^{-6} （1.25ppm）的环境中处理 1h 出现受害症状的抗性指数为 1.0］。此外，同一株植物的不同生育阶段对二氧化硫的敏感程度不同，幼苗期和抽穗开花期比较敏感。

表 2-1　几种农作物对二氧化硫的抗性指标

主要农作物种类	大麦	棉花	萝卜	紫苜蓿	甘薯	大豆	小麦	茄子	苹果	豇豆	葡萄	桃	马铃薯	玉米	柑橘	玉米花穗
抗性指标	1.0	1.0	1.2	1.0	1.2	1.5	1.5	1.7	1.8	1.9	2.2	2.3	3.0	4.0	6.5	21.0

2. 氟化物对农作物的危害

大气中的氟污染主要为氟化氢（HF）。它的排放量比二氧化硫小，影响范围也小些，一般只在污染源周围地区，但它对植物的毒害很强，比二氧化硫还要大 10~100 倍。空气中含 ppb

级浓度时，接触几个星期就可使敏感植物受害。氟化氢还具有能在生物体内积累的特点。氟化氢危害植物的症状与二氧化硫不同：伤斑首先在嫩叶、幼芽上发生；叶上伤斑的部位主要是叶的尖端和边缘，而不是在叶脉间；伤斑由油渍状发展至黄白色，进而呈褐色斑块，在被害组织与正常组织交界处，呈现稍浓的褐色或近红色条带，有的植物表现出大量落叶。

和二氧化硫一样，各种植物对氟化物的反应有很大差异。

① 唐菖蒲、葡萄、甘薯、水稻、桃、松树嫩叶等最为敏感，在大气浓度为 5×10^{-9}（5ppb）以下，接触7～9天即可产生伤害症状；

② 番茄、烟草、棉花、黄瓜、大豆、茄子、柑橘等抗性较强，10×10^{-6}（10ppm）接触7～9天以上的剂量才产生症状；

③ 桑、玉米、大小麦、紫苜蓿、菠菜则介于二者之间，具有一定抗性，它们产生伤害的剂量，是 10×10^{-9}（10ppb）左右接触 7～9 天。

一些植物对氟化物的反应，已被用作大气监测的材料，唐菖蒲在国内外广泛用作监测氟化物浓度的指示植物。

氟化氢对农作物的危害，和二氧化硫一样，因品种、生长发育阶段和环境条件等各种因素而异。有一点不同的，就是硫是植物必需的大量元素，而氟不是植物必需的营养元素，植物受氟化物危害时，常在未表现症状的程度时，体内就积累较多氟化物，所以可从植物的含氟量诊断植物的氟污染情况。

一般植物叶片含氟 $(5 \sim 25) \times 10^{-6}$（5～25ppm），氟化物污染区的植物叶片中含氟量明显提高。茶叶的含氟量比一般植物高，茶树有积累氟的特性，叶片含氟一般在数十至一二百毫克/千克，甚至达 1000mg/kg 时才表现出症状，这些氟化物是从根部吸收的，所以低氟地区可饮茶补充氟的不足。

3. 氧化烟雾对农作物的危害

氧化烟雾是包括臭氧（O_3）、氮氧化物（NO_x）、醛类（RCHO）和过氧乙烯基硝酸酯（RAN）等具有强氧化力的大气污染物的总称，又称为光化学烟雾。氧化烟雾中含有90%的臭氧，它是主要的危害因素，还有10%左右的氮氧化物和约0.6%的过氧乙酰基硝酸酯类。

(1) 臭氧　植物受臭氧危害时，症状一般仅在成叶上发生，嫩叶不易发现可见症状。伤斑分布在全叶的各部分，一个个不连成片，斑点的大小因植物的种类和受害轻重程度而异。通常损伤可以分三种类型（有时只出现一种，有时会同时出现两三种）：一是褪绿，呈现杂色斑点，斑点很小，直径小于1mm，一般限于叶的上表皮；二是漂白，叶子上表皮变成白色或黄褐色，谷类和番茄叶背常变白；三是当叶的海绵组织也受到危害时，斑点透过叶片组织，斑点直径大于1mm，叶片发生黄化，甚至褪成白色，小叶脉枯死，主脉保持绿色，叶肉组织坏死后形成网状。

臭氧主要侵害靠近叶片上表面的栅栏组织细胞，严重时才侵害下层的海绵组织。臭氧危害植物的浓度与植物的敏感性有很大关系。空气里臭氧浓度在 0.3×10^{-6}（0.3ppm）时，只要2h就可以使敏感的小麦、大麦、玉米、菜豆、菠菜、烟草、紫花苜蓿和番茄遭受伤害。臭氧浓度超过 0.3×10^{-6}（0.3ppm）时，2h也可使有点抗性的萝卜、胡萝卜和莴苣受伤。抗性比较强的作物如甜菜、黄瓜、棉花和洋葱等，多数在 0.4×10^{-6}（0.4ppm）以上经过 2h 后才会受害。

(2) 过氧乙酰基硝酸酯　植物受过氧乙酰基硝酸酯危害的症状很特殊，对双子叶植物如豆类、番茄等，开始的时候叶片外表像涂了油和蜡似的发出光泽，叶背面呈现银灰色的光亮，有时可以是青铜色，受害严重的变成褐色。伤害出现的部位，幼龄叶在叶尖，壮龄叶横跨叶片中部，老叶达叶基部。往往由于伤带四周的健康组织还在生长，因此形成伤带区域下陷。对单子叶植物如谷类作物，也能在叶片上形成横贯的损伤带，从几毫米到 2cm 宽不等。伤带表现褪绿而没有釉光，受害严重叶肉遭到破坏而解体。

过氧乙酰基硝酸酯对植物的毒性很强，在比臭氧低一个数量级的浓度时，就对植物造成危害。它与臭氧一样具有强氧化性，不同的是它以危害叶肉的海绵组织为主，受害叶从叶背面海绵组织开始坏死，而留下表皮细胞或栅栏组织，叶片中间形成空隙，从外观看呈现银灰色或青铜形。

植物对过氧乙酰基硝酸酯的敏感性，种间有很大差异，敏感的有菜豆、矮牵牛、番茄、莴苣、芥菜等；抗性较强的有玉米、棉花、黄瓜、洋葱、萝卜、杜鹃、秋海棠等；中等的有苜蓿、大麦、甜菜、胡萝卜、大豆、菠菜、烟草、小麦等。1ppm 将豆类植物处理半小时即能造成危害，0.014×10^{-6}（0.014ppm）处理牵牛花 4h 出现受害症状，危害植物的一般剂量是 0.05×10^{-6}（0.05ppm）暴露 8h。

（3）氮氧化物　作为大气污染物主要是二氧化氮、一氧化氮和硝酸雾，而以二氧化氮为主，主要来源是汽车排气。二氧化氮危害植物的症状，与二氧化硫、臭氧相似，在叶脉间、叶缘出现不规则水渍状伤害，逐渐坏死，变成白色、黄色或褐色斑点。二氧化氮毒性弱，一般无急性危害。番茄是敏感植物，也需要 2～3ppm 以上浓度才表现受害状。大豆、甘薯、芝麻、菠菜、蔷薇、草莓、樱、枫、茄子是敏感植物；中等敏感植物有菜豆、韭菜、荞麦、唐菖蒲、牵牛花、板栗；有抗性的植物为黄瓜、西瓜、水稻、玉米、杉、柿、葡萄、红松。

4. 氯气对农作物的危害

大气中一般情况下氯气浓度很低，对农作物的毒性也不强，很少对农作物产生明显危害。只在化工厂、电化厂、制药厂、农药厂、玻璃厂、冶炼厂、自来水净化工厂等企业偶然事故时，才有多量氯气逸散，使植物受急性危害。

氯气进入植物组织后，与水作用生成次氯酸，它是强氧化剂，有较大破坏作用，其毒性虽不及氟化氢强烈，但较二氧化硫强 2～4 倍。氯气的急性危害症状与二氧化硫症状相似，伤斑主要在叶脉间出现，呈不规则的点状或块状，受伤组织与健康组织间无明显分界是其特点，同一叶上常常相间分布着不同程度的受害伤斑或失绿黄化，有时呈现一片模糊。

各种农作物对氯气的抗性不一，敏感农作物有白菜、菠菜、韭菜、葱、番茄、菜豆、大白菜、洋葱、冬瓜、向日葵、芝麻、大麦、水杉、枫杨；抗性中等的作物有甘薯、水稻、棉花、玉米、高粱、西瓜、马铃薯、茄子、辣椒、女贞、板栗、石榴、月季、玉米；抗性强的农作物有枇杷、山桃、无花果。农作物的不同叶片对氯气的敏感程度不同，与二氧化硫相似，以成熟的充分展开叶片最易受害，老叶次之，幼嫩叶不易受害，急性危害后，尖端的芽叶仍能继续生长，这与氟化物危害不同。

5. 其他气体对农作物的危害

（1）乙烯　乙烯是链式碳氢化合物的代表，它对人体一般无太大的影响，但对植物影响十分强烈。乙烯的一个十分突出的特点是，它同时是植物的内源激素之一，植物本身能产生微量乙烯，控制、调节生长发育过程。当环境大气中乙烯浓度超过一定水平时，就会干扰植物的正常发育，引起许多植物生长异常，落花落果，造成损失。乙烯对植物的毒性属于 A 级，在 ppb 级时就产生影响。

乙烯危害植物的症状较为特殊，主要表现在上偏生长（偏上反应）、器官脱落、抑制生长发育、繁殖器官异常、促进叶片和果实失绿变黄等方面。偏上反应是上下两面的生长速度发生改变，叶柄的上面生长比下面快，结果使叶片下垂。一般是幼嫩叶易发生偏上反应，老叶反应不敏感。引起偏上反应的浓度，在植物种间和品种间有很大差异，一般为 $(0.05\sim1.0)\times10^{-6}$ $(0.05\sim1.0ppm)$。

器官脱落是乙烯危害的常见症状之一，叶片、花蕊、花、果实均能发生脱落。乙烯对棉花、芝麻、番茄、尖辣椒、四季海棠、美人蕉、凤仙花常造成很大影响。芝麻对乙烯很敏感，接触乙烯引起花蕊脱落，脱落结束后，上部又恢复正常，开花结实，所以，可以芝麻茎秆上结果的情况，大体推测受乙烯污染的时期及浓度范围。油菜也有类似现象。乙烯还能使一些植物的繁殖器官发生异常反应，最早观察到的反应是 1×10^{-6} $(1ppm)$ 乙烯使香石竹花朵关闭，中国石竹、紫花苜蓿和夹竹桃都观察到这种"闭花"反应。另外，早菊花朵畸形、花瓣参差不齐；豌豆的花蕊发生脱水凋萎；棉花萼片出现张开现象；西瓜、桃子产生畸形果和开裂果等现象也都是乙烯引起的。

乙烯还能促进植物叶片和果实失绿变黄。乙烯对果实的催熟着色作用最早在柠檬上发现，对番茄、香蕉、苹果、菠萝、柿子等很多果实均有这种作用。

乙烯使作物产生各种形态的异常反应是诊断乙烯污染的有价值的材料，有助于区别其他污染物的伤害。乙烯使作物产生反应的浓度，一般认为是 $(0.01\sim0.1)\times10^{-6}$ $(0.01\sim0.1ppm)$，引起达到最大反应的一半时，所需浓度是 $(0.1\sim1.0)\times10^{-6}$ $(0.1\sim1.0ppm)$，饱和反应浓度为 $(1\sim10)\times10^{-6}$ $(1\sim10ppm)$，作物发生急性伤害的阈值浓度为 $(0.05\sim1.0)\times10^{-6}$ $(0.05\sim1.0ppm)$。作物对乙烯的敏感性有很大差别，芝麻、棉花等属于敏感作物，而水稻、小麦、玉米、高粱及叶菜类、葱等则不敏感。

（2）氨　氨的相对密度小于空气，在化工、制药、食品、制冷、合成氨等工业，常有排放或逸出，氨水在运输、储存、田间施用过程中均有氨挥发，因其毒性较小，一般情况下不致大面积危害植物，而在工业的事故发生时，可能有大量挥发，造成较大伤害。

在高浓度氨气影响下，植物叶片发生急性伤害，叶肉组织崩溃，叶绿素分解，造成脉间点状、块状黑色伤斑，有时沿叶脉产生条状伤斑，并向叶脉浸润扩散，伤斑与正常组织间多数界限分明。氨的毒性主要是游离的碱性危害。水稻在田间受氨熏后，常表现白色条纹状伤害，叶尖开始呈烧灼状卷曲。植物叶片受氨危害后，也是成熟叶首先表现症状，老叶及幼嫩叶在较严重时才有伤斑。

植物种类间的差异，表现也很明显，以 150×10^{-6} $(150ppm)$ 氨在田间熏蒸 $2h$，棉花 2% 叶片受害，而洋葱未见症状。在田间条件下，施用氨水时，在氨水稀释操作处理或存放处的下风向，常造成明显的局部烧伤，虽然氨的扩散较远，但因毒性较弱，在此情况下不致造成大面积危害。

一般发生氨伤害的接触量是 10×10^{-6} $(10ppm)$。接触数小时，浓度高时，极短时间的接触就能造成明显伤害。在低浓度下，植物能吸收部分氨作氮营养源，使叶片含氮量和含蛋白质增高。

（3）氯化氢　氯化氢对植物的毒性远比氟化氢为弱，也没有氯气的强氧化力毒性，主要是盐酸的酸性作用。氯化氢在空气中形成盐酸雾，使植物叶片背面变成半透明状，与过氧乙酰基硝酸酯症状相似。因它的毒性不强，故一般在 10×10^{-6} $(10ppm)$ 接触数小时才产生症状。大城市和工矿区的酸雨，除由于硫酸、硝酸存在外，也有盐酸成分，但并非主要原因。

6. 煤烟粉尘和金属飘尘对农作物的危害

煤烟粉尘是空气中粉尘的主要成分。工矿企业密集的烟囱和分散在千家万户的炉灶是煤烟粉尘的主要来源。烟尘中大于 $10\mu m$ 的煤粒称为降尘，它常在污染源附近降落，在各种作物的嫩叶、新梢、果实等柔嫩组织上形成污斑。叶片上的降尘能影响光合作用和呼吸作用的正常进行，引起褪色、生长不良，甚至死亡。果实在早期受害，被害部分木栓化，果皮粗糙，质量降低；在成熟期受害，则受害部分易腐烂。

金属飘尘是粉尘粒径小于 $10\mu m$ 的颗粒，其中相当大一部分极其微小，甚至比细菌（$0.8\mu m$）还小，人们的肉眼是看不见的。飘尘能长时间飘浮在空气里。金属飘尘对农作物和农田土壤的污染，主要是下降到地面的部分危害性大。如镉是低沸点元素，冶炼中很容易挥发进入大气，造成对农业的污染，炼锌厂的废气中含镉，在离炼锌厂 0.5km 的农田，仅经六个月的废气污染后，其表土中含镉量由 0.7mg/kg 增加到 6.2mg/kg。随着工业的发展，排入空气的金属逐渐增加，如铅、铬、镉、镍、锰、砷、汞等以飘尘形式污染空气。它们的毒性很大，对人类健康的危害已超过农药和二氧化硫。土壤含镉太高，就会使农作物受害，土壤含镉达 $4\sim5$mg/kg 时，大豆、菠菜产量会下降 25%。吃了这种豆、菜，人畜体内会加大镉的积累量，影响人畜健康。

7. 复合污染对农作物的危害

大气污染时，实际上常常是两种或两种以上的污染物同时作用，造成对农作物的伤害。例如，在工业区周围常被二氧化硫污染，由于汽车排气又掺杂了氧化烟雾的污染；排放氟化氢的企业，往往有大量二氧化硫排出，同一工厂排出的废气中，也往往含有两种以上的大气污染物。由两种或多种污染物造成的危害称为复合污染，复合污染是经常发生的。污染物间相互作用，对农作物造成危害的总效果有几种情况：增强作用或相乘作用是指两种污染同时存在时造成的危害，超过各种污染物单独存在时的总和，即二乘四等于八，而不是二加四等于六；如造成的危害为各种污染物之和，则称为相加作用；各种污染物还有相减作用，即有相互抵消、减轻危害的作用。如二氧化硫和氟化氢或氧乙酰基硝酸酯常表现为相加作用，二氧化硫与甲醛间有相乘作用，在氯化氢和氨同时存在时，发生中和作用，生成氯化铵烟尘，从而对植物的毒性在一定程度上得以抵消。在植物的症状表现上，复合污染导致更为复杂的表现。

第三节　减轻大气污染对农业危害的措施

大气污染是由于自然或人类活动使大气中某些物质浓度超过一定数值，并持续足够时间，从而危害了作物的生长和环境。在这一定义中，大气污染指的是物质污染（光、放射性等不包括在其中）。

一、大气污染控制技术

（一）除尘技术

除尘技术包括机械式除尘器、电除尘器、袋式除尘器、湿式除尘器和过滤式除尘器等。

1. 机械式除尘器

机械式除尘器包括重力沉降室、惯性除尘器、旋风除尘器等。

（1）重力沉降室　利用气流中粒子在运动过程中重力沉降除尘。它分为层流式和湍流式两种，一般对低流速的大颗粒，用较长的沉降室有较好的除尘效果。

（2）惯性除尘器　在沉降室内设置各种形式的挡板，使含尘气流冲击在挡板上，气流方向发生急剧改变，借助尘粒本身的惯性力作用，使其与气流分离。

（3）旋风除尘器　利用旋转气流产生的离心力使尘粒从气流中分流，这是一种使用较广的除尘器。

2. 电除尘器

它是含尘气体在通过高压电场进行电离过程中，使尘粒带电，并在电场力的作用下，使尘粒沉积在集尘极上，将尘粒从含尘气体中分离的一种装置。电除尘过程与其他除尘过程的区别在于分离力（主要是静电力）直接作用在粒子上，而不是作用在整个气流上，这就决定了它具有分离粒子耗能小、气流阻力小的特点。由于作用在粒子上的静电力相对较大，所以即使对纳米级的粒子也能有效的捕集。

3. 湿式除尘器

湿式除尘器是使含尘气体与液体（一般为水）接触，利用水滴和尘粒的惯性碰撞及其他作用捕集尘粒或使粒径增大的装置。湿式除尘器可以将直径为 $\phi 0.1 \sim 20 \mu m$ 的液态或固态粒子从气流中除去，同时，也能脱除气态污染物。它具有结构简单、造价低、占地面积小、操作及维修方便和净化效率高等优点，能够处理高温、高湿的气流，将着火、爆炸的可能减至最低，但湿式除尘器有设备和管道腐蚀以及污水和污泥的处理等问题。湿式除尘过程也不利于副产品的回收。

4. 过滤式除尘器

过滤式除尘器，又称空气过滤器，是使含尘气流通过过滤材料将粉尘分离捕集的装置。采用滤纸或玻璃纤维等填充层作滤料的空气过滤器，主要可用于通风及空调方面的气体净化。采用廉价的砂、砾、焦炭等颗粒物作为滤料的颗粒层除尘器。采用纤维织物作滤料的袋式除尘器，主要在工业尾气的除尘方面，应用较广。袋式除尘器的除尘效率一般可达 99% 以上，虽然它是最古老的除尘方法之一，但由于它效率高，性能稳定可靠、操作简单，因而获得广泛的应用。目前，袋式除尘器在结构形式、滤料、清灰方式和运行等方面也都得到不断的发展。

各种除尘器的特性不同，效率不同，经济性能也不尽相同，在实际工作中应正确选择。

（二）吸收法净化气态污染物

气体吸收是气体混合物中一种或多种组分溶解于选定的液体吸收剂中，或者与吸收剂中的组分发生选择性化学反应，从而将其从气流中分离出来的操作过程。用吸收法净化气态污染物，不仅是减少或消除气态污染物向大气排放的重要途径，而且还能将污染物转化为有用的产品。例如，在用吸收法净化石油炼制尾气中 H_2S 的同时，还可回收硫。

能够用吸收法净化的气态污染物主要包括 SO_2、H_2S、HF 和 NO_x 等。

需要净化的气体成分往往较复杂。例如，燃烧烟气中除含有 SO_2 外，还有 NO_x、CO_2、CO 和烟尘等，会给吸收过程带来困难。在多数情况下，吸收过程仅是将污染物由气相转入液相，还需对吸收液进一步处理，以免造成二次污染。

（三）吸附法净化气态污染物

用多孔性固体处理流体混合物，使其中所含的一种或几种组分浓集在固体表面，而与其他组分分离的过程称为吸附。被吸附到固体表面的物质称为吸附质，吸附吸附质的物质称为吸附剂，吸附分物理吸附和化学吸附两类。物理吸附是靠分子之间引力的吸附；化学吸附又称活性吸附，它是由化学反应力导致的吸附。作为工业用的吸附剂必须具备以下条件：①要有足够大的内表面，而其外表面往往仅占总表面的极小部分，故可看作是一种极其疏松的固态泡沫体；②对不同气体具有选择性的吸附作用；③吸附容量尽可能大；④具有足够的机械强度、热稳定性及化学稳定性；⑤原料广泛易得，价格低廉，以适应对吸附剂日益增长的需要。

工业上广泛应用的吸附剂主要有活性炭、活性氧化铝、硅胶和沸石分子筛 4 种。

除上述方法外，还有许多净化气态污染物的方法，例如，催化转化法等。

二、减轻对农业危害的防治措施

我国大气污染属煤烟型污染，主要污染物为烟尘和 SO_2。这与我国能源结构以煤炭为主，工业布局不合理，燃烧器陈旧，工艺落后，能耗高等特点有关。因此要减轻大气污染对农业危害的防治，从地区和国家分析，应从整体考虑；从污染源产生的源头采取措施考虑，如改用清洁能源，改革生产工艺，减少废气排放；其次是全面规划、合理布局，根据污染源、污染物种类，合理布局农业结构、种植制度和种植方式，选育优良抗污染作物品种，开展植树造林等综合防治措施；再次是对已有污染物进行必要的末端控制治理技术。具体治理措施如下。

1. 选育栽培抗污染优良作物品种

在工矿企业周围推广抗污染优良品种，搞好作物布局、品种搭配，以减轻或避免大气污染对农作物的危害。

2. 绿化造林，利用生物净化功能

大量植树造林阻止污染物传播，也可吸收污染物，杀死细菌，吸滞尘埃，从而起到净化作用。像 $1hm^2$（$1hm^2 = 10^4 m^2$）柳杉林每年可吸收 SO_2 2720kg；云杉、松树能降尘达几十吨之多。其次，一些植物对某种污染有特殊的敏感，能起指示作用。如葛兰这种植物，在氟污染达5ppb 时，就会发生叶片受损、枯燥症状。虽然氟含量超过 800ppb 时才对人有害，可是葛兰的这种反应可以提醒我们防患于未然，这时只要采取措施，完全可以防止污染的进一步扩大。

3. 对污染物进行处理

如将燃烧石油改为燃烧煤，可以大大减少氮氧化物的排放。燃烧的煤须经过脱硫，并用高效的燃烧方式，以减少二氧化硫及粉尘的排放；选用无氯氟烃的制冷剂，尽快淘汰氯氟烃的使用。此外，我们还设想了一些处理污染物的方法：工厂燃烧使用煤和石油进行化工生产会产生大量的 SO_2 气体，除了用于制氮肥并提纯 SO_2 之外，我们认为还可以利用氧化还原的方法，变废为宝，如在某些工业上会有有毒气体 H_2S 产生，同样作为一种大气污染物，污染空气。如果能在一种特殊装置中将两者适当的混合，就会发生如下反应：

$$2H_2S + SO_2 == 3S\downarrow + 2H_2O$$

从而获得有用的工业原料——单质硫。在所有的污染气体中，CO_2 是排放量最大的一种，吸收 CO_2 可将其通入 NH_3 水制成氮肥；也可以将大量排放 CO_2 的工厂与碱厂合并起来，为纯碱生产提供源源不断的 CO_2 供应。

4. 运用新能源技术

这对于改善大气污染起着巨大的作用。如可以以氢气作为新能源而代替燃煤，这就消除了一个很大的 SO_2 污染源；可以用洁净的燃料使汽车的发动机工作，这就消除了尾气中 CO_2 以及碳氢化合物的污染；研制可代替氯氟烃的制冷剂，就能减少对臭氧层的破坏等。

第三章 农村水环境问题

水是生命之源，生存之本，生态之魂。与城市相比，农村的水环境问题更为复杂多样。本章主要从农村饮用水安全、农业面源污染对水环境的影响以及污水资源化利用三个方面着手，分析了农村饮用水存在的问题，阐述了农村农业面源污染的特点以及对水环境的影响，提出了污水资源化与农业利用的途径。

第一节 农村饮用水安全

一、农村饮用水安全的概念

什么是安全的水？不同国家的政府制定着不同的安全饮用水标准，同一个国家政府制定的安全饮用水标准也会随着社会经济的发展而变化。《1998 年世界发展指标》认为，安全的水是指经过处理的地表水和未经处理但未被污染的水，如泉水、安全的井水和得到保护的钻孔水。在农村地区，安全的水意味着家庭成员不必为取水而每天花费过多的时间。足够数量安全的饮用水是指能够满足新陈代谢、卫生和家庭需要的量，通常为每人每天 20L。

我国制定的农村饮用水安全卫生评价指标体系将农村饮用水安全分为安全和基本安全两个档次，由水质、水量、方便程度和保证率四项指标组成。四项指标中只要有一项低于安全或基本安全最低值，就不能定为饮用水安全或基本安全。

（1）水质 符合国家《生活饮用水卫生标准》要求的为安全；符合《农村实施〈生活饮用水卫生标准〉准则》要求的为基本安全；低于《农村实施〈生活饮用水卫生标准〉准则》要求的为不安全。目前，我国对于农村饮用水不安全主要从氟超标、砷超标、苦咸水、污染水等几个方面来判断。

（2）水量 每人每天可获得的水量不低于 40～60L 的为安全，不低于 20～40L 的为基本安全。常年水量不足的，属于农村饮用水不安全。在我国，根据气候特点、地形、水资源条件和生活习惯，将全国划分为 5 个类型区，不同地区的安全饮用水量标准有所不同。安全饮用水水量标准从一区到五区分别是每人每天 40L、45L、50L、55L、60L。基本安全饮用水水量标准从一区到五区分别是每人每天 20L、25L、30L、35L、40L。

（3）方便程度 人力取水往返时间不超过 10min 的为安全，取水往返时间不超过 20min 的为基本安全。多数居民需要远距离挑水或拉水，人力取水往返时间超过 20min，大体相当于水平距离 800m，或垂直高差 80m 的情况，即可认为用水方便程度低。

（4）保证率 供水保证率不低于 95% 的为安全，不低于 90% 的为基本安全。

二、我国农村饮用水安全总体状况

在我国 9 亿多农村人口中，仍有 3 亿多人口饮用水达不到安全标准。根据国家发改委和水利部、卫生部组织的全国农村饮水安全现状调查评估结果，全国农村饮水不安全人口 3.23 亿，占农村人口的 34%。其中饮水水质不安全的有 2.27 亿人，占全国农村饮水不安全人口的

70%，其他 30%为水量、方便程度或保证率不达标人口。在饮水水质不安全人口中，饮用水氟、砷含量超标的有 5370 万人，占水质不安全人口的 23%；饮用苦咸水的有 3850 万人，占水质不安全人口的 17%；饮用水中铁、锰等超标的有 4410 万人，占水质不安全人口的 19%；饮用水源被严重污染的涉及人口 9080 万人，占水质不安全人口的 40%。

从分布来看，农村饮用高氟水人口主要分布在华北、西北、华东地区，80%的高氟水人口分布在长江以北。长期饮用高氟水，可引起地方性氟中毒，出现氟斑牙和氟骨症，重者造成骨质疏松、骨变形，甚至瘫痪，最终丧失劳动能力。农村饮用高砷水，人口主要分布在内蒙古、山西、新疆、宁夏和吉林等地，长期饮用砷超标的水可以造成砷中毒，导致皮肤癌和多种内脏器官癌变。农村饮用苦咸水的人口主要分布在长江以北的华北、西北、华东等地区，长期饮用苦咸水导致胃肠功能紊乱、免疫力低下、诱发和加重心脑血管疾病。

农村饮用污染地表水的人口主要分布在南方，饮用污染地下水的人口主要分布在华北、中南地区。饮用水源污染造成致病微生物及其他有害物质含量严重超标易导致疾病流行，有的地方还因此暴发伤寒、副伤寒以及霍乱等重大传染病，个别地区癌症发病率居高不下。

近年来我国南方局部地区血吸虫病疫情有回升的趋势，疫区群众因生产和生活需要频繁接触含有血吸虫尾蚴的疫水，造成反复感染发病，严重威胁人民群众的身体健康和生命安全。

过去，环保工作的重点一直在大中城市，而忽视了占全国总面积近 90%的农村，致使农村环境问题日益恶化，特别是水环境。2006~2007 年全国爱卫会与卫生部联合组织的全国首次农村饮用水与环境卫生调查结果表明：我国农村饮用水的水源主要以地下水为主，饮用地下水的人口占 74.87%，饮用地表水的人口占 25.13%；饮用集中式供水的人口占 55.10%，饮用分散式供水的占 44.90%。根据《生活饮用水卫生标准》（GB 5749—2006），这次调查水样中未达到基本卫生安全的超标率是 44.36%；地面水超标率为 40.44%；地下水超标率为 45.94%；集中式供水超标率为 40.83%。农村饮用水污染指标主要是微生物，饮水中因细菌总数和总大肠菌群所引起的水质超标率为 25.92%；集中式供水中有消毒设备的仅占 29.18%，分散式供水基本直接采用原水。

在我国，部分农村地区的饮用水安全问题比城市饮用水安全问题更为严峻和突出，特别是中西部地区和贫困地区。这主要与农村人口分布松散、生活习惯不同等特征有关，也与城乡社会经济发展不平衡、城市和农村供水成本不同等原因有关。这样一些特点使得解决农村饮用水安全的困难很大。据相关部门测算，全国农村每年生活垃圾产生量约为 2.8 亿吨，生活污水约 90 多亿吨，人粪尿年产生量 2.6 亿吨，而这些污染物绝大多数没有处理，直接排放至环境中，对农村饮用水安全造成严重的安全隐患。

随着社会发展和进步，人们对安全饮用水要求标准的提高，同时由于污染等造成的原本安全的饮用水现在变得不安全等原因，据统计，我国现在还有 3 亿多人口的饮用水不安全。

我国贫困地区的农村饮用水安全问题更为突出。《2004 年中国农村贫困监测报告》显示，到 2003 年，我国贫困地区有 18%的农户获取饮用水困难，14.1%的农户饮用水水源被污染，37.3%的农户没有安全饮用水（除去水源被污染和取水困难的农户）。按饮用水水源分，饮用自来水的农户占全部农户的 32.2%，饮用深井水的农户占全部农户的 20.9%，饮用浅井水的农户占全部农户的 24.9%，直接饮用江河湖泊水的农户占全部农户的 6.9%，直接饮用塘水的农户占全部农户的 2.3%，直接饮用其他水源的农户占全部农户的 12.7%。在前三种水源中，去掉水源被污染和取水困难的农户，实际上有安全饮用水的农户占比例更小。

三、农村饮用水安全管理中存在的问题

1. 饮水安全意识较差

由于长期城乡二元结构的原因，我国城乡的差距在过去 30 年不但没有缩小，在一些地区反而越来越大，部分地区的一些领导对农村饮用水安全问题的严峻形势认识不足；文化知识层次较低的广大农民对饮用水安全意识就更差。

2. 生活饮用水安全的法律、法规分散且不健全

饮用水安全是最大的民生问题，为了确保老百姓能喝上清洁安全的饮用水，我国先后制定了一些相关的法律法规，但有关生活饮用水的法律法规分散在环保、卫生、建设等法律法规中，执行主体多样，基本上各行其是，形成"群龙不治水"的被动局面。

3. 饮水安全资金投入不足

农村改水是一项政策性强、涉及面广的社会系统工作，建设项目多，需要的资金投入量巨大，资金短缺一直是影响农村改水工程建设的一个主要原因。

4. 农村饮用水源水质监测与科研基础薄弱

饮用水安全需要长期进行动态监测，而目前我国针对农村饮用水源地的水质监测基本上还是空白，尤其是采用地下水作为饮用水的农村更是缺乏水质监管。因为在广大农村地区，由于水源地分散，规模小，水质水量不稳定，开展例行监测工作难度很大，从目前农村的实际情况看，还不具备开展农村饮水安全监测的能力。就国家层面而言，对农村饮用水源开展的相关科研工作较少，没有针对饮用水源开展过系统全面的调查研究与分析评价，也没有针对农村饮水存在的主要问题开展系统的科学研究。

四、保障农村饮水安全的对策

1. 要注重解决农村饮用水存在的安全隐患

这主要指两方面：一是农村饮用水面临着工业污染，主要是工业企业排出来的没有经过处理的废水和废渣，直接渗入地下水源或直接排入农民直接饮用的塘水、河水或溪水等水源中，从而对水源造成污染；二是农村饮用水面临着农民生产和生活污染。农民因为使用化肥、农药等从事农业生产而间接对地下水源造成污染；饲养各种禽畜产生的粪便、垃圾等因为不能及时和正确处理而对水源产生污染。同时，生活废弃物等也对水源产生污染。

政府在加强农村饮用水安全管理的同时，要注意加强对水源水质的监测。要加强农村卫生设施建设，控制和正确处理农村饮用水污染源，为农村饮用水的长远安全提供保障。政府要加大对工业企业项目的环境影响力评价，对存在饮用水污染的企业、项目要严格控制，甚至不审批、不上马，要坚决避免"一边治理，一边污染"的情况。

2. 要多方筹集资金来解决农村饮用水安全问题

资金不足是农村各项公共事业发展的瓶颈之一。解决农村饮用水安全问题，需要政府的大量投入，这是主渠道。作为安全饮用水的受益主体，农民、村集体经济组织、企业也要贡献自己的一份力量。同时，还要发挥一些非政府组织、国际机构的力量。只有各方合力，才能将农村饮用水安全问题彻底解决。

3. 要因地制宜地解决农村饮用水安全问题

我国地域广阔，水资源分布不均衡，各地农村饮用水水源、提水方式、用水量、水质、便利情况等均不同。因此，政府要因地制宜、因势利导，既要加强引导、宣传、维护和管理，又要加强财政投入，同时也要发挥村民、社区的积极性，保障农民喝上放心的水。可见，各地情

况不同，解决农村饮用水安全问题也要因地制宜。

4. 政府要加大对农村饮用水安全重要性的宣传力度

一方面，要加强政府内部对农村饮用水安全重要性的认识，将饮用水安全管理问题作为考核地方政府工作业绩的内容之一，使各级领导认识到饮用水安全是关系到人民身体健康、社会稳定，关系到农村发展、全面建设小康社会和基本实现现代化的大事；另一方面，要加强对农民的宣传，使每个人都认识到保护饮用水安全与自身利益的重要相关性，自觉参与到维护饮用水安全的行动中。

5. 增加科技经费投入加强农村饮用水安全技术与产品的研发

保障农村饮用水安全是一个系统工程，特别是污染的控制和水源的净化专业性强，技术难度大，这就需要科技部门增加相应的经费投入，针对农村饮用水不达标的共性关键技术组织联合攻关与产品开发，当前应优先解决高氟水、高砷水的净化技术产品研发以及微生物超标饮用水的处理与深度净化技术。

第二节　农业面源污染

一、农业面源污染的概念与特点

1. 农业面源污染的概念

农业面源污染指的是农业生产中，氮和磷等营养物质、农药及其他有机或无机污染物，通过农田地表径流和农田渗漏，形成对水环境的污染。

2. 农业面源污染的特点

农业面源污染起因于土壤的扰动而引起农田中的土粒、氮和磷、农药及其他有机或无机污染物质，在降雨或灌溉过程中，借助农田地表径流、农田排水和地下渗漏等途径而大量进入水体，或因畜禽养殖业的任意排污直接造成水体污染。其特点表现如下。

（1）分散性和隐蔽性　与点源污染的集中性相反，面源污染具有分散性的特征。土地利用状况、地形、地貌、水文特征等的不同导致面源污染在空间上的不均匀性。排放的分散性导致其地理边界和空间位置不易识别。

（2）随机性和不确定性　大多数农田面源污染涉及随机变量和随机影响。区分进入污染系统中的随机变量和不确定性对非点源污染的研究是很重要的。例如，农作物的生产会受到自然（天气等）的影响，因为降雨量的大小和密度、温度、湿度的变化会直接影响化学制品（农药和化肥等）对水体的污染情况。此外，污染源的分散性导致污染物排放的分散性，因此其空间位置和涉及范围不易确定。

（3）广泛性和不易监测性　面源污染涉及多个污染者，在给定的区域内它们的排放是相互交叉的，加之不同的地理、气象、水文条件对污染物的迁移转化影响很大，因此很难具体监测到单个污染者的排放量。严格地讲，面源污染并非不能具体识别和监测，而是信息和管理成本过高。近年来，运用遥感（RS）、地理信息系统（GIS）可以对非点源污染进行模型化描述和模拟，为其监控、预测和检验提供有力的数据支持。

二、农业面源污染的来源与构成

在农业面源污染的诸多来源中，化学肥料、化学农药、畜禽粪便及养殖废弃物、没有得到综合利用的农作物秸秆、农膜和地膜，生产和生活产生的污水等都是造成污染的重要因子。

1. 肥料污染

目前，中国是化肥生产和消费的第一大国，化肥施用量达 4124 万吨/年，占世界总产量的 1/3。我国平均施用量高达 400kg/hm²，远超过发达国家（225kg/hm²）的安全上限。在肥料配比上，全国氮、磷、钾的比例平均为 1.00∶0.45∶0.17，氮肥用量偏高、重化肥、轻有机肥，造成土壤酸化、地力下降等后果；我国氮肥平均利用率约 35%，剩余部分除以氨和氮氧化物的形态进入大气外，其余大都随降水和灌溉进入水体，导致相当一部分地区生产的蔬菜和水果中的硝酸盐等有害物质残留量超标，直接威胁到人们的身体健康。不合理施用过量化学肥料，导致地下水和江河湖泊中氮、磷物质含量增高，造成水体富营养化。2007 年太湖蓝藻大爆发，农业面源的污染贡献不容忽视。太湖水体中氮、磷含量剧增，使太湖呈全湖性的富营养化趋势，这为藻类生长提供了条件，诸多因素导致蓝藻再次爆发的主要原因，严重影响到无锡市饮用水源的水质。水体富营养化可引起赤潮频发。据统计，2001 年我国海域共发生赤潮 77 次，累计影响面积达 1.5 万公顷，浙江省 2007 年 4 月 11 日～5 月 19 日，发生 6 次赤潮，这一"海上幽灵"的频繁发生，已对环境构成威胁。

2. 农药污染

目前，我国每年的农药用量在 260t 以上，其中，杀虫剂 70t、杀菌剂 26t、除草剂 170t 以上。农药在各环境要素中循环，并重新分布，污染范围极大扩散，导致全球大气、水体（包括地表水和地下水）、土壤及生物体内都含有农药及其残留。一般来讲，只有 10%～20% 的农药附着在农作物上，而 80%～90% 则流失在土壤、水体和空气中。被土壤吸收的农药一部分渗入植物体内被人或动物摄取；另一部分除挥发和径流损失外，也可被农作物直接吸收并残留于体内，造成残留化学农药污染。农药污染途径是直接水体施药（水产养殖业）、农田用药随雨水或灌溉水向水体迁移、农药企业废水排放、大气中飘移的农药随降雨进入水体、农药使用时的雾滴或粉尘微粒随风飘移沉降在水中，在灌水与降水等淋溶作用下污染地下水。1992 年太湖流域耕地农药用量为 8.072kg/hm²，是全国平均用药水平的 3.572 倍。按流失率 80% 计算，则 1hm² 耕地每年就会有 6.4kg 农药流失到土壤、水和空气中。农药污染也是当前滇池重要的农业面源污染之一。农药污染不仅影响农产品品质，而且对人类的健康亦有威胁。

3. 集约化畜禽养殖场污染

随着人民生活水平的不断提高，畜牧业和水产养殖业发展迅速，特别是集约化规模养殖场的涌现，产生了畜禽粪便污染问题，水产养殖业造成鱼类粪便、饵料沉淀污染和肥料污染，最终污染水体。根据推算，1988 年全国畜禽粪便的产生量为 18.84 亿吨，是当年工业固废量的 3.4 倍，1995 年已达 24.85 亿吨，约为当年工业固废量的 3.9 倍。畜禽粪便主要污染物 COD、BOD、NH₃-N、TP、TN 的流失量逐年增加，2010 年，它们的流失量分别达 728.26 万吨、498.83 万吨、132.20 万吨、41.95 万吨和 345.50 万吨，其中总氮和总磷的流失量超过化肥的流失量。畜禽污水是造成水体富营养化的重要原因。据有关资料显示，养殖 1 头牛产生并排放的废水超过 22 个人的生活和生产废水，养殖 1 头猪产生的污水相当于 7 个人的生活产生的污水。未经处理把废弃物直接排入水系或农田，会造成地下水溶解氧含量减少，水质中有毒成分增多，水质恶化，严重时水体会发黑变臭，最终失去使用价值。

4. 农用塑料地膜污染

由于地膜增产效益明显，农民又希望其价格越低越好，一些厂商为了迎合农民的心理，生产厚度远低于国家标准的地膜，其强度差，易破损，造成碎片残留，且不易回收。据统计，我国农膜年残留量高达 35 万吨，残膜率达 42%，有近一半的农膜残留在土壤中；覆膜 5 年的农田农膜残留量可达 78kg/hm²，目前我国有 670 万公顷覆盖地膜的农田污染状况日趋严重。农膜的大量使用固然带来了巨大的经济效益，但也给农田土壤带来了"白色污染"。农膜属于有机高分子化学聚合物，在土壤中难降解，残留于土壤中会破坏耕层结构，影响土壤通气和水肥传导，对农作物生长发育不利，即使降解也会释放有害物质，逐年在土壤中积累，对生态环境造成破坏。农膜中所含的联苯酚、邻苯二甲酸酯等还会对农产品带来污染，危害人类健康。

5. 农业废弃物和农村生活垃圾污染

我国每年产生 6.5 亿吨秸秆，约有 2/3 被无谓焚烧或变成有机污染物。2000 年我国农业源排放的甲烷占全国排放总量的 80%，氧化亚氮占 90% 以上。现在我国大部分农村地区采用焚烧来处理秸秆，既浪费资源又污染环境。焚烧秸秆产生的烟雾会对人体健康产生威胁，同时造成空气能见度降低，影响交通安全。我国的生活垃圾数量巨大，按 3 亿城镇人口，每人产生 1.0kg/d 计，9 亿农村人口，每人产生 0.5kg/d 计，共产生 75 万吨/天，全国每年合计增加生活垃圾 27375 万吨。农村的生活垃圾基本不进行处理，农民随意倾倒垃圾的现象严重，尤其在河道两旁，造成了水体污染。大量生活垃圾的产生和积累，加剧了农村生态环境的恶化，成为农村面源污染的来源之一。

三、农业面源污染的预防与控制

1. 完善法律法规，加强监管

各级政府应把治理农业面源污染提高到议事日程，通过制定相关政策和法规，加强管理，推进农用化学物质的合理利用，控制农药、化肥中对环境有长期影响的有害物质的含量，控制规模化养殖畜禽粪便的排放，建立健全面源污染的检测、研究机制，为更有效地防治提供科学的理论依据。实现农业生产发展、农民增收与农业环境保护的"三赢"。

2. 加大宣传力度，增强环保意识

基层农技推广人员及广大农民普遍存在对能产生面源污染的隐性污染源问题缺乏足够认识，这是防治农业面源污染的最大障碍。通过加大宣传，提高人们特别是广大农民对面源污染的认识，引导农民科学种田、科学施肥、喷洒农药等，尽量减少由于农事活动的不科学而造成的资源浪费和环境中残余污染物的增加。

3. 推进农用化学物质的合理利用

规范农药、化肥、农膜等可产生污染的化学物质的应用种类、数量和方法。严格农药登记管理，调整农药产品结构，开发、推广应用高效、低毒、低残留农药新品种，推广农药减量增效综合配套技术，组织开展生物防治，推广使用生物农药，全面停止使用高毒、高残留农药，采取化学生物物理措施综合防治作物病虫害。大力推广测土配方施肥技术；推行平衡施肥技术，改善化肥施用结构，调配各元素营养比例，改变氮、磷、钾比例失调或营养单调的局面；研究应用合理的耕作制度，提高化肥利用率，减少化肥流失；扶持作物专用肥、复合配方肥等优质、高效肥料产品的应用。增强破废地膜的回收与管理，防止破废地膜在土壤中积累；加快可降解地膜的研究开发和应用生产速度。

4. 实现畜禽排泄物资源化利用、减量化处置

合理规划畜禽养殖规模和布局，妥善处理大中型禽畜养殖场粪便，开发研究或引进先进的禽畜排泄物综合利用技术与设备，加工成高效有机肥或转化为沼气等，促进废弃物的资源化、

多样化综合利用。对规模化养殖业制定相应的法律法规，提倡"清污分流，粪尿分离"的处理方法。在粪便利用和污染治理以前，采取各种措施，削减污染物的排放总量。

第三节 污水的农业利用

一、水资源分布与农业用水短缺

水资源是自然环境的基础，是维持生态系统的控制性要素，同时又是战略性经济资源，为综合国力的有机组成部分。我国水资源总量为 $28124 \times 10^8 \text{m}^3$，次于巴西、俄罗斯、加拿大、美国和印度尼西亚，居世界第 6 位。但人均水资源占有量只有 2200m^3，仅为世界人均水资源量平均值的 1/3 左右，居世界第 121 位，为 13 个贫水国家之一。

受季风气候的影响，我国水资源的空间分布极不均匀，总体上由东南沿海向西北内陆逐渐减少，北方地区水资源贫乏，南方地区水资源相对丰富。

灌溉在我国农业生产中历来占有着重要的地位。发展灌溉农业，离不开水资源，而水资源的分布不均和人均水资源占有量的不足导致农业用水短缺，且随着工业化、城市化进程的加快，水资源"农转非"成为必然，缺水、水污染和农业用水效率偏低等问题相互交织，水资源危机已成为我国农业持续发展的重要制约因素。在农业生产中利用污水进行灌溉在我国就变得很普遍，污水灌溉成为缓解农业水资源紧缺的重要途径。

二、污水灌溉的经济社会效益

对污水进行适当的处理，科学合理地将污水资源运用于农业灌溉，可以带来较大的社会经济效益。

1. 缓解水资源的短缺

随着社会经济的快速发展，各类需水量在飞速增加。农业灌溉水资源日益短缺，严重制约了我国农业的快速与健康发展。与此同时，工业和城市生活所排放的污水量也相当巨大，利用污水灌溉农田可以在一定程度上缓解目前灌溉水资源短缺的严峻局面。

2. 消除污染改善环境

各类农作物、土壤中的微生物以及土壤本身对污水都有一定程度的净化能力。因此在污水灌溉的同时，农田对这些污水也进行了物理、化学以及生物净化，降低了污水直接排放或污水处理程度不够而引起水体严重污染的可能性，改善了生态环境。

3. 提高土壤肥力

污水中通常含有大量农作物生长所需的营养物质，合理使用污水并充分利用其中的营养物质，可以提高土壤肥力，改善土壤的物理化学性质，促进植物生长，从而减少化肥使用量，削减农田投资，增加农民收入。

4. 降低污水处理成本

经过氧化塘、氧化沟等二级处理后的污水进入农田后，农田会对这些污水进行更深层次的物理化学以及生物净化，这一过程相当于更高级别的污水净化处理，减少污水处理的级数和复杂程度，从而降低污水处理成本。

5. 增加粮食产量

把大量的污水回用于农业，充分利用大量污水资源保证和发展农业灌溉，从而增加我们国家的粮食产量。

三、污水灌溉的环境与健康风险

1. 污水灌溉对土壤环境质量的影响

土壤是天然的净化器，土体通过对各种污染物的机械吸收、阻留，土壤胶体的理化吸附、土壤溶液的溶解稀释、土壤中微生物的分解及利用，发生物理和生物化学作用，大部分有毒物质会分解、毒性降低或转化为无毒物质，有机物为作物生长发育所利用。但是土壤的净化和缓冲能力是有一定限度的，长期引用未经任何处理的不符合标准的污水灌溉农田，土壤中的有机污染物及重金属含量超过了土壤吸持和作物吸收能力，必然造成土壤污染，出现土壤板结、肥力下降、土壤的结构和功能失调，使土壤生态系统平衡受到破坏，引起土壤环境恶化，土壤生物群落结构衰退，多样性下降，产生生态环境问题。

2. 污水灌溉对作物品质与安全性的影响

关于污水灌溉对农作物品质的影响，目前看法不一，一种认为污水灌溉降低了麦稻蛋白质含量，而且随着污水灌溉年限的增加，麦稻品质逐年下降；另一种看法是，在一般情况下污水灌溉后粮食内蛋白质增加。只有在田间管理不当或污水水质较差的情况下可能引起蛋白质下降。有研究表明污水灌溉对冬小麦茎叶的生长发育有一定的促进作用，并能使产量提高17.6%～31.1%。还有研究认为生活污水对大白菜和菠菜的生长、品质以及养分吸收没有明显的负面影响。此外有些研究显示，灌水量、灌溉水质、施肥量对冬小麦株高的影响很小。

在安全性方面，污水灌溉会在作物体内形成重金属残留。比如，污水灌溉后白菜叶子和根中重金属含量明显大于一般水灌溉白菜叶子和根中重金属含量。人体健康就会因为食用这些重金属残留作物而受到威胁。

3. 污水灌溉对地下水环境质量的影响

从以往的资料来看，污水灌溉区地下水中硝酸盐和硬度有所升高。这是由于不科学的污水灌溉再加上大量使用化肥，使地下水的总硬度、含盐量逐渐增加，特别是地下水中 NO_3^- 含量的增加，使污水灌溉区地下水污染问题越来越严重。虽然水土系统中的反硝化作用会降解一部分 NO_3^-，但是污水灌溉对地下水的 NO_3^- 污染应当引起重视。由于污水中的高 NO_3^- 含量，污水灌溉首先会使得 NO_3^- 在土壤中累积，并有可能通过淋溶土壤中的 NO_3^- 而污染地下水。

刘凌在徐州汉王实验基地进行了含氮污水灌溉实验研究，得出：①污水灌溉对下层土壤及地下水中的 NH_4^+ 浓度影响较小，大多数 NH_4^+ 将被上层土壤吸附、转化；②污水灌溉对土壤水及地下水中的 NO_3^- 浓度影响较大，尤其是长期进行污水灌溉的土壤，易造成地下水中 NO_3^- 污染。一般地，污水中的 NH_4^+ 含量较高，污水灌溉到土壤后，水中的 NH_4^+ 将与土壤胶体表面的 Ca^{2+}、Mg^{2+} 发生离子交换反应，结果造成地下水硬度升高和土壤含氮量增加。另一方面，土壤中的 NH_4^+ 会发生硝化作用，其最终产物 NO_3^- 会在短期内加重地下水的污染。

污水灌溉增加了地下水硬度，这是因为城市生活污水和工业废水中含有高浓度的 Na^+，在迁移过程中，能将土壤或含水层中吸附的 Ca^{2+}、Mg^{2+} 置换出来，从而造成地下水硬度的增高。

4. 污水灌溉对灌区人群健康的风险

污水灌溉对人体的健康的影响通过三条途径，一是污水灌溉造成土壤污染，特别是土壤的重金属污染，进而污染农作物，通过食物链进入人体内累积衍生多种慢性疾病；二是污水灌溉导致地下水或河水污染，通过食用生活饮用水或水产品产生疾病，如日本的"水俣病"；三是用污水灌溉时，会产生硫化氢等有害气体，而且污水中还携带病菌和寄生虫等，这些对周围环境会产生直接影响，如在很多污水灌溉区周围的生活区都有流行病的发生。

第二部分
治 理 篇

第四章　农村生活污水的处理与利用

　　我国农村污水普遍缺乏有效整治，全国农村每年产生 80 多亿吨生活污水，但却有 96％的村庄没有污水处理系统及排污设施，生产和生活污水随意排放。由于农村人口数量多，居住分散，没有相关的污水收集和处理设施，大量生产和生活废水未经处理直接排放，不仅对当地的生态环境造成破坏，也对河流水库水体造成了严重污染，产生了许多水污染事件。本章主要介绍农村生活污水的排污特征，提出农村生活污水的处理技术与利用模式。

第一节　农村生活污水的排污特征

　　我国长期的城乡二元结构导致在污水处理方面城乡之间差别显著：在城市，污水不但有完善的收集、处理技术和设施，而且国家颁布系统的法律法规和标准加以控制；而占全国总面积近 90％的广大农村，96％的村庄没有排水渠道和污水处理系统。农村生活污水中大量的污染物质加重受纳水体的污染，造成水体水质恶化，特别是污水中含有大量氮、磷，会使水体富营养化，这个问题引起了人们普遍关注。

　　我国农村水环境的现状与建设社会主义新农村、构建和谐社会的要求不相适应，并已成为农村经济社会可持续发展的制约因素。农村环境问题已引起党中央、国务院及社会各界的高度重视和广泛关注，全国各地兴起了农村水环境治理的高潮。

　　农村生活污水主要为居民生活过程中冲厕污水、洗衣、洗米、洗菜、洗浴和厨房污水等。由于农村的特殊性，一般没有固定的污水排放口，排放比较分散，其污水的水质、水量、排放方式有自身特点。

一、水量、水质特点

　　(1) 分散、面广　厨房炊事用水、沐浴、洗涤用水和冲洗厕所用水，这些用水分散，农村没有任何收集的设施，随着雨水的冲刷，随着地表流入河流、湖沼、沟渠、池塘、水库等地表水体、土壤水和地下水体。

　　(2) 变化系数大　居民生活规律相近，导致农村生活污水排放量早晚比白天大，夜间排水量小，甚至可能出现断流，水量变化明显，即污水排放呈不连续状态，具有变化幅度大的特点。

（3）量大　根据 2006 年的数据，农村地区生活污水排放量为 80 亿吨。

（4）大部分农村生活污水性质相差不大　一般 $BOD_5 \leqslant 250mg/L$，$COD_{Cr} \leqslant 500mg/L$，pH 值在 6～8，$SS \leqslant 500mg/L$，色度（稀释倍数）$\leqslant 100$，水中基本上不含重金属和有毒有害物质，含一定量的氮和磷、水质波动大，可生化性好。

（5）含有多种病原体，危害人体健康。

二、排水体制特点

目前农村一般无完善的污水排放系统，部分靠近城市、经济发达的农村建有合流制排水管网；一些村庄利用自然沟或防洪渠铺设简易的排水管渠，污水就近排入各沟渠；大部分农村的污水任意流淌，无排水系统；自然村落布局零乱，排污口分布散乱。据调查，北京、西北地区（甘肃和宁夏）、华北地区（山东和河北）、山西、新疆农村分别有 20%、58%、23%、2% 及 30% 的农户生活污水自由流淌，山西 89% 的农户将污水排入户外水沟。

三、地区差异较大

我国地域发展不平衡，不同地域间农村的经济水平、地理位置、气候等差别较大，加之农村长期以来形成的居住方式、生活习惯等方面的差异较大，导致水污染情况地区差异较大。

第二节　农村生活污水的处理技术

一、农村生活污水处理现状

长期以来，经济相对落后的农村村镇没有收到应有的重视，除某些水源保护区的农村有简单的污水处理装置外，绝大部分处于放任自流状态。国内对农村生活污水的治理随着三河、三湖污染的加重才刚刚兴起，但农村生活污水治理工程较少，很多处理技术也仅仅处在示范研究阶段。目前农村生活污水的治理存在许多难点：即基建投资以及运行费用较大；农村经济实力以及技术力量很难满足常规城市生活污水处理厂技术要求；生态环境意识淡薄，对农村生活污水治理工作的必要性缺乏了解与重视；农村都没有完善的污水管网；专门针对农村污水的相应的规定和管理制度不够健全。因此，急需要开发高效、低能耗、低成本的污水资源化技术，引进适合我国国情的国外发达国家的先进技术与工艺，解决农村生活污水污染问题。

二、农村生活污水处理技术分类

污水生态技术是指运用生态学原理，采用工程学手段，把污水有控制地投配到土地上，利用土壤-植物-微生物复合系统的物理、化学等特征对污水中的水、肥资源加以回收利用，对污水中可降解污染物进行净化的工艺技术，是污水治理与水资源利用相结合的方法。污水生态处理技术以土地处理方法为基础，是污水土地处理系统的进一步发展。以土壤介质的净化作用为核心，在技术上特别强调在污水污染成分处理过程中植物-微生物共存体系与处理环境或介质的相互关系，特别注意对生态因子的优化与调控。

污水生态处理体系根据处理目标和处理对象的不同，土地处理系统可以分为快速渗滤生态处理系统（RF-ETS）、慢速渗滤生态处理系统（SF-ETS）、湿地生态处理系统（W-ETS）、地表漫流生态处理系统（OF-ETS）、地下渗滤生态处理系统（SI-ETS）等几种类型。

1. 快速渗滤生态处理系统

快速渗滤生态处理系统（rapid filte-ring eco-treatment system，RF-ETS），其定义为有控制地将污水投放于渗透性能较好的土地表面，使其在向下渗透的过程中由于生物氧化、硝化、反硝化、过滤、沉淀、氧化和还原等一系列作用，最终达到净化污水的目的（见图4-1）。在快速渗滤系统运行中，污水是周期地向渗滤田灌水和休灌，使表层土壤处于淹水/干燥，即厌

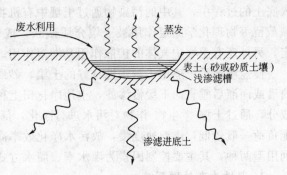

图 4-1　快速渗滤生态处理系统

氧、好氧交替运行状态，在休灌期，表层土壤恢复好氧状态，在这里产生强力的好氧降解反应，被土壤层截留的有机物为微生物所分解，休灌期土壤层脱水干化有利于下一个灌水周期水的下渗和排除。在土壤层形成的厌氧、好氧交替的运行状态有利于氮、磷的去除。

RF-ETS 已经成为我国污水土地处理系统的重要组成部分，这种系统是成功的和经济有效的污水处理方法，它与常规的二级生化污水处理系统相比，具有处理效果好、可以解决出水排入地表水体而产生富营养化的问题以及基建投资和运行费用低等优点，适用于大、中城市市政污水管网不能达到的区域及中、小城镇居民点等地区，作为城市污水集中处理的辅助措施或工矿企业和事业单位污水排放口及乡镇生活污水等小规模污水的分散治理，有着广阔的应用前景。

RF-ETS 系统的主要工艺特征有以下几个方面：①预处理中一般处理用于限制公众接触的隔离地区，二级处理用于控制公众接触的地区；②水量调节与储存系统在冬季往往需降低负荷的运行，另外在渗滤池维修时也要考虑储存部分污水，可通过冬季增加系统面积的方法来解决；③土壤植物系统。适用于 RF-ETS 系统的场地条件为：土层厚度＞1.5m，地下水位＞1.0m，土壤渗透系数为 0.36～0.6m/d，地面坡度＜15%，土地用途为农业区或开阔地区，对植物无明显要求；④再生水收集，可采用明渠、暗管和竖井方式，再生水回收后可用于各种回用用途。

北京通州区小堡村生活污水经快速渗滤处理系统处理后，出水 BOD_5 为 1.71mg/L，COD_{Cr} 为 11.81mg/L，NH_3-N 为 3.04mg/L，水质指标达到了一级排放标准。但是，我国 RF-ETS 只是替代常规二级污水处理，而国外是替代三级污水处理，因此，国内 RF-ETS 出水水质较国外低。

2. 慢速渗滤生态处理系统

慢速渗滤生态处理系统（slow filtering eco-treatment system，SF-ETS）是土地处理技术中经济效益最大、水和营养成分利用率最高的一种类型（见图4-2）。慢速渗滤系统是将污水投配到种有作物的土壤表面，污水在流经地表土壤-植物系统时，得到充分净化的一种土地处理工艺类型。

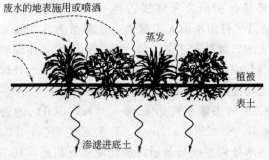

图 4-2　慢速渗滤生态处理系统

在慢速渗滤系统中，土壤-植物系统的净化功能是其物理化学及生物学过程综合作用的结果，具体为：在该处理系统中，投配的污水部分被修复植物吸收利用，一部分在渗

入底土的过程中，其中的污染物通过土壤中有机物质胶体的吸收、络合、沉淀、离子交换、机械截留等物理化学固定作用被土壤介质截获，或被土壤微生物及土壤酶降解、转化和生物固定。另外还有土壤中气体的扩散作用及淋溶作用。

慢速渗滤系统适用于渗水性良好的土壤、砂质土壤及蒸发量小、气候润湿的地区。废水经喷灌或面灌后垂直向下缓慢渗滤，土地净化田上种作物，这些作物可吸收污水中的水分和营养成分，通过土壤-微生物-作物对污水进行净化，部分污水蒸发和渗滤。慢速渗滤系统的污水投配负荷一般较低，渗滤速度慢，故污水净化效率高，出水水质优良。慢速渗滤系统有处理型和利用型两种，其主要控制因素为灌水率、灌水方式、作物选择和预处理等。

3. 湿地生态处理系统

污水的湿地生态处理系统（wetland eco-treatment system，W-ETS）是将污水有控制地投配到土壤-植物-微生物复合生态系统，并使土壤经常处于饱和状态，污水在沿一定方向流动过程中，在耐湿植物和土壤相互联合作用下得到充分净化的处理工艺类型（见图4-3）。

（1）自然湿地处理系统 以芦苇自然湿地处理床处理生活污水最为典型，一般由预处理系统、集水与布水系统、芦苇地处理床组成。芦苇处理床在天津已有应用，对COD、总氮、总磷有较高的去除率，但自然湿地处理系统占地面积大，不适合土地缺乏的农村地区（见图4-3）。

（2）人工湿地处理系统 人工湿地技术是20世纪60年代发展起来的一种污水处理

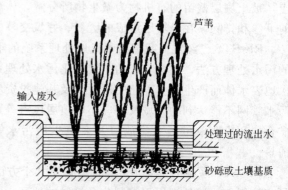

图4-3 自然湿地生态处理系统

技术。1953年，德国研究者 Dr. Kathe Seidel 在其实验过程中发现芦苇能去除大量的无机和有机污染物，在随后的几年时间里，这些实验室进行了许多大规模实验，用以处理工业废水、江河水、地面径流和生活污水。经过30多年的发展，该技术在北美和欧洲得到了大规模应用。

人工湿地是模拟自然湿地的人工生态系统，在一定长宽比和底面坡度的洼地上用土壤和填料（如砾石等）混合组成填料床，并有选择性地在床体表面植入植物，从而形成一个独特的动植物生态体系（见图4-4）。当污水在床体的填料缝隙中流动或在床体表面流动时，经砂石、土壤过滤，植物富集吸收，植物根际微生物活动等多种作用。其中的污染物质和营养物质被系统吸收、转化或分解，从而使水质得到净化。

我国进行湿地处理系统研究较晚，在"七五"期间开始人工湿地研究。首例采用人工湿地处理污水的研究工作始于1987年，由天津市环境保护研究所建成占地 $6hm^2$ 的处理规模为 $1400m^3/d$ 的芦苇湿地工程；1989年建成了北京昌平自由水面人工湿地，处理量为 $500kg/d$ 的生活污水和工业废水，处理效果良好，优于传统的二级处理工艺；20世纪90年代又在深圳建成白泥坑人工湿地示范工程。此后，国家环保部与中国科学院各单位相继采用人工湿地处理污水进行过一系列试验，对人工湿地的构建与净化功能进行了阐述。

人工湿地技术处理效果好，通常情况下 BOD_5 的去除率可达 $85\% \sim 95\%$，COD_{Cr} 的去除率可达 80% 以上，处理出水中的 $BOD_5 < 10mg/L$，$SS < 20mg/L$；N、P 去除能力强，TN 和 TP 的去除率分别可达 60% 和 90%；人工湿地污水处理系统与普通污水处理系统相比，其工程投资可节省 $40\% \sim 50\%$；操作简单、维护和运行费用低，是传统二级活性污泥处理工艺的

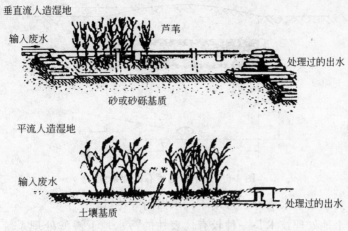

图 4-4　人工湿地处理系统

10%～30%。

人工湿地根据水流方向可以分为以下 3 类：

① 表面流湿地　该类型湿地和自然湿地极为相似，污水以较慢的速度在湿地表面漫流。污水中有机物的去除，主要依靠床体表面的生物膜和水下植物茎、秆上的生物膜来完成，氧主要来自于水体表面扩散、植物根系的传输和植物的光合作用。

② 水平潜流湿地　该类型湿地的主要特征是污水从湿地一端进入另一端流出，污水在填料床表面下水平流过，床体表面无积水，床底设有防渗层。

③ 垂直流湿地　污水从湿地表面纵向流到填料床的底部，床体处于不饱和状态，氧可通过大气扩散和植物传输进入湿地，其硝化能力高于水平潜流湿地，可用于处理 NH_3-N 含量较高的污水。但处理有机物能力不如水平潜流人工湿地系统，落干，淹水时间较长，控制相对复杂，夏季有滋生蚊蝇的现象。

4. 地表漫流生态处理系统

地表漫流生态处理系统（overland flow eco-treatment system，OF-ETS）是以表面布水或低压、高压喷洒形式将污水有控制地投配到生长多年生牧草、坡度和缓、土地渗透性能低的坡面上，使污水在地表沿坡面缓慢流动过程中得以充分净化的污水处理工艺类型（见图 4-5）。

OF-ETS 兼有处理污水与生长牧草的双重功能，它对预处理程度要求低，出水以地表径流为主，对地下水影响最小。只有少部分水量因蒸发与下渗而损失，大部分径流汇入集水沟。

5. 地下渗滤生态处理系统（SI-ETS）

地下渗滤生态处理系统（subsurface infiltration eco-treatment-system，SI-ETS）是将污水投配到具有特定构造和良好扩散性能的地下土层中，污水再经土壤毛管浸润和土壤渗滤作用向周围扩散和向下运动，通过过滤、沉淀、吸附和在微生物作用下的降解作用，达到处理利用要求的污水处理工艺类型（见图 4-6）。

地下渗滤系统具有运行管理简单、不影响地面景观、基建及运行管理费用低、

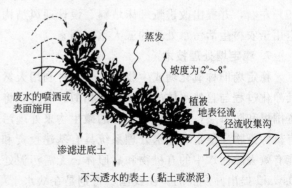

图 4-5　地表漫流生态处理系统

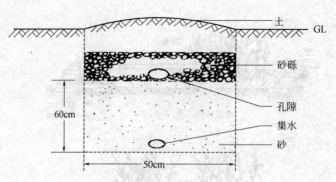

图 4-6　地下渗滤生态处理系统

氮磷去除能力强、处理出水水质好、可用于污水回用等特点。

其中毛管渗滤土地处理技术是一种较有代表性的污水地下渗滤处理系统，在我国的北京、上海、辽宁、贵州、浙江、福建等地均已有成功应用的实例，如 1992 年，北京市环境保护科学研究院建造了一个实际规模的污水地下毛管渗滤系统。

6. 蚯蚓生态滤池

蚯蚓生态滤池就是根据蚯蚓具有吞食有机物、提高土壤渗透性能和蚯蚓与微生物的协同作用等生态学功能而设计的一种污水生态系统处理技术。由于蚯蚓生态滤池具有基建及运行管理费用低、氮磷去除能力强、处理出水水质好且可回用等特点，该技术首先在城市生活污水处理、污泥稳定和处置中得到应用和初步研究。蚯蚓生态滤池污水处理技术最早在法国和智利研究开发，国外已经开始产业化应用。蚯蚓生态滤池处理系统的设计集初沉池、曝气池、二沉池、污泥回流设施等于一身，大幅度简化污水处理流程；运行管理简单方便，并能承受较强的冲击负荷；处理系统基本不外排剩余污泥，其污泥率大幅低于普通活性污泥法；通过蚯蚓的运动疏通和吞食增殖微生物，解决传统生物滤池所遇到的堵塞问题。对于污水收集相对困难、技术水平相对落后、生活污水亟须得到治理的农村地区来说，这是一种极具推广价值的污水处理技术。

污染控制与资源化国家重点实验室和杭州市环境保护科学研究院对蚯蚓生态滤池处理太湖流域农村生活污水进行现场试验研究，通过对蚯蚓同化容量与污染负荷进行单因素分析，得出蚯蚓生态滤池处理农村生活污永的运行参数与运行方式，并据此进行连续运行试验。结果表明，在表面水力负荷 $1m^3/(m^2 \cdot d)$、湿干比（布水时间和落干时间之比）1：3、蚯蚓负荷（以单位体积填料中蚯蚓的质量计）12.5g/L 的条件下，蚯蚓生态滤池处理农村生活污水具有可行性与高效性，单级系统的 COD、总氮、氨氮和总磷的去除率分别在 81％、66％、82％ 和 89％左右，并提出改进蚯蚓床填料、设计通风结构和采取适宜运行方式，是蚯蚓生态滤池成功应用于农村生活污水处理的三大重要因素。

7. 稳定塘处理技术

稳定塘旧称氧化塘或生物塘，是一种利用天然净化能力对污水进行处理的构筑物的总称，其净化过程与自然水体的自净过程相似。通常是将土地进行适当的人工修整，建成池塘，并设置围堤和防渗层，依靠塘内生长的微生物来处理污水，主要利用菌藻的共同作用处理废水中的有机污染物。稳定塘污水处理系统具有基建投资和运转费用低、维护和维修简单、便于操作、能有效去除污水中的有机物和病原体、无需污泥处理等优点，是由美国加州大学伯克利分校的 Oswald 提出并发展的。在我国，特别是在缺水干旱的地区，是实施污水的资源化利用的有效方法，所以稳定塘处理污水近年来成为我国着力推广的一项新技术。

按照塘内微生物的类型和供氧方式来划分，稳定塘可以分为以下五类。

（1）好氧塘 好氧塘的深度较浅，阳光能透至塘底，全部塘水内都含有溶解氧，塘内菌藻共生，溶解氧主要是由藻类供给，好氧微生物起净化污水作用。

（2）兼性塘 兼性塘的深度较大，上层是好氧区，藻类的光合作用和大气复氧作用使其有较高的溶解氧，由好氧微生物起净化污水作用；中层的溶解氧逐渐减少，称兼性区（过渡区），由兼性微生物起净化作用；下层塘水无溶解氧，称厌氧区，沉淀污泥在塘底进行厌氧分解。

（3）厌氧塘 厌氧塘的塘深在 2m 以上，有机负荷高，全部塘水均无溶解氧，呈厌氧状态，由厌氧微生物起净化作用，净化速度慢，污水在塘内停留时间长。

（4）曝气塘 曝气塘采用人工曝气供氧，塘深在 2m 以上，全部塘水有溶解氧，由好氧微生物起净化作用，污水停留时间较短。

（5）其他类型的稳定塘 深度处理塘——又称三级处理塘或熟化塘，属于好氧塘，其进水有机污染物浓度很低，一般 $BOD_5 \leqslant 30mg/L$。常用于处理传统二级处理厂的出水，提高出水水质，以满足受纳水体或回用水的水质要求。

水生植物塘——在塘内种植一些纤维管束水生植物，比如芦苇、水花生、水浮莲、水葫芦等，能够有效地去除水中的污染物，尤其是对氮、磷有较好的去除效果。

第一个有记录的塘系统是美国于 1901 年在得克萨斯州圣安东尼奥市修建的。目前，美国有 7000 多座稳定塘，德国有 2000 多座稳定塘，法国有 1500 多座稳定塘，在俄罗斯稳定塘已成为小城镇污水处理的主要方法。稳定塘除了能够很好地处理生活污水，对各种废水也都表现出优异的处理效果，广泛应用于处理石油、化工、纺织、皮革、食品、制糖、造纸等工业废水。

由于稳定塘具有经济节能并能实现污水资源化等特点，所以受到我国政府的高度重视。20世纪 80 年代，国家环保局主持了被列为国家"七五"和"八五"科技攻关项目的氧化塘技术研究，我国政府对稳定塘一直采取鼓励扶植的措施。国家环保局曾拨款 300 万元，资助齐齐哈尔对稳定塘进行了改建和扩建。目前，我国规模较大的稳定塘有：日处理 20 万立方米城市污水的齐齐哈尔稳定塘、日处理 17 万立方米城市污水的西安漕运河稳定塘、日处理 3 万立方米城市污水的山东胶州氧化塘和日处理 8 万立方米化工废水的湖北鸭儿湖氧化塘等。

目前，稳定塘除了用于处理中小城镇的生活污水之外，还被广泛用来处理各种工业废水，此外，由于稳定塘可以构成复合生态系统，而且塘底的污泥可以用作高效肥料，所以稳定塘在农业、畜牧业、养殖业等行业的污水处理中也得到了越来越多的应用，特别是在我国西部地区，人少地多，氧化塘技术的应用前景非常广泛。

8. 一体化成套设备处理技术

一体化污水处理装置有很多类型，处理装置一般采用的工艺有预处理（如厌氧滤池）与好氧生化（如接触曝气池、生物滤池或移动床接触滤池），有的还设计有深度处理部分，如消毒、膜技术等。

日本对小型污水净化槽的研究比较早，日本法律规定凡是使用了水冲式厕所而没有下水道系统的地区，均要求安装净化槽。在日本约有 66％的用户使用 Gappei-shori 净化槽或者集中处理系统处理生活污水，其处理工艺流程如图 4-7 所示，净化槽具有占地小、处理效果稳定、操作管理方便等特点，目前，日本安装有 800 万个小型净化槽，服务人口约 3600 万，在缺乏排水系统的边远乡村应用比较成熟。对此类净化设施进行消化、吸收、改进后，可以用于我国经济水平较高、污水处理要求较高的农村地区污水处理。

生物接触氧化技术在国内应用较多，处理农村面源污水、东莞珠江花园、盐城毓龙小区、

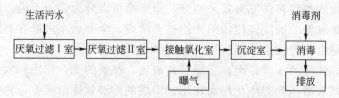

图 4-7　Gappei-shori 小型污水净化槽处理工艺流程

山西五阳煤矿工人新村污水治理工程以及北京西客站建筑中水工程都有利用；河海大学研究和使用的滤床技术，适应于处理 200 户左右的集中的污水处理；水解酸化-上向流曝气生物滤池工艺处理适合于小城镇污水的集中；MBR 工艺由膜分离和生物处理组合，是一种新型、高效的污水处理工艺，在北京密云、怀柔等水源保护区附近的农村已经使用，运行效果良好。在浙江某示范村，按处理水量 80t/d 设计，该一体化处理设施以厌氧工艺为主，集生物降解、污水沉降、氧化消毒等于一体，设施结构紧凑、占地少、可整体设置于地下，运行经济、抗冲击负荷能力强、处理效率高，施工、管理维修方便（见图 4-8）。

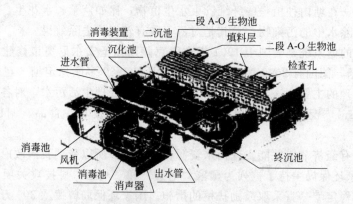

图 4-8　浙江某示范村的小型一体化设备工艺（郑展望等，2007）

发展集预处理、生化处理以及深度处理于一体的中小型污水一体化装置，是今后农村生活污水分散处理的技术之一。

9. 污水厂集中处理技术

经济条件好或靠近城市且居住集中的农村地区可以选择污水厂集中收集、集中处理的技术。山东威海市环翠区已建有完善的农村污水管网，温泉、草庙子两个镇生活污水全部汇入威海市第二污水处理厂进行处理达标后排放。江苏的江阴为加大农村环境综合整治力度，实现"农业向集约化集中、农民向集镇集中、污水集中处理"的目标，从 2003 年开始，江阴市广大村镇相继建起了多座万吨的污水处理厂，改善了广大农村的水环境质量。2008 年浙江省义乌市规划将 385 个行政村的生活污水纳入污水厂统一处理。2008 年底已有 48 个行政村的污水纳入污水处理厂统一处理。

第三节　农村污水的处理与利用模式

一、处理模式

处理模式主要有分散、集中及接入市政管网统一处理模式三种，应结合农村现状，因地制宜地选择合适的处理模式。

（一）分散处理模式

分散处理模式即将农户污水分区收集，以稍大或邻近的村庄联合为宜，各区域污水单独处理，一般采用中小型污水处理设备或自然处理等形式。该处理模式具有布局灵活、施工简单、管理方便、出水水质有保障等特点，适用于布局分散、规模较小、地形条件复杂、污水不易集中收集的村庄的污水处理。通常在我国中西部村庄布局较为分散的地区采用。

1. 国外分散式处理技术应用

在污水处理方面，广泛采用了自然土地处理法和生物化学处理法。澳大利亚出现了一种Filter的高效、持续性的污水灌溉技术，它先将污水用于作物灌溉，然后将经过灌溉土地处理后的水汇集到地下暗管排水系统中排出，特别适用于土地资源丰富、可以轮作休耕的地区，或是以种植牧草为主的地区，一般用于大田作物。美国是发展人工湿地最多的国家，有600多处人工湿地用于市政、工业和农业废水。在欧洲一些国家，如丹麦、德国、英国等至少有200多处人工湿地在运行，多用于对人口规模近千人的乡村级社区进行处理。韩国作为一个具有典型春旱气候的国家，发展了人工湿地与废水稳定塘相结合的土地处理技术，稳定塘储存的用水可用于春旱的补充用水。

厌氧消化技术具有低造价、低运行费、能回收利用能源等特点，它在分散生活污水的处理中得到了越来越广泛的研究与应用。近20年来，发展了越来越多的高速处理设备和技术，如厌氧滤池（AF）、升流式污泥床反应器（UASB）、厌氧膨胀颗粒污泥床（EGSB）等，荷兰、巴西、哥伦比亚、印度等国家已建成生产性UASB来处理生活污水。

2. 我国分散式处理技术应用

在我国广大农村地区，普遍应用的分散式处理技术为土地处理技术和厌氧消化技术。

（1）土地处理技术　土地处理技术是一项造价低、运行费低、低能耗或无能耗、易于维护的污水处理技术，研究和应用比较多的污水土地处理工艺有快速渗滤处理系统、人工湿地处理系统和地下渗滤处理系统。

清华大学的刘超翔等人在滇池流域农村进行了人工湿地处理生活污水的试验和生态处理系统设计。刘超翔在试验的基础上，对滇池流域农村污水生态处理系统进行了设计，设计处理水量80m³/d，设计进水水质：COD为200mg/L，总氮为30mg/L，氨氮为23mg/L，总磷为5mg/L；设计出水水质：COD去除率≥80％，总氮去除率≥85％，总磷去除率≥85％，采用表面流人工湿地、潜流式人工复合生态床和生态塘组合工艺，表面流人工湿地水力负荷为4cm/d，地面以上维持30cm的自由水位，湿地内种植茭白和芦苇，潜流湿地水力负荷为30cm/d，床深80cm，里面填充炉渣，上部种植水芹，运行成本为0.03元/m³，设计中污水处理与生态环境建设的结合得到了体现。帖靖玺等人采用2级串联潜流式人工湿地系统对太湖地区农村生活污水进行了脱氮除磷的试验研究，结果表明，在夏季，当进水容积负荷为400L/d时，人工湿地系统对TN和TP的去除率分别为80％和83％；在冬季，当进水容积负荷为240L/d时，人工湿地系统对TN和TP的去除率分别为90％和94％。孙亚兵等人采用人工配水模拟太湖地区农村生活污水水质，利用改进的自动增氧型潜流人工湿地对其进行处理，COD、氨氮、TP的去除率为89.45％、88.93％、90.25％，且系统有较强的抗冲击负荷能力。

近几年来，国内对快速渗滤系统的研究也逐渐兴起，吴永锋等人进行了生活污水快速渗滤处理现场试验，结果表明，快速渗滤系统对氮及有机物具有良好的去除效果，在稳定运行阶段，总氮出水浓度低于5mg/L，去除率大于95％；COD值低于40mg/L，去除率大于80％。快速渗滤系统对生活污水具有较高的水力负荷，具有较好的净化效果，对BOD、COD、SS、氨氮、TN、TP 的去除率可达到 90％左右，出水水质均能达到二级排放标准。

目前，国外如日本、美国、俄罗斯等国家，对开发各种地下渗滤系统，如地下土壤渗滤沟、土壤毛管浸润渗滤沟以及各种类型的地下天然土壤渗滤与人工生物处理相结合的复合净化工艺，给予极大关注，陆续开发、兴建了一些净化效率高、能防止地下水污染、动力耗能省、维护运行费低的土壤净化构筑物。

地下渗滤土地处理系统是一种自然生态净化与人工工艺相结合的小规模污水处理技术，该技术基于生态学原理，以基建投资低、能源消耗少为主要特色，可广泛应用于城市人口不太密集的一些地区、近郊地区或某些乡镇居民点。地下渗滤系统采用地埋方式，通常铺设在住户的后花园、草坪或者菜地下，日常运行无需动力，经过处理的污水可以根据现场的具体情况，直接流入地下水自然循环系统或由地下收集管渠收集后排入地面河道或回用（见图4-9）。

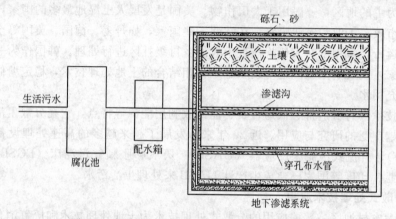

图 4-9　常见地下渗滤系统示意（刘晓宁等，2007）

（2）厌氧消化技术　厌氧消化技术具有动力消耗少、环境污染少、沼渣沼液利用途径多，且能产生能源沼气等优点。近年来，我国大力推广了厌氧消化技术在农村地区的使用。

自 20 世纪 80 年代开始，生活污水净化沼气池由农村能源部门向城镇的住宅楼、医院、学校等卫生配套建设中大力推广，住宅楼中每 10～12 户生活污水所产沼气可供其中 1 户全年用气，因此可考虑由用气户承担净化沼气池的日常维护工作。生活污水净化沼气池 20 多年来一直采用二级厌氧消化加多级兼氧过滤的处理模式，目前，考虑到生活污水脱氮除磷的需求，国内有研究在工艺上采用二级厌氧和一级好氧达到氮磷脱除效果（见图4-10）。

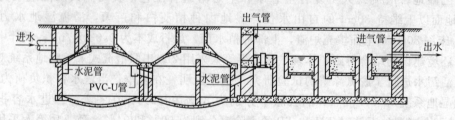

图 4-10　生活污水净化沼气池布置示意（孙海如等，2009）

我国近几年通过私有资金和民营企业的参与，在一体化装置方面也有了快速的发展。如有环保公司与日本公司合作生产净化槽；也有自主开发出多种不同规模的一体化污水处理装置，如大理山水环保科技有限公司紧紧围绕洱海流域面源污染控制成套设备研发，开展包括分散性生活污水处理一体化净化系统、粪尿分集式生态卫生旱厕、庭院式生活污水处理设备等产品研发和工程应用。引进日本地埋式脱氮生活污水一体化净化槽技术，并通过示范工程将该先进技术实现本土化，处理规模从每天数十方到数百方，应用于村落、小区、学校、宾馆、餐饮、旅游娱乐服务区等分散性污水及难以收集的地区，应用范围广泛，并在该基础上与大理洱海湖泊研究中心共同研发推广庭院式生活污水处理一体化净化设备等。

一体化装置的发展应大力引进民间的资金和技术力量，研制能脱氮除磷、组装系列化、密闭性、自动化、高效的处理效率的小型污水净化装置，根据我国的实际情况，实现装置的地埋自流、无动力或微动力运行。

（二）集中处理模式

集中处理模式即所有农户产生的污水集中收集，统一建设处理设施处理村庄的全部污水。一般采用自然处理、常规生物处理等工艺形式。该处理模式具有占地面积小、抗冲击能力强、运行安全可靠、出水水质好等特点，适用于村庄布局相对密集、规模较大、经济条件好、村镇企业或旅游业发达、处于水源保护区内的单村或联村的污水处理。通常在我国东部和华北地区，村庄分布密集、经济基础较好的农村采用。

部分省市已经开展农村生活污水集中处理，并取得了良好的效果，如 2006 年武汉市设立农村生活污水集中处理示范点，高山村是试点之一。该村 287 家农户每户都修建了排水渠，地下埋设了 1000 余米下水道。生活污水由排水渠经下水道直接排往村中的氧化塘，污水经自然氧化过滤后，可用于农田灌溉。此法改变了污水横流现象，也解决了农业灌溉问题。在黄陂区刘家山村，每天有近百吨生活污水排入格栅井进行预处理，去除污水中大的悬浮物后，污水依次通过隔油池、厌氧池、厌氧生物滤池和氧化沟，最后的出水可用于农田灌溉。在东西湖区慈惠农场石榴红村，一个湿地生态系统有效地解决了农业生态旅游餐饮污水及生活污水的处理问题。污水进入过滤池后，通过池中种植的美人蕉等植物进行自然净化。由于这种污水处理方式无运行费用，不需人员操作，非常适合在农村推广。

（三）接入市政管网统一处理模式

接入市政管网统一处理模式即村庄内所有农户的污水经污水管道集中收集后，统一接入邻近市政污水管网，利用城镇污水处理厂统一处理。该处理模式具有投资省、施工周期短、见效快、统一管理方便等特点，适用于距离市政污水管网较近（一般 5km 以内），符合高程接入要求的村庄污水处理。通常在靠近城市或城镇、经济基础较好、具备实现农村污水处理由"分散治污"向"集中治污、集中控制"转变条件的农村地采用。

部分省市已经开展农村生活污水接入市政管网统一处理工程，如总投资达 20 亿元的常熟市农村生活污水处理工程日前全面启动。到 2011 年底前，该市将实现镇区范围内污水主干管的全覆盖。常熟市农村生活污水处理工程是常熟市率先全面推进城乡一体化建设的重大基础设施项目，也是一项惠及城乡居民的重大民生工程。该工程主要建设内容为镇区污水收水主干管、污水提升泵站、建成区小区收水工程、农村居住区纳管工程、农村居住区分散处理工程。据该市相关部门负责人介绍，工程投资约 20 亿元，计划用 3 年时间来实施。整个工程将延伸镇污水主干管 451km，对总占地 1070 万平方米的各镇建成小区实施雨污分流改造，新建、改扩建 53 座污水提升泵站，纳管农村居民 52599 户，涉及范围为梅李镇、海虞镇、虞山镇（主城区除外）等 10 个镇，总面积约 1098.43 平方千米。

2007 年无锡市锡山区实施的区域污水处理工程，是该区推进生态建设、改善人居环境的重点建设项目。2007 年以来，该区结合村庄整治，根据总体规划和生态建设目标，在东亭、安镇、东港、鹅湖、锡北 5 个主要城镇建设污水处理厂及配套管网。目前，东亭污水处理厂一期工程正式竣工，东亭污水厂二期工程、安镇污水处理厂一期工程建设接近尾声，初步形成了处理能力7万吨/日的污水厂。当地6个社区和120多家企业的污水收集管网已经铺设，并可辐射到周边多个村。现在，许多农村居民家的生活污水已与社区污水收集网和城区污水管网主干线"接龙"，不再随意排放，使社区的环境大为改善。不久，除了偏远的村落，东亭大部分社区的生活污水都可以纳入该厂的污水管网统一处理，实现城乡污水处理一体化。按照规划，锡山区5座污水处理厂共铺设污水主管网770km，以城镇为中心统一收集农村工业和生活污水，全部建成后污水处理能力可达20万吨/日，受益企业逾3000家、居民约20多万人。

二、综合利用模式

目前，在农村生活污水处理利用方面已经取得了一定的成果，具体应结合农村环境及农业发展的特点选择合理的污水处理利用模式，使农村污水得到有效处理的同时取得环境效益和经济效益，形成生态农业，实现污水处理和农业环境的和谐发展。

（一）生态厕所

中国人均水资源仅为世界水平的1/4，过去中国城乡到处可见"挖个坑、搭个板、围个墙"，被称为"旱厕"的厕所，这种厕所是造成部分地区传染病、地方病和人畜共患疾病的发生和流行的原因之一。另一方面，我国每年产生大约5亿吨尿液（含氮500万吨、磷50万吨和钾112万吨）和3000万～4000万吨粪便（含氮66万吨、磷22万吨和钾44万吨）。如果通过生态厕所的无害化处理和循环利用回归农田，即可以使每公顷农田获得氮56kg、磷7.2kg、钾15.6kg，从而减少农用化学品的生产投入，降低农用生产成本，也可避免厕所污水污染农村环境。

生态厕所是指具有不对环境造成污染，并且能充分利用各种资源，强调污染物净化和资源循环利用概念和功能的一类厕所。国内外已经出现了生物自净、生物发酵、物理净化和粪污打包等不同类型的生态厕所。我国生态厕所主要包括以下三种类型。

1. 粪尿分离型生态厕所

设计这种厕所的理论基础认为，在生理上粪和尿就分属两个不同的系统，有不同的排泄口，这使粪尿分别收集成为可能；健康人群的尿中没有致病微生物，致病微生物主要存在于粪便中。排泄物中所含的养分以氮、磷、钾为主。正常成年人每人每年排尿400～500L，排便50L，其中含氮5.5kg、磷0.8kg、钾2kg，这些养分80%存在于尿中。

基于以上依据，粪尿分离型厕所把粪和尿分开收集，把数量较多、富含养分且基本无害的尿直接利用；把数量较少、危害较大的粪便制成堆肥作为优良的土壤改良剂用于农业生产，实现生态上的循环。

粪尿分离型厕所技术含量不高，却代表了先进的卫生理念。把集中处理变为就地处理，把先混合扩大污染后再去治理变为预防污染在前，把处理减至最低限度。这是目前主要推广的技术，也是目前欠发达农村地区改善卫生条件最合适的技术手段。

2. 沼气池生态厕所

这种厕所是将沼气池与厕所连接在一起，人、畜禽粪便经进料口进入沼气池厌氧发酵，还可以将冲厕粪便水同家庭有机垃圾破碎后一同在沼气池中处理，产生的沼气是很好的能源，剩下的残余物可以作堆肥使用。在国内，较典型的是在南方推广的人畜-沼气-果树模式和在北方推广的人畜-沼气-蔬菜-大棚模式的农村生态卫生系统。这两种模式都以其科学合理的能流和物流构成一个较为完整的农村生态卫生系统。早期的沼气池由于冬季保温的问题，一般在南方地区使用的较多。由于技术的改进，近年来在北方一些地区的使用也开始增多。随着沼气池技术的逐渐进步，这种沼气池生态厕所的前景也很广阔。

3. 生化生态厕所

生态厕所是一种装配有高效生物反应槽，利用堆肥化的基本原理，在生物手段（添加微生物菌剂）和理化手段（加热）等的配合下，高效处理粪便的一种生态厕所。由包括作为处理核心部分的分解反应槽、废气排放通道、同期系统、排水系统和其他一些附件如搅拌器等组成（见图 4-11）。

近些年来，一些新型的生态厕所也涌现出来，以适应不同条件的需要。例如循环水冲洗厕所，一般的处理工艺有两种：一是单独收集尿液加入药剂或微生物菌剂去除异味后，再回用于冲洗厕所；二是将粪便混合处理，通过微生物的分解作用分解粪便。同时，利用一些技术把粪便混合物中的水分离处理后部分用于冲洗厕所。循环水冲洗厕所由于和现行的冲水厕所的使用方式非常相似，因此很容易被人们接受。

生态厕所是农村厕所污水处理的一大亮点。依据生态原理可将废物转变为资源，而且不造成环境污染，无臭、无味、安全卫生，既节约水资源，又减少粪便对环境的污染，还达到了资源的循环利用。

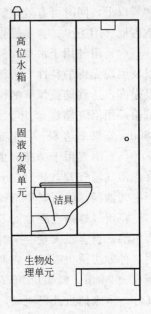

图 4-11　生态厕所
简单示意
（苟剑飞等，2006）

（二）沼气技术

将沼气技术与农业生产技术结合起来，能治理多种污水，并产生经济效益、环境效益与社会效益。我国的沼气已形成自己的农村能源生态模式：单一模式，三结合模式，庭院生态农业模式。庭院生态农业模式又有：北方寒带地区的沼气池、猪禽舍、厕所和日光温室组合的四位一体的庭院经济模式；西北贫水地区以沼气池、果园、暖圈、蓄水窖和组合的"五配套"系统模式；南方的猪圈、沼气池、果园组合的"猪沼果"系统模式。随着国家对农村沼气投资力度的逐渐加大，农村沼气建设在数量和质量上都有了质的飞跃，在农业发展、农业生态环境建设中的作用日益明显，农村沼气利用技术已经突破了传统的燃料范畴。

1. 沼气的综合利用模式

（1）沼气用作燃料　沼气是一种综合、再生、高效、廉价的优质清洁能源。它的使用极大地减少了柴煤的使用，成为农村家庭节能生活的新技术。3～5 口人的农户修建一个同畜禽舍、厕所相结合的 8m³ 沼气池，可年产沼气 300 多立方米。一年至少 10 个月不烧柴煤，可节柴 2000kg 以上，相当于封山育林 4 亩，同时为农户节省了生活用能开支。

（2）沼气储粮　沼气储粮的主要原理是减少粮堆中的氧气含量，使各种危害粮食的害虫因缺氧而死亡，能有效抑制微生物生长繁殖，保持粮食品质，避免粮食储存中的药剂污染。如将沼气通入粮囤或储粮容器内，上部覆盖塑料膜，可全部杀死玉米象、长角谷盗等害虫，有效抑制微生物繁殖，保持粮食品质，避免储存中的药物污染。沼气储粮可节约储存成本 60% 以上，减少粮食损失 11% 左右。

（3）沼气为大棚增温施肥　把沼气通入大棚或把沼气灯介入大棚，沼气燃烧既可以增加大棚的温度，又可以利用燃烧产生的 CO_2 对植物的叶面进行气体施肥，不仅具有明显的增产效果，而且生产出的是无公害蔬菜。每 60～80m² 安一盏沼气灯，增温施肥效果明显，提高产量

20％以上，同时可有效地解决温室大棚在冬季受寒潮侵袭的问题，用沼气灯防寒潮，投资少、不占地、用工少、容易操作、效果均匀。

（4）沼气用于水果保鲜　沼气储藏水果是利用沼气中甲烷和二氧化碳含量高、含氧量极低以及甲烷无毒的特性，来调节储藏环境中的气体成分，造成一定的缺氧状态，以控制水果的呼吸强度，达到储藏保鲜的作用。储藏期可达 4 个月左右，且好果率高，成本低廉，无药害。据试验，用沼气储红富士苹果和秦冠苹果 90d，好果率分别为 81.3％和 93.6％；沼气储柑橘 150d，好果率达 88.7％；储山楂 150d，好果率达 84.5％。

（5）沼气用于诱捕害虫　可以在与沼气池相距 30m 以内设沼气灯，用直径 10mm 的塑料管作沼气输气管，超过 30m 时应适当增大输气管的管径，也可以在沼气输气管中加入少许水，产生气液局部障碍，使沼气灯产生忽闪现象，增强诱蛾效果。

将沼气灯吊在距地面 80～90cm 处，在沼气灯下放置一只盛水的大木盆，水面上滴入少许食用油，当害虫大量拥来时，落入水中，被水面浮油粘住翅膀死亡，供鸡、鸭采食，也可以利用这种方法诱虫喂鱼：离塘岸 2m 处，用 3 根竹竿做成简易三脚架，将沼气灯固定，使其距水面 80～90cm。如 2006 年 7 月在鄂尔多斯市东胜区柴登镇柴登村杨二毛的鱼塘水面设置 3 盏沼气灯，诱蛾捕虫效果明显，鱼的增长速度明显增加。

（6）沼气发电　我国农村偏远地区还有许多地方严重缺电，如偏僻山区等高压输电较为困难，而这些地区却有着丰富的生物质原料。因地制宜地发展小沼电，犹如建造微型"坑口电站"，可取长补短就地供电。沼气发电有利于减少温室气体的排放，变废为宝，减少对周围环境的污染，一定程度上解决了农村的供电问题，为农村生活提供便利。

2. 沼渣的综合利用模式

沼渣中含有 18 种氨基酸、生长激素、抗生素和微量元素，是很好的饲料，可用于农业养殖，提高产量发展绿色养殖。沼肥保氮率高达 99.5％，氨态氮转化率 16.5％，分别比敞口沤肥高 18％和 1.25 倍，是一种速缓兼备的多元复合有机肥料，可用作基肥，用于蘑菇、土豆等的种植。利用沼渣进行种植养殖具有成本低、品质好、产量高等特点。

（1）沼渣养殖黄鳝　利用沼渣养殖黄鳝，沼渣中含有较全面的养分，可供鳝鱼直接食用，同时也能促进水中浮游生物的繁殖生长，为鳝鱼提供饵料，减少饵料的投放，节约养殖成本。

（2）沼渣养蚯蚓　蚯蚓蛋白质含量高，是鸡、鸭、鱼、猪等的良好饲料。蚯蚓以吃泥土和腐殖质为生，同时也喜欢吃树叶、秸秆等植物残体和动物粪便。将捞出的沼渣加以晾晒，去除多余水分，并使残留在沼渣中的氨逸出。用 80％晾干的沼渣和 20％的碎草、树叶及生活有机垃圾等拌匀后即可作为蚯蚓的饵料，饲养蚯蚓。

（3）沼渣养猪　沼肥中游离的氨基酸、维生素是一种良好的添加剂，猪食用后贪吃、爱睡、增膘快、不生病，较常规喂养增重 15％左右，可提前 20～30 天出栏，节约饲料 20％左右，每头猪可节约成本 30 多元。

（4）沼渣栽培蘑菇　沼渣养分全面，能满足蘑菇生长的需要。沼渣的酸碱度适中、质地疏松、保墒性好，是替代牛马粪栽培蘑菇的好原料。取正常产气 3 个月后出池后的无粪臭味的优质沼渣按比例配制栽培，每 100m³ 的栽培原料需 5000kg 沼渣、1500kg 麦秆或稻草、15kg 棉籽皮、60kg 石膏及 25kg 石灰。利用沼渣栽培蘑菇养分含量全、杂菌少、成本低、品质好、产量高。该技术在东胜区有很大的推广前景，东胜区有几百户种菇棚，2007 年正在搞试验示范，以便以后大面积推广。利用沼渣种菇，试验结果表明菇形好、长势好、不得病，产量提高 23.3％。

（5）沼渣作土豆基肥　栽土豆时，沼渣作基肥，收获时，土豆形体大，没有虫眼，产量高出普通种植 30.2%。

3. 沼液的综合利用模式

沼液同沼渣一样含有丰富的氨基酸、生长激素等营养元素，是一种速效性有机肥，一般用作追肥施用于各种农作物，也可进行叶面喷施，有提高产量、改进品质的作用。

（1）沼液施肥　沼液可用于浇灌黄瓜、西红柿、蔬菜等作物，实践证明，施用沼肥与直接施用人畜粪便相比，土豆每亩产量提高 30%，蔬菜提高 20%～25%。用沼液浇灌的果树，既当水又当肥，使果树增产 30%～40%，而且水果口感好，耐储藏。更重要的是农作物施沼肥后可提高品质，减少病虫害，增强抗逆性，减少化肥、农药用量，改良土壤结构，使农产品真正成为无公害绿色食品。

（2）沼液浸种　沼液浸种就是将农作物种子放在沼液中浸泡，能显著提高种子的发芽率，增强秧苗的抗逆能力。利用沼液浸泡的种子出苗早，芽壮而齐，叶色深绿，无病害，生长快，籽粒饱满，千粒重增加，增产 20% 左右。

（3）沼液治虫防病　沼液对蚜虫、红蜘蛛、菜青虫等有明显的防治效果，沼液要从正常产气使用 2 个月以上的沼气池水压间内取出，用纱布过滤，存放 2h 左右，然后再对水用喷雾器喷施。沼液对水浇灌作物还可以防治作物的根腐病、赤霉病和西瓜枯萎病等病害。利用沼液治虫防病能改善作物的品质、口感，而且能省农药费用 500～600 元/年，并且延长结果期 40 多天，使农民的收入提高。

（4）沼液养殖

① 沼液喂猪：在喂猪时将沼液添加于饲料内，可以加快生长、缩短肥育期、提高肉料比的作用。在猪饲料营养水平较低的情况下，添加沼液有显著作用。

② 沼液养鱼：施肥是提高鱼产量的重要措施。人畜粪便历来是我国南方农村淡水养鱼的重要肥源。沼液入鱼塘不仅可使浮游生物量增加，并且可以减少鱼病，节约化肥和饵料。

（三）人工湿地污水处理技术

人工湿地污水处理技术具有高效率、低成本、低能耗、处理最灵活、处理效果好的优点。人工湿地系统除了可以起到净化污水的作用，在经过精心设计后，还可发挥与自然湿地系统同样的生态保护功能，更可为人们提供一个休闲娱乐、旅游观光、科教科研的场所，越来越多的人工湿地系统开始重视并采用一系列的设计手段以充分发挥其自然价值和社会价值。表面流人工湿地系统在外观形式和功能结构上都十分类似于自然湿地生态系统，污水中的营养元素可促进植物生长，有机污染物可以通过微生物分解利用后，通过食物链的传递为各种动物提供食物，从而使其成为一个经过人工强化的、生物多样性及其丰富的自然生态系统，可为迁徙过冬的鸟类和各种湿地生物提供充足的食物和生活空间。湿地具有独特的净化水质、提高空气质量、美化环境、保护动植物生长多样性的特点，建立一个美观、具有经济价值的人工生态系统，可以发展有机农业、观光农业，为农民创造持续的经济收入。自然湿地中纸莎草的年产量可达 174t/km²，香蒲为 7000t/km²，由于污水中含有丰富的营养元素，使得人工湿地上种植植物的生物量远远超过自然湿地生态系统，而人工湿地上种植的芦苇等植物可用作造纸原料。

（四）沼气-人工湿地技术

沼气-人工湿地污水处理技术克服了沼气与人工湿地的各自缺点，一方面在对污水进行处理和利用的同时，实现了沼气和沼渣的循环利用，沼气给农民提供燃料，沼渣用于牲畜的饲养；另一方面，美化了农村环境，对农村可持续农业和生态农业的发展具有重要意义。

（五）生态综合系统塘

生态塘是稳定塘的一种新的组合塘工艺，具有稳定的生态结构，不仅对污水中的污染物进行有效的净化，还可以综合利用。生态塘系统采用天然和人工放养相结合，对生态塘系统中的生物种属进行优化组合，以太阳能为初始能源，利用食物链（网）中各营养级上多种多样的生物种群的分工合作使污水中能量得以高效的利用，使有机污染物得以最大限度地在食物链（网）中进行降解和去除。发展生态塘系统，将污水净化、出水资源化和综合利用相结合，一方面净化后的污水可作为再生水资源予以回收再用，使污水处理与利用结合起来，可以实现污水处理资源化和水的良性循环；另一方面，以水生作物、水产（如鱼、虾、蟹、蚌等）和水禽（如鸭、鹅等）形式作为资源回收，提高稳定塘的综合效益，甚至做到"以塘养塘"。生态塘与当地的生态农业相结合，成为生态农业的一个组成部分，即污水回收与再用的生态农业。

第五章 农村固体废弃物的处置与利用

所谓固体废弃物，是指在生产、生活和其他活动中产生的丧失原有价值或者虽未丧失利用价值但被抛弃或放弃的固态、半固态和置于容器中的气态的物品、物质，以及法律、行政法规规定纳入固体废弃物管理的物品、物质。但是，排入水体的废水和排入大气的废气则除外。

固体废物有多种分类方法，即可根据其组分、形态、来源区分，也可就其危险性、可燃性等分别区分。

根据其来源分为工业固体废弃物、农业固体废弃物、生活垃圾等；按其化学组成可分为有机废弃物和无机废弃物等；按其形态可分为固态废弃物（如建筑垃圾、废纸、废塑料等）、半固态废弃物（如污泥、粪便等）和液态、气态废弃物（废酸、废油与有机溶剂等）；按其污染特性可分为危险废弃物和一般废弃物；按其燃烧特性可分为可燃废弃物（如废纸、废木屑、废塑料等）和不可燃废弃物（如废金属、建筑废砖石等）。

农业农村的固体废弃物产生量在逐年增加，如何科学处置与利用农村固体废弃物，是农村环境保护的重要内容。本章介绍了农村固体废弃物的种类和污染特性，并对农村生活垃圾、农作物秸秆和畜禽养殖废弃物处置知识和资源化利用方法进行重点阐述。

第一节 农村固体废弃物的种类及污染特性

农村固体废弃物是按农村这一地域范畴界定的固体废弃物，从广义上说，农村固体废弃物是指产生在农业生产中的固体废弃物，其包括了农村生活垃圾、农业废弃物、畜牧养殖废弃物、林业废弃物、渔业废弃物、农村建筑废弃物等多个方面。

农村固体废弃物包括农村生活垃圾、种植业固体废物、养殖业固体废物和建筑废物等。同时种植业固体废物有初级固体废物（以下简称初级固废）和二级固体废物（以下简称二级固废）之分。

初级固废产生在作物生长地及其附近，它是作物在外运前、在收割过程中产生的，如废弃在田间、地头、沟渠等地的蔬菜和花卉叶、根等。

二级固废是在作物收获及外运以后，在家庭、交易市场和深加工场所产生的，如蔬菜在交易市场的净菜过程中去掉的部分外叶和根；蔬菜加工食用前去掉的一部分叶和根。

通过对不同类型农村固体废物的跟踪调查，初步掌握了农村固体废物的物质流情况。根据农村固体废物产生源及处理处置现状，可以总结出示范区内农村固体废物的基本流程，如图5-1所示。

可见，农村固体废物的主要处置方式是堆放，缺乏收集和处理处置系统。生活垃圾通过堆放处置。种植业初级固废除少量有利用价值且易于收集的部分

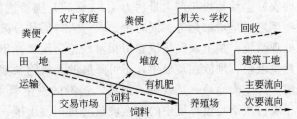

图 5-1　农村固体废物流程

作为饲料、烧柴利用外，其余大部分都堆放于田间地头和路边。

固体废物在长期堆放过程中，腐败形成渗滤液进入沟渠河道，流入河流湖泊。暴雨期间，化粪池溢流，沟渠漫沟，构成环境水体重要污染物来源之一。如云南滇池流域是蔬菜花卉基地，固体废物中易腐和可降解成分含量较大，液态污染问题相当严重。将种植业初级固废按示范区年产生量比例进行混合堆放，4 天后取其堆沤腐败的渗滤液进行测试，结果发现，TN 浓度达到 1657.4mg/L，TP 达到 33.3mg/L，远远高于一般生活污水。

（一）农村生活垃圾

生活垃圾是指在日常生活中或者为日常生活提供服务的活动中产生的固体废物以法律、行政法规规定视为生活垃圾的固体废弃物。农村生活垃圾是指在农村这一地域范畴内，在日常生活中为日常生活提供服务的活动中产生的固体废弃物。其主要有两种类型，一是农民日常生活所产生的垃圾，主要来自农户家庭；二是集团性垃圾，主要来自学校、服务业、乡村办公场所和村镇商业、企业（其所产生固体废弃物中的非工业固体废弃物部分）等单位。生活垃圾的成分主要是厨余垃圾（蛋壳、剩菜、煤灰等）、废织物、废塑料、废纸、废电池以及其他废弃的生活用品等；影响农村生活垃圾成分的主要因素有村民生活水平、生活习惯、能源结构、地域、季节、气候等。

农村生活垃圾主要由燃料灰渣、清扫泥沙、包装物及厨余等易腐的有机物组成。近年来废电池、废电器元件、无纺布类等一次性卫生用品都有上升趋势。农村和乡镇生活垃圾在组分和性质上基本与城市生活垃圾相似，只是在组成的比例上有一定区别，有机物含量多，水分大，同时掺杂化肥、农药等与农业生产有关的废弃物。与城市生活垃圾相比，有毒物品（涂料、化妆品等）含量则较少。因此，有其鲜明的特点，有害性一般大于城市生活垃圾。典型农村生活垃圾的物理化学成分见表 5-1（王洪涛等，2003）。

表 5-1　农村生活垃圾物理化学成分（样品平均值）

项目	含水量/%	密度/(kg/m³)	粗有机物/%	全氮 N/%	全磷 P/%	全钾 K/%	全硫 S/%	重金属/(mg/kg)
含量	83.44	0.21	64.65	1.74	0.87	2.84	0.26	174.18

据 2005 年的统计结果表明，目前中国城市人均生活垃圾年产量为 350kg，年增长率为 6%～10%，少数城市年增长率为 15%～20%，年产垃圾总量超过 1.4 亿吨。随着农民生活水平的不断提高，农村生活垃圾的产生量和堆积量也将逐年增加。由于农村生活垃圾缺少完整的基本数据，王洪涛等人对滇池流域农村地区垃圾产生量的调查表明，当地农村人均生活垃圾产生量为 0.6kg/d，约是城市生活垃圾人均产生量的一半（王洪涛等，2006）。按我国 2000 年第五次人口普查结果，我国农村人口数为 80739 万。以农村人均垃圾产生量 0.6kg/d 估算，我国目前农村生活垃圾年产生量约为 4.84 亿吨。随着国民经济的发展及地区生活水平的提高，垃圾产生量也呈增加趋势。同时由于农村人口居住分散，几乎没有专门的垃圾收集、运输、填埋及处理系统，加上农民环境意识相对较差，垃圾在田头、路旁、水边随意堆放，许多河道成了天然垃圾箱。堆放在垃圾中，不可降解的无机物长期存在，而易腐的有机部分在腐败菌作用下降解，产生渗滤液，是蚊蝇、细菌、病毒的滋生繁衍场所，也是水体直接或间接的重要污染源。农村生活垃圾环境中的随意堆放会对周围土壤、水体、大气以及人类健康造成危害。农村生活垃圾主要污染途径见图 5-2。

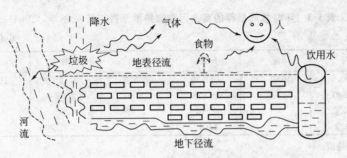

图 5-2　农村生活垃圾主要污染途径

关于城市生活垃圾的治理早已成为各方的焦点，而对农村生活垃圾污染问题关注得较少，但随着农村经济的快速发展，城乡差距的不断缩水，农村生活垃圾无论从成分还是污染危害方面，与城市生活垃圾相比越来越接近。随着对各类工业污染源的有效控制，使得农村农业面源污染日益上升为主要问题。

（二）农村养殖业固体废弃物

养殖业固体废弃物包括在畜禽养殖过程中产生的畜禽粪便、畜禽舍垫料、废饲料、散落的毛羽等固体废弃物，以及含固率较高的畜禽养殖废水，主要污染物是粪便及其分解产生物、伴生物和养殖废水。粪便及其分解产物主要包括固形有机物和恶臭气体物质两部分，前者包括碳水化合物、蛋白质、有机酸、酶类等，后者包括氨、硫化氢、挥发性脂肪酸、酚类、醛类、硫醇类等，伴生物包括病原微生物（细菌、真菌、病毒）和寄生虫卵等。养殖废水主要是指畜禽养殖过程中冲洗粪便的废水、各类畜禽尿液及其他生产过程中造成的废水。

改革开放以来，随着我国人民生活的不断提高，对肉类、奶类和禽蛋类的消费需求量急剧增加（以每年 10% 以上的速度递增），由此带来了养殖业的迅速膨胀，特别是畜禽养殖业，由家庭副业已逐步发展成为一个独立行业；畜禽场由农业区、牧区转向城镇郊区；饲养规模由分散走向集中。集约化的养殖产业一方面使畜禽养殖业脱离了传统的种植业，改变了原有的分散放养、四处收购、长途运输的模式；但另一方面，其产生的大量污水、粪便，局部地区难以用传统的还田方式处理，因此对环境、饮用水源和农业生态造成了巨大危害。

粪便是养殖业主要污染物，占整个排放污染物的比重最大。粪便排放量和动物种类、品种、生长期、饲料等诸多因素有关。有研究报道，饲养一头猪、一头牛、一只鸡，每年所产生的粪尿、污水、臭气的污染负荷，相当于人口当量分别为 8~10 人、30~40 人、5~7 人。具体单个动物每天排出粪便的数量为禽畜的粪便排泄系数，不同机构给出的粪便排泄系数有所不同，见表 5-2 和表 5-3。

表 5-2　日本农业公害手册提出的畜禽污染物排泄系数（张克强等，2004）

单位：kg/（头·天）

畜禽名称	粪	尿	BOD$_5$	COD$_{Cr}$	NH$_3$-N
奶牛	25	10	0.64	1.1	0.055
肉猪	3	6	0.20	0.27	0.0045
肉鸡	1.0	—	0.0065	0.009	0.00012

随着畜禽养殖业规模的不断扩大，畜禽数量的增多，不可避免地带来大量的养殖业废弃物的任意排放，使得环境承载力日益增大，畜禽养殖业已经成为农村面源污染的主要因素。自 2005 年以来，我国养殖业废弃物年产生量超过 24.6 亿吨，是当年工业固体废弃物产生量的 2.6 倍。COD 含量高达 8253 万吨，畜禽污水中的高浓度 N、P 是造成水体富营养化的重要原

表 5-3 环境总局推荐的畜禽污染物排泄系数 （张克强等，2004）

单位：kg/（头·天）

畜禽名称	粪	尿	BOD_5	COD_{Cr}	NH_3-N	TP	TN
牛	7300.0	3650.0	193.70	248.2	25.15	10.07	61.10
猪	398.0	656.70	25.98	26.61	2.07	1.70	4.51
羊	950.0	—	2.70	4.40	0.57	0.45	2.28
家禽[①]	26.3	—	1.015	1.165	0.125	0.115	0.275

① 为鸡、鸭粪的平均值。

因。随着畜禽养殖业从分散的农户养殖转向集约化、工厂化的养殖，畜禽粪便污染也以类似于工厂企业污染的"大型"污染源出现，甚至在许多地区以面源的形式出现。由于大型集中养殖场多在城市周边和近郊农村，使得养殖业污染对于城市、城镇环境的压力越来越大，并成为重要的污染源。通过作者对云南滇池流域多年的研究结果得知，在影响滇池富营养化的因素中，畜禽粪便占到农业面源污染的 40%～50%。规模化畜禽养殖业的环境问题主要由以下几方面因素造成：

① 农牧严重分离脱节，导致规模化畜禽养殖场周边没有足够的耕地消纳畜禽养殖产生的粪便，不同类型养殖场单位标准畜禽占有的配套耕地没有达到 1 亩（1/15hm²）的基本要求，占有耕地最少的尚不足 0.02hm²（0.3 亩）；

② 养殖场规划及管理不科学，一些养殖场由于多种原因建在城区上风向或靠近居民区，尤其靠近居民饮用水水源地（50m 以内），对饮用水水质直接造成威胁；

③ 许多养殖场目前仍沿用水冲粪或水泡粪湿法清粪工艺，耗水量大且给后续处理造成困难；

④ 环境管理工作不到位，绝大部分的规模化畜禽养殖场建设或投产前未经过环境影响评价和审批；

⑤ 缺少环境治理和综合利用设施或机制，环境治理和综合投资也非常短缺。

（三）种植业固体废弃物

种植业固体废弃物是指农作物在种植、收割、交易、加工利用和食用等过程中产生的源自作物本身的固体废弃物，包括根、枝、叶、秆、果、花等，一般含纤维成分都较高。种植业固体废弃物有初级固体废弃物和二级固体废弃物之分。初级固体废弃物产生在作物生长地及附近，它是作物在外运前及收割过程中产生的，如废弃在田间、地头、沟渠等地的蔬菜和花卉叶、根等。二级固体废弃物是在作物收获及外运以后，在家庭、交易市场和深加工场所产生的废弃物，如蔬菜在交易市场的净菜过程中去掉部分外叶，蔬菜加工食用前去掉的一部分叶和根。典型的种植业固体废弃物主要包括粮食作物秸秆、蔬菜、瓜果废弃物及各种经济作物的废弃物，如花卉、果树、林木、蔬菜等。

农作物秸秆是世界上数量最多的一种农业生产副产品。据联合国环境规划署（UNEP）报道，世界上种植的各种农作物，每年可提供各类秸秆约 20 亿吨，其中被利用的比例不足 20%。我国是个农业大国，也是秸秆资源最为丰富的国家之一，目前仅重要的作物秸秆就近 20 种，且产量巨大，每年产生约 7 亿吨，其中稻草 2.3 亿吨，玉米秸秆 2.2 亿吨，豆类和杂粮的作物秸秆 1.0 亿吨，花生和薯类藤蔓、蔬菜废弃物等 1.5 亿吨。此外，还包括大量的饼粕、酒糟、蔗渣、食品工业下脚料、锯末、木屑、树叶等，我国几种主要作物秸秆中的有机成分含量见表 5-4。这些秸秆资源中，可能的利用量为 2.8 亿～3.5 亿吨。按现有发酵技术的产气率 0.48m³/kg 估算，每年产生甲烷量约 850 亿立方米。

表 5-4 　几种作物秸秆的营养成分（边炳鑫等，2005）

种类	干物质 /%	粗蛋白 /%	粗脂肪 /%	粗纤维 /%	粗灰分 /%	钙 /%	磷 /%	热值 /(MJ/kg)
稻草	85	4.8	1.4	35.6	12.4	0.69	0.6	14.02
麦秸	85	4.4	1.5	36.7	6.0	0.32	0.08	15.4
玉米秸秆	94.4	5.7	16.0	29.3	6.6	微量	微量	15.17
大豆秸秆	85	5.7	2.0	38.7	4.2	1.04	0.14	15.16
花生藤	90	12.2	—	21.8		2.8	0.1	13.42
燕麦	87	4.7	2.0	35.4	4.8	—	—	—
蚕豆秆	86.5	2.9	1.1	37	9.8	—	—	14.76

　　各类农作物秸秆的元素中，碳占绝大部分，其次为钾、硅、氮、钙、镁、磷、硫等元素。秸秆的有机成分以纤维素、半纤维素为主，其次为木质素、蛋白质、氨基酸、树脂、单宁等，如表 5-5 所列。

表 5-5 　蔬菜废物和花卉秸秆的主要化学成分

名　称	有机质 /%	全氮 /%	全磷 /%	全钾 /%	灰分 /%	水分 /%
白菜茎叶	74.03	4.939	0.796	7.451	25.97	95.6
西芹茎叶	80.47	3.331	0.395	4.747	19.53	92.9
烟秆	89.75	2.607	0.250	3.722	10.25	74.6
玫瑰秆	96.06	0.975	0.159	0.860	3.94	65.1
康乃馨秆	89.32	1.702	0.263	3.704	10.68	78.4
稻草秆	87.05	0.764	0.135	1.915	12.95	57.2
玉米秸秆	92.09	1.421	0.264	2.655	7.98	52.4

　　云南滇池流域大渔乡的主要花卉蔬菜示范区的初级固废产生量，调查蔬菜 18 个品种，48 个样本；调查花卉 3 个品种，10 个样本，结果见表 5-6。区内初级固废产生量最多的是 9 月份，达到 1052.8t；最少的是 1 月份，为 579.8t；平均值为 740.0t/月。示范区 2005～2006 年度蔬菜初级固废产生量为 8879.4t（鲜重）。利用种植面积计算的结果为 8616.9t，相对误差为 2.96%。

　　通过示范区的调查研究得知，绝大部分蔬菜废物的含水率接近或者大于 90%，最大者是白菜和瓢菜，达到 95% 以上。只有辣椒和甜脆豆的含水率为 80% 左右。花卉中康乃馨含水率略大于 80%，勿忘我和满天星 70%～80%，玫瑰 60%～70%。蔬菜类除西芹等少数品种的有机物含量略低于 80% 外，绝大部分的有机物含量介于 80%～90% 之间。康乃馨和玫瑰的有机物含量在 90% 以上，勿忘我和满天星接近 90%。蔬菜废物的全氮含量在 2.7%～5.7% 之间，各种蔬菜废物的全氮含量差别不大。花卉废物的含量比蔬菜略低，介于 2.0%～3.0% 之间。蔬菜废物的全磷含量在 0.3%～0.9% 之间，多数为 0.4%～0.6%。花卉废物的含量比蔬菜略低，介于 0.22%～0.44% 之间，均值约为 0.3%。蔬菜废物的碳氮比变化不大，大部分介于 7.2～10.0 之间，只有纤维素含量较高的辣椒、甜脆豆和大蒜等的碳氮比略高（为 12～15），胡萝卜的碳氮比也超过 10，花卉的碳氮比要比蔬菜废物高（为 15.0～20.8）。

　　目前我国对种植业废弃物的利用率较低，多数属于低水平利用，如作为取暖、做饭用的薪柴，作动物饲料或肥料，而大部分种植业废弃物没有得到利用或者没有得到充分利用。随意丢弃和无控焚烧，曾是我国广大农村处置秸秆的主要方式，这不但会造成资源浪费、地力损伤、环境污染，还可导致火灾及交通事故的频发，对人类健康和周围动植物的生态环境造成严重危

表 5-6　按收割面积计算得到的示范区蔬菜初级固体废物产生量

品　种	产废率 /(kg/亩)	收割面积 /亩	产废量 /t	废物去向
白菜	626.18	760.4	476.1	废弃/饲料
莲花白	881.45	1059.5	933.9	废弃/饲料
西芹	1260.75	1318.1	1661.8	废弃/饲料
生菜	442.09	1317.7	582.5	废弃/堆肥
青花	2013.2	1106.4	2227.4	饲料/废弃/根烧柴
胡萝卜	1039.47	459.8	477.9	废弃/饲料/堆肥
甜脆豆	1177.32	310.4	365.4	烧柴
花菜	962.78	501.7	483.0	废弃/根烧柴
辣椒	501.49	1451.8	728.1①	烧柴
菠菜	27.97	418.1	11.7	废于田中
大葱	14.34	231.0	3.3	废于田中
豆尖	128.76	333.9	43.0	废弃
青笋瓜	1182.09	232.3	275.4	废弃/堆肥
青笋	350.0	263.0	92.1	废弃/烧柴
紫甘蓝	1652.43	97.0	160.3	废弃/堆肥/根烧柴
苦菜	54.68	91.0	5.0	废弃/堆肥/根烧柴
瓢菜	40.07	76.0	3.0	废弃/烧柴
萝卜	820.06	64.0	52.5	废弃/饲料
其他	860.18②	345.2	296.9	
合计		10437.8	8879.4	

① 辣椒的收割面积按上市面积的 1/3 计算。
② 为已调查各蔬菜产废率的平均值。

害。同时由于许多农民不仅没有意识到秸秆还田可净化环境、增加土壤有机质,保持农牧业的可持续发展,反而错误地认为焚烧后的秸秆残渣留在地里,能作为肥料,增加土壤中的无机肥含量,节约化肥投入量。因此对秸秆还田的重视不够,资金和技术投入少。

我国是个人口多、资源相对较少的国家。因此,把数量巨大的种植业废弃物(如作物秸秆)加以充分开发、综合利用,既可缓解农村饲料、肥料、燃料和工业原料的紧张状况,又可保护农村生态环境、促进农业持续协调发展,实现经济效益、环境效益和社会效益"三效益"相统一。

(四) 农业塑料废弃物

在农业领域中塑料制品主要包括几个方面:①农膜(包括地膜和棚膜),是应用最多、覆盖面积最大的一个品种,在农用塑料制品中,农膜的产量约占 50%;②编织袋(如化肥、种子、粮食的包装袋等)和网罩(包括遮阳网和风障);③农用水利管件,包括硬质和软质排水输水管道;④渔业用塑料,主要有色网、鱼丝、缆绳、浮子,以及鱼、虾、蟹等水产养殖大棚和网箱等;⑤农用塑料板(片)材,广泛用于建造农舍、羊棚、马舍、仓库和灌溉容器等。上述塑料制品的树脂品种多为聚乙烯树脂(如地膜和水管、网具等),其次为聚丙烯树脂(如编织袋等),其中应用最广的是农膜,主要包括农用地膜。农膜技术的采用,对我国农业耕作制度以改种植结构的调整和高产、高效、优质农业的发展产生了重大而深远的影响,对农民增加收入和脱贫致富做出了重要贡献。据统计,在 1980~1990 年 10 年时间中,全国地膜覆盖面积从 0.17 万公顷上升到 15 万公顷。近年来农业技术的快速发展,使农用地膜覆盖面积已达到 100 万公顷以上。然而农膜在老化、破碎后形成残膜,由于其使用量大并难以降解,不断增加的残膜带来了严重的环境污染问题,被农民称之为"白灾"。农业部调查结果显示,目前我国农膜残留量一般在 $60\sim90 kg/hm^2$,最高可达到 $165 kg/hm^2$。

　　废塑料对环境的污染主要表现在两个方面，即视觉污染和潜在危害。视觉污染是指散落在环境中的塑料废物对市容和景观的破坏；潜在危害是指塑料废物进入自然环境后难以降解，而带来的长期的潜在环境问题。它主要表现在：①塑料在土壤中降解需要很多年，由于难以降解，生活及生产中的废塑料很难处理和处置；②农膜的增塑剂邻苯二甲酸二异丁酯溶出后渗入土壤，对种子、幼苗和植株的生长均有毒害作用，影响作物生长发育，导致作物减产；③废塑料还有携带细菌、传染疾病等危害；④土壤中的残存地膜降低了土壤渗透性，减少了土壤的含水量，削弱了耕地的抗旱能力，影响土壤孔隙率和透气性，使得土壤物理性能变差，最终导致减产。同时对土壤中的有益昆虫如蚯蚓等和微生物的生存条件形成障碍，使土壤生态的良性循环受到破坏。农膜残留量对土壤物理性状的影响见表 5-7。

表 5-7　农膜残留量对土壤物理性状的影响（边炳鑫等，2005）

农膜残留量 /(kg/hm²)	含水量 /%	容量 /(g/m³)	密度 /(g/m³)	孔隙度 /%	农膜残留量 /(kg/hm²)	含水量 /%	容量 /(g/m³)	密度 /(g/m³)	孔隙度 /%
对照	16.2	1.21	2.58	53.0	225	14.3	1.43	2.63	45.7
37.5	15.5	1.24	2.60	52.4	300	14.5	1.54	2.67	42.3
7.5	15.9	1.29	2.61	50.5	375	14.4	1.62	2.66	39.2
150	14.7	1.36	2.65	48.6	450	14.2	1.84	2.70	35.7

第二节　农村生活垃圾处置

　　在传统农业经济条件下，农村产生的生活垃圾通过垫圈等方式而得到还田，除少部分腐烂和被雨水冲走外，大部分返还到土地中。但随着农村经济、种植模式和生活方式的改变，农村生活垃圾还田的比例正在不断减少，使农村生活垃圾成为影响农村卫生、污染农村环境的主要问题。

　　目前，我国农村生活垃圾主要采用的处理技术有填埋、焚烧和堆肥等。目前农村生活垃圾处理的三种方式并没有哪一种是完全得到相关专家和行业人士的认可，这主要是由当前农村的经济发展水平、生产生活方式和居住环境的千差万别所决定的。例如刘永德等人对太湖地区农村生活垃圾的处理技术方面进行研究后认为，填埋不可能成为该区域主要的农村生活垃圾处置方式。即使在发达国家，这三种处理方式也在同时使用（见表 5-8）。因此，垃圾的处理方式应该因地制宜，根据当地的实际情况采取最佳的处理方式，处理的最终目标是农村生活垃圾的减量化、资源化、无害化。

表 5-8　不同农村生活垃圾处置方式的比例（谢东明等，2008）

国家和地区	填埋/%	焚烧/%	堆肥/%
发达国家	50～60	18～34	6～10
发展中国家	60～65	<5	25～30

　　发达国家农业人口比率很小，农村生活垃圾问题并不突出；发展中国家农业人口众多，但受经济条件制约，尚未形成对农村生活垃圾填埋处置的技术需求，由此造成针对农村特点的生活垃圾小型填埋场技术缺乏。我国经济高速增长，但目前没有专门针对农村生活垃圾的最终处置技术。在一些发达地区以及水源保护区，农村生活垃圾被运送到附近城市生活垃圾填埋场集中处理；在其他地区，则尚无处置设施。农村生活垃圾进入城市生活垃圾填埋场并不是可取的方式，建立适合农村条件的高效、简便、易操作、低成本、可重复使用的小型生活垃圾处理系统成为我国新农村建设迫切需要的重要技术。

一、农村生活垃圾的收集和运输

要建立农村生活垃圾的处理系统，首先必须考虑到农村生活垃圾的收集和运输。农村根据其经济发展和行政范围可以分为两类：一类是经济还比较落后，生活尚不发达的村，这类村基本以农业种植为主要生产活动，家庭生活方式简单，没有卫生系统（比如厕所及粪便处理系统）；另一类是经济比较发达的镇和乡，基本形成居民集中区，有自己的集市，已经基本形成自己独立的环卫系统，有专门的厕所和环卫工人，给水系统和排水系统也较完备，其发展趋势是中小城市。这两类农村类型具有不同的发展方向和特点，因此垃圾收集运输方式也存在本质不同。

对于第一类经济比较落后的村，由于居民生活较低，主要生活方式是自产自销，较低的生活收入必然使其主动进行废物利用，尽量进行循环使用，同时其产生源较为分散，收集较为困难。因此由其村委会组织采用最简单的定点定期收集方式，每隔一定时间，在固定地点设定收集车辆，由各户自行送到指定地点，然后运输走，这样最大程度地减少成本，同时达到收集的目的。对于经济比较发达的乡镇，由于生活水平较高，产生垃圾量必然有较大涨幅，特别是对于江南和沿海一带乡镇，其发展规模已经和城市相近，整体财政收入可以满足于建立和维持生活垃圾的收集和运输系统的运行，因此其垃圾收集、运输系统可以采用与城市生活垃圾相近的模式。聘请有关专家，制定本乡镇发展生活垃圾处理处置规划，并根据处理方案，制定最优的收集方案和收集路线，必要时候可与邻近的乡镇联合起来建立联合收集运输系统。

二、农村生活垃圾处理的常规技术

1. 卫生填埋

卫生填埋是利用工程手段，采取有效措施，防止液体及有害气体对水体和大气的污染，并将垃圾压实减容至最小，在每天操作结束或每隔一定时间用土覆盖，使整个过程对公共卫生安全及环境均无危害的一种土地处理垃圾方法。该法具有费有低、处理量大、工艺简单、土地利用率高、操作方便；填埋结束后，在表层填土种绿色植物，土地可以再利用等优点。

其原理是采取防渗、铺平、压实、覆盖等措施将垃圾埋入地下，经过长期的物理、化学和生物作用使其达到稳定状态，并对气体、渗沥液、蝇虫等进行治理，最终对填埋场封场覆盖，从而将垃圾产生的危害降到最低。生活垃圾由全封闭自卸式垃圾车运至填埋场，称量后送入场内，经垃圾场到填埋场作业区进行倾倒、分拣，主要工艺流程见图5-3。

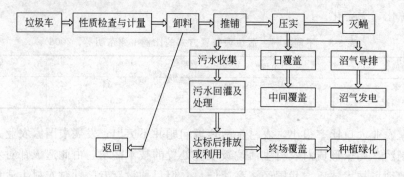

图 5-3　垃圾填埋场工艺设计示意

填埋场产生的填埋气是垃圾降解的最终产物，填埋初期，沼气的主要成分是 CO_2，随后 CO_2 的含量逐渐变低，甲烷（CH_4）含量逐渐增大。早期 CH_4 含量比较少，在覆盖物上方安装废气燃烧嘴，人工点火控制场区 CH_4 含量不超过 5%。填埋场稳定运行（约 5 年）后，开始收集填埋气，对气体进行经济评估后，燃烧或者并入附近农村沼气系统。

填埋场渗滤液是一种成分复杂的高浓度有机废水，若不进行处理，会对环境造成污染。可采用循环回灌喷洒处理，处理后低浓度废液并入城市污水处理系统集中处理。

2. 垃圾焚烧

农村生活垃圾中的废塑料等可燃成分较多，具有很高的热值，采用科学合理的焚烧方法是完全可行的。焚烧处理是一中深度氧化的化学过程，在高温火焰的作用下，焚烧设备内的生活垃圾经过烘干、引燃、焚烧三个阶段将其转化为残渣和气体（CO_2、SO_2 等），可经济有效地实现垃圾减量化（燃烧后垃圾的体积可减少 80%～95%）和无害化（垃圾中的有害物质在焚烧过程中因高温而被有效破坏）。经过焚烧后的灰渣可作为农家肥使用，同时可将产生的热量用于发电和供暖，其主要技术流程见图 5-4。

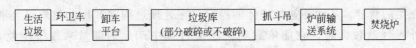

图 5-4　垃圾焚烧处理技术流程

3. 堆肥

农村生活垃圾中有机组分（厨余、瓜果皮、植物残体等）含量高，可采用堆肥法进行处理。堆肥技术是在一定的工艺条件下，利用自然界广泛分布的细菌、真菌等微生物对垃圾中的有机物进行发酵、降解使之变成稳定的有机质，并利用发酵过程产生的热量杀死有害微生物达到无害化处理的生物化学过程。按运动状态可分为静态堆肥、动态堆肥以及间歇式动态堆肥；按需氧情况分为好氧堆肥与厌氧堆肥两种。其中与厌氧堆肥相比，好氧堆肥周期短、发酵完全、产生二次污染小，但肥效损失大、运转费用高。

4. 综合利用

综合利用是实现固体废物资源化、减量化的最重要手段之一。在生活垃圾进入环境之前对其进行回收利用，可大大减轻后续处理的负荷。综合利用的方法有多种，主要分为以下四种形式：再利用、原料再利用、化学再利用、热综合利用。在农村生活垃圾处理过程中，应尽量采取措施进行综合利用，以达到垃圾减量化、保护环境、节约资源和能源的目的。根据农村生活垃圾的特点，建议农村垃圾应分类收集，分类处理（见图 5-5）。

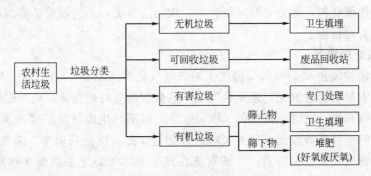

图 5-5　农村生活垃圾处理模式

三、农村生活垃圾处理新技术的发展

1. 蚯蚓堆肥法

蚯蚓堆肥是指在微生物的协同作用下，蚯蚓利用自身丰富的酶系统（蛋白酶、肪酶、纤维酶、淀粉酶等）将有机废弃物迅速分解、转化成易于利用的营养物质，加速堆肥稳定化过程。

蚯蚓种类繁多，但应用于生活垃圾堆肥处理的主要集中在正蚓科和巨蚓科的几个属种，其中应用最广的是赤子爱胜蚓。用蚯蚓堆肥法处理农村生活垃圾工艺简单、操作方便、费用低廉、资源丰富、无二次污染，而且处理后的蚓粪可作为除臭剂和有机肥料，蚯蚓本身又可提取酶、氨基酸和生物制品。蚓粪用于农田对土壤的微生物结构和土壤养分可产生有益的影响，提高作物（如草莓）的产量和生物量，以及土壤中的微生物量。蚯蚓堆肥法具有的上述优点，使该技术在农村地区的应用具有广阔的前景。

2. 太阳能-生物集成技术

该技术是利用生活垃圾中的食物性垃圾自身携带菌种或外加菌种进行消化反应，应用太阳能作为消化反应过程中所需的能量来源，对食物性垃圾进行卫生、无害化生物处理。在处理过程中利用垃圾本身所产生的液体调节处理体的含水率，不但能够强化厌氧生物量，而且能够为处理体提供充足的营养，从而加速处理体的稳定，在处理过程中产生的臭气可经脱臭后排放。当阴雨天或外界气温较低时，它能依靠消化反应过程中产生的能量来维持生物反应的正常进行。

"生活垃圾太阳能-生物集成技术处理反应器"可实现农村生活垃圾中的可堆腐物转变为改良土壤的有机肥料。处理完成的食物性生活垃圾体积减少80％以上，并可产生生物肥腐熟性有机物，作为有机肥使用，既可大幅度减少农村生活垃圾的清运量，又可变废为宝，使资源得到再生利用。

3. 高温高压湿解法

农村生活垃圾湿解是在湿解反应器内，对农村生活垃圾中的可降解有机质用温度为433～443K、压力为0.6～0.8MPa的蒸汽处理2h后，用喷射阀在20s内排除物料，同时破碎粗大物料并闪蒸蒸汽，再用脱水机进行液固分离。湿解液富含黄腐酸，可用于制造液体肥料或颗粒肥料。脱水后的湿物料可用干燥机进行烘干到水分小于20％，过筛，粗物料再进行粉碎。高温高压湿解的固形物质可作为制造有机肥的基料，湿解基料富含黄腐酸。

2001年，袁静波等人研制成功"高温高压水解法处理城乡生活垃圾及制肥成套设备"，并获得了国家发明专利。其高温高压水解法处理农村生活垃圾由垃圾分选系统、垃圾水解系统、垃圾焚烧系统、制肥自动控制系统组成，具有垃圾分选效果好，运行成本低，有机物利用率高，无需添加酸性催化剂，避免了对环境产生二次污染等优点。这说明了高温高压湿解法处理农村生活垃圾具有可行性。

4. 气化熔融处理技术

该技术将生活垃圾在450～600℃温度下的热解气化和灰渣在1300℃以上熔融两个过程有机地结合起来。农村生活垃圾先在还原性气氛下热分解制备可燃气体，垃圾中的有价金属未被氧化，有利于回收利用，同时垃圾中的 Cu、Fe 等金属不易生成促进二噁英类形成的催化剂；热分解气体燃烧时空气系数较低，能大大降低排烟量，提高能量利用率，降低 NO_x 的排放量减少烟气处理设备的投资及运行费；含碳灰渣在高于1300℃以上的高温下熔融燃烧，能扼制二噁英类毒性物的形成，熔融渣被高温消毒可实现再生利用，同时能最大限度地实现垃圾减容、减量。

气化熔融处理技术具有彻底的无害化、显著的减容性、广泛的物料适应性、高效的能源与物资回收性等优点，但要求农村生活垃圾必须具有较高的热值（>6000kJ/kg）。随着农村生活水平的提高，生活垃圾热值也在提高，在未来农村生活垃圾的处理中该技术将占据一席之地。

四、农村生活垃圾处理技术的路线

表5-9总结了几种典型的农村生活垃圾处理方法的技术参数，并进行了优缺点比较。介绍的几种处理技术都可不同程度地应用于农村生活垃圾的处理处置。每种技术都有其自身的特点及实用性，因此最终选择适当的农村生活垃圾处理技术取决于各种各样的因素（如技术因素、经济因素、政治因素、环境因素等）。

表5-9　几种农村生活垃圾处理技术优缺点比较

处理技术	技术参数	优　点	缺　点
填埋法	农村生活垃圾特征、场地地质条件、土壤、气候条件等	工艺较简单，投资少，可处理大量农村生活垃圾，也可处理焚烧、堆肥等产生的二次污染	垃圾减容少，占用土地面积大，产生气体和挥发性有机物量大，并对土壤和地下水存在长期的潜在威胁
焚烧法	搅动程度、垃圾含水率、温度和停留时间、燃烧室装填情况、维护和检修	体积和重量显著减少；运行稳定以及污染物去除效果好；潜在热能可回收利用	处理费用较高，操作复杂，产生二次污染
堆肥法	有机质含量、温度、湿度、含氧量、pH值、碳氮比	工艺较简单，适于易腐有机生活垃圾的处理，处理费用较低	占地较多，对周围环境有一定的污染；堆肥质量不易控制
蚯蚓堆肥法	蚯蚓种类、垃圾碳氮比、温度、湿度、有毒有害物质、蚯蚓投加密度	工艺简单，不需要特殊设备，投资较少没有二次污染，处理后的蚓粪、蚓体可利用	在国内外主要用于处理城市生活垃圾，对农村生活垃圾的处理方式和技术较少涉及
太阳能-生物集成技术	垃圾分类、食物垃圾组成及特征、温度和光照	绿色、节能、环保；垃圾减容率高；处理过程中产生的臭气经脱臭后排放，无二次污染；投资少	主要针对食物性垃圾，需要进一步加强研究开发工作
高温高压湿解法	垃圾组成、有机垃圾水解性	垃圾减量化大，处理时间短，生产出的有机肥质高	投资较高，工艺较复杂
气化熔融处理技术	农村生活垃圾组成、热值	充分利用生活垃圾自身能量，辅助热源消耗低；成本低、二噁英类排放低；减容、减量显著	目前较少用于农村生活垃圾处理；要求农村生活垃圾的热值高于6000kJ/kg

其中很多因素都依赖于当地条件，一般应考虑：①农村生活垃圾的成分和性状（决定于当地经济发展和居民生活水平）；②处理能力和垃圾的减容率；③国家相关政策和法规；④工作人员的职业健康和安全；⑤处理、运行及其他成本；⑥处理设备的易操作性和可靠性；⑦需要的配套设备和基础设施；⑧处理设备及排放装置对当地环境的总体影响。根据农村生活垃圾处理的原则及上述选择处理技术的影响因素，农村生活垃圾处理的技术路线大致如下。

① 实行垃圾分类收集，加强废品的回收利用。结合农村实际情况，将垃圾分为无机垃圾、可回收垃圾、有害垃圾和有机垃圾分类进行收集；成立废品回收站，最大限度地向农户收购可再生废品。

② 推广农村垃圾无害化处理技术，鼓励农民建设沼气池，大力发展农村沼气。"十一五"规划准备把沼气作为重点来推广，现在农业部一年的沼气补助费就有10亿元。发展沼气既解决群众生活用能问题，又能得到优质有机肥料，同时还可以有效减少农村生活垃圾对环境的污染。

③ 对落后的山区，合理选择天然的低洼地作为填埋场不失为一种经济的农村生活垃圾处理方法。填埋场应避开以易渗透地域和靠近河流、湖泊、洪灾区和储水补给区的地理位置，选择渗透较小的地基，在填埋场底部加防渗层。

④ 对于经济较发达的农村，应尽量减少垃圾填埋量，生活垃圾处理逐渐转向二次污染小

的处理工艺，如太阳能-生物集成技术、蚯蚓堆肥法等。未来农村生活垃圾的治理方向就是要变废为宝，实现环境效益和经济效益的双丰收。

⑤ 发展农户清洁能源循环利用技术，实现农村生活垃圾的综合利用。根据农户特点推广"两位一体"（即沼气池上面建厕所）、"三位一体"（即沼气池上面建厕所、猪圈）甚至"四位一体"（即沼气池上面建畜禽舍、厕所和温室）建设模式，同步改造厕所、猪圈、厨房、庭园。目前我国江西赣州的"猪-沼-果（菜）"的能源生态模式，广西恭城的"养殖-沼气-种植"三位一体的庭院经济模式，北方的将日光温室、畜禽舍、沼气池和厕所优化组合的"四位一体"模式取得了很好的农业效益和环境效益。

⑥ 借鉴城市生活垃圾处理的经验，总结、提炼、创新适合在农村推广普及的生活垃圾处理方法。农村垃圾治理难度较大，单凭政府的推动显然不够，但仅凭农民自己去治理也不现实，因此只有以农民为主体、以政府为主导，利用成熟工艺，发展专用新兴工艺，充分发挥市场调节作用，才能真正治理好农村垃圾问题。

第三节 农作物秸秆处理和利用

农作物秸秆是当今世界上仅次于煤炭、石油和天然气的第四大能源。我国秸秆资源非常丰富，每年产生的秸秆相当于 300 多万吨氮肥、700 多万吨钾肥、70 多万吨磷肥，这相当于全国每年化肥用量的 1/4。但长期以来焚烧秸秆的习惯依然存在，不仅严重污染环境，而且造成能源的重大浪费。因此，推广和发展农作物秸秆综合利用技术，具有重大而深远的意义，也是目前国家重点推广实施的保护环境和资源利用的重要技术。农作物秸秆综合利用技术是由诸多单项技术组成且相对独立的新型实用技术，比较成熟或正在发展的技术主要有：秸秆粉碎还田及用作育菇培料，转化为家畜饲料、秸秆气化及发电，制造建材及工业用途等。

一、秸秆粉碎还田及用作育菇培料

1. 秸秆粉碎直接还田

农作物秸秆富含有机质和氮、磷、钾、钙、镁、硫等多种养分。据测定，玉米秆含有氮 1.5%、磷 0.95%、钾 2.24%。将 $0.66hm^2$ 土地生长的鲜玉米秆铡碎后还田，相当于施加硫酸铵 23kg、过磷酸钙 14kg、钾肥 34kg，可使每 $0.66hm^2$ 土地增收小麦 50kg、玉米 45kg。秸秆还田既能减少化肥用量、节省投资，又能优化土壤结构，增强抗旱能力，增加团粒结构，为农业持续增产奠定基础。秸秆还田一般需经 3～4 年或更长时间，才能显现出明显的生态效益。在秸秆还田时应注意：如玉米秸秆等，无论铡碎还是粉碎，都要趁湿进行，以免内部养分的流失，还田后，应及时浇水保湿，使秸秆与土壤紧密接触。

2. 粉碎堆积腐化还田

将粉碎的秸秆加入人粪尿，堆积成堆，然后封泥，有机物在微生物作用下逐步矿质化和腐殖化，腐熟，形成优质肥料。堆腐还田能提高土壤有机质的含量，促进速效养分的释放，提高土壤含水量和农作物产量，具有作用最好、效果最快的特点。堆腐还田的缺点是沤制时间较长，一般需 3 个月以上；还可以过腹还田，利用秸秆中的营养成分作为动物饲料，再以其排出的粪尿回归田地。

3. 秸秆育菇

以玉米秆、稻草等秸秆，经热蒸、消毒、发酵、化学处理后，可用作种植平菇、草菇、凤尾菇等的培料，能大大降低生产成本。

二、秸秆处理后作家畜饲料

秸秆富含纤维素、半纤维素、蛋白质、脂类等，是比较良好的饲料原料。麦秸、稻草及玉米秸秆是产量最大的农作物废弃物，利用这些秸秆转化为饲料具有广阔的前途。随着草原牧场退化严重，放畜量超载严重，用秸秆饲料搭配精饲料的圈养方式迅速扩展。秸秆在饲料利用方面主要为青储、氨化、制块和制粒、微生物处理等。

1. 青储处理

将饱含液汁的表绿牧草饲料、秸秆等经过加工并添加一定比例的添加剂，压实后密封储存，经过一段时间的乳酸发酵后，转化成含有丰富蛋白质维生素及适口性好的饲料。这种方法能长期保持青绿多汁的营养特性，养分损失少。一般调制干草养分损失达 20％～30％，而青储一般损失仅 8％～10％，胡萝卜素损失极小，并可长期储存，消化率高、适口性好，占地空间少。

2. 氨化处理

利用某些化学物质来处理秸秆，打破秸秆营养物质消化障碍，提高家畜对秸秆利用率的一种技术方法。此方法应用最广泛，有堆垛法、氨化池法、氨化炉法等。一般来说，氨化秸秆的消化率可提高 20％左右，粗蛋白含量也可提高 1～1.5 倍。秸秆经氨化处理后质地变得松软，具有烟香味，牲畜爱吃，采食速度、采食量提高，且能改善秸秆的营养价值。

3. 微储及冷压处理

该处理技术主要是针对含水量低的麦秸、稻草以及半黄或黄干玉米秸、高粱秸等不宜青储的秸秆。微生物发酵储存技术是利用微生物发酵的原理，使农作物秸秆在微储过程中，将大量的木质纤维类物质降解为易发酵糖类，并转化为挥发性脂肪酸、二氧化碳等。成为牛、羊等家畜的饲料，它比氨化饲料成本低，而块状秸秆饲料就是利用冷压技术将粉碎的秸秆挤压成小块，水分少、体积小，可保留饲料的纤维，又便于储存和运输，使之商品化。加工的饲料块有炒香味，牛羊喜欢吃。

三、秸秆气化及发电

1. 秸秆气化作生活燃料

秸秆气化集中供气技术是一种生物质热解气化技术，是将玉米秸秆、小麦秸秆等生物质原料粉碎后在气化反应炉中通过热解反应或高温裂解，变成以一氧化碳和氢气为主的可燃气体。秸秆气化集中供气系统由生物质气化站、燃气输配管网和用户室内设施三部分组成。气化站主要设备由固定床下喂入式生物质气化器、燃气净化器、储存器、储存柜、风机和给料机构成。燃气输配管网由聚丙烯或聚乙烯塑料连接而成，用户室内配有活性炭滤清器、燃气流量表和低热值燃气炉。秸秆气化集中供气技术的设备简单，操作方便，价格低廉，能减少或防止秸秆污染，改善生活环境，提高农民生活质量。这项工程适于秸秆资源丰富、农民生活水平较高的农村地区，以自然村为单位进行推广。以山东省能源研究所研制生产的低热值生物质气化装置为例，1kg 秸秆一般可以生产 2m³ 混合可燃气体，其热值为 5MJ/m³ 左右，农民每户每天需用气 2～3m³，若按燃气价格 0.22 元/m³ 计算，每月用气费用为 13.2～19.8 元，每户每年约需用 1t 秸秆原料，通过秸秆气化技术可消化当地玉米秸秆总量的 1/3。沼气的运用不仅为农民生活带来了方便，而且增加了农民收入。

2. 秸秆发电

在目前能源紧张的情况下，秸秆发电不仅每年可以消化掉废置的秸秆，而且还可获得可观的经济效益、良好的生态效益和社会效益。丹麦是世界上首先使用秸秆发电的国家，首都哥本哈根的阿维多发电厂建于 20 世纪 90 年代，被誉为全球效率最高、最环保的热电联供电厂之一。阿维多电厂每年燃烧 15 万吨秸秆，可满足几十万用户的供热和用电需求。使用秸秆发电，电厂降低了原料的成本，百姓享受了便宜的电价，环境受到保护，新能源得以开发，同时还使农民增加了收入。现在我国已在部分地区进行发电应用，同时一批新型秸秆发电厂正在投资兴建中。

四、制造建材及工农业用料

1. 制造建材

不同作物秸秆的重量与品质也不同，可将不同的秸秆加工成各种墙体材料、保温材料等人造板材，可替代大量木材。我国年产小麦 1.3 亿吨，麦秸年产量在 1.5 亿吨以上。如果每年取麦秸总量的 0.5％生产板材，可替代 150 万立方米原木。麦秸墙体保温材料密度为 0.2～0.25g/cm³，热导率与聚氨酯泡沫、岩棉相似，但其成本仅为它们的 1/4～1/3。棉秆可代替木材制造纤维板、中密度板、保温等。我国年产棉秆 3000 万吨，棉秆的化学成分、组织结构与木材相似，可代替木材制造纤维、中密度板、保温板。1t 棉秆可代替 0.4m³ 木材，如果利用棉秆总量的 1％，一年就可代替 14 万立方米木材。

2. 其他工农业应用

秸秆曾经是传统的造纸原料，但由于秸秆杂细胞多、硅含量高，在制浆过程中使用化学手段污染大，排放的黑液难以治理，污染回收装置成本高，目前在造纸领域并不受青睐。以秸秆为主要原料可加工餐盒、包装纸，并可提取淀粉、制作酒精及加工苯纤维地膜等。将秸秆固化后作燃料，解决秸秆质地松散、不易储运及热效率低的问题，可以固化成棒状、块状、颗粒状等成型燃料。秸秆反应堆的应用成为秸秆利用的新亮点。秸秆反应堆是把秸秆铺制一定厚度，保证足够的氧气，放上菌种在一定的温度、水分、pH 值下可以产生二氧化碳，放出热量，生成矿质元素和抗病孢子，大量补充植物所需二氧化碳的亏缺，让其光合作用大大增强，进而获得高产、优质、无公害农产品的工艺设施技术，其技术特点是以秸秆替代化肥，以植物疫苗替代农药，通过一定的设施工艺，实施资源利用、生态改良、环境保护及无公害的有机栽培。秸秆中分离出的半纤维素在半纤维素酶作用下转化为低聚木糖，制取淀粉，能用于生产功能性食品，如作饲料、酿酒、酿醋等。在部分少数民族地区，利用秸秆编织生活用品及手工艺品。人们利用秸秆搭屋篷、编织草帽、编织盛物的箩等，特别是在云南的丽江、版纳和香格里拉一带的少数民族中尤为突出。

目前秸秆的综合利用技术，正从早期的直接或堆沤还田、烧火做饭取暖、加工粗饲料，向着快速腐熟堆肥、气化集中供气、优质生物煤、高蛋白饲料和易降解包装材料、有价工业原料及高附加值工艺品等方向发展。从农业生态系统能量转化的角度来分析，单纯采用某一种利用方式，秸秆能量转化率和利用率会受到限制。因此，根据各类秸秆的组成特点，因地制宜，把其中几种方法有机地组合起来，形成一种多层次、多途径综合利用的方式，从而实现秸秆利用的资源化、高效化和产业化是未来生态农业发展的必然趋势。

总之，农作物秸秆资源化技术是一项综合性、边缘性科学技术。各地农业、农机、畜牧等部门要加强领导，制定规章，齐抓共管，与科研部门一道研究优化有地区代表性的实用技术，通过示范村、示范乡及示范县的建设，在一定区域内集中产生秸秆综合利用的规模效益。

第四节　农村畜禽粪便的处置与利用

改革开放以来，我国的畜禽养殖业得到了长足的发展，规模化、集约化的养殖场和养殖小区不断增加，在许多地区畜禽养殖业已成为农村经济新的增长点和支柱性产业。然而，在畜禽养殖业迅速发展的同时，畜禽的粪便及污水排放量也随之增加，一些养殖场的粪便随地堆积、污水任意排放，造成了农村的环境污染，养殖污染已成为制约畜牧业可持续发展的关键所在。因此，在合理发展规模养殖、调整养殖结构与布局的同时，治理养殖污染已成为各部门十分关心的问题。当今绿色农业中畜禽粪便的污染状况依然严峻，随着科学技术的进步，畜牧业废弃物潜在的利用价值逐渐被人们所认识，并得到资源化开发与利用。

一、处理方法与无害化技术

1. 焚烧法

焚烧法是利用空气中的氧作助燃剂，借以燃烧废弃物中的可燃性成分，以减少废弃物体积，废弃物在燃烧后产生的残渣、灰渣性质稳定，其体积和重量分别减少95％和75％左右；焚烧法还能彻底消除病原菌，并使有毒有害物质无害化，焚烧中产生的热量可供发电和作热源利用。这一技术在我国主要用于生活垃圾的处理，很少用于畜禽粪便处理，但在国外的养殖业中有一定的应用。

2. 烘干膨化法

生物干燥最早由美国科学家 Jewell（1984）提出，其原理是利用堆肥化处理过程中微生物分解有机质产生的能量，增加粪便中水分的散发，起到降低粪便水分的作用。常志州等人研究表明，添加调理剂有助于提高堆肥化处理的发酵温度，增加粪便脱水，适当通气可加快粪便干燥。自然干燥是畜禽粪便利用日光的照射作用，铺开在通风的晒场或空地上达到干燥的目的。该方法成本低，操作简单，但处理规模较小，占地大，受天气影响大，干燥时产生臭味，氨挥发严重，病原体杀灭效果不理想。高温快速干燥是利用电、石油或煤燃烧等产生高温进行干燥，需用干燥机械。畜禽粪便在短时间内（约数十秒钟），受到高温的作用（温度＞500℃），水分可迅速降低到18％以下。其处理方法不受天气影响，能大批量生产；干燥速度快，可以达到去臭、灭菌杀虫卵、除杂草种子等效果；但存在一次性投资较大、能耗大、产品肥效差、易烧苗、产品成本高等缺点，故该技术的应用受到限制。烘干膨化干燥是利用热效应和机械作用，使畜禽粪便达到除臭、彻底杀菌的目的，但也存在一次性投资大、能耗多、处理时会产生臭气和产品成本高的缺点。机械干燥采用的是压榨机械或离心机械进行畜禽粪便脱水，同样存在成本高、仅能脱水而不能除臭及效益低等缺点。

3. 低等动物处理法利用

采用封闭方式培养蝇蛆，立体套养蚯蚓、蜗牛，在分解大量废弃物的同时，也提供了优质的动物蛋白饲料（蝇蛆和蛆）及有机肥来达到处理畜禽粪便的目的。美国科学家已成功地在粪肥营养成分中培养出单细胞蛋白。这种处理方法经济、生态效益显著，缺点是前期畜禽粪便需进行脱水等处理，后期蝇蛆收集不易，饲喂蚯蚓、蜗牛的技术难度高，所需温度苛刻，难以全年生产，劳动力投入大，故尚未广泛推广应用。

4. 制作动物饲料

畜禽粪便具有很高的营养价值，富含粗蛋白（蛋白质含量为15.8％～23.5％）、矿物质及微量元素，对畜禽和水产养殖具有一定的经济价值。它主要的处理方法有微波法、高温干燥法、青储法、化学法（用福尔马林、乙烯、氢氧化钠）等，将畜禽粪便经过高温高压、热化、灭菌、脱臭等过程制成饲料添加剂。

二、资源化利用技术

1. 能源化利用技术

畜禽粪便的厌氧消化处理，是在厌氧细菌的作用下，有机物转化为价值很高的沼气和二氧化碳，具有能耗低、占地少、负荷高等优点，是一种理想有效的处理粪便和资源回收利用的技术。该技术可以提供清洁能源沼气，解决中国广大农村能源压力，还能消除臭气、杀死致病菌和虫卵，在一定程度上解决了大型畜牧养殖场粪便污染的问题。

沼气法处理粪便，国内有不少的研究，张翠丽等得出了 4 种粪便厌氧消化的最优消化温度在 25～36℃范围内，作为消化原料的优劣依次是：猪粪、牛粪、鸡粪、人粪的结论；赵国明等人的混推式高效畜禽粪便沼气系统研究虽然解决了一次性投资过大、沼气池长期效果受温度影响较大及季节产气量不稳定的难题，但是厌氧发酵处理悬浮物的去除率为 88％，COD 的去除率为 82.1％，处理始终不彻底，仍需和好氧法联合起来处理。

2. 肥料化技术

我国传统农户经济以"畜禽—肥—土地—粮"循环为主要的生产模式，数千年来，一直将畜禽粪便作为提高土壤肥力的主要来源，使农业生产形成良好的生态平衡体系。过去采用的是填土、垫圈或传统堆肥化方式将畜禽粪便制成农家肥。如今，伴随集约化养殖场的迅猛发展，化肥的大量使用，农牧分离，种养脱节，才使畜禽粪便未能得到有效利用。现在人们广泛开展对畜禽粪便肥料化技术的研究，堆肥化是处理各种有机废弃物的有效方法之一，是集处理和资源循环再生利用于一体的生物方法。调节畜禽粪便适当的碳氮比，控制适当的水分、温度、氧气、酸碱度等进行发酵。戴丽等人研究的分散式双室堆沤肥处理系统，直接建于田头，具有适合云南当地农业种植习惯、操作简单、肥效高、费用低的优点，可以就地处理农田固体废物。随着人们对无公害农产品的需求增加和可持续发展的要求，对于优质有机肥的需求量也在不断扩大，畜禽粪便制造有机肥的市场潜力很大。堆肥化处理畜禽粪便技术常用的方法有好氧发酵、厌氧发酵、快速干燥等方法，克服了传统堆肥化处理时间长的缺点。

近年来，国内学者大多的研究集中在对畜禽养殖场的污染现状、布局合理性、畜禽粪便负荷量、防治措施以及管理立法方面，结合实际提供了一些有益的防治方案。但在对于畜禽污染过程及污染程度的影响因素、废弃物控制管理如储存、处理和还田等过程中污染规律方面的研究相对薄弱，有待于结合地区特点进一步深入广泛总结研究，以指导建立畜禽废弃物特别是畜禽粪便的最佳管理措施，加大畜禽养殖业污染的系统研究，开发研究新的处理技术和管理策略，以实现我国畜牧业可持续发展，达到环境、畜牧经济和社会的协调发展。

第六章　农田土壤污染与修复

　　土壤是指陆地表面具有肥力、能够生长植物的疏松表层，其厚度一般在 2m 左右。土壤是构成生态系统的基本要素之一，不但为植物生长提供机械支撑能力，并能为植物生长发育提供所需要的水、肥、气、热等肥力要素，是人类赖以生存和发展的基础。本章主要论述土壤质量与土壤污染的概念、土壤污染来源和危害以及污染土壤修复的实用技术等内容。

第一节　土壤质量与土壤污染

一、土壤质量

　　土壤质量的好坏直接关系到人的生存状况。然而，现代经济社会的发展日新月异，使土壤随之出现了诸如侵蚀严重、土壤有机质减少、肥力和生产力降低、重金属和有机物的污染等问题，并由此间接导致大气和水体质量降低，引起了人们对土壤质量的广泛关注。人们开始认识到土壤质量在持续农业、人类健康及环境保护中占有愈来愈重要的地位，并已成为现代土壤学研究的核心。

（一）土壤质量的概念

　　基于人类对土地的利用和管理所产生的影响，土壤质量是一个动态的概念，其内涵是随着时代的发展，科技水平的提高而不断发展深化。最早提及的土壤质量是指不同利用方式下的土壤适宜性，主要考虑作物的产量和品质，因此当时的农学家、生产者等习惯于采用土壤肥力这一术语来表征土壤质量。随着人们对土壤质量认识的进一步深化，当前国际通常采用 Doran 和 Parkin（1994）提出的土壤质量定义，即特定类型土壤在自然或农业生态系统中保持生物生产力，保持或改善大气、水环境质量，以及促进动植物健康的能力，不仅注重生产力的保护，还强调了环境质量和动物健康。国内的相关学者根据我国的实际情况，进一步丰富了土壤质量的内涵，使土壤质量的概念更为全面：即土壤在一定的生态系统内提供生命必需养分和生产生物物质的能力；容纳、降解、净化污染物质和维护生态平衡的能力；影响和促进植物、动物和人类生命安全和健康能力的综合量度。也有把土壤质量简单定义为土壤肥力质量、环境质量和健康质量三者的综合。

（二）土壤质量的评价

1. 土壤质量评价内容

　　国内外的相关学者认为，土壤功能是评价土壤质量的基础，并把土壤的主要功能概括为三个方面：一是生产力，即土壤提高生物生产力的能力；二是环境质量，即土壤降低环境污染物和病菌损害的能力；三是动植物健康，即土壤质量影响动植物和人类健康的能力。土壤质量评价就是综合不同的土壤功能，包括保持生产力、维持环境质量和保证动物健康的属性，对这些属性进行时间尺度或空间尺度上的量度。土壤质量评价本身并不能防止土壤环境的退化或者增加生产力，但可以作为一种工具，通过对土壤性质的调查研究来了解土壤质量的变化或评估管理措施对土壤质量的影响，为土壤质量改善及可持续利用提供方法和依据。

2. 土壤质量评价方法

基于评价目的和所侧重土壤功能的不同，决定了评价指标的差异，因而目前还没有统一的土壤质量评价标准。国内外提出的土壤质量评价方法主要有四种，各有优点，实际工作中可以根据评价区域的时间和空间尺度、评价的土壤类型及评价目的等，选择适宜的评价方法。

（1）多变量指标克立格法　这种方法是根据特定的标准将测定值转换为土壤质量指数，然后将无数量限制的单个土壤质量指标综合成一个总体的土壤质量指数，即为多变量指标转换，其中各个指标的标准代表土壤质量的最优范围或阈值。该方法的优点是可以把管理措施、经济和环境限制因子引入分析过程，评价的空间尺度弹性大。

（2）土壤质量动力学法　这种方法是从数量和动力学特征上对土壤质量进行定量，在全过程测定土壤质量指标基础上，确定一个管理系统的实际行为，并据此评估其可持续性。该法适用于描述土壤系统的动态性，特别适合于土壤可持续管理。

（3）土壤质量综合评分法　该方法将土壤质量评价细分为对作物产量、抗侵蚀能力、地下水质量、地表水质量、大气质量和食物质量等六个特定的土壤质量元素的评价，根据不同地区的特定农田系统、地理位置和气候条件，建立数学表达式，说明土壤功能与土壤性质的关系，通过对土壤性质的最小数据集评价土壤质量。

（4）土壤相对质量法　该方法首先得假设研究区有一种理想土壤，以这种土壤的质量指数为标准，通过引入相对质量指数（RSQI），从而定量地表示所评价土壤的质量与理想土壤质量之间的差距。该方法方便、合理，可以根据研究区域的不同土壤选定不同的理想土壤，针对性强，评价结果较符合实际。

3. 土壤质量评价指标

土壤质量是土壤的许多物理、化学和生物学性质，以及形成这些性质的一些重要过程的综合体。土壤质量指标则是土壤属性的外在量度，为对土壤功能变化最敏感的土壤性质和过程。土壤质量不能直接测定，也不可能由单一的指标表示，需要通过测定不同的土壤性状来反映，因此，土壤质量评价指标必须由足够的代表土壤化学、生物和物理性质和过程的复杂指标组成，并构建一定的评价指标体系。

一般说来，反映土壤质量与健康的诊断特征可以分成两组：一组是描述土壤健康的描述性特征，较为直观，用诸如土壤看起来如何、摸起来如何、闻起来如何等词来加以描述；另一组是分析性指标，具有定量单位，较为常用。分析性指标通常包括物理指标（如土壤质地、土层和根系深度、土壤容重和渗透率、田间持水量、土壤持水特征、土壤含水量等）、化学指标（包括有机碳和氮，矿化态的氮、磷、钾，pH 值，电导率等）和生物指标（包括土壤里生长的植物、土壤动物、土壤微生物等，其中，应用最多的是土壤微生物指标），反映了内在的土壤作用特征和可见的植物特征，可以用来监控引起土壤发生变化的管理措施。在土壤质量评价中需要根据不同的土壤、不同的评价目的，按照有效性、敏感性、实用性及通用性原则对这些指标进行取舍组合。

二、土壤污染

土壤污染，是由于人类活动加入到土壤中的污染物超过了土壤基准量或土壤的自净能力，而造成生态破坏和土壤环境质量退化的现象。换言之，是指土壤中增添了某些在正常情况下不存在的有害物质，或使土壤中某些固有的成分含量过高，致使健全的土壤功能受到损害，理化性质受到破坏，微生物活动受到影响，土地肥力下降，并最终影响农作物的产量与品质，进而威胁到人类的健康甚至生命。

1. 土壤污染的现状

近20多年来，随着乡镇工业、城市化、农业集约化的快速发展和经济持续增长，人口剧增，人们生活方式迅速变更和资源高强度开发利用，大量未经妥善处理的城镇或农村生活污水肆意向农田排放、未经处理的固体废弃物也向农田转移、化肥的过量和不合理使用、农药残留等，已造成我国更大面积农田土壤环境的显性和潜性污染。2000年对30万公顷基本农田保护区土壤有害重金属的抽样监测显示，超标率就达12.1％，而且土壤一旦遭受污染，土壤中有害物质就有可能被植物吸收，因此土壤污染问题直接关系到农产品质量，关系到人体健康，关系到生态安全，是人民群众关心的热点问题。如在一些污水灌溉区以及其他污染源引起的土壤污染地区，就出产了大量含重金属或有毒有机物的稻米，这些大米无疑将对人体健康产生严重的危害作用。此外，土壤污染引起的不良后果往往要在几年、几十年，甚至上百年后才能显现出来，治理难度极大。

2006年7月，原国家环保总局局长周生贤在全国土壤污染状况调查及污染防治专项工作视频会议上曾经指出，目前我国土壤污染的总体形势相当严峻，已对生态环境、食品安全、百姓身体健康和农业可持续发展构成威胁。我国土壤污染的总体现状已从局部蔓延到区域，从城市城郊延伸到乡村，从单一污染扩展到复合污染，从有毒有害污染发展至有毒有害污染与N、P营养污染的交叉，形成点源与面源污染共存，生活污染、农业污染和工业污染叠加，各种新旧污染与二次污染相互复合或混合的态势。具体表现为三个方面：首先是土壤污染的范围在不断扩大，据不完全调查，在20世纪80年代末期，我国污染面积只有几百万公顷，而现在全国受污染的耕地约有1.5亿亩，污水灌溉污染耕地3250万亩，固体废弃物堆存占地和毁田200万亩，合计约占耕地总面积的1/10以上，其中多数集中在经济较发达的地区，不仅部分耕地受到污染，一些城市和矿山的土壤污染问题也越来越严重；其次是土壤污染的类型多样，既有重金属、农药、抗生素和持久性有毒有机物等污染，又有放射性、病原菌等的污染类型；最后是土壤污染负荷的加大，重金属和难降解有机污染物在土壤中能长期累积，致使局部地区土壤污染负荷不断加大。

因此，土壤污染已引起了党中央、国务院的高度重视。2005年，在中央人口资源环境工作座谈会上，胡锦涛总书记要求"把防治土壤污染提上重要议程"。温家宝总理在第六次全国环保大会上部署今后一个时期环境工作时，明确要求"积极开展土壤污染防治"。十届人大四次会议批准的《国民经济和社会发展第十一个五年计划纲要》明确提出"开展全国土壤污染现状调查，综合治理土壤污染"。国务院《关于落实科学发展观加强环境保护的决定》也提出，要"以防治土壤污染为重点，加强农村环境保护"，并要求开展全国土壤污染状况调查和超标耕地综合治理，抓紧拟定有关土壤污染方面的法律法规草案等。

"十一五"规划对全国的土壤污染状况调查工作做出了部署，国家已安排十亿元资金开展全国土壤污染状况调查。2006年7月18日开始，原国家环保总局投入巨资启动了全国土壤污染状况调查，以期全面、系统、准确地掌握全国土壤环境质量总体状况，查明重点地区土壤污染类型、程度和原因，评估土壤污染风险，确定土壤环境安全等级，筛选并试点示范污染土壤修复技术，拟定土壤污染防治法草案，构建适合我国国情的土壤污染防治法律法规及标准体系，提升土壤环境监管能力。随着全国土壤现状调查及污染防治项目的正式启动，土壤污染正成为继水污染、大气污染、噪声污染与固体废物污染后，受到社会关注最多的环保问题之一。2008年6月，国家环境保护部下发了《关于加强土壤污染防治工作的意见》，要求各地充分认识加强土壤污染防治的重要性和紧迫性，全面加强土壤污染防治工作。2010 年，《中国土壤污染防治法》终于从酝酿走向立法程序。

2. 土壤污染的特点

（1）隐蔽性和滞后性　土壤污染没有大气、水和废弃物污染等问题出现的直观，它往往要通过对土壤样品进行分析化验和农作物的残留检测，甚至通过研究对人畜健康状况的影响才能确定。因此，土壤污染从产生污染到出现问题通常会滞后较长的时间，很容易被忽视。

（2）累积性　土壤中的污染物质较在大气和水体中难以迁移、扩散或稀释，因而容易在土壤中不断积累而超标，并使土壤污染具有很强的地域性。

（3）不可逆转性　重金属对土壤的污染基本上是一个不可逆转的过程，许多有机化学物质的污染也需要较长的时间才能降解，例如被某些重金属污染的土壤可能要 100～200 年时间才能够恢复。

（4）土壤污染难治理性　如果大气和水体受到污染，切断污染源之后通过稀释和自净化作用也有可能使污染问题不再逆转，但积累在污染土壤中的难降解污染物，则很难靠稀释作用和自净作用来消除。土壤污染一旦发生，仅仅依靠切断污染源的方法则往往很难恢复，且采用一般的治理技术很难立竿见影，必要时问题的解决需采用客土、换土、淋洗法等。因此，治理污染土壤通常成本较高，治理周期较长。从上述特点不难看出，土壤污染的预防比治理更为重要，因为一旦土壤被污染，在污染问题被发现之前，就可能已经通过农产品对人类健康带来了严重威胁。

从我国土壤污染的情况来看，已表现出多源、复合、量大、面广、持久、毒害的现代环境污染特征，正从常量污染物转向微量持久性毒害污染物。

第二节　土壤主要污染物及来源

一、土壤主要污染物

土壤中主要的污染物有重金属、有机物质（其中数量大而又重要的是化学农药）、化学肥料、放射性元素以及有害微生物等。其中一般的有机物容易在土壤中发生生物降解，无机盐类易被植物吸收或淋溶流失，两者在土壤中滞留时间较短，而重金属和部分农药类污染物在土壤中易蓄积，残留时间长，因而成为土壤的主要污染物。

1. 有机污染物

土壤中有机污染物主要包括有机农药、石油烃、塑料制品、染料、表面活性剂、增塑剂和阻燃剂等。目前，世界上生产使用的农药已达 1300 多种，其中大量使用的约 250 多种，每年化学农药的产量约 220×10^4 t。含有有机氯、多氯联苯、多环芳烃等的农药，由于其化学性质稳定，在土壤中残留时间长，被作物吸收后，再经过各种生物之间转移、浓缩和积累，可使农药的残毒直接危害人体的健康。此外，绝大多数有机污染物通过挥发、扩散等形式在土壤中迁移或逸入空气、水体中，对生态系统和人类生命造成极大危害。例如，位于我国东南沿海的长江三角洲地区，自 1989 年以来不断引进大量废旧变压器、电子洋垃圾及废弃电缆，堆放于路边、田边，有的甚至在农田当中随意拆卸和焚烧，给该区的农田生态环境和生存环境带来了严重危害。调查发现，该地区农田土壤中出现了较高的二噁英积累。

2. 无机污染物

重金属是人们普遍关注的无机污染物。有害重金属主要是生物毒性显著的汞（Hg）、镉

（Cd）、铅（Pb）、铬（Cr）以及类金属砷（As），还包括具有毒性的重金属锌（Zn）、铜（Cu）、钴（Co）、镍（Ni）、钒（V）等。重金属污染物进入土壤后不能为土壤微生物所分解，易在土壤中积累，如周秀艳等（2006）的研究发现，辽宁省典型工矿区和污水灌溉区土壤中重金属含量普遍高于其背景值，Cu、Pb、Cd、Hg 均值比背景值分别多 218 倍、1317 倍、115 倍和 1017 倍，或在土壤中可能转化为毒性更大的甲基化合物，易被作物吸收而影响农作物的产量和品质，或导致大气和水环境质量进一步恶化，或通过食物链，以有害浓度在人体内蓄积，严重危害人体健康。

3. 生物污染物

从医院污水、未经处理的粪便、垃圾、生活污水、饲养场和屠宰场等释放出的一定量的病原体如肠道致病菌、肠道寄生虫、钩端螺旋体、破伤风杆菌、霉菌和病毒等进入土壤，会带来污染，其中危害最大的是传染病医院未经消毒处理的污水和污物。

4. 放射性污染物

核爆炸的大气散落物、核工业、人类采矿和燃煤、农用化学品、科研以及医疗机构等产生的各种废弃物等一旦进入土壤，就会给土壤带来放射性的污染威胁。Ye 等人（2005）对浙江省石煤样品分析发现，石煤中的放射性核素含量很高，如 ^{238}U、^{226}Ra、^{232}Th 和 ^{40}K 的平均有效放射性分别为 949Bq/kg、918Bq/kg、34Bq/kg 和 554Bq/kg，其中 ^{238}U 的有效放射性是浙江省标准煤样品（43.6Bq/kg）的 22 倍，而 ^{226}Ra 是浙江省标准煤样品（50Bq/kg）的 18 倍。

二、土壤污染的类型

土壤污染物质的种类有重金属、硝酸盐、农药及持久性有机污染物、放射性核素、病原菌/病毒及异型生物质等。从污染物的属性考虑，土壤污染可分为以下几类：无机物污染，主要包括酸、碱、重金属（铜、汞、铬、镉、镍、铅等）盐类，含砷、硒、氟的化合物等；有机物污染（主要是人工合成有机污染物），包括有机废弃物（工农业生产及生活废弃物中生物易降解和难降解有机毒物）、农药（杀虫剂、杀菌剂和除草剂）污染等；放射性污染（铯、锶等放射性元素）；化学肥料污染（过量的氮、磷植物营养元素以及氧化物和硫化物等）；以及由城市污水、污泥及厩肥带来的土壤生物污染（寄生虫、病原菌、病毒等）。

从污染物的存在状态来看，土壤污染又分为水型污染、气型污染及固体废弃物污染。水型污染主要是指工业废水和生活污水污染土壤。水型污染多是因污水灌田造成的，通过灌田使有害物质污染土壤。气型污染则是指大气中的污染物经降雨和沉降污染土壤，其主要污染物有铅、铜、砷和氟等。气型污染多呈现以污染源为中心的椭圆形或带状分布。固体废弃物污染是指垃圾、粪便、工业废渣、化肥、农药等污染土壤。固体废弃物污染的特点是污染范围比较局限或固定，并可通过风吹和雨淋冲刷污染较大范围的土壤和水体。

根据环境中污染物的存在状态，可分为单一污染、复合污染及混合污染等，但土壤污染的类型多数情况下为重叠和交叉污染（复合污染）。依污染物来源，可分为农业物资（化肥、农药、农膜等）污染型、工企三废（废水、废渣、废气）污染型及城市生活废物（污水、固废、烟/尾气等）污染型。按污染场地（所），又可分为农田、矿区、工业区、老城区及填埋区等的污染。

三、土壤污染的来源

土壤污染的主要来源为工业和城市废水和固体废弃物、农药和化肥、畜禽排泄物、生物残体和大气沉降物。根据其来源不同，又可分为工业污染源、农业污染源和生物污染源，工业污染源是指工业企业排放的废水、废气和废渣，属点源污染；农业污染源主要是由于农业生产本身的需要，而施入土壤的化肥、农药、有机肥以及残留于土壤中的农用地膜等；生物污染源是指含有致病的各种病源微生物和寄生虫的生活污水、医院污水、垃圾等。下面就主要的几种污染源分别具体阐述。

1. 污水灌溉

生活污水和工业废水中，含有氮、磷、钾等许多植物所需要的养分，当合理地使用污水灌溉农田时，一般有增产效果，但污水中还含有重金属、酚、氰化物等许多有毒有害物质，如果污水未经有效处理而直接灌溉于农田，会将污水中有毒有害物质带至农田而污染土壤，如冶炼、电镀、燃料、汞化物等工业废水引起的镉、汞、铬、铜等重金属污染，以及石油化工、肥料、农药等工业废水可能引起的酚、三氯乙醛、农药等有机物的污染。

2. 大气污染

大气中的有害气体主要是工业中排出的有毒废气，其污染面大，会对土壤造成严重污染。工业废气的污染大致分为两类：一类是气体污染，如二氧化硫、氟化物、臭氧、氮氧化物、碳氢化合物等；另一类是气溶胶污染，如粉尘、烟尘等固体粒子及烟雾、雾气等液体粒子，它们通过沉降或降水进入土壤而造成污染。如有色金属冶炼厂排出的废气中含有铬、铅、铜、镉等重金属，对附近的土壤造成重金属污染；生产磷肥、氟化物的工厂会对附近的土壤造成粉尘污染和氟污染等。

3. 化肥

众所周知，施用化肥是农业增产的重要措施，但不合理的施用则会引起土壤污染。这是由于生产化肥的原料中会含有一些微量元素，可随生产过程进入化肥，然后随化肥的施用进入土壤，造成土壤和作物污染。以磷肥为例，磷石灰中除含铜、锰、硼、钼、锌等植物营养成分外，还含有镉、铬、氟、汞、铅和钒等对植物有害的成分。以硫酸为生产原料的化肥，在硫酸的生产过程中则会带入大量的砷，如以硫化铁为原料制造的硫酸含砷量平均高达 $930mg/kg$，因而使生产出的硫酸铵、硫酸钾等的含砷量也较高。此外，过量氮肥施用导致土壤硝酸盐的累积则也是一个特别令人担忧的污染问题。生长在施用氮肥土壤上的作物，可以通过根系吸收土壤中的大量硝酸盐，进入人体会引发重大疾病。

4. 农药

农药能防治病、虫、草害，如果使用得当，可保证作物的增产，但若施用不当，会引起土壤污染。喷施于作物体上的农药，除部分被植物吸收或逸入大气外，还有 50％左右散落于农田，并与直接施用于田间的农药（如拌种消毒剂、地下害虫熏蒸剂和杀虫剂等）构成农田土壤中农药的基本来源。农药对土壤的污染可分为直接污染和间接污染。直接污染是由于在作物收获期前较短的时间内施用残效期较长的农药引起的，一部分直接污染了粮食、水果和蔬菜等作物，另一部分污染的是土壤、空气和水。首先，农作物从土壤中吸收农药，在根、茎、叶、果实和种子中积累，可通过食物、饲料危害人体和牲畜的健康。如用被农药污染的作物为饲料喂养家禽、家畜，或者在禽畜饲养场所施用农药消毒污染了周围空气，可能导致蛋、奶、肉中农药残留。其次，进入水体中的农药污染也可使水生生物体内蓄积农药。

5. 固体废弃物

首先，工业和城市固体废弃物中的垃圾污染会影响食品安全，表现为垃圾本身对食品的污染以及垃圾的利用过程中，如垃圾堆肥就可能对农作物产品带来不利影响。其一，城市垃圾的成分十分复杂，含有大量的有害物质，且其中的有机质会腐败、发臭、滋生蚊蝇等；其二，来自医院、屠宰厂、生物制品厂的垃圾则常含有各种病原菌，若处理不当，会污染土壤、水体及农作物，最终使人体感染疾病；其三，垃圾堆肥中含有一部分重金属，施用于农田后会造成土壤污染，使生长在土壤中的农作物籽粒中重金属含量超过食品卫生标准。

其次，农业固体废弃物中如各种农用塑料薄膜作为大棚、地膜覆盖物被广泛使用，如果管理、回收不善，大量残膜碎片散落田间，既不易蒸发、挥发，也不易被土壤微生物分解，长期滞留于土壤中，会造成农田的"白色污染"，表现为对农田环境的严重危害。如影响农田机械耕作；阻碍农作物根系的伸展，容易造成作物倒伏、死苗、弱苗和减产；破坏土壤结构；干扰农田的正常灌溉；以及农膜残片容易随作物秸秆进入饲料，造成农畜误食农膜残片而死亡等。

6. 污泥

城市污水处理厂处理工业废水、生活污水时，会产生大量的污泥，一般占污水量的1%左右。污泥中含有丰富的氮、磷、钾等植物营养元素，常被用作肥料，但从一些工业废水处理得到的污泥，常含有某些有害物质，如大量使用或利用不当，会造成土壤污染，使作物中的有害成分增加，影响其食用安全。污泥中的有害物质主要有病原微生物、重金属和一些人工合成的有机化合物。一般情况下，污泥中含有一定数量的细菌和寄生虫卵，施用未杀菌的污泥，易污染牧草和蔬菜，并导致疾病的传播。此外，污泥中的可溶性重金属易被农作物吸收，使作物的产量和质量下降。不过，污泥中重金属的种类和数量变化很大，主要取决于污水处理厂处理工业废水的情况。

第三节　土壤污染的危害

一、我国土壤污染危害概述

近年来，我国土壤污染所带来的巨大危害已逐渐显现，主要表现在以下几个方面。

第一，严重影响耕地质量，造成直接经济损失。由于长期过量使用肥料、农药、农膜以及污水灌溉，使污染物在土壤中大量残留，土壤理化性状恶化，肥力下降，影响作物生长，造成农作物减产和质量下降。据估算，我国每年就因重金属污染而减产粮食1000多万吨，另外被重金属污染的粮食每年也多达1200万吨，造成的直接经济损失超过200亿元。

第二，农产品质量下降。我国大多数城市近郊土壤都受到了不同程度的污染，许多地方的粮食、蔬菜、水果中汞、镉、铬、砷、铅等重金属含量超标或接近临界值。

第三，严重影响食品安全，威胁人们身体健康。土壤污染造成有害物质在农作物中积累，并通过食物链进入动物体或人体，引发癌症和其他疾病，最终危害人体健康，且许多低浓度的有毒污染物的影响是慢性和长期的，可能长达数十年乃至数代人。

第四，导致其他环境问题。受到污染且重金属浓度较高的污染表土，很容易在风力和水力的作用下进入大气和水体，导致大气污染、地表水污染、地下水污染和生态系统退化等其他生态环境问题。

第五，影响农产品出口，降低国际竞争力。20世纪90年代以来，因农药残留和重金属含量超标，农产品出口被外方退货、索赔和终止合同的事件多次发生，部分传统大宗农产品也被迫退出国际市场，特别是我国加入世贸组织以后，发达国家对我国出口农产品要求更严，出口压力增大。

第六，威胁国家生态安全。严重的土壤污染，直接影响土壤生态系统的结构和功能，使生物种群结构发生改变，生物多样性减少，土壤生产力下降，最终将对生态安全构成威胁。

二、主要土壤污染物的危害

1. 农药的危害

由于农药使用管理方式、人员素质以及施药器械等因素的影响，据估计，施用到田间的农药实际作用于目标害虫的农药量不到 0.1%，其余的农药逐渐进入到环境中污染土壤、水体、大气及农产品，进而毒害或影响非目标生物，如造成鱼类死亡、鸟类丧失繁殖能力以及人类疾病等。农药的大量施用和流失除了会产生环境污染这一不利影响外，还可能造成生态失衡。因为滥施农药，不但不能长期控制害虫种群数量，且会带来害虫抗药性增强而出现再猖獗的反效果，还可能使有益于农业的微生物、昆虫、鸟类遭到伤害，破坏了生态系统，使农作物遭受间接损失。

化学性质比较稳定的农药被作物吸收后，首先是污染农作物。据 1983 年全国粮食有机氯农药的调查，在 90.9% 的小麦、玉米和水稻类样品中，有六六六检出，滴滴涕污染相对较轻。中国科学院南京土壤研究所于 2000 年在沿太湖流域开展的农田调查结果显示，太湖流域水稻土中存在有机氯的残留，其中滴滴涕、六六六及 15 种多氯联苯（PCB）同系物检出率 100%，超过一级土壤质量标准率 28%，六六六类含量超过一级土壤质量标准率 24%，稻田除草剂丁草胺均有检出。

土壤中的农药残留，经过农作物的吸收后，再经过各种生物之间转移、浓缩和积累，可使农药的残毒直接危害人体的健康。说明农药的残留是当前土壤环境质量退化的重要原因之一。

2. 重金属的危害

重金属污染物进入土壤后不能为土壤微生物所分解，易被作物吸收和在土壤中积累，甚至在土壤中可能转化为毒性更大的甲基化合物，当累积到一定程度就会对土壤-植物系统产生毒害，不仅导致土壤退化、农作物产量和品质降低，而且可能通过直接接触、食物链等途径以有害浓度在人体内蓄积，严重危害人体的生命和健康，也可以导致大气和水环境质量的进一步恶化。赵勇等人（2006）的调查发现，郑州市郊区土壤中 Hg、Cr、Cd、Pb、As、Cu、Zn 均未超过《土壤环境质量标准》（GB 15618—1995）二级标准限值，但部分蔬菜重金属含量超过国家食品卫生蔬菜类标准。土壤中的 Zn、Cu、Cd、Cr 污染与多数蔬菜的污染呈显著的正相关。此外，沿海大部分地区的农田、菜地重金属污染突出，严重影响了农产品品质。如广州约有 50% 的农地遭受镉、砷、汞等有毒重金属的污染；浙江省也有连片农田受镉、铅、砷、铜、锌等多种重金属污染，致使受污染农田的土壤生产力基本丧失；江苏省也曾发生千亩稻田铜污染及水稻中毒事件等。

3. 过量化肥的危害

过量施用化肥使农产品中硝酸盐污染状况日益严重。一般情况下，土壤中的硝酸根离子进入作物体内后，经作物体内的硝酸酶作用还原成亚硝态氨，再转化为氨基酸类化合物，以维持作物的正常生理作用。但由于土壤中硝酸盐的过量累积，致使大量的硝酸盐蓄积于作物的叶、茎和根中，这种积累对作物本身无害，但会对人畜产生危害。如饲料作物若含有过多的硝酸盐，会阻碍牲畜体内氧的输送而使其患病，或致其死亡。据对上海、南京等大城市的调查，由于氮肥的不合理使用，常年食用的蔬菜硝酸盐含量多数属于三级和四级，已经达到或超过临界水平。最新调查显示，全国每年生产硝酸盐、亚硝酸盐超标的污染蔬菜已达 60 万吨左右，经济发达地区这一污染问题更为严重。

此外，化肥施用可能会产生其他环境问题。如长期大量施用氮肥，会破坏土壤结构，造成土壤板结，并使其生物学性质恶化等。

4. 放射性物质的危害

放射性物质进入土壤后能在土壤中积累，对人体健康构成潜在的威胁，其中由核裂变产生的放射性核素^{90}Sr 和^{137}Cs 尤为重要。^{137}Cs 在土壤中的吸附比较牢固，并被某些植物吸收累积，若通过食物链经消化道进入人体，会造成内照射损伤，使受害者头晕、疲乏无力、脱发、白细胞减少或增多、发生癌变等。

总之，无论是直接的土壤污染，还是由土壤污染导致的大气、地表水和地下水污染，最终都会对动物和人体健康造成危害。这些可能引起的危害包括功能异常和其他荷尔蒙系统异常、生殖障碍和种群下降、肿瘤和癌症等损害、行为失常、免疫系统障碍等。

因此，只有保证土壤的安全，"净土"才有保障，才能保障食物的安全，只有"洁食"才能保障人类的健康。因而，"净土、洁食"与"蓝天、碧水"是同等重要的战略问题。

第四节　污染土壤修复的实用技术

一、土壤重金属污染的修复技术

1. 物理修复技术

（1）改土法　改土法包括客土、换土、去表土、深耕翻土等措施，是通过工程措施把污染土壤换走或向污染土壤中加入大量干净土壤，或仅通过深翻土壤等措施，来达到消除或降低耕层土壤重金属含量的目的。该方法一般适用于土层深厚且污染较轻的情况或污染重、面积小的地区。这类方法具有效果彻底、稳定等特点，在日本曾得到了成功的应用，但需大量人力、物力，投资大，且存在二次污染问题，因而未能广泛应用。

（2）电动修复　电动修复是在污染土壤外加一直流电场，利用电解、电迁移、扩散、电渗以及电泳的作用使重金属向电场的一个电极处聚集，经工程化的收集系统收集起来进行集中处理，以达到清除污染土壤中重金属并加以回收的目的。该技术最先由美国路易斯安娜州立大学提出，随后得到迅速发展，目前该技术不仅对污染土壤中 Hg、Pb、Cr 的去除效果很好，还可应用于 Cu、Zn、Ni 和 Cd 等污染土壤的修复，特别是治理孔径小、渗透系数低的密质土壤的有效方法，并已进入商业化阶段。电动修复具有能耗低、修复彻底、经济效益高等优点，是一门有较好发展前途的绿色修复技术，但对大规模污染土壤的就地修复操作难度较大。

（3）热处理技术　该法主要用于修复受挥发性废物如汞污染的土壤，其工作原理是向土壤中通入热蒸气或用射频加热等方法将挥发性废物从土壤中解吸出来，集中收集并处理。美国一家公司已成功应用该技术进行现场治理，治理后土壤中汞的质量浓度降到了背景值（1mg/L）以下，并开始了商业化服务，但整体技术难度较大、能量消耗大、费用较高、土壤结构易遭破坏，且会造成二次污染，目前在我国尚未应用。

（4）固化稳定技术　固化稳定技术一方面是利用化学方法降低重金属在土壤中的可溶性和可提取性的同时，采用某种黏合剂（如水泥和硅土等）将污染土壤中的重金属加以固定；另一方面是实施前在土壤中埋入金属或石墨等导电材料，利用电导产热原理给污染土壤升温使之熔化，自然冷却后凝固成玻璃状结构；或将污染土壤与废玻璃或玻璃组分 SiO_2、Na_2CO_3、CaO等一起在高温下熔融，冷却后形成稳定的玻璃态物质。这一技术已经成功应用于小规模实验中 Pb 或 Cr 污染土壤的修复。不过技术相对比较复杂，成本高，应用受到限制。

（5）隔离包埋技术　隔离包埋技术，是采用物理方法将重金属污染土壤与其周围环境隔离开来，减少重金属对周围环境的污染或增加重金属的土壤环境容量。常用的材料有钢铁、水泥、皂土或灰浆等。

（6）淋滤法和洗土法　淋滤法和洗土法是运用清水或化学试剂（如 EDTA）淋洗污染土壤，使重金属离子溶出，最后从提取液中回收重金属，并循环利用提取液的一种物理化学方法。美国曾应用淋滤法和洗土法成功地治理了包括 Hg 在内的八种重金属（Hg、Cd、Cu、Cr、Ni、Ag、Pb 和 Tb）污染土壤，并使重金属得到了回收和利用，采用的提取剂主要为酸性溶剂。上述方法仅适用于渗透系数大的砂质土壤，易造成二次污染，使用时需慎重考虑。

2. 化学修复技术

（1）化学改良法　化学改良法是通过向土壤中投加各种改良剂，从而调节土壤酸碱度和化学组分，控制反应条件，使重金属的生物有效性或毒性降低的一种化学方法。化学改良法的第一个方面是通过向土壤加入起沉淀作用的物质（如石灰、钙镁磷肥、羟基磷灰石、磷灰石、水合氧化锰、含 S 物质等），使土壤中的重金属（如 Hg、Cd 等）生成氢氧化物沉淀或难溶性磷酸盐；第二个方面是通过向土壤中加入阳离子交换量大、吸附能力较强的物质（如膨润土、天然铁锰矿物、海泡石、沸石等）来钝化土壤中的 Cd 等重金属，效果较好；第三个方面是根据重金属元素之间的拮抗作用，通过向土壤中加入一些对人体没有危害或有益的金属元素，减轻目标重金属的毒性。但这些措施不能治本，重金属仍滞留于土壤中，对土壤有一定的破坏作用。

（2）土壤淋洗法　土壤淋洗法是用淋洗液（如水、化学溶剂或其他能把污染物从土壤中淋洗出来的液体）来淋洗污染土壤，使吸附固定在土壤颗粒上的重金属形成溶解性的离子或金属-试剂络合物，使重金属的有效态含量提高，因而易于流动和被回收。如利用 EDTA（乙二胺四乙酸）对土壤中靶金属有很高的螯合效应，其在环境中稳定，对生物的毒性较小，因而用 EDTA 来提取土壤中的重金属是当前研究的热点。淋洗法适于轻质土壤，对重金属重度污染土壤的修复效果较好，但投资大，商业化相对较难，易造成地下水污染、土壤养分流失、土壤变性等问题。

（3）有机质改良法　有机质改良法主要通过有机质中的腐殖酸与金属离子发生络合反应来改良土壤，特别是胡敏酸，它能与二价、三价的重金属形成难溶性盐类。有机质改良法方便、经济，兼顾了经济效益、环境效益和社会效益，是土壤重金属污染修复的最佳方向之一。

（4）化学还原法　化学还原法就是应用化学反应将污染土壤中的重金属还原，从而形成难溶的化合物或降低土壤中重金属的活性。对于 Pb 污染土壤，可使用二氧化硫、亚硫酸盐或硫酸亚铁等作为还原剂；就 Cr 污染土壤而言，可考虑利用铁粉、硫酸亚铁等。化学还原法属于原位修复方法，成本较低，可为其他修复技术打下基础，但可能导致二次污染问题。

（5）表面活性剂修复法　表面活性剂修复技术是利用表面活性剂的润湿、增溶、分散、洗涤等特性，改变土壤表面电荷和吸收位能，或从土壤表面把重金属置换出来，加快重金属在土壤溶液中的流动性，为清除土壤中的重金属提供了一条新的途径。

3. 生物修复技术

（1）植物修复法　植物修复法是利用植物来修复或消除由无机毒物造成的土壤污染，其基本原理是以某些植物所具有的忍耐或超量积累某种或某些化学元素的特性为基础，通过引种栽培来清除土壤环境中污染物的一种环境友好而又廉价的新方法。目前已发现重金属超累积植物达 400 余种，多为十字花科植物，广泛分布于植物界的 45 个科，但绝大部分都是 Ni 的超富集植物（318 种）。根据作用过程和机理，该技术可分为植物稳定、植物挥发和植物提取。植物稳定是利用植物及一些添加物质来降低重金属的生物可利用性或毒性，减弱其在土体中的流动性，避免重金属通过淋溶或扩散等途径造成地下水及其他介质的污染。植物挥发是利用植物将吸收到体内的污染物转化为气态物质，并释放到大气环境中而修复污染土壤。植物提取是利用能超量积累重金属的植物吸收土壤中的金属离子，并将它们输送并储存到植物体的地上部分，从而修复污染土壤。植物提取一般又分为持续植物提取和诱导植物提取两种。由于其成本低和环境友好的特点，使它在技术和经济上均优于传统的物理和化学方法，是解决环境中重金属污染的优选方法，并已在全球得到发展和应用，美国、加拿大的植物修复公司已开始赢利。

（2）微生物修复法　微生物修复法是利用微生物对某些重金属的吸收、沉积、吸附、氧化和还原等作用，减少植物摄取，从而降低重金属毒性的一种修复方法。根据其修复原理一般可分为生物积累、生物吸附和生物转化三种。生物积累是利用某些微生物可对吸收的重金属产生区域化作用而积累重金属，或利用一些真菌与植物根系形成的菌根积累重金属，而降低其在植物体内的迁移。生物吸附是利用土壤中微生物（活细胞、死细胞、金属结合蛋白、多肽或生物多聚体为吸附剂）对重金属的高亲和性能以及通过重金属离子高效结合态肽的微生物展示技术，实现微生物表面重金属的富集。生物转化则是通过氧化、还原、甲基化和脱甲基化等作用使重金属形态或价态发生改变，最终清除土壤中的重金属或降低重金属毒性。该方法行之有效，但修复能力有限，只适用于小范围污染土壤的修复。

（3）生态修复法　生态修复法是充分利用生物（植物）的抗逆基因，使生物最大限度地适应污染环境，在协调生物与环境的相互关系中达到生态效益、社会效益和经济效益的统一，实现污染土地的安全与高效的农业利用。该法非刻意追求对污染土壤作根本性改造或改良，近20年来，国内部分专家对此做了大量探讨，并成功运用于实践，形成了各具特色的污染农地生态利用模式。

二、土壤有机污染的修复技术

1. 物理修复技术

（1）客土、换土法　客土、换土法是将受到有机污染的土壤运走，送到指定地点填埋并处理，然后填回干净土壤，以降低有机污染物的含量。所需费用较高，易造成二次污染，只适应于特殊情况下的土壤处理。

（2）通风去污法　通风去污法主要是针对石油泄漏造成的土壤烃污染而发展起来的一种新方法。基于有机烃类有着较高的挥发性，可通过在污染地区打井，并引发空气对流加速污染物的挥发而清除土壤污染。据报道，美国一空军基地就是用这一方法对因燃料泄漏造成的土壤污染进行了成功治理。但通风去除效率受多种因素的影响，整体技术有待进一步完善。

（3）热处理法　通过工程措施将污染土壤移出，采用各种加热方法将挥发性有机污染物赶出土壤，而后对其进行收集并处理，属于异位修复方法。根据这一原理，美国有人开发了一种低温热处理系统，并在伊利诺斯州得到了应用，结果显示对挥发性有机物的有效去除率达到了99.9%。

2. 化学修复技术

（1）焚烧法　焚烧法是通过工程措施把污染土壤集中起来，并利用有机污染物高温易分解的特点，通过焚烧达到去除污染的目的。该方法较常用，但处理费用高，土壤理化性质会被破坏，易造成二次污染。

（2）化学清洗法　该方法是指用一定的化学溶剂通过萃取的原理来清洗被有机物污染的土壤，将有机污染物从土壤中洗脱下来，从而达到去除污染物的目的。该方法治理被农药（如滴滴涕）污染的土壤效果较好，在溶剂/土壤比为1∶6时去除农药效果可达到99%。

（3）水蒸气剥离法　水蒸气剥离法已应用于范围广泛的污染土壤颗粒微粒的去污。基本流程为：高温水蒸气通入泥浆反应器，在水蒸气的剥离作用下，含有污染物的土壤颗粒裂解成更小的微粒，吸附在土壤上的有机污染物随即与土壤脱离，在高温环境下，脱附的有机污染物和土壤微粒随着水蒸气离开反应器。这是一种使土壤中有机污染物脱离土壤吸附的有效方法，处理所需温度较低、时间短、分离效果好、土壤可被重新利用，但能耗却较大。

（4）真空分离法　真空分离法是通过在污染土壤地区开挖竖井，利用压差原理和空气对污染物的吸附作用，注入空气介质，使含有污染物的混合气体从另一竖井排出，经由活性炭的处理后实现污染土壤的治理。该法仅对挥发性污染物的处理效果较好。

（5）表面活性剂改良法　该方法广泛应用于土壤有机物污染的化学或生物治理，是利用表面活性剂改进憎水性有机化合物的亲水性能而促进吸附在土壤上的有机污染物解吸和溶解。常用表面活性剂有非离子表面活性剂（如乳化剂 OP、Tritonx-100、平平加、AEO-9 等），阴离子表面活性剂（如十二烷基苯磺酸钠 SLS、AES 等），阳离子表面活性剂（如溴化十六烷基三甲铵 TMAB），生物表面活性剂以及阴离子和非离子混合表面活性剂，主要选择已商品化、价格低廉、生物降解性好、临界胶束浓度和表面张力较小的表面活性剂。如由微生物、植物或动物产生的天然表面活性剂，清除土壤有机污染物的效果就较好，且易降解，处理成本较低，应用前景较好，但表面活性剂的使用浓度要适当。

（6）化学栅防治法　土壤有机污染的化学栅防治法是把吸附栅放置于污染土壤次表层的含水层，使污染物吸附在固体材料内，从而达到控制有机污染物的扩散并对污染源进行净化的目的，其中吸附栅材料一般有活性炭、泥炭、树脂、有机表面活性剂和高分子合成材料等。化学栅于近十年来开始受到人们的重视，并应用于土壤有机污染的防治。不过实际应用中存在化学栅老化、化学栅模型精度较低等问题，应用受到一定限制。

（7）光化学降解法　光化学降解法主要用于土壤农药污染的治理研究，因为农药中一般含有 C—C、C—H、C—O 和 C—N 等键，容易吸收光子而发生光解反应。由于其具有高效和污染物降解完全等优点，已开始引起了人们的注意。

（8）超临界水蒸气萃取法　超临界水蒸气萃取法是基于土壤中的有机污染物含量低、基体复杂、不易直接分析等特点而得到发展。对于复杂样品中的微量有机污染物的萃取具有高效、快速、后处理简单等优点，极具发展前景。

3. 生物修复技术

（1）植物修复法　有机污染的植物修复是利用植物在生长过程中吸收、降解、钝化有机污染物的一种原位处理污染土壤的方法，是一种经济、有效、非破坏型的修复方式，被认为是一种有潜力的、优美的、自然的土壤修复技术。植物对有机污染土壤的生物修复作用主要表现在植物对有机污染物的直接吸收、植物释放的各种分泌物或酶类对有机污染物生物降解的促进作用以及植物根际对有机污染矿化作用的强化等方面。目前，可被植物修复的有机污染物主要有氯化物，如二氯乙烯、三氯乙烯、四氯乙烷、2,4-二氯苯酚、聚氯联（二）苯；杀虫剂，如毒死蜱乳油、二氯苯、三氯乙烷、二溴乙烷；炸药，如三硝基甲苯、三硝酸甘油酯、二硝基甲苯、三亚甲基三硝基胺、硝酸戊四醇酯；以及多环芳烃和去污剂等。尽管植物作为生物修复因子具有一些细菌不具有的优点，但却缺乏微生物的有机物降解能力，若借助转基因技术把微生物与植物结合起来，应用前景会更广。

（2）微生物修复法　利用微生物的氧化、还原、分离以及转移污染物的能力而去除和解毒土壤，使其部分或完全恢复到原初状态，主要修复方法有原位修复技术、异位修复技术和原位-异位修复技术。原位修复技术是在不破坏土壤基本结构的情况下，在原位和易残留部位进行生物处理，依赖被污染的自身微生物的自然降解能力和人为创造的合适降解条件，适用于渗透性好的不饱和土壤的生物修复，主要包括投菌法、生物培养法、生物通气法、农耕法等。异位修复技术要求把污染土壤挖出，集中它处进行生物修复处理，强调人为控制和创造更加优化的降解环境，一般适合于污染物含量极高、面积较小的地块，主要有预制床法、堆肥法、生物反应器法、厌氧处理法等。原位-异位修复技术则为了克服单一修复技术的缺点，更大地提高污染土壤修复效果而在实践中广泛采用，一般必须保持原位修复技术的基本特征。

（3）动物修复法 这一方法主要利用土壤中的一些大型动物，如蚯蚓和某些鼠类等对土壤中有机污染物的吸收和富集以及自身的代谢转化，使有机污染物分解为低毒或无毒产物。已有对农药污染的去除研究。

第七章　化肥农药和塑料
地膜的污染控制

现代农业已离不开施用化肥农药和塑料地膜等农用化学物质，但过量或不合理施用在增加产量的同时也带来一系列的环境污染与食品安全问题。本章主要介绍化学肥料、农药和地膜的使用现状、存在的主要环境问题以及控制上述农用化学物质污染的技术措施。

第一节　化肥的污染与控制

一、化肥使用现状

中国的粮食安全问题一直以来都受到国内外的普遍关注。粮食产量的提高在很大程度上依赖于作物品种的改进、生产技术的提高及施肥量的增加等因素。化肥是重要的农业生产资料，施用化肥可以提高农作物产量，联合国粮农组织（Food and Agriculture Organization，FAO）的资料表明，化肥对世界粮食增产的贡献率为 40%～60%。国内研究也认为，我国 52% 的农作物增产是化肥施用的结果。目前，我国粮食生产中化肥投入的费用占物质成本费用的 30% 左右，明显高于病虫害防治、作物品种改良和灌溉等其他农用技术。1995～2004 年的近 10 年时间里，中国化肥用量由 $3595×10^4t$（纯养分，下同）提高到 $4636.8×10^4t$，增加了 $1041.8×10^4t$，增加了 22.5%，但是粮食产量由 $46500×10^4t$ 只增加到 $46974.2×10^4t$，增加了 1.0%。但施用化肥的同时也可能带来环境污染与农产品质量安全等问题。实际上，我国农民滥用化肥已严重危害到人体健康和环境质量，中国过量使用化肥已到极限。但也有学者指出过分夸大化肥施用对农业环境和农产品质量安全的危害也是不可取的。

目前我国高达 67% 的化肥用在粮食作物上，接近 50% 的粮食产量来自于施用化肥。我国化肥年生产量约占世界总量的 1/3，表观消费量约占世界总量的 35%，已经成为世界上最大的化肥生产国和消费国。化肥的生产和消费带来正负两方面的影响：一方面化肥的生产和消费，为解决我国不断增长的人口的温饱问题和经济发展做出重大贡献，是我国实现粮食安全的重要保证。同时化肥的使用对于平衡和改善我国土壤养分发挥重要作用；另一方面，随着化肥使用量的不断增长，特别是随着我国化肥的施用量逐渐接近甚至超过现有土壤环境的最大容量和作物最高产量施肥量，化肥使用的边际效益递减，农作物经济效益下降，导致土壤中过剩的养分积累和严重的地表水污染和环境风险。

1. 区域分布

我国化肥使用量平均每年以 21% 的速度递增，特别是 1978 年改革开放以后，施用化肥的增长促进了农业生产的发展。1999 年我国粮食产量 5084 亿千克，比 1949 年增长 4.5 倍，这是有目共睹的事实。我国各区域施肥存在着较大的差异。从 2003 年化肥使用情况来看，施肥量最高的省份为福建省，单位面积施肥量为 $858kg/hm^2$，最低的西藏仅为 $68.9kg/hm^2$。东部的江苏、山东、福建、上海四省市单位粮食面积化肥施用量平均已达 $376.2kg/hm^2$，超过了合理施肥的上限（$345.0kg/hm^2$），不仅造成化肥资源的严重浪费，还带来一系列环境问题。

西部的贵州、西藏、甘肃、青海四地区单位面积化肥施用量平均仅为 $150.5kg/hm^2$，远低于合理施肥的下限（$255kg/hm^2$）。

2. 品种与结构

化肥的施用品种和结构上的不合理现象也很突出。2004 年化肥总施用量 $4636.8×10^4t$ 中，N 素占到 $2831.4×10^4t$，P 素为 $1338.1×10^4t$，K 素为 $467.3×10^4t$，氮、磷、钾施用比例为 $1：0.47：0.10$，钾肥明显不足。复合肥 $1203.8×10^4t$，仅占化肥施用总量的 25%。我国化肥的氮、磷比例从 1994 年以来，一直稳定在 $1：0.45$ 左右的水平，但是由于资源匮乏等原因，我国钾肥用量明显偏低。2003 年我国化肥消费中钾肥比为 $1：0.24$，远低于世界平均水平。大量、超量的氮肥施用以及氮肥利用率下降已造成了严重的经济损失和环境损失，如环太湖、珠江三角洲地区由于氮肥利用率不足 30%，导致大面积水域严重污染。据测算，全国每年氮肥浪费造成损失高达 300 多亿元。

二、不合理化肥施用引起的主要环境问题

化肥的使用在促进农业生产和提高人民生活水平的同时，也直接或间接地对环境造成了危害，受其影响较大的是土壤、水体、农作物和大气。

1. 对土壤的影响

化肥使用不合理会导致土壤孔隙堵塞、团粒结构破坏、土壤板结、肥力下降，造成农产品的品质下降。如含氯化肥的常年施用，会造成土壤中氯的含量增高，如达到一定值会对农作物的生长产生影响，同时也会使土壤的 pH 值下降，不利于农作物的种植；K_2SO_4 的过量施用，造成土壤 SO_4^{2-} 富集，使土壤酸化或引起硫化物、硫酸盐污染；磷肥的不合理施用造成植物生理缺锌、缺铁；硝态氮肥的大量施用增加了土壤硝酸盐和亚硝酸盐的积累，它们随地表径流和淋溶污染地表水和地下水，导致水体硝酸盐含量超标，尤其是超标的亚硝酸盐将严重威胁人类健康。

2. 对农作物质量的影响

农作物的质量变坏包括多方面的原因，化肥施用不合理是其中之一。例如，尿素中含有 1%～2% 的缩二脲，该物质对农作物有毒害作用；由于磷和锌、铁之间存在着拮抗作用，磷肥的大量使用会造成植物生理性缺锌、缺铁，进而影响植物的产量和质量。

3. 对水体的污染

化肥不合理施用，最直接的影响就是使水体富营养化，而且由于水的沥滤作用，土壤中的化肥可发生迁移而进入地下水，影响到生活用水。在富营养化的水体中硝酸盐和亚硝酸盐的数量增多，其中还有一些致癌物质，严重威胁人体健康。

4. 对大气环境的影响

过量化肥的施用还会造成大气环境污染。氧化二氮是排在二氧化碳和甲烷之后的第三大温室气体，农田氧化二氮的排放量与化学氮肥的施用量有着密切的联系。农田不合理施用氮肥后，氨的挥发和反硝化脱氮，产生气态氮氧化物，不仅降低氮肥的增产效果，而且造成大气污染。许多研究表明，水田土壤由于过多使用肥料以及不适当的耕作与水分管理方式，向大气排放较多的甲烷和氧化二氮气体，加剧了温室效应，造成大气污染。

三、农用化肥控制措施

（一）我国化肥使用的特点

我国化肥的利用率不高是多方面的，主要和我国化肥使用的特点有关，其具体特点如下。

① 农业化肥的有效利用率低，一般只有 20%～30%，约 40%因化学作用滞留在土壤层，30%～40%随渗流和径流进入水体，最终污染地下水和地表水。同时，氮肥脱硝化后成为挥发气体（如 NO）污染大气，在设施农业区，化肥施用几乎达到极限水平，平均利用率很低，仅有 10%。

② 农业化肥流失严重。在农业发达区域，普遍用肥强度大频率高。蔬菜种植主要采取追肥方式，即化肥表层施肥，深施只占 20%左右，加之经常浇水，肥料利用率更低，化肥流失现象非常严重。

③ 肥料使用结构不合理。重化肥，轻有机肥；肥料中养分结构比例不合理。据研究，我国目前的化肥施用总量，特别是氮肥施用水平与发达国家相差无几，但化肥肥料的养分结构比例却很不合理。世界化肥消费量中，$N：P_2O_5：K_2O$ 约为 $1：0.59：0.49$，而我国是 $1：(0.40～0.45)：0.16$，磷肥和钾肥施用量明显偏低。

（二）化肥污染控制措施

针对我国化肥的使用现状、特点及对环境的主要危害，对其采用如下控制措施。

1. 调整施肥结构，平衡施肥

（1）合理施用氮磷钾肥 控氮即控制氮肥的滥用和过量施用。根据水稻生长对氮肥的需求，采取"平均适宜施氮法"作为大面积生产中推荐施氮量，在实践中证明在生产上是切实可行的。此外，我国的旱地红壤（包括黄壤）及部分面积的低产红壤性水稻土，由于这类土壤缺乏速效性磷素，因而限制了作物的正常生长和发育，通过合理施用磷肥即可获得明显的增产效果。全国施用的化肥中，钾所占的比例尽管近几年来有所增加，但钾肥主要用在经济作物如烤烟、花卉、果树上，还应从整体上加大对钾肥的投入。钾肥具有增强作物抗性，提高农产品品质的作用。对烤烟而言，钾肥是重要的品质元素，它能增强烟株抗性、提高燃烧性，增加香气。钾能提高水果中维生素 C 的含量，调节糖酸比，增强耐储性，改善水果外观、品质等作用。由于我国钾矿资源贫乏，化学钾肥主要靠进口，为了解决施钾的问题，可施用含钾量较高的窑灰钾肥、草木灰、生物钾肥和有机钾肥（含钾量较高的植物体）等，以弥补化学钾肥不足的问题。

（2）使用微生物肥料和有机肥，减少化肥施用 我国目前已开发出根瘤菌肥、磷细菌肥、钾细菌肥、固氮菌肥和复合菌肥等，这些肥料具有无污染、提高农作物品质、改良土壤、增加土壤肥力等优点，应大力推广和使用。使用有机肥在我国具有悠久的历史和丰富的经验，农村有机肥资源丰富，因有机肥施用费力且不卫生，因此有机肥使用量逐年下降。对一个水稻田 60 年的长期试验研究表明，有机肥在提高土壤有机质和全氮含量方面大大优于化学肥料，在 60 年后，土壤中积累的有机质量已相当于每年有机肥用量的 10 倍，土壤中全氮量已增加到每年施入有机肥中氮量的 16 倍，这和洛桑试验站施无机氮肥 130 年全氮含量只有很少增加，形成鲜明对比。有机肥试验表明：无论水田或旱地经常使用施肥或堆肥都可以收到肥效递增的效果，而且对额外增施化肥的增产潜力，要比单施化肥的大。施用有机肥或有机肥和化肥配合施用都可以在不同程度上提高土壤中有机质的含量和改良土壤的理化性状。因此，合理利用农家肥如秸秆、绿肥、畜禽肥等，加强有机肥积、造、施等配套建设对我国农业生产具有重要的现实意义。

（3）做到科学施肥，推广配方施肥 通过测土施肥、计算机推荐施肥等计量施肥方法，根据农作物的目标产量和土壤养分的测试值，确定施肥种类、施肥量、施肥时间等，这样有利于土壤养分的平衡供应，以避免盲目施肥，减少浪费，减少对环境的污染；对易挥发的化肥应深施覆土，并及时灌溉，以利于土壤吸附和作物吸收，减少化肥的流失；根据化肥的理化性质，合理混用化肥如有机肥与无机肥的合理混用，不仅在肥效上可以互补，提高肥料利用率，而且可以改善土壤结构，防止土壤板结。

2. 平衡施肥操作规程

推广测土配方平衡施肥，有利于提高农作物产量，改善农作物品质；有利于优化肥料资源配置，提高肥料利用率；有利于减少肥料用量，减轻环境污染，从而实现农业的节本增效、施肥的低耗高效，减少不合理施肥养分流失造成的环境污染。

（1）开展施肥指导服务　在继续为示范区农户搞好指导服务的基础上，逐步扩大到为全县农民开展指导服务，通过发放配方建议卡、施肥通知单、板报宣传、现场咨询等方式，做到指导到户、技术到田、培训到人，为农户提供及时、有效的测土配方施肥全程服务。有针对性地为种植大户、科技示范户、农民专业合作组织等开展测土配方施肥个性化服务。

（2）开展田间示范　将测土配方施肥技术与其他技术措施相配套，建立展示示范田和对比田，向农民展示测土配方施肥技术，示范带动测土配方施肥技术推广。开展不同配方肥的验证试验，检验肥料配方的科学性。

（3）开展田间试验　继续开展粮食作物田间肥效试验，完善小麦、玉米、水稻等粮食作物施肥指标体系。开展经济作物田间肥效试验，建立棉花、蔬菜、果树等经济作物和园艺作物施肥指标体系。开展施肥方法田间试验，围绕不同作物品种、土壤类型和种植制度，开展肥料品种、施肥时期和施肥方式等试验，形成科学的施肥方法。

（4）开展土样采集与分析　开展个性化采样测土服务，在每 100～200 亩采集一个土壤样品的基础上，缩小采样单元和区域，逐步满足农民测土配方施肥个性化需求。按照土壤速效养分变化规律，各项目县要因地制宜制定下一轮土壤采样测试计划，开展相应周期性或补充性取土和分析化验工作。

（5）开展土壤养分和农户施肥情况动态监测　开展土壤养分定点监测，了解土壤养分动态变化情况，为调整施肥方案提供技术支撑。开展农户施肥情况调查，分析施肥变化趋势，及时掌握施肥中存在的问题，为调整肥料结构、指导合理施肥和加强肥料管理提供决策依据。

同时，巩固完善测土配方施肥数据库，对野外调查、农户施肥状况调查、实验室测试分析、田间试验示范和动态监测的数据进行有效管理和利用，为逐步建立国家、省、县的耕地质量动态变化预测预警体系提供基础支撑。

3. 测土配方施肥量参考

通过多年的测土配方施肥实践，也积累了一些定量数据，为了方便进村入户指导技术人员及"核心农户"进行施肥优化配方，以下列出几种主要作物的施肥数据，用于开展对"核心农户"和辐射带动农户的培训和指导参考。

（1）粮食作物类

① 水稻施肥　每亩施用农家肥 1000～2000kg，尿素 10～15kg 或碳酸氢铵 26～38kg（折纯 N 4.6～6.9kg），普通过磷酸钙 25～30kg（折 P_2O_5 4.5～5.4kg），硫酸钾 6～10kg（K_2O 3～5kg）。也可施用同等养分的其他肥料或复合肥。针对缺素情况，补充相应元素如锌、硅等。以上施肥量为总施肥量，包括底肥和追肥（下同）。

② 玉米施肥　每亩施用农家肥 1500～2000kg，尿素 35～40kg 或碳酸氢铵 89～102kg（折纯 N 16.1～18.4kg），普通过磷酸钙 30～40kg（折 P_2O_5 5.4～7.2kg），硫酸钾 8～10kg（K_2O 4～5kg）。也可施用同等养分的其他肥料或复合肥。针对缺锌情况，补充锌肥。

（2）蔬菜类

　　① 白菜施肥　每亩施用农家肥 2000～3000kg，普通过磷酸钙 35～40kg，复合肥 10～20kg 作底肥。追肥两次，其中尿素 25～30kg，普通过磷酸钙 10～20kg，硫酸钾 15～20kg。化肥总用量折纯：N 13～16.8kg，P_2O_5 9.6～13.8kg，K_2O 9～13kg。针对缺素情况，每亩补充硼砂 2～3kg，硫酸锌 3～5kg，补充硝酸钙或氯化钙，叶面喷施 2～3 次。

　　② 甘蓝施肥　每亩施用农家肥 2000～3000kg，普通过磷酸钙 35～40kg，复合肥 15～20kg 作底肥。追肥三次，其中尿素 30～35kg，普通过磷酸钙 15.20kg，硫酸钾 15～25kg，硼砂 2～3kg。化肥总用量折纯：N 16.1～19.1kg，P_2O_5 11.3～13.8kg，K_2O 9.8～15.5kg。也可施用同等养分的其他肥料。

　　③ 西芹施肥　每亩施用农家肥 3000～4000kg，普通过磷酸钙 40～45kg，复合肥 10～12kg 作底肥。追肥三次，尿素 10～18kg，硝酸铵 28～46kg，复合肥 9～18kg，硫酸钾 33～44kg。化肥总用量折纯：N 17.5～29.3kg，P_2O_5 10.2～14.4kg，K_2O 19.4～26.5kg。也可施用同等养分的其他肥料。针对缺素情况，每亩补施锰肥 3～5kg，硼肥 2～3kg，镁肥 10kg，叶面喷施钙肥。

　　④ 菜豌豆施肥　每亩施用农家肥 2000～3000kg，尿素 5～10kg，普通过磷酸钙 35～40kg，硫酸钾 10～15kg 作底肥。追肥三次，尿素 30kg，普通过磷酸钙 10～15kg，硫酸钾 15～20kg。化肥总用量折纯：N 161～18.4kg，P_2O_5 8.1～10.8kg，K_2O 12.5～17.5kg。针对缺素情况，每亩补施锰肥 3～5kg，开花前收施钼肥 2 次。

　　⑤ 青椒施肥　每亩施用农家肥 2000～3000kg，复合肥 30～40kg 作底肥。追肥三次，尿素 12～16kg，硝酸铵 20～30kg，硫酸钾 20～25kg。化肥总用量折纯：N 17.2～24.2kg，P_2O_5 4.5～6kg，K_2O 15～21kg。针对缺素情况，每亩补施镁肥 10kg，硼肥 2～3kg，叶面施钙肥 2 次。

　　⑥ 生菜施肥　每亩施用农家肥 2000～3000kg，复合肥 30～35kg 作底肥。追肥两次，尿素 10～12kg，硝酸铵 20～25kg，硫酸钾 25～30kg。化肥总用量折纯：N 16.3～20kg，P_2O_5 4.5～5.3kg，K_2O 17～20.5kg。针对缺素情况，每亩补施锌肥 3～5kg，硼肥 2～3kg，叶面喷施钙肥 2 次。

　　(3) 花卉类

　　① 康乃馨施肥　每亩施用农家肥 2000～3000kg，普通过磷酸钙 10～20kg，硫酸钾 10～12kg 作底肥。追肥四次，尿素 10～18kg，硝酸铵 16～30kg，硫酸钾 14～20kg，复合肥 50～60kg。化肥总用量折纯：N 17.9～28.1kg，P_2O_5 9.3～12.6kg，K_2O 19.5～25kg。也可施用同等养分的其他肥料。针对缺素情况，补充相应元素。

　　② 满天星施肥　每亩施用农家肥 2000～3000kg，普通过磷酸钙 10～18kg，硫酸钾 13～15kg 作底肥。追肥四次，尿素 10～18kg，硝酸铵 20～32kg，硫酸钾 20～24kg，复合肥 54～60kg。化肥总用量折纯：N 19.9～28.8kg，P_2O_5 9.9～12.2kg，K_2O 24.6～28.5kg。也可施用同等养分的其他肥料。针对缺素情况，补充相应元素。

　　③ 玫瑰施肥　每亩施用农家肥 2000～3000kg，普通过磷酸钙 18～30kg，硫酸钾 18～20kg 作底肥。追肥四次，尿素 16～20kg，硝酸铵 22～32kg，硫酸钾 28～32kg，复合肥 39～57kg。化肥总用量折纯：N 21.2～29.3kg，P_2O_5 9.1～14kg，K_2O 28.9～34.6kg。也可施用同等养分的其他肥料。针对缺素情况，补充相应元素。

第二节　农药的污染与控制

　　病、虫、草、鼠害是危害农业生产的重要因素。在我国，危害农作物的主要病、虫、草和鼠的种类达 1350 多个。农用化学药剂中的杀虫剂、杀螨剂、杀菌剂、除草剂、杀线虫剂、杀鼠剂等是进行化学防治农田病、虫、草、鼠害的药剂，是保证农作物高产的重要手段。因此，农药对农业及人类发展的重要性是不言而喻的。我国是发展中的农业大国，也是农药生产和使用大国。尤其是改革开放后的近 20 年来，农业生产向市场经济过渡，农村劳动力大量转向城市，造成农田耕作缺乏劳力，使农药的投入进一步增加。同时，由于多年来大量、连续使用农药以及自然气候等原因，导致病虫草害物种对农药产生抗性，也使农药的用量与总数愈来愈多，造成恶性循环。此外，农药的大量使用也使害虫的天敌资源遭到摧残，使害虫的危害扩大，从而增加了对农药的依赖。近年来我国每年农药的使用量在 25 万吨左右，生产量已达 35 万吨以上。1983 年有机氯农药禁用后，农药品种结构发生了较大变化。取代农药品种多、用量大，其中相当一部分是高毒农药。农药环境污染与畜禽中毒事故不断发生，危害、损失严重，且污染形式与范围呈现新的特点。据报道，我国每年因农药中毒的总数已占世界同类中毒事故的 50%，应引起高度重视。

一、我国农药使用现状

1. 发展概况

20 世纪 60～80 年代初，我国农药的生产使用以有机氯农药为主。由于大量使用后引起的残毒及环境问题，我国于 1983 年起停止其生产，在较短时间里扩大了有机磷、氨基甲酸酯和菊酯类等低残留杀虫剂的生产量，并试验、投产了一批高效的除草剂和杀菌剂品种。农药生产品种从 1986 年的 75 个发展到 1997 年的 227 个，包括杀虫剂、杀螨剂、杀鼠剂、杀菌剂、除草剂和植物生长调节剂等各类农药。农药总产量由 1989 年的 20.62 万吨增加到 1997 年的 39.45 万吨，除供应国内市场，还有 40 多个品种销往世界各地，成为世界第二大农药生产国。与此同时，农药品种结构也渐趋合理。杀虫剂、杀菌剂、除草剂三大类农药品种的比例从 1980 年的 93.04%、5.65%、0.81% 调整到 1996 年的 71.27%、9.76%、15.82%。在农药新品种开发上，除草剂比重明显增加，在"八五"期间新开发的 87 个品种中占 34.5%。同时，高效农药开发受到高度重视，如磺酰脲类、咪唑磷酮类除草剂，腈菌唑、烯唑醇等超高效杀菌剂等。从农药使用情况看，与 20 世纪 80 年代相比，农药的使用已向高效、低用量、低毒方向发展，见表 7-1。

表 7-1　农药品种毒性比例

年　份	品种比例/%		
	中毒	低毒	高毒
1983	34.6	40.4	25.0
1997	19.8	62.1	18.1

2. 各类农药生产使用状况

（1）杀虫剂　我国目前农药的生产使用仍以杀虫剂为主，产量约 27 万吨，占农药总产量的 70% 以上。有机氯农药禁用后，有机磷、氨基甲酸酯、拟除虫菊酯及有机氮类农药成为主要的取代品种，1996 年在杀虫剂中分别占 77.25%、4.18%、1.40% 和 3.35%。有机磷农药是我国农药工业的主体，近年来年产量在万吨以上的 7 个杀虫剂品种中有 6 个是有机磷类，它们是甲胺磷、甲基对硫磷、敌敌畏、敌百虫、乐果、氧化乐果。另一个万吨位以上的产品是杀虫双。这些农药因生产成本和价格相对较低，成为我国近 10 多年来的主要农药品种。从农药品种毒性看，高毒品种目前在有机磷杀虫剂中占一半以上，在整个杀虫剂中占 35% 左右。

（2）杀菌剂 杀菌剂近年的生产总体上呈平稳发展。如 1996 年产量为 3.72 万吨，占农药总产量的 9.76%，种类以杂环类、苯类、有机磷、有机硫类以及农用抗菌素为主。

（3）除草剂 90 年代以来除草剂得到迅速发展，新品种不断开发，年产量增长率居各类农药之首，从 1991 年的 1.98 万吨增至 1996 年的 6.03 万吨，占农药总产量的 15.82%。目前在大面积上使用的除草剂有 20 多种，以苯氧羧酸、二苯醚、氯乙酰胺、硫代氨基甲酸酯、取代脲、有机磷、均三氮苯和磺酰脲类为主。大吨位的品种主要有丁草胺和乙草胺等。

3. 农药生产使用区域与用药水平

农药的生产使用状况与经济发展水平密切相关。从全国各地农药生产与使用情况看，农药生产主要集中在江苏、浙江、天津、湖南、山东、湖北等省市，其中江苏和浙江产量占全国农药总产量的 1/3 以上。农药使用量较大的是山东、江苏、广东、浙江、湖南、河北等地，其中山东达 2 万多吨。在农药施用水平上，上海和浙江用药水平最高，分别达 10.80kg/hm² 和 10.41kg/hm²；其他如福建、广东、湖南、江苏、山东等地也较高，从 4.03～7.85kg/hm² 不等，全国平均水平为 2.34kg/hm²。

二、我国农药生产使用中存在的问题

农药的生产与使用无疑将对生态环境产生一定的影响。尽管有机氯农药禁用以来，我国农药的开发、应用已向高效、低毒、低残留方向发展，但总的来看，目前我国农药的生产使用与发达国家相比还存有一定的差距。由于生产结构欠合理、管理不善及使用不科学等原因，高毒农药的人畜中毒、农药三废的环境污染、农药药害以及农副产品的农药残留等问题时有发生，并且呈现局部性、短期性、突发性及危害严重性的新特点，主要问题表现在以下几方面。

1. 农药产品结构不合理

在农药产品结构上存在农药比例不合理、品种老化等问题，我国生产使用的农药中杀虫剂占 70% 以上，与发达国家除草剂、杀虫剂、杀菌剂 4:4:2 的比例相比，杀虫剂比重过大。杀虫剂的大量使用及其农药生产企业三废的大量排放不仅造成生态环境污染，同时也直接导致我国近十多年来农药人畜中毒事故多，伤亡损失巨大。因此，降低杀虫剂生产使用的比重应是今后农业结构调整的重点所在。另一方面，我国农药品种仍显老化。有机磷类、氨基甲酸酯类等杀虫剂仍是近年来的主要品种。尽管与有机氯农药相比，这些农药在用量上降低了一个数量级，在环境中残留期一般也较短，但由于其中相当一部分是高毒农药，由其造成的环境污染与中毒事故频繁发生。在 1998 年由 FAO（联合国粮农组织）和 UNEP（联合国环境署）正式制定与实施的 PIC 公约中，已列入的 22 种农药就包括了久效磷、甲胺磷、甲基对硫磷、对硫磷等毒性大、在发达国家已禁用而我国目前仍大量生产、使用与出口的品种。同时，取代农药中还有一些具有潜在"三致"毒性的农药品种。这些农药对生态环境带来的危害同样是严重的，也需要逐步限用或淘汰。同样不容忽视的是，六六六、DDT 等有机氯农药虽已在 1983 年起禁用，但目前仍有一定的生产量用于出口。这两种农药已列入 POPs 国际行动方案中，即将被限期消除。为此，减少与逐步淘汰高毒有机磷农药、停止高残留有机氯农药的生产已经势在必行。

2. 农药质量不过关

我国农药原药含量在 95% 以上的产品目前仅占 50% 左右，而欧美发达国家则绝大部分在 95% 以上，有的达到 98%～99%。由于企业规模小、生产技术水平低，相当数量的企业不仅无力开发新产品，产品质量也往往得不到保证。据国家农药质量监督检验中心抽样检测结果表明，近三年来农药质量不合格率占 30%。产品质量低劣的农药进入市场使农民遭受经济损失，严重影响农民的生产积极性，同时也使农药生产企业三废数量增大、环境危害严重。

3. 农药经营不合法

在一些主要的农药使用区域，农药经营呈现不同程度的混乱局面，一些与经营农药无关的单位甚至个体户也在经销农药。这些单位和个人大多没有农药专业知识，既无法鉴定所售农药的真伪，也不可能向农民传授农药使用技术，不仅造成大量伪劣农药进入市场，使农民遭受经济损失，同时也导致农民在农药使用中生产性的中毒事故频繁发生。据统计，1992~1996年间我国生产性农药中毒达61102例，占农药中毒总数的24.7%。另外需要引起高度重视的是，由于缺乏有效的市场管理，一些因毒性、三致性问题而遭禁用的农药禁而不止的现象依然严重。如一些对人畜危害极大的杀鼠剂至今仍在继续销售、使用，造成了大量的中毒死亡事故。个别地区甚至还非法公开销售国家明令禁用的农药，如杀虫脒，有机氯农药六六六、DDT等。这些农药使用后残留在农作物中无疑将严重损害人体健康。农药市场的整顿规范，对农药使用管理的加强已经刻不容缓。

三、农药对环境的污染

1. 农药对大气的污染

大气中的农药污染主要来自农药厂排出的废气、农药喷洒时的扩散、残留农药的挥发等，且以农药厂排出的废气为最严重。残留农药会随着大气的运动而扩散，从而使污染范围不断扩大，有的甚至可以飘移到很远的地方。有关媒体报道，在南北两极及西藏高原的喜马拉雅山等从未使用过农药的地区，在当地环境介质与环境生物体中，均曾监测到有微量的农药残留。

2. 农药对水体的污染

水体中农药污染的主要来源有：农药生产、加工企业废水的排放及水体施药；施用于农田的农药随水或灌溉水向水体的迁移；大气中的残留农药和农药使用过程中的飘移沉降，以及施药工具和器械的清洗等，其中农田农药流失为最主要来源。据1998年对全国109700km河流进行的调查，有70.6%被农药所污染；黄河水资源保护研究所在1986~1988年连续3年对黄河三门峡到花园口河段的农药污染现状进行调查显示，六六六的检出率为100%。

对于大多数农药来说，水中的农药浓度要低于农药本身的溶解度。在水中溶解度大的农药，短时间内有可能达到比较高的浓度，从而对水生生物构成危险的可能性就大，但它们由于易在水中降解，一般不会造成长期危害。尽管有机氯农药在水中溶解度比较低，但由于它们被水生生物吸收后易在体内形成积累，并通过食物链逐级浓缩，最后导致比较严重的污染，会使其中的水生生物大量减少，破坏生态平衡；地下水受到农药污染后极难降解，已造成持久性污染，若被当作饮用水源，将会严重危害人体健康。

3. 农药对土壤的污染

土壤中农药的主要来源有：农药生产、加工过程中的废液排放；农田农药使用；农药气体沉降以及农药运输过程中的泄漏。土壤是农药在环境中的"储藏库"与"集散地"，由于利用率低，施入土壤的农药大部分残留于土壤中。农药对土壤的残留和污染，主要集中在农药使用地区的0~30cm深度的土壤层中。土壤农药污染程度视用药量而异。农药残留会改变土壤的物理性状，造成土壤结构板结，导致土壤退化、农作物产量和品质下降长期受农药污染的土壤还会出现明显的酸化，土壤养分（P_2O_5、TN、TK）随污染程度的加重而减少。同时，残留还造成重金属污染，土壤一旦遭受重金属污染将很难恢复。

4. 农药对农作物的污染

使用农药可造成农产品中硝酸盐、亚硝酸盐、亚硝胺、金属和其他有毒物质在农产品中大量积累，造成农药在动植物食品中的富集和残留，直接威胁着人体健康。农药的使用使农产品质量与安全性降低。在我国由于农药污染的不断加剧，以致出现农产品中农药超标而使农产品的国际竞争力大大下降。以苹果为例，我国苹果产量居世界第 1 位，而目前我国苹果出口量仅占生产总量的 1% 左右，出口受阻的主要原因是农药残留超标。中国橙优质率为 3% 左右，而美国、巴西等柑橘大国橙类的优质品率达 90% 以上，原因是中国橙的农药残留量等超标。1989 年我国出口到日本的绿茶因农药残留超标而被退回。经济作物同样存在农残问题。如茶叶，由于国际茶叶市场竞争激烈，各国对茶叶农药残留要求很严，世界上已有 18 个国家和组织颁布了 349 项农药最大允许残留标准，速灭杀丁的残留量缩小为原来的 1%，且规定在港口随意抽验，超标茶不准进口。中药材从环境中被动吸收一些高残留农药。虽然，高残留的有机氯农药六六六、DDT 早在 20 世纪 70 年代就被禁，但这些农药半衰期长达 60 年，容易通过食物链在植物体内形成生物累积。

动物产品中也会因农业上大量使农药，使植物性饲料被污染，造成有害物质残留。有机氯农药 HCH（六六六）和 DDT（滴滴涕）是脂溶性的难降解人工化合物，由大气输送或河流、污水排放进入海洋，通过生活在海面表层的微生物的吸收和摄取进入食物链，给海洋环境以及海洋生物造成长期的污染和危害。

四、农药控制措施

（一）大力推广使用绿色农药

绿色农药的特点如下。

① 化学农药应向高效、低毒、低残留、多样化作用机制和缓释的化合物及其剂型方向发展，停止使用剧毒农药。

② 利用微生物本身或其代谢产物，制成防治病虫害的微生物农药，其优点是选择性强，对人畜及农作物安全无毒，能专一地杀死标靶生物，对非标靶生物无害，不会使害虫产生抗性，无残留，不污染环境，是非常理想的无公害农药。

③ 在使用技术上，要采用科学、合理、安全的农药使用技术。根据农药的特性、农药在农作物中的变化、残留规律，制定农药安全使用标准，规定农作物的安全收割期，常用农药在食品中的允许残留量等。为了提高农药的使用效果，可将两种或多种农药合理混合使用或交替轮换使用，以避免或延缓害虫产生抗药性。

④ 对农药的宣教、指导，加强对农民的宣传教育和指导，加强安全防护工作，防止农药污染环境。在使用农药时，严格掌握安全期，从施药到采摘要有一定的时间间隔，使农药毒性充分分解。

具体的讲，"高效、低毒、低残留的环保型农药"包括以下几种。

（1）微生物源农药农用抗生素　如井冈霉素、嘧啶核苷类抗生素、春雷霉素、多抗霉素、农用链霉素、多杀霉素、浏阳霉素等。活体微生物农药，如苏云金杆菌、甜菜夜蛾核型多角体病毒、银纹夜蛾核型多角体病毒、斜纹夜蛾核型多角体病毒、小菜蛾颗粒体病毒、棉铃虫核型多体病毒等。

（2）动物源农药　昆虫信息素，如红铃虫性诱素，寄生性、捕食性天敌动物。

（3）植物源农药　主要有除虫菊素、烟碱、鱼藤酮、苦皮藤素、印楝素等。

（4）矿物源农药硫制剂　如硫黄、石硫合剂等。铜制剂，如碱式硫酸铜、氢氧化铜、氧化亚铜、波尔多液等。

（5）有机合成农药 包括杀虫剂、杀螨剂、杀菌剂、除草剂等，如氯氰菊酯、甲氰菊酯、异丙威、速灭威、辛硫磷、敌百虫、敌敌畏、杀虫双、杀虫单、多菌灵、代森锰锌、三环唑等。

（二）加强技术指导，安全合理使用农药

1. 搞好科技培训，努力提高农民素质及知识科技水平

做好农药知识的推广普及工作：严禁使用剧毒、高毒、高残留农药，严格控制农药在蔬菜产品中的最终残留量，并指导农民了解药剂的性质和用法。如触杀剂要喷在害虫分布部位；内吸剂、胃毒剂应喷雾在叶片的正反两面。混合用药注意药剂的性质，不能降效和引起药害。

2. 通过多种渠道提高农民环保意识

积极引导农民使用高效低毒低残留农药，坚持"预防为主，综合防治"的植保方针，综合运用农业、物理、生物措施，降低病虫危害、推行生物防治，发挥天敌的作用；维持生态平衡，争取实现有害生物自然控制等。

3. 对农药残留进行去污处理

一般来说，如果农药仅污染作物、果蔬表面，较容易进行去污处理，用清水或洗涤剂漂洗可收到一定效果。但目前使用的农药多为有机化合物，加工形式也以乳油（喷雾）居多。用后有些能渗入作物体内，内吸性农药被作物吸收后还能在作物体内传导。这些能进入作物体内的农药要找到简易有效的去污方法是不容易的，必须尽快研究出降解去污的有效手段。采用降解剂降低农残是治理残留污染的新途径。近几十年来国内外研究用微生物去除水土中的残留农药，取得一定效果，绝大多数有机磷农药都能被相应的微生物群落降解。越来越多的人开始研究开发其他农药的降解微生物，降解微生物的种类也从集中在以细菌为对象，发展到开发真菌等其他微生物类群。由于农药消解酶在天然原始菌株中的含量太低，工业化低价生产有一定困难。虽已有报道可以利用生物工程手段来工业化生产农药消解酶技术，但总的说来，残留农药的去污处理仍处于试验示范阶段，要在生产中广泛应用还要靠各方面的积极配合和共同努力。

（三）积极推广 IPM（integrated pest management）技术、实施无公害蔬菜 IPM 技术标准体系

IPM 技术推广宗旨是围绕农作物种植品种，监测病、虫、草、鼠害发生发展趋势，预防为主，采取农业、物理、生物、化学技术综合防治措施；技术推广和农药投入品管理相结合，从种到收对作物有害生物进行系统控制，以农民利益为根本，以村民自律管理和协作组织培养发展为导向，以 IPM 生态农产品带动农村经济、促进生态农业发展，最终实现保护滇池、维护农民、发展经济的目的。其技术要点为：建立以村委会为主体的无公害蔬菜生产管理机制；开办 IPM 农民田间学校，开展农民参与式培训；建立村级农药投入品监管系统。该系统包括：①建立农药田间使用动态监测网；②推行"图示标签式农药"；③建立村级"农药销售放心门市"；④实行农药使用记录；⑤实施"护农施药行动"；⑥建立农药包装废弃物收集站。

同时加快实施无公害蔬菜 IPM 技术标准体系，运用 IPM 技术推广方式，培育 IPM 农产品。

IPM 技术不仅应用非化学防治病虫害的综合防治技术措施，同时以人为本，针对病虫害防治的主体-农户开展参与式的农民田间学校培训，转变农户的防治态度和行为，减少农药的使用，保护了天敌和农田生态环境。因此，推广 IPM 技术能全面提高农民思想和技术素质，广泛应用病虫害的综合控制技术，解决农田农药污染问题。具体包括：①大力推广替代农药和

减少农药的"适用性技术"技术；②实施 IPM 技术组配模式；③根据作物的生育历期推广 IPM 技术；④大力推广生物农药各种生物农药和化学农药。

第三节　塑料地膜的污染与控制

农用塑料地膜具有保温、保墒、防霜冻等作用，是塑料在农业上的主要应用之一。我国的塑料地膜覆盖技术是 1978 年由日本引入的，虽然起步较晚，但发展势头迅猛。地膜覆盖栽培技术的应用大幅度提高了农作物的产量，促进了我国农业的发展，塑料地膜的使用因此被称为农业生产上的一场"白色革命"。但随着塑料地膜使用量的不断扩大以及使用年数的增长，农田中残留塑料地膜不断积累，由于其具有不易腐烂、难以降解的特性，散落在土地中会产生永久性污染，影响土壤含水率、土壤容重、土壤孔隙率、土壤透气性和渗透性，影响作物的产量和质量。

一、我国农用塑料地膜发展现状

20 世纪 50 年代初，日本最早推广应用地膜覆盖栽培技术，我国于 1978 年从日本引进该技术，1979 年首先在蔬菜上进行试验研究，面积仅 $44hm^2$，当年试验的 10 种蔬菜均获得早熟、高产、优质的明显效果。通过 $1980\sim1982$ 年三年的农业科研、地膜研制与覆盖机制等科研协作攻关及组织大面积试验示范，至 1982 年地膜覆盖面积达 11.9 万公顷，覆盖作物发展到棉花、花生、水稻、瓜菜、糖料等多种，进入大面积推广阶段，到 2002 年使用面积达到 $11.70\times10^6 hm^2$。$1983\sim1992$ 年的 10 年间，我国地膜覆盖栽培面积以平均每年递增 46.7 万公顷的速度发展，1994 年后，年地膜覆盖面积稳定在 533.6 万公顷左右。1995 年，我国农膜的使用总量为 63.5 万吨。在我国地膜覆盖技术发展速度之快，应用作物种类之多，推广普及面积之广以及所产生的社会、效益之大，在我国农业新技术推广史上是罕见的。据测算，在 $1984\sim1993$ 年的 10 年间，我国地膜覆盖面积 2553 万公顷，共增产粮食 2107.4 万吨，皮棉 155 万吨，花生 255 万吨，糖料 479 万吨，蔬菜 1587 万吨，西瓜、甜瓜 3709 万吨，烟草、果品、苗木、药材等大量农产品都有不同程度的增产，所增产值 576.28 亿元，新增纯收入 488.15 亿元，相当于播种 853.3 万公顷的耕地。

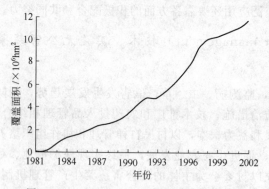

图 7-1　1981～2002 年我国地膜的覆盖面积

从农田塑料地膜使用面积曲线（见图 7-1）可以看出，从 80 年代起，地膜使用量在波动中呈现出上升趋势。1981 年覆盖面积仅为 $0.17\times10^4 hm^2$，1988 年达到 $2.33\times10^6 hm^2$，是 1981 年覆盖面积的 1.37×10^3 倍，1995 年达到 $6.49\times10^6 hm^2$，是 1981 年覆盖面积的 3.82×10^3 倍，2002 年达到 $11.7\times10^6 hm^2$，是 1981 年覆盖面积的 6.88×10^3 倍，增长速度非常快。

随着塑料地膜使用量的不断扩大以及使用年数的增长，农田中残留塑料地膜不断积累。由于塑料地膜是一种由聚乙烯加抗氧剂、紫外线而制成的高分子烃类化合物（聚氯乙烯），它具有分子量大、性能稳定、在自然条件下很难降解的特点，在土壤中可以残存 $200\sim400$ 年。目前我国使用的主要是 0.012mm 以下的超薄地膜，这种地膜强度低、易破碎、难以回收。据农业部调查显示，目前我国地膜残留量一般在 $60\sim90kg/hm^2$，最高可达 $165kg/hm^2$。

地膜残留量随使用年限的增加而增加。据黑龙江、辽宁、北京、天津等省市 10 多个县的调查显示，我国使用地膜量为 $150kg/hm^2$，残膜量一年为 $64.5\sim105.6kg/hm^2$，两年为 $129kg/hm^2$，三年为 $187.5\sim201kg/hm^2$。湖北省一年地膜的平均残留量为 $14.7kg/hm^2$，两年为 $26.81kg/hm^2$，三年为 $44.1kg/hm^2$，三年的平均残留率为 12.3％。河南省中牟、郑州、开封等地花生地耕层土壤地膜残留年均为 $66kg/hm^2$，最高可达 $135kg/hm^2$，造成作物减产 15％，在连续使用地膜的农田中，甚至发生死苗现象。我国使用地膜覆盖技术已有 25 年的历史，累计推广面积已超过 $2\times10^7hm^2$，已有近 2×10^9kg 地膜进入土壤，而残留量为使用量的 $1/4\sim1/3$，若依此估计，全国残留在农田中的地膜数量是十分巨大的。残膜的增加主要与地膜使用量大、地膜厚度减小、残膜回收率低和自然降解力差有关。

二、塑料残膜污染的危害

1. 塑料残膜对土壤的污染

当前我国农田使用的地膜，多为塑料单体聚乙烯，它是由聚乙烯加抗氧剂、紫外线吸收剂而制成的有机化合物材料，具有分子量大、性能稳定等特点，在自然环境中，它的光分解性和生物分解性均较差，难降解，即使经过长达 10 余年的时间，残膜仍存留于土壤中。据估计，聚乙烯塑料在自然界分解需要几百年的时间。据估计，我国农膜的残留量为 30 多万吨，占农膜使用量的 40％多。残膜对农田的污染被称为"农田上的白色污染"。

土壤内的残膜数量如超过土壤的自然容量时，会影响农田机械耕作，破坏土壤结构，影响下茬作物根系的伸展和微生物的活力，降低土壤水分传导、储存以及毛细管的功能。污染严重的地块，会逐渐形成塑料隔离层，阻碍作物根系的深扎和对土壤的水分、养分的吸收，造成弱苗、死苗、倒伏和减产。

从黑龙江省残留地膜对土壤容重、土壤含水量、土壤孔隙度等都有显著的影响，对土壤硬度影响不大。表 7-2 为残留地膜对土壤物理性质的影响试验结果。其中Ⅰ区残留地膜 $0.14kg/m^2$，Ⅱ区残留地膜 $0.28kg/m^2$，Ⅲ区残留地膜 $0.84kg/m^2$，对照区没有残留地膜。

表 7-2　残留地膜对土壤物理性质的影响

项　目	含水量/％	容重/(g/cm²)	孔隙度/％	项　目	含水量/％	容重/(g/cm²)	孔隙度/％
Ⅰ区	18.9	1.14	55.8	Ⅲ区	19.4	1.21	53.7
Ⅱ区	18.9	1.18	54.3	对照区	19.3	1.14	56.0

残留地膜可使土壤容重和密度增加，土壤含水量和孔隙度减少。废旧地膜集聚在土壤耕作层和表层，能阻碍土壤毛管水和自然水的渗透，并影响土壤的吸湿性。

2. 塑料残膜对作物的危害

残留地膜对土壤的物理性状产生了不良影响，从而导致作物根系呈弯曲状发展，造成根系变短，吸水、吸肥的性能降低，导致作物减产。

据环保部门测定，当土壤中残膜含量为 $58.5/hm^2$ 时，可使玉米减产 11％～23％，小麦减产 9％～16％，大豆减产 5.5％～9％。河南省农业厅曾对残留地膜对玉米和小麦单产的影响做过试验，其结果如图 7-2 所示。从图中可以看出，随着塑料地膜残留量的增加，小麦和玉米单产产量呈现下降趋势。当无残留时，玉米和小麦的单产产量分别为 6450kg/hm² 和 5550kg/hm²；当残留量为 75kg/hm² 时，单产分别为 5550kg/hm² 和 4230kg/hm²，比无残留时分别下降了 13.95％和 23.78％；当残留量为 300kg/hm² 时，单产分别为 4800kg/hm² 和 3570kg/hm²，比无残留时分别下降了 25.58％和 35.68％；当残留量为 450kg/hm² 时，单产分别为

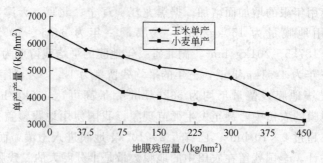

图 7-2　地膜残留量与玉米、小麦产量的关系

$3600kg/hm^2$ 和 $3255kg/hm^2$，比无残留时分别下降了 44.19％和 41.35％。残留地膜主要是通过影响玉米和小麦的出苗、根系发育、幼苗和茎叶生长，导致它们的产量降低。

3. 塑料地膜对农村生态环境的破坏

地膜残留在土壤中或弃于田头地头，被风一吹随处飘移，挂在田间地头、树枝及建筑物和漂浮在水沟、池塘、河流中，破坏自然景观。积存于排泄渠道，散落于湖泊水体，沉积后会影响排灌质量，造成水体污染，影响鱼类生存。残留地膜还可能缠绕在犁头和播种机轮盘上，影响田间作业。农膜的残膜碎片还会随农作物的秸秆和饲料进入农家，牛羊等家畜误食后，可导致肠胃功能失调，膘情下跌，严重时会引起牲畜死亡。残留地膜被当作燃料燃烧后产生有害气体，污染大气，造成二次污染。再者，地膜制品中的增塑剂（邻苯二甲酸酯类化合物），具有低水溶性、高脂溶性和显著的生物累积性，经浸沥后进入土壤，对作物有毒害作用，而且邻苯二甲酸酯类化合物能通过各种途径污染食品、粮食，影响人畜健康。

三、塑料地膜污染的防控措施

1. 加强环保宣传教育，加大残膜的回收力度

加强宣传教育，树立可持续发展观念，提高全社会环境意识。采取各种形式，开展农村农田残膜知识教育，比如播放科教影片、录像，由农业技术人员下乡宣传、办培训班、发放宣传材料等加大宣传教育力度。目前我国尚未建立地膜奖惩政策，这就使得残膜回收的工作更加困难。要尽快制定有关法律政策，明确规定不论使用何种农地膜，农作物收割后应及时清除。实行奖惩政策，对及时清除地膜的做法给予适当的奖励，对不及时清除造成污染的予以罚款，用法律手段来促进污染治理。制定残留地膜回收办法。现在很多地方还没有收购残膜的部门或者收购的价格太低，这就不能调动农民回收地膜的积极性，建议各地建立残膜回收机构，并适当提高回收的价格，采取以旧换新的方法鼓励农民回收残留地膜。

2. 制定农膜残留和厚度标准

我国在 1979 年刚开始试验使用地膜时，厚度和其他发达国家一样为 0.014mm。但为了减少成本，获得更大的经济利益和迎合农民的心理和需求，很多厂家私自把地膜厚度逐渐降到 0.012mm、0.010mm、0.008mm、0.006mm，甚至 0.005～0.003mm。地膜厚度越薄，强度便越低，越易于老化，致使使用寿命变短，易残留于土壤中。今后有关部门要制定地膜厚度和残留标准，严禁生产和使用不达标的超薄型地膜，使地膜的生产和残留有法可依。执法部门也要加强对市场上流通地膜的管理，减少不合格地膜的使用。

3. 推广使用可降解塑料薄膜

可降解膜是在农膜中添加光敏剂或能被微生物分解的成分制成的薄膜。这种薄膜在光或微生物的作用下能自动降解成小碎片、CO_2 和水后进入土壤而避免了残留危害。它可分为光降

解膜、生物降解膜、光-生物降解膜三种。我国在研制可降解膜方面曾取得过一定成果，如中国科学院长春应用化学研究所研制的可光解降解地膜、兰州化学研究所研制的可溶解地膜、北京塑料研究所研制的非淀粉可控光-生物降解塑料膜等，但推广范围同美国、日本、以色列等其他发达国家相比还是不够大，主要原因是不能准确控制降解地膜的降解时间和价格过高。目前可降解地膜的成本比普通地膜高 10％～20％，影响了农民使用可降解地膜的积极性。以后要进一步研究，并注意已研制出的可降解地膜的经济性，因为只有价格合理，才可能更好地推广可降解塑料地膜。

4. 采用适时揭膜技术

所谓揭膜是指在塑料地膜发挥了其保墒增温作用后，从农田表面除去的农田作业。传统揭膜大多在作物收获后进行，新的揭膜技术将揭膜的时间定在收获前，并针对不同的农作物筛选出不同的最佳揭膜期，这种农业新技术被称为"适时揭膜技术"。适时揭膜技术不仅可以提高地膜的回收率，减少地膜对农田土壤的污染，而且还可以提高农作物的产量。

具体做法如下：对在海拔 1000m 以上用地膜栽培玉米的地区，一般是在大喇叭口期揭膜，即在玉米移到大田 80 天，或在 7 月中旬连续 5 天平均气温稳定在 17℃以上时揭膜；对在海拔 1000m 以下用地膜栽培玉米的地区，一般要在拔节期揭膜，即在玉米出苗后 45 天，或在 5 月中旬揭膜。用地膜栽培的花生，以封行期为最佳揭膜期，也可以在连续 5 天日平均气温稳定在 25℃时揭膜。用地膜栽培的棉花，要在现蕾期揭膜，或在 6 月底 7 月初揭膜。最佳揭膜时间应选择在雨初晴时，此时，土壤较为湿润，两边压在土壤里的塑料地膜只要用力一拉便可拉出，可大大提高地膜的回收率。据统计，适时揭膜技术可缩短覆膜时间 60～90 天，回收率可达 95％以上，基本可消除农田残膜对土壤的污染。

5. 制定经济政策，加强残膜回收后的利用

减少残留地膜量的关键是回收，可从经济政策和经费支持两方面，鼓励建立相应的农田残膜回收机构、残膜处理加工厂，增加农村废旧地膜收购站的数量，大力开展废旧塑料制品的综合利用。同时要制定合理的回收价格，对利用残膜为原料进行加工生产的工厂和残膜回收机构，国家要制定相关的政策、法规予以扶持。对于回收后的残留地膜可按以下方法加以利用。

（1）熔融再生　将废旧塑料重新加热塑化后加以利用的方法，可按以下过程进行操作：

废旧塑料收集 → 鉴别分拣 → 清洗 → 干燥 → 再造塑料 → 成型

这种方法可考虑把残膜再造为化肥袋、垃圾袋和包装袋等。

（2）热裂解　将经挑选的旧残膜采取热裂解途径制取燃料油、燃料气的方法。

（3）能量回收　通过利用残膜在焚烧炉内燃烧时产生的热能来达到回收目的的方法，能量回收工艺可按以下过程进行：

废旧塑料农膜 → 破碎 → 燃烧 → 热量回收 → 排烟处理

燃烧热可考虑用热交换器转化成温水或通过锅炉转化成蒸汽供热或发电加以利用。

第八章 农村工业污染的防治

乡镇工业企业是中国农村乡、镇、村内举办的各种农民集体、合作、个体工业企业和其他形式的合作工业企业的总称。乡镇工业企业是农村各种产业的农民企业即乡镇企业的主体。20世纪80年代前半期，乡镇工业占乡镇企业总数的55％，其产值约占乡镇企业总产值的76％。由于这些工业企业分布在农村及其集镇，又主要属于农民集体或个人所有，故又称农村工业。

乡镇工业指中国行政管理体系中县以下所办的工业，包括镇办工业、乡办工业、村办工业、合作经营工业及农村个体企业，具有以集体所有制为主的多种经济成分，一般企业规模小，但因数量多，故相对容纳的劳动力较多，产品的生产和经营以市场调节为主，有较大的灵活性和生命力。从20世纪80年代初起，中国乡镇企业发展迅速，1986年从业人数占全国农村劳动力总人数的12％，工业产值占全国工业生产总值的1/5，成为中国工业生产的重要组成部分。因地制宜合理地发展乡镇企业，有利于充分利用当地的自然资源，对促进农村经济发展，增加农民收入和解决农村剩余劳动力都具有重要意义。尽管今天的农村工业已经与昔日的乡镇企业概念不同，但农村工业对环境污染的问题始终存在，因此本章重点论述农村工业企业的特点、企业环境管理方面的问题以及农业环境污染事故的认定与治理。

第一节 农村工业企业的特点

一、农村工业门类多

农村工业企业的生产与经营活动涉及各个产业部门，主要门类有为农业生产服务的化肥、农机具制造及饲料加工等，为人民生活服务的食品、服装、造纸、纺织等农副产品加工，为大工业服务的采矿和原材料初加工，为加工工业服务的产品生产与协作，为基本建设服务的建材生产与建筑经营，以及为出口服务的手工艺品生产等。

二、生产工艺设备较落后

据统计，乡镇企业安装的设备中，20世纪80年代出厂的占33％，70年代出厂的占44％，60年代出厂的占23％，大部分产业的设备技术水平比国外落后10～20年。

科技水平低、企业整体素质不高是目前困扰乡镇企业发展的主要因素。

乡镇企业的职工素质较低。我国乡镇企业的乡村工业企业中，工程技术人员大约只占职工总数的4％，如按文化程度，大专水平的不到0.4％，由于企业人员的文化素质和技术素质低，使乡镇企业技术改造的难度增大。

在开放的市场环境下，信息交流与技术进步已成为企业发展的动力源，而到目前为止，我国仍有相当多的乡镇企业处于封闭状态下的半机械甚至手工操作的阶段，致使产品技术含量低，难以立足市场。

据调查，现阶段我国众多的乡镇企业一方面仍停留于传统技术为主、手工畜力劳动为主、初级加工为主的生产方式，缺乏运用高新技术的观念，在资金、人才方面不愿意或不舍得投入；另一方面缺乏长远的发展观，不会搜集、整理市场信息，或凭一时的经验和盲目的热情去开发所谓的"短、平、快"项目，或怕投资失误不敢去开发新产品。

三、环境保护设施与人员不足

对污染企业的环保监管是环保部门能够得以有效开展工作的重要前提和保证。但是，我国目前政府对农村经济建设中加强环境资源保护的认识不到位、环保管理队伍的薄弱与环保资金投入的不足等，使得政府对农村的环保监管能力薄弱，存在污染事故无人管、环保咨询无处去问的现象。

据有关部门统计，2005 年全国各级环保系统实有人数 160246 人，其中，各级环境监察人员不足 5 万人，而全国产生污染物的企业已超过百万家。此外，地方政府和环保部门的环境监管人员多数是政府的工作人员兼职，他们不具备相应的专业知识，也没有接受过比较正规的专业训练，对农村工业企业的污染隐蔽排放缺乏认识。这样的环保监管人员，面对现在农村地区日益严峻的环境污染形势，肯定会出现对污染企业无力监管的情况。再加上我国许多地方政府与当地企业之间的利益关系，农村环保部门要想与以利润最大化为目的的农村工业企业进行复杂的环保博弈，或者是缺乏人力而疲于应付，或者就是利益纠葛而只好疏于应付。

农村环保部门这种机构不健全、技术水平低、人员素质差的状况，其直接后果就是导致乡镇工业污染管理不执行、难执行、无人执行、无条件执行的局面。

第二节　农村工业企业环境管理

一、农村工业企业环境污染特点

乡镇工业的迅速崛起，为农村发展和国民经济增长做出了重大贡献，已经成为中国农村经济的主要支柱和国民经济的重要组成部分。伴随着乡镇工业的迅速发展，乡镇工业对农村环境的污染和生态破坏也日益突出，形成了我国特有的环境问题，主要有以下三个方面的特点。

1. 污染点多，面广且量多

乡镇工业污染源分布广泛，这虽然能利用乡村的环境容量，通过合理的净化减少人工处理费用，但广泛分布的结果，就很难按环境功能分区进行布局控制，很难分出乡村环境的保护区、隔离带，导致其潜在环境问题更大，一旦达到一定的污染密度后，将出现区域性或全局性的环境问题，不利于监督管理和集中治理，从而增加乡镇环境保护的难度。

我国乡镇工业生产经营活动几乎涉及国民经济各部门、各产业。在我国 15 大类工业行业中，都有乡镇企业从事生产经营活动。其中，污染比较严重的有造纸（制浆）、电镀、印染、采矿、冶炼、炼焦、土硫黄、砖瓦、水泥、石棉、油毡、化肥、染料、制革、农药、沥青、炼油等行业。在这些行业中，乡镇工业一般规模较小、设备简陋，污染源遍及全国各地，污染企业数量及其产值呈上升趋势。根据国家环保总局的调查，1995 年全国乡镇工业污染源为 121.6 万个，占当年乡镇工业企业总数的 16.9%；工业总产值为 19260.4 亿元，占当年乡镇工业总产值的 37.6%。从有污染的企业数量看，比 1989 年的 57.15 万个净增 64.45 万个，上升 9.1 个百分点；从工业总产值看，比 1989 年的 1004.00 亿元净增 18256.4 亿元，上升 2.1 个百分点。

在工业废水方面，1995 年全国乡镇工业废水排放量为 59.1 亿吨，占当年全国工业废水排放总量的 21%。废水中化学需氧量排放量为 611.3 万吨，占全国工业化学需氧量排放总量的 44.3%；氰化物排放量 438.3t，占 14.9%；挥发酚排放量 11958.5t，占 65.4%；石油类排放量 10003.9t，占 13.5%；悬浮物排放量 749.5t，占 47.9%；重金属（铅、汞、铬、铜）排放量 1321.4t，占 42.4%；砷排放量 1875.3t，占 63.3%。

在工业废气方面，1995 年全国乡镇工业二氧化硫排放量 441.1 万吨，占当年全国工业二氧化硫排放总量的 23.9%；烟尘排放量 849.5 万吨，占全国工业排放总量的 50.3%；工业粉尘排放量 1325.3 万吨，占全国工业排放总量的 67.5%。

在工业固体废物方面，1995 年全国乡镇工业固体废物产生量 3.8 亿吨，占当年全国工业固体废物排放总量的 37.3%；全国乡镇工业固体废物排放量 1.8 亿吨，占全国工业固体废物排放总量的 88.7%。

2. 污染物种类多

我国乡镇工业是一个包括 40 多个大行业、几百个小行业的农村工业体系，几乎包括了各种工业污染类型，全国不同地区、不同行业、不同规模的乡镇工业在技术层次上差距非常大，其中有些传统的手工技艺，甚至采用原始落后的生产方式，大量的是 30～80 年代的生产工艺及设备，其中有一部分是大企业淘汰的、亟待更新的设备，也有少量的是 90 年代的新生产工艺及设备，其中也有个别的高新技术。由于乡镇工业是这样一种技术庞杂的体系，更加剧了污染类型的复杂性。

我国乡镇企业涉及的行业很多，但以工业企业污染为甚，排放的污染物种类也很多，主要是废水、废渣、废气等"三废"。二氧化硫、氮氧化物，含氯、氟、汞、铅等的有害气体，石材、砖瓦、水泥等建材企业的粉尘也严重污染环境，危害工人的身体健康。水环境污染是乡镇企业中最严重的环境问题，许多乡镇企业是技术水平低的小造纸、小制革、小化工和小冶炼等大耗水工业，大量的污染废水未经任何处理或简单沉淀后直接排入乡村河道，造成水体大面积污染。在乡镇企业较为发达的地区，水体水质普遍是四类、五类甚至是劣五类。在河南、湖北个别村庄因饮用水污染出现了"癌症村"，一些村民也由此因病致贫或因病返贫，水体污染已严重影响到人们的正常生产和生活。乡镇企业的固体废物一般就地堆放在田间地头，废物中的有毒有害物质，如重金属等会慢慢渗透到土壤和地下水中。

3. 对农业影响大

目前我国由于环境污染造成明显危害的耕地已达 1 亿多亩。我省乡镇工业发达的某市耕地中，年污水排放强度为 397kg/亩，废气排放强度 28.4kg/亩。随着工业的发展，污染强度仍不断增加，重金属作为一种不可逆转的环境污染物可长期残留于土壤中。在乡镇冶炼、电镀厂附近，土壤中重金属浓度远远超过了我国土壤元素环境的背景值水平（见表 8-1）。重金属污染土壤的意义不仅在于破坏农业的生态环境，研究证实有多种环境重金属可被农作物吸收，经食物链进入人体，对健康构成威胁。

表 8-1　土壤中重金属含量的比较　　　　　　　　　　　　　　　　单位：mg/kg

项　　目	铅	砷	铬（六价）	镉
环境背景值	23.50	9.60	57.30	0.079
污染区测得值	65.68	48.58	109.90	175.00

据调查，我国 11 个省市有 20 万亩被镉污染的农田，所生产的大米含镉量超过了食用标准；15 个省市 40 万亩被汞污染的耕地年产"汞米"近 2 亿千克。有关食用蔬菜中重金属含量也有所报道。调查结果均表明，污染区所产蔬菜中相关重金属含量显著高于对照区，有的甚至高出几十倍。但由于没有相应的国家卫生标准，从而对这些蔬菜的卫生质量不能做出客观的评判。根据实验研究，叶菜、根茎、果实类蔬菜对土壤中重金属均有不同程度的吸收，其吸收量与土壤中重金属浓度、作物品种及生长期长短有密切关系。土壤中污染物含量高，作物生长期长，农作物中污染物含量则高，但不同品种作物对重金属的吸收则大相径庭。在经常食用的蔬菜中，小白菜、菠菜、油菜等阔叶蔬菜对铅、镉、铬等吸收能力最强，萝卜、莴苣等根茎类蔬菜次之，而果实类蔬菜如辣椒、西红柿、黄瓜、豇豆等则较弱。

二、农村工业企业的环境管理

中国有着比较成熟的管理城市工业的办法和经验，但对于乡镇工业不好使用。乡镇企业的特点是数量大、规模小、布局分散（1993 年全国 2300 多万个乡镇企业绝大部分分散在村一级行政辖区范围内，平均每个乡镇企业固定资产不足 26 万元）；乡镇企业资金积累的特点是先利用农业的积累进行投入，然后发展生产实现再积累、再投入。这种"滚动式"的发展方式使乡镇企业的环保设施和技术无法一步到位，而且相当一部分企业的产值不高或者营业收入甚微，"不治理污染不行，治又治不了"；加上我国广大农村交通不便、通讯手段落后等外部环境条件，许多管理城市环境的成熟办法难"实施"，比如不可能按过去的办法普遍实施环境影响评价制度和"三同时"制度；不可能以直接监测为依据执行排污收费制度；很难监督管理治污设施的运行情况等，过去习惯的依靠环保部直接监督控制的政策思路面对乡镇企业的现实情况显得力不从心。

我国的乡镇工业的环境管理法规起步较晚，相对滞后，仅仅在 80 年代中期颁布了一个 135 号文件，十余年间国家再未出台新的法规。

乡镇工业的环境管理工作主要依靠县、乡（镇）两级环境保护主管部门负责，而这两级基层环境保护部的机构、人员素质、技术设备远远跟不上客观形势的要求。

有的县甚至没有独立行使职权的环境保护机构，很多污染严重的乡镇没有环境保护机构，相当数量的乡镇没有环境保护工作人员，这与需要进行的环境保护工作形成极大反差。

三、农村工业企业环境污染防治

具体应采取的措施如下。

1. 对乡镇工业污染源进行严格管理

（1）对现有污染源进行整顿治理 继续贯彻落实国务院颁布的《国务院关于环境保护若干问题的决定》，对不符合国家产业政策或国家产业政策限制发展的那些污染重的乡镇工业，要限期治理，治理不达标的，坚决实行"关、停、禁、改、转"；对污染严重的 15 类小型企业坚决关闭；严格国家或地方规定的排污标准，对超标排污企业，要依法加倍征收排污费，并实行限期治理或限期搬迁，逾期不完成的坚决予以关停并转。

（2）严格控制新增污染源 加强乡镇工业建设项目的环境管理，严格执行环境影响评价和环保设施与主体工程同时设计、同时施工和同时投产的"三同时"制度。各级项目审批部门对新上乡镇工业项目应严格把关，凡属国家明令禁止、污染严重、限制或禁止生产的项目，一律不予立项，对违法建设的要坚决取缔，并追究有关人员及当地政府领导人的责任。在环境敏感区，扩建、改建项目要"以新带老"，降低污染总负荷，确保区域污染物排放总量不增加。对自然生态环境影响较大的资源开发项目，必须采取恢复生态或补偿措施。继续大力推行"三同时"保证金制度，对未经环保部门审查，违反规定、浪费资源并有污染的建设项目，不准立项、设计、施工、验收。

2. 强化重点行业与区域乡镇工业的环境监测管理

乡镇工业发展对环境的冲击集中在少数产业和经济发达地区。因此，环境监督管理应抓住重点，对这些污染严重的行业和地区进行重点管理，以求得事半功倍、举一反三的功效。在经济发达地区，乡镇一级政府的机构应设立得力的环保机构和人员，制定环境污染监督管理工作制度，依法强化监督职能。

3. 推行洁净生产技术，实现清洁生产

乡镇工业企业技术落后，不仅直接影响产品质量，降低经济效益，而且造成环境污染，影响社会效益。因此促进乡镇工业技术进步是解决乡镇工业环境问题的一条重要途径。所谓洁净生产技术，就是通过技术创新，将过去在生产末端采用处理污染物的做法，改为在生产过程中提高物质和能量的利用率，消除或减少生产末端排放污染物的做法。由于洁净生产技术强调在工业生产的各个环节采取综合的预防性措施，尽可能地在源头削减污染物的产生，使得既提高了生产效益，又减少环境污染。因此，它相对于仅注重对污染物产生之后的处置的传统污染控制而言，是一种积极主动的环境管理方式。

4. 贯彻执行排污许可证制度，实现排污总量控制和培育排污权交易市场

排污许可证制度是实现环境污染总量控制和为开展排污权交易创造条件的有效制度。它综合考虑了各地区环保目标的要求及各排污单位的位置、排放方式、排污量和技术经济条件，一方面从整体上有计划、有目的地对污染源及污染物排放量实施削减，使污染源直接与环境质量挂钩，按照环境保护目标要求，确定污染源排放负荷，并采取相应的排污控制措施，使排入环境的污染物总量不超过环境所允许的纳污量，以保证环境保护目标的实现。另一方面，它又可利用市场机制解决环境污染问题，为提高环境治理的投资效果，开展排污权交易创造基本条件。

5. 设置乡镇工业发展区，实现环境污染的集中控制

乡镇企业必须改变"乱、散、小、低"的现象，通过产业结构和产业布局的调整，逐步由分散向相对集中和连片发展转变，以提高聚集效应和综合效益。设置乡镇工业发展区的意义表现在以下几方面。

① 可降低环境管理和环境监测成本，提高环保部门的工作效率。乡镇工业空间集聚度的提高，可大量减少环境治理公共设施的投入，提高环境管理、监测、治理资源的利用率。

② 可更多地消化工业生产过程中的废弃物。乡镇工业的空间集聚度越高，产品种类越多，废弃物被利用的可能性就越大，生产中排放出来的废弃物所造成的环境污染程度就越低。

③ 可实现环境治理的规模经营。设置乡镇工业发展区，有利于环境污染的集中控制，有利于环境防治工作的集约经营，有利于土地资源的合理利用，其经济效益、社会效益和环境效益均是十分显著的。

6. 把乡镇工业的环境保护纳入政府的工作日程

地方各级人民政府要高度重视乡镇企业的环境保护工作，注重经济的可持续发展，各级地方领导要对本地区的环境质量负责，控制环境污染的关键在领导，特别是取决于市、县、乡三级领导能否摆正经济发展与环境保护的位置，能否重视三个效益的统一。各级地方政府应提高环境保护意识，将乡镇工业的环境保护问题纳入政府工作日程，要将辖区环境质量作为考核各级地方领导工作的重要内容，要制订乡镇企业主要污染物排放总量逐年削减计划并落实到企业，采取有效措施，防治乡镇企业污染和破坏环境，注重经济与环境的协调发展，不能急功近利，更不能以牺牲环境为代价去换取一时一地的经济效益。

7. 加大资金投入，提高乡镇企业污染防治能力

有关部门应对乡镇企业的污染防治示范工程在政策和资金上给予必要的支持，帮助乡镇企业提高污染防治能力。金融部门应按照国家有关环境保护的信贷政策，对乡镇企业污染治理和生态建设项目给予积极支持。有关部门在制订利用外资计划时，应安排一定比例用于乡镇企业的环境保护，帮助乡镇企业提高环境保护的技术水平。

8. 广泛开展环境保护法规的宣传教育，提高全民的环境意识

环境保护意识淡薄是我国的乡镇环境污染严重的一个根本因素。许多乡镇工业普遍存在重生产、重利润、轻环境污染和治理的问题。因此，必须把环保知识作为干部和职工培训的重要内容，要充分利用报纸、广播、电视等新闻媒介，及时报道和表彰环境保护工作中的先进典型，公开揭露和批评污染、破坏生态环境的违法行为。对污染严重、生态环境破坏严重的单位和个人予以曝光，发挥新闻舆论的监督作用。同时建立公众参与机制，发挥社会团体作用，鼓励公众参与环境保护工作，检举和揭发各种违反环境保护法律、法规的行为。

第三节　农业环境污染事故

一、农业环境污染事故的定义

农业环境污染事故是指违反环境保护法律、法规、规章的经济、社会活动与行为，或意外因素、不可抗拒的自然灾害使有害物质进入农业环境的数量超过了农业环境自身的净化能力，破坏了农业环境原来的正常状态和性能，导致农产品遭受损失，人畜健康受到危害，农村经济与人民财产受到威胁，造成不良社会影响的各类急、慢性农业环境污染事件。

农业环境污染事故按受污染面积、污染造成的损失大小可分为一般农业环境污染事故、较大农业环境污染事故、重大农业环境污染事故、特大农业环境污染事故四大类。

(1) 一般农业环境污染事故　凡符合下列情形之一者，为一般农业环境污染事故：因污染造成直接经济损失在 10 万元以下的；造成 $6.7hm^2$（100 亩）以下农田危害的。

(2) 较大农业环境污染事故　凡符合下列情形之一者，为较大农业环境污染事故：因污染造成直接经济损失在 10 万元（含）以上 100 万元以下的；造成 1 人（含）以上、5 人以下中毒的；造成 $6.7hm^2$（含）以上、$66.7hm^2$（1000 亩）以下农田危害的。

(3) 重大农业环境污染事故　凡符合下列情形之一者，为重大农业环境污染事故：因污染造成直接经济损失在 100 万元（含）以上、1000 万元以下的；造成 1 人（含）以上、3 人以下死亡或 5 人（含）以上、10 人以下中毒的；造成 $66.7hm^2$（含）以上、$333.3hm^2$（5000 亩）以下农田危害的。

(4) 特大农业环境污染事故　凡符合下列情形之一者，为特大农业环境污染事故：因污染造成直接经济损失在 1000 万元（含）以上的；造成 3 人（含）以上死亡或 10 人（含）以上中毒的；造成 $333.3hm^2$（5000 亩，含）以上农田危害的。

农业环境污染事故主要有以下特点：①既有突发性、急性伤害造成的，也有慢性累积伤害造成的；②某些污染物造成的污染损失具有一定的隐蔽性，如重金属污染农作物导致污染物含量超标，而作物本身并不表现出受害症状；有些作物在生长期内表现出受污染症状，但对其产量和质量并没有影响；③恢复受污染的农业资源难度大，成本高，如受重金属等污染的土壤，很难恢复到未污染前的状态；④农业生物污染伤害常与其他因素混杂在一起，不易确定污染伤害所占份额。

二、农业污染事故的监测与责任判断

1. 农业污染事故的监测

当污染事故发生后就要对其进行监测，一起污染事故处理质量的高低很大程度取决于对污染事故的动态跟踪监测，所谓动态跟踪监测是指污染事故及污染物都明确之后，对受害的农作物是否实施了补救措施及其最终损失情况，以及对污染源的治理情况所继续进行的动态监测。

动态跟踪监测的方法如下：①针对作物受害后农民是否进行了正常的补救措施，同农业技术部门一道制订周密的监测计划，包括监测项目、时间、方法等，这种监测应更多地依赖于作物生长发育的各种指标间接进行；②按计划定期深入田间现场，共同对管理情况做出确认；③必须以基层农业环保队伍为主，负责具体执行；④动态跟踪监测不应只限于受害作物，更要包括各污染源的跟踪监测。

对已经发生污染事故的企业，农业环保部门有责任主动配合，积极协助"大环保"，共同对企业实行强有力的跟踪防范，这是避免重复污染的关键。

那种农业环保与"大环保"互不通气"各管一角"的做法是不可取的。因为，处理污染事故的最终目标，不应只是解决一起污染纠纷，而是要通过处理，促进污染源的根治，预防或避免污染事故的重演，做到处理一次，根治一处。

2. 农业污染事故的责任判断

进行农业污染事故的责任判断首先就要认定污染源，有的污染源是很明显的，污染者自己也承认污染事实存在，而有的污染源不明显，污染者也不承认存在污染，声称废物达标排放等，或者有多个污染者与污染源，这时候就很有必要对污染源进行确认。

确定污染源必须与当地环保主管部门合作，有时要进行采样化验，测定污染物质。在进行污染事故赔偿处理时，由环保局确认污染源指出污染物质及排放浓度等，使污染者心服口服。其次，根据作物表现的症状，确定是否受到污染。一般情况下呈辐射状扩展，离污染源越近，污染越严重，离污染源越远，污染越轻；在污染源上风向或上游，污染较轻或不受污染。受污染的作物在小范围内有较一致的症状表现。作物受污染后呈现的症状首先出现在较鲜嫩的组织，如嫩叶、顶梢、花朵、果实等，其出现的斑点、变色、枯死等症状没有病源菌。污染出现的症状必须与病虫害、药害、肥害、缺素症状，干旱、水涝等症状区分开来。同时必须注意症状表现的个别性、区域性或普遍性。污染症状的普遍出现及超大范围出现，应考虑是大气环境所引起，比如酸雨的影响等。我们也要了解农作物在栽培管理过程中，有否不妥之处。在一些较难认定污染的情况下，有必要对农作物植株组织进行化验分析，确认污染源的污染物质在作物体内的存在及浓度。经过这些综合分析判断，很容易地认定是否存在污染。

三、农业污染事故的纠纷处理与损失赔偿

1. 农业污染事故的纠纷处理

农业污染事故的纠纷处理按照图 8-1 所示的程序进行处理。

2. 农业环境污染事故的损失赔偿

农业环境污染事故呈逐年上升趋势，不仅给农业造成了巨大危害，也使农民及农业生产遭受到严重的经济损失。据不完全统计，仅 2002 年全国发生大的农业环境污染事故达 1667 起，经济损失达 9879315 万元。由于农业环境污染事故的自身特点，处理赔偿损失的难点在于对损

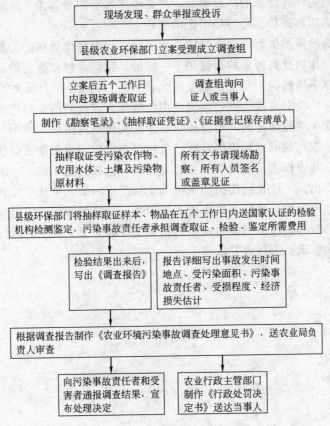

图 8-1　农业环境污染事故调查处理流程图

失的准确、合理的评估。

我国自 20 世纪 70 年代开始关注环境污染损失问题。《中华人民共和国环境保护法》第四十一条规定：造成环境污染危害的，有责任排除危害，并对直接受到损害的单位或个人赔偿损失。农业环境污染损失可分为两类：一类为可量化的损失，如农业生物污染造成的损失、人体健康损失、农业资源污染损失等；另一类为在现有技术条件下难以量化的损失，如污染造成地区生态失衡，生物多样性受到破坏等。目前的农业环境污染损失赔偿主要是针对第一类可量化的损失的赔偿。

要进行损失赔偿则要先划定污染损失赔偿面积，农作物受到污染，离污染源越近污染越重，损失也越大；离污染源越远污染越轻，损失也越小，直到没有损失。受害的农作物受到如山丘、高地、大河、村庄等天然物的阻隔，形成很明显的污染区域，损失赔偿范围容易划定。对于开阔的平原、下游的水域等，污染的作物紧紧相连，就必须划定明确的污染受害界线，损失界线必须坚决、果断地进行划定，损失界线的划定必须是权威性的。一般情况下，在划定损失界线时，用 5% 作为损失是否显著的标准。凡损失超过 5% 的部分由污染者给予赔偿，损失不达 5% 的说明损失不显著，则不给予赔偿。应用损失 5% 的标准界定赔偿范围，污染纠纷双方都能接受。比如水稻受污染，以每公顷产量 6000kg 计，损失 5% 就是 300kg，损失超过 300kg 以上就得到赔偿，损失少于 300kg 的就得不到赔偿。具体应用标准时，应了解该地农作物受污染前几年的平均产量和当年作物的耕作水平，以及当地同一作物的平均产量等，确定一个产量基准，这是一个当年没受污染的理论产量。受污染区内由于管理水平不同，或不同的作物，可以有 2 个以上的产量基准。受污染作物的产量少于这个产量基准的部分就是损失部分。

受污染作物经过目测估计和简单的产量验收，产量少于这个产量基准5％的田块，就是需要赔偿的田块，这些田块的总面积就是污染赔偿的面积。

　　然后根据划定的污染损失范围内不同污染程度进行污染赔偿数额的计算，在确定的污染损失赔偿面积范围内，作物受到污染的程度是不一样的。我们可以根据污染损失程度，划分为几个损失等级，等级越多越精确，而工作难度越大。一般分为3～5个损失等级，一个级别内的损失也有细小的差异，我们常用级别内损失的中位数作为该级的损失赔偿数。这个损失赔偿数是经过目测估算和简单验收确定的。经过核定每个损失级别内田块的面积，就可以算出损失的产量。参考当地同一农产品的市场价格，把产量转换为货币，由污染者以货币的形式赔偿给受损失的群众。由于一些农作物是前中期受到严重污染，且损失达100％，在赔偿损失时就要扣除后期的管理投入支出；一些长期作物如果树等受到严重污染，生长势受到影响，除当年实际损失赔偿外，应适当地补偿一些作为增加投入的损失，如追加施用的肥料等，便于生产的可持续发展。最后的赔偿数目，以文书的形式送达相关单位和上报上级主管部门，污染的双方对处理不服的，可按法律要求提出行政复议或上诉。

第三部分
综 合 篇

第九章　有机农业与有机食品生产

国际有机农业运动联合会（International Federation of Organic Agriculture Movements，简称 IFOAM）、欧盟、美国、日本和中国对有机农业有不同的表述，但其内涵是一致的。我国有机农业工作者将有机农业定义为：遵照一定的有机农业生产标准，在生产中不采用基因工程获得的生物及其产物，不使用化学合成的农药、化肥、生长调节剂、饲料添加剂等物质，遵循自然规律和生态学原理，协调种植业和养殖业的平衡，采用一系列可持续发展的农业技术以维持持续稳定的农业生产体系的一种农业生产方式。

2005 年，IFOAM 全球大会通过了有机农业需要遵循的四项原则：健康原则、生态原则、公平原则、关怀原则。有机农业系统旨在保持和提高土壤肥力和保护生态环境，在农业和环境的各个方面，充分考虑土地、农作物、牲畜、水产等的自然生产能力，并致力于提高食物质量和环境水平。有机农业生产遵循可持续发展的原则，在生产过程中尽量减少外部投入物，主要依靠自然规律和法则提高生态循环效率。

有机食品这一名词是从英文 Organic Food 直译过来的，在其他语言中也叫生态或生物食品。有机食品是指直接或间接来自于生态良好的有机农业生产体系的食品。有机食品的生产和加工，不使用化学农药、化肥、化学防腐剂等合成物质，也不用基因工程生物及其产物，因此是一类真正源于自然、高营养、高品质和安全环保的生态食品。有机食品是有机农业生产的部分产品的表达形式，有机农业生产中除了食品外，还有纺织品、家具、化妆品、生物农药、有机肥料等其他与人类生活相关的产品。本章主要介绍有机农业发展现状、有机食品生产知识和有机食品生产技术。

第一节　有机农业的起源和现状

一、国内外有机农业发展历程

依赖于化肥、农药、添加剂、兽药的现代农业生产，在带来高产的同时，也带来了环境、农业可持续性和食品安全等问题。为探索农业发展的新途径，各种形式的替代农业的概念和措施如雨后春笋般不断涌现，如有机农业、生物农业、生态农业、持久农业、再生农业及综合农业等，其中有机农业已成为未来农业重要的发展方向。

有机农业的起源可追溯到 20 世纪初，100 多年来有机农业的发展经历了不同的历史阶段。在 1945 年以前的很长一段时间里，有机农业只在理论层面被一些学者认识到。1940 年，英国植物病理学家 Howard 写成《农业圣典》一书，该书在总结和研究中国几千年发展传统农业过程中所积累的优秀农艺思想和技术的基础上，积极倡导发展有机农业，为人类生产安全健康的有机食品。此书成为指导国际有机农业运动的经典著作之一。1945 年美国有机农业的创始人 J. I. Rodale 受《农业圣典》的影响，按照 Howard 的办法创办了有机农场，并在随后出版了《有机园艺和农作》（现名《有机园艺》）一书，有机农业的实践就从那时开始。1972 年 11 月，IFOAM 在法国成立，它的成立标志着国际有机农业进入了一个新的发展时期。这一时期有机农业在全球的影响不断扩大，并出现了"有机农业标准"和"有机农业认证方案"，但很多国家对有机农业仍未给予足够的重视。直到 20 世纪 90 年代，一些发达国家的政府才开始真正重视有机农业，并鼓励农民从常规农业生产向有机农业生产转换，有机农业的概念开始被广泛接受。有机农业进入蓬勃发展时期，在规模、速度和水平上都有了长足的进步。许多国家对有机农业给予支持，并根据 IFOAM 的基本标准和本国实际情况制定了有机产品标准，有机产品数量和种类不断增加。

中国的有机农业也是在世界有机农业发展的背景下发展起来的。20 世纪 80 年代初期我国曾经提出过"有机农业"，但仅限于理论的探讨，直到 80 年代后期才逐步开始开展有机食品基地建设、标准制定及产品出口。1989 年，中国最早从事生态农业研究、实践和推广工作的国家环境保护局南京环境科学研究所农村生态研究室加入了 IFOAM，成为中国第一个 IFOAM 成员。国外认证机构进入中国，标志着中国有机农业进入实践探索阶段，这一阶段中国的有机农业主要为了满足出口贸易的需要。此后，中国相继成立了自己的认证机构，并开展相应的认证工作，同时根据 IFOAM 的基本标准制定了机构或部门的推荐性行业标准。1993 年，中国农业部批准组建"中国绿色食品发展中心"，负责开展中国国内的绿色食品认证和开发管理工作。1994 年，经国家环境保护局批准，国家环境保护局南京环境科学研究所的农村生态研究室改组成为"国家环境保护总局有机食品发展中心"（2003 年改称"南京国环有机产品认证中心"），负责有机食品的认证和管理。1999 年 3 月，中国农业科学研究院茶叶研究所成立"有机茶研究与发展中心"（2003 年改称"杭州中农质量认证中心"），专门从事有机茶园、有机茶叶加工以及有机茶专用肥的检查和认证。2002 年 10 月，按照农业部的要求，中国绿色食品发展中心组建了"中绿华夏有机食品认证中心"，并成为在国家认证认可监督管理委员会登记的第一家有机食品认证机构。2002 年 11 月 1 日，《中华人民共和国认证认可条例》正式颁布实施，标志着有机食品认证工作由国家认证认可监督管理委员会统一管理，进入规范化阶段。2005 年 4 月 1 日《有机产品》（GB/T 19630.1—2005）国家标准正式实施。该标准对有机产品的生产、加工、标识和销售、管理体系做了明确规定。同时，国家也颁布实施了《有机产品认证管理办法》。这些法规的实施对于我国建立与国际接轨的农产品认证体系，实现有机产品认证的国际互认，对于规范有机产品认证活动，提高有机产品认证的有效性具有重要意义，有利于中国有机产品认证进入法制化、规范化的轨道，推动有机产品产业健康、有序发展。这些法规的实施推动中国的有机农业进入快速发展阶段（李显军，2004）。近几年来，在国际有机农业运动的推动下，在国家环境保护部的领导以及农业和外贸等部门的积极参与下，我国有机农业正在成为一个新兴的环保产业，并蓬勃发展。

二、国外有机农业发展现状

近年来，全世界范围内有机农业的规模空前增加，但不同国家和地区发展状况极不平衡。多数发展中国家由于还在解决温饱问题，有机农业发展相对较慢；而在众多发达国家，由于人们对这个问题认识较早、投入力度大，再加上国家给予相关政策支持和鼓励农民进行有机农业生产，因此发展得比较快。2006 年世界上生产有机食品的国家有 141 个，其中欧洲有 48 个国家，非洲有 30 个国家，亚洲有 30 个国家，拉丁美洲有 23 个国家，大洋洲有 8 个国家，北美洲有 2 个国家（Willer et al，2008）。

2006 年全世界按有机管理的农业用地已达 3040 万公顷，各大洲有机管理的面积分布分别是：大洋洲 42%，欧洲 24%，拉丁美洲 16%，亚洲 10%，北美洲 7%，非洲 1%。大洋洲是全球有机耕作面积最大的洲，其中绝大多数分布在澳大利亚。亚洲有机农业增长速度非常快，占世界有机农业面积百分数已由从前的不到 3% 增至目前的 10%（见图 9-1），而中国是主要贡献国。有机农业用地面积最大的 5 个国家依次是：澳大利亚（1230 万公顷）、中国（230 万公顷）、阿根廷（220 万公顷）、美国（160 万公顷）、意大利（110 万公顷）。有机农业用地占农业用地面积比例最多的 10 个国家依次是：列支敦士登 29%，奥地利 13%，瑞士 12%，意大利 9%，爱沙尼亚 9%，希腊 8%，葡萄牙 7%，瑞典 7%，拉脱维亚 7%，东帝汶 7%。这 10 个国家中，除东帝汶是亚洲国家外，其余国家都在欧洲（见图 9-2）。

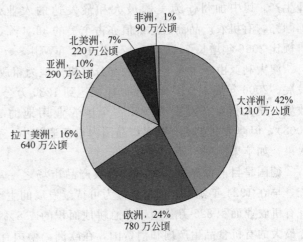

图 9-1　世界各大洲有机农业面积及其
占世界有机农业面积的比例

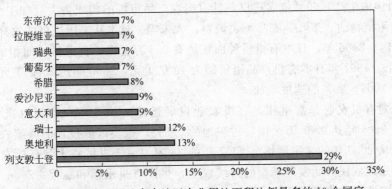

图 9-2　有机农业用地占本地区农业用地面积比例最多的 10 个国家

全球有机产品需求保持强劲的增长势头，有机产品销售额每年保持 50 多亿美元的增长，英国 Organic Monitor 统计数据表明，2006 年全球有机产品销售额已达 386 亿美元，是 2000 年的两倍还多（Willer et al，2008），2010 年已达到 1000 亿美元。需求量最大的地区是北美和欧洲，这两个区域占全球有机食品销售额的 97%。美国、加拿大等发达国家有机食品占食品总量的 3% 左右，而丹麦、芬兰、德国已经占到食品总量的 8% 左右，短期内需求量较大的市场仍然集中在欧洲、北美和日本等发达国家。在发达国家销售的有机食品中，大部分依赖进口。德国、荷兰、英国每年进口的有机食品分别占有机食品消费总量的 60％、60％和 70％。亚洲、拉丁美洲和澳大利亚是有机食品生产和出口大国（Willer et al，2008）。有机食品正在成为发展中国家向发达国家出口的主要产品之一。目前有机和有机转换产品已经有约 50 大类，700 多个品种，包括粮食、食用油、蔬菜、水果、食用菌、茶叶、肉类、蛋类、奶制品、饮料、酒类、婴幼儿产品、有机棉织品、有机麻制品和有机化妆品等有机农产品和加工品，产品仍以初级原料生产为主，而加工产品较少。

美国有机农业以家庭经营的农场为基本生产单位，专业化程度较高。据 IFOAM 公布的统计数据，美国 2006 年有机农业面积为 160 万公顷，世界排名第 4 位，有机农业用地占所有农业用地的 0.5％，有机农场 8493 家（Willer et al，2008）。目前全美的 50 个州均已从事有机农业生产，其中加州作为美国最大和最发达的农业州，有机农业面积占全美有机总面积的 14.4％，有机农产品商品总价值亦占全美的 38.4％（焦翔等，2009）。2007 年美国有机产品零售额比 2006 年增长 21％，达 177 亿美元（Willer et al，2008）。

澳大利亚由于气候干燥，大部分有机土地为粗放型管理的放牧土地，非常适合有机农业的发展。2006 年底，全国有机生产面积达到 1230 万公顷，位居世界各国之首，其中 97％为有机牧场。澳大利亚有机生产面积占全国农业用地的 2.8％，有机农场 1550 个（Willer et al，2008），但澳大利亚的有机农产品国内市场还较小，大部分的有机农产品出口到国外，特别是水果，如苹果。

德国是目前世界上最大的有机农产品市场之一，有机农业生产和市场具有很长的历史传统，早在 1924 年就将有机农业作为可持续发展的生产方式引入了农业。至 2006 年底，德国共有有机农业面积 825 万公顷，占总耕地面积的 4.8％，有机农场主 17557 个。德国是当今世界上最大的有机食品生产国和消费国，在欧洲，德国有机食品消费值占欧洲生产或进口的有机食品值的一半以上，2006 年有机产品消费额比上一年增长 18％，达 46 亿欧元，占德国全部食品零售额的 2.7％。德国有机食品消费增长迅速，很多有机食品出现供应短缺，如牛奶、蛋糕和点心等（Willer et al，2008）。

日本是亚洲倡导有机农业最早的国家之一，也是亚洲最大的有机食品进口国和消费国，有机食品 40％由国内生产，60％依靠进口，其有机农产品市场的构成为大豆加工品、冷冻蔬菜、果汁制品、食用植物油、茶叶、咖啡类、调料、大米等。日本从美国进口的农林水产品数量最多，其次为中国。2006 年，日本有机耕种面积约有 0.6 万公顷，占总耕地面积的 0.2％，有机农场主 2258 个。1997 年日本有机产品销售额为 10 亿美元，2000 年约 25 亿美元，有机食品的销售额每年以 30％～40％的速度增加。

韩国政府对有机农业非常重视，有机农业发展迅速。2005 年，韩国有机农场的面积为 0.61 万公顷，2006 年达 0.85 万公顷，占耕地的 0.5％，主要以低投入的持续农业为主。有机产品认证机构从 2006 年的 2 家增长至 2007 年的 33 家。由于农民意识到有机农业是未来农业的发展方向，所以农民开始发展新型的持续农业，生产有机水稻和蔬菜。2006 年，超过 7167 个农场开始生产有机农产品（Willer et al，2008）。

三、国内有机农业发展现状

随着人民生活水平不断提高和食品安全意识的不断加强，从 20 世纪 80 年代以来，我国有机农业发展较快。从地域分布来看，我国绝大多数有机食品生产基地分布在东部沿海地区和东北部各省区。近两三年来，西部地区利用西部大开发的优势，发展有机畜牧业，也已呈现良好的发展势头。从数量和面积来看，东北三省最大；从产品加工程度和质量控制方面来看，上海、北京、浙江、山东、江苏等东部省份较占优势（周泽江等，2002）。从产品类别来看，我国有机产品以植物类产品为主，动物性产品严重缺乏，野生采集产品增长较快。在植物类产品中，茶叶、豆类和粮食作物比重很大；有机茶、有机大豆和有机大米等已经成为中国有机产品的主要出口品种，而作为日常消费量很大的果蔬类有机产品发展不足。

到 2003 年底，经中绿华夏有机食品认证中心认证的企业总数达到 102 家（含 2 家获得 SGS 认证的企业），产品总数达到 231 个，产品实物总量 13.46 万吨，年销售额 9.1 亿元，出口额 3988 万美元，出口率 36.4%。认证面积共计 61.8 万公顷，其中种植面积 1.3 万公顷，放牧面积 21.3 万公顷，水域面积 2.5 万公顷，野生采集面积 36.7 万公顷（见图 9-3）。从产品结构上看，种植业及其加工产品占 68%，畜类产品占 7%，水产类产品占 8%，饮料类产品占 8%，其他产品占 9%（见图 9-4）。国内部分地方已形成有机食品相对集中的产区，以认证企业数计（产品数计），江西省占 22%（产品数占 14%），江苏省占 17%（产品数占 12%），内蒙古自治区占 11%（产品数占 17%），吉林省占 10%（产品数占 13%），黑龙江省占 8%（产品数占 5%）（李显军，2004）。

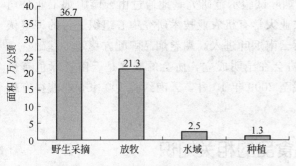

图 9-3 2003 年我国各类有机认证面积

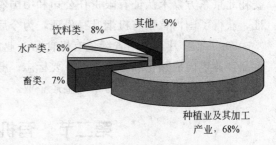

图 9-4 2003 年我国有机产品结构

2006 年，我国有机耕地面积已从 2002 年的 32 万公顷发展到 230 万公顷，仅次于澳大利亚（1230 万公顷）而跃居全球第二位。我国有机产品主要销往国外，随着国际对有机产品需求的不断增加，我国有机产品出口额也在不断升高，从 1995 年的 30 万美元增至 2002 年的 5000 万美元，如图 9-5 所示（贾良清等，2003）。据统计，截至 2007 年底，我国约有 2512 家有机生产企业，有机产品产量共计 303.7 万吨，国内销售额 75.6 亿元，出口创汇 3.04 亿美元。依据国家统计局 2004 年发布的食品消费总额计算，我国国内有机食品销售额占常规食品销售额 0.08%，较 2003 年增长了 4 倍，但仍与发达国家的平均消费水平有差距。近年来，由于国内外有机产品消费市场的蓬勃发展，国内形成了出口带动型的山东有机蔬菜、有机花生产业；国内市场带动型的江西有机茶、有机茶油产业；政府推动型的江苏有机水产品产业；生态环境主导型的云南普洱茶、芸豆产业；资源环境主导型的内蒙古杂粮杂豆产业。从总体情况来看，我国有机食品的生产目前仍处于起步阶段，生产规模较小，且绝大部分都是面向国际市场，国内

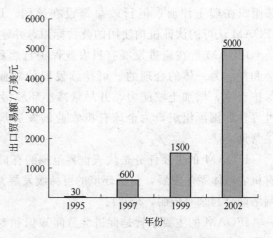

图 9-5 我国有机食品出口贸易额变化情况

市场所占份额极少。但我国有机农业具有极好的发展前景，专家推测未来 10 年内，我国有机产品数量将以每年 30％～50％的速度增长；有机农产品将占到所有农产品的 1％～3％；中国有机出口额将占到世界有机产品市场份额的 5％（Stephen，2008）。

云南在发展有机农产品认证方面，具有得天独厚的自然条件。与其他省份相比，云南省面源污染少，生态环境较好，生物多样性导致农产品种类丰富。2004 年 5 月，由云南玉溪市种子公司与中国农业大学合作承担的"有机蔬菜基地建设和产品技术开发"项目通过了由云南省科技厅主持的项目验收和成果鉴定，标志着云南省首个有机蔬菜基地建成。在该项目的实施过程中，云南省已建立国家有机食品认证机构认证的有机蔬菜生产基地 1000 亩，完成辣椒、大白菜、萝卜等五种蔬菜的有机操作规程。

2005 年，"华曦牌"土鸡蛋获得欧盟有机食品认证委员会在中国内地发放的首张有机禽蛋认证，也成为中国第一家获得欧盟有机食品认证的鸡蛋生产企业。目前我省已获得欧盟有机食品认证的共有 4 家企业，但禽蛋类仅"华曦"一家；通过欧盟有机食品认证后，企业就跨进了进入欧盟市场的第一道门槛。

2009 年 10 月，云南省宾川县拉乌乡有机烟叶试验示范研究基地通过由云南中烟工业公司委托北京东方嘉禾认证有限责任公司和中国农业大学有机农业技术研究中心组织进行的评审认证，获得了国内首张有机烟叶身份证，为今后云南烟叶进入高端卷烟品牌配方奠定了基础。

2009 年 9 月，云南省绿色有机食品产业协会在昆明成立，协会的成立是云南省绿色有机食品产业走向成熟化和标准化的重要标志。截至 2009 年 10 月，云南约有 100 家企业获得有机产品认证，其中绝大部分为茶叶生产企业。

第二节　有机食品的相关知识

一、国际有机农业运动联合会简介

国际有机农业运动联合会 1972 年 11 月 5 日在法国的凡尔赛成立，是一个全球性非赢利组织，成立初期只有英国、瑞典、南非、美国和法国五个国家的代表。经过近四十年的发展，目前 IFOAM 已成为世界上最广泛、最庞大、最权威的国际有机农业组织，由 115 个国家的 750 多个组织和机构成员组成，包括正式会员（有投票权）、联系会员和支持者（无投票权）。目前该组织在瑞士注册，但行政总部设在德国。IFOAM 支持全球和跨国、跨地区合作，制定 IFOAM 认可的认证机构使用的公共标识，并建立有机农业运动仲裁院。

IFOAM 旨在通过发展有机农业保护自然和环境，它联合各成员致力于发展集生态、社会和经济为一体的合理的、可持续发展的农业体系。在全世界促进优质食品的生产，同时保护土壤、增加土壤肥力，并尽量减小环境污染及不可更新的自然资源的消耗。IFOAM 是世界性的国际组织，为全球有机农业的发展规划决策，同时为有资金但技术困难的成员提供帮助。

IFOAM 的主要任务是代表世界范围的有机农业运动；为全球交流和合作提供平台；促进有机农场体系的发展，包括环境的可持续发展及满足人类的需要等；将世界范围内的有机运动网络联合起来（杨丽，2002）。

IFOAM 的主要宗旨是促进会员间知识和专业技能的交流，并向人们宣传有机农业运动；在世界范围内，向各国议会、政府和政策制定者表达有机农业的发展和改革（IFOAM 也是联合国有关有机农业的咨询机构）；制定和定期修改国际通用的"IFOAM 有机农业和食品加工的基本标准"；使有机农产品的国际性质量保证成为可能。

2005 年，IFOAM 全球大会通过了新的有机农业四项基本原则。

（1）健康原则　有机农业应保持和增强土壤、植物、动物和人类的整体健康，这四个方面不可分割。

（2）生态原则　有机农业应以鲜活的生态体系和生态循环为基础，与之协调，仿效它们，并维护它们。

（3）公平原则　有机农业应建立在能使公共环境和生存机遇之间的关系保持公平的基础上。

（4）关怀原则　有机农业的管理应谨慎负责，要保护当代和后代的健康、福利和环境。

随着有机农业的迅速发展，IFOAM 批准的有机农业颁证机构有瑞典的 Krav、澳大利亚的 Nassa、美国的 Ocia 和 Ccof、英国的 Saomco、德国的 Naturland 等数十家，我国加入 IFOAM 的单位和组织有中国绿色食品发展中心、中国有机食品发展中心、浙江大学农业生态研究所、黑龙江省农业厅环保站等 30 多家组织。IFOAM 基础标准 2000 年 9 月经 IFOAM 的巴西例行会议通过，该标准是 IFOAM 指导和规范全球有机农业运动的基础和指南，基础标准本身不能作为认证标准，它为认证机构世界范围的标准组织的制定及认证标准提供了一个框架（杨丽，2002）。

二、国内外有机食品标准概述

目前，国际有机农业和有机农产品的法规和管理体系主要分为 3 个层次：联合国层次、国际非政府组织层次和国家层次，其中联合国层次的有机农业和有机农产品标准以及非政府组织 IFOAM 的标准属于基本标准，供其他国家和组织制定标准时参考使用，国家层次的有机农业标准以欧盟、美国和日本为代表。

IFOAM 于 1980 年制定了《有机食品生产和加工基本标准》，并且每两年修订一次。1999 年 6 月，联合国食品法典委员会发布了《有机食品生产、加工、标识及销售指南》，对有机作物生产做出了规定，并于 2001 年 1 月进行了第 1 次修改，补充了动物生产的内容。美国 1990 年通过了有机食品生产法案和标准，2000 年 12 月美国农业部发布"国家有机食品计划"，并于 2002 年 10 月实施。欧盟于 1991 年颁布了有机农业条例《关于农产品的有机生产和相关农产品及食品的有关规定》，虽然这不是世界上第一个有机农业法规，但这是至今为止实施最成功的一个法规。该法规对有机食品有着明确的法律定义，对欧洲成为世界上最大的有机食品市场起到积极作用，所有进入到欧盟市场的有机农产品贸易和发生在欧盟市场的零售，都必须符合这个条例的规定。在日本，农林水产省于 2000 年 6 月发布了有机食品检查和认证标准，并于 2001 年 4 月开始实施。在日本市场上销售的有机食品必须统一标识"日本有机食品标志"（卢振辉，2003）。到 2003 年为止，世界上有 31 个国家已经颁布并实施有机食品法规、标准，另有 9 个国家已经发布有关标准但尚未开始实施。

2005 年 1 月 19 日，我国正式颁布编号为 GB/T 19630.1—2005 的与国际标准接轨的中华人民共和国《有机产品》标准，并于 2005 年 4 月 1 日起正式实施。该标准由中华人民共和国国家质量监督检验检疫总局和国家标准化管理委员会联合发布，共分为生产、加工、标识与销售、管理体系四个部分，对有机生产中的各个环节做了严格的规定。该标准与 IFOAM 基础标准的内容基本相同，只是在管理体系、文件和添加剂等方面的某些特殊要求稍有差异。2005 年 4 月 1 日，我国《有机产品认证管理办法》也正式施行。这两部法规的实施，标志着我国有机农业及有机食品的发展开始走向成熟和规范的快车道。

IFOAM 基本标准、食品法典和各国标准总体上是一致的,对有机农业和有机食品的概念、定义和原则做出了规定,明确了有机食品生产从土地到餐桌全过程应遵循的准则,规定了有机食品生产中可以使用或禁止使用的物质,以及有机食品检查和认证体系、有机食品标识使用等。表 9-1 就 IFOAM 基本标准、食品法典、欧盟标准和中国国家标准做一个简明的比较。

表 9-1　不同层次有机食品标准比较（卢振辉,2003）

标准	IFOAM 基本标准(2000)	食品法典(GL 32—1999,Rev.1—2001)	欧盟标准(EEC No. 2092/91)	中国《有机产品》国家标准(GB/T 19630.1—2005)
作用	民间的,但具权威性,用于制定标准的标准	官方的,适用于各个国家或有关机构制定自己法规或标准的指南	具体的生产标准,直接用于欧盟范围内的认证和市场管理,具有法律效率	具体的生产标准,直接用于中国范围内的认证和市场管理,具有法律效率
范围	食品和非食品,包括渔业、纺织业等	以食品为主	食品和非食品	食品和非食品
转换期(以作物为例)	收获期以前至少 1 年,多年生作物至少 2 年	收获期以前至少 2 年,多年生作物至少 3 年	收获期以前至少 2 年,多年生作物至少 3 年	收获期以前至少 2 年,多年生作物至少 3 年
地形/生物多样性	仅向有关国家机构建议	仅仅是个建议	仅仅是个建议	仅仅是个建议
施肥	类似的投放物清单,对新投入品有明确的规定	类似的投放物清单,排除工厂化养殖的粪肥	类似的投放物清单,集约化养殖的粪肥不在其中	类似的投放物清单
病虫害控制	类似的投放物清单	类似的投放物清单	类似的投放物清单	类似的投放物清单
基因改良产品	排除	排除	排除	排除
养殖业	相当详细,作为国家标准的框架	作为国家标准的框架	非常详细,特别是家禽方面	非常详细
加工	对新添加剂和加工助剂有详细的标准,有详细的清单	标准不太详细,对动物产品有非常严格的清单	标准不太详细,对动物产品尚无清单	对添加剂和加工助剂有详细的清单
标识	转换 2 年以后可以标识为有机。有机成分如果>95%:标全有机;>70%:标识有机成分的比例;<70%:只能在配料表中标明有机配料	转换 2 年以后可以标识为有机。有机成分如果>95%:标全有机;>70%:只能在配料表中标明有机配料	转换 2 年以后可以标识为有机。有机成分如果>95%:标全有机;>70%:只能在配料表中标明有机配料	转换 2 年以后可以标识为有机。有机成分≥95%:标有机(或有机转换);70%≤成分<95%:在配料表中标明有机(或有机转换)配料

三、我国有机食品认证机构和认证程序

(一) 认证机构

目前,我国的有机产品由中国国家认证认可监督管理委员会和中国合格评定国家认可委员会认可的有机产品认证机构进行认证,包括南京国环有机产品认证中心、中绿华夏有机食品认证中心、中国质量认证中心、杭州万泰认证有限公司、黑龙江省农产品质量认证中心、广东中鉴认证有限责任公司等二十多家机构。此外,一些国外的认证机构也在中国设立办事处或发展独立检查员进行认证工作,如 Ecocert (总部在法国) 在中国农业大学建立办事处,德国 BCS 在湖南有其认证代表,瑞士 IMO、Suisse,日本 Jona、Noapa 等也在中国开展检查认证工作。1999 年 3 月,中国农业科学研究院茶叶研究所成立了有机茶研究与发展中心,专门从事有机茶园、有机茶叶加工以及有机茶专用肥的检查和认证,2003 年该中心更名为“杭州中农质量认证中心”,并获得国家认证认可监督管理委员会的登记。

1. 国家环境保护总局有机食品发展中心

国家环境保护总局有机食品发展中心（Organic Food Development Center，简称 OFDC）前身为国家环保总局南京环境科学研究所农村生态研究室，于 1989 年 10 月加入 IFOAM，并于 1990 年参与了中国境内第一次有机认证检查。1994 年 10 月，经国家环保总局批准，研究室改组成为"国家环境保护总局有机食品发展中心"，2003 年改称为"南京国环有机产品认证中心"。OFDC 是中国最早加入 IFOAM 的成员，协助国家环保总局行使有机产品行业管理职能，同时接受国家有机食品发展管理委员会的监督。OFDC 根据 IFOAM 的有机生产加工基本标准，参照并借鉴欧盟委员会有机农业生产规定以及其他国家有机农业协会或组织的标准和规定，结合中国农业生产和食品行业的有关标准，于 1999 年制定了 OFDC《有机产品认证标准》（试行），2001 年 5 月由国家环保总局发布成为行业标准。2003 年，OFDC 正式获得 IFOAM 的国际认可，使 OFDC 可与世界其他三十多家 IFOAM 有机认证机构达到互认，是国内目前唯一获得 IFOAM 认可的有机食品认证机构。2004 年，OFDC 在获得中国认证认可监督管理委员会批准后，于 2005 年通过了中国国家合格评定国家认可委员会的认可，成为中国第一个同时获得国内和国际认可的有机认证机构。2006 年，OFDC 获得国际有机认可委员会颁发的《对实施产品认证的认证机构的通用要求》的国际认可证书，同时 OFDC 标准也被确认为等同于欧盟 EEC 2092/91 的标准。至 2004 年，获 OFDC 有机农场、加工或贸易证书的单位已达 400 多家，这些认证的产品已销往日本、欧盟和北美等国和地区。

2. 中绿华夏有机食品认证中心

根据农业部"无公害食品行动计划"关于绿色食品、有机食品、无公害食品"三位一体，整体推进"的战略部署，中国绿色食品发展中心于 2002 年 10 月组建了"中绿华夏有机食品认证中心"（China Organic Food Certification Center，简称 COFCC），它隶属于农业部绿色食品办公室和中国绿色食品发展中心，是中国农业部推动有机农业运动发展和从事有机食品认证、管理的专门机构，也是中国国家认证认可监督管理委员会批准设立的国内第一家有机食品认证机构，并获得中国合格评定国家认可委员会的认可。至 2009 年，获 COFCC 认证的有机企业达 982 家。

COFCC 的主要职责包括：有机产品的认证和管理；有机产品检查员培训；支持企业培育有机食品市场；开展与国际相关机构的各种合作，促进有机产品国际贸易；提供有机产品信息服务；开展有机农业发展的理论研究；为中国政府提供有机产品标准和有机农业政策制定依据；接受国务院认证认可监管部门监督管理。

（二）有机产品认证要求和认证程序

1. 认证要求

根据《有机产品》（GB/T 19630.1～4—2005）相关要求，申请有机产品认证的组织或自然人应当满足如下要求，才可进行有机产品（含转换）认证。

（1）总要求

① 生产/加工基地应是界定清晰、所有权和经营权明确的农业生产单元、加工单元，并远离城区、工矿区、交通主干线、工业污染源、生活垃圾场等，空气、土壤和水达到国标要求。

② 生产、加工、经营的组织或者自然人自愿按照有机农业的规范操作。

③ 制订并实施从常规农业向有机农业运作的转换计划。

④ 制定合理的有机农业生产、加工、经营的计划和操作规范，如土壤培肥、病虫害防治、生态保护等。

⑤ 提供有效的书面证明材料，如土地使用证明、基地面积、种子来源和非转基因证明等。

⑥ 提供完整的生产、加工、经营的记录档案。

⑦ 建立有效的有机农业生产、加工、经营的质量管理体系（手册、操作规程和作业指导书等）。

申请方对于相关的合作方应签订协议，在为满足整个生产链的有机完整性而需要进行检查时，相关的合作方应保证接受 CHC 的检查。

（2）有机产品生产的基本要求

① 生产基地在最近三年内未使用过农药、化肥等违禁物质；

② 种子或种苗来自于自然界，未经基因工程技术改造过；

③ 生产基地应建立长期的土地培肥、植物保护、作物轮作和畜禽养殖计划；

④ 生产基地无水土流失、风蚀及其他环境问题；

⑤ 作物在收获、清洁、干燥、储存和运输过程中应避免污染；

⑥ 从常规生产系统向有机生产转换通常需要两年以上的时间，新开荒地、撂荒地需至少经过 12 个月的转换期才有可能获得颁证；

⑦ 在生产和流通过程中，必须有完善的质量控制和跟踪审查体系，并有完整的生产和销售记录档案。

（3）有机产品加工、贸易的基本要求

① 原料必须是来自获得有机认证的产品和野生（天然）产品；

② 已获得有机认证的原料在终产品中所占的比例不得少于 95%；

③ 只允许使用天然的调料、色素和香料等辅助原料和《有机产品》中允许使用的物质，不允许使用人工合成的添加剂；

④ 有机产品在生产、加工、储存和运输的过程中应避免污染；

⑤ 加工、贸易全过程必须有完整的档案记录，包括相应的票据。

2. 认证程序（以 COFCC 有机认证为例，见图 9-6）

① 向 COFCC 索取申请表和有机认证调查表并缴纳申请费。

② 申请者将填写完毕的申请表和有机认证调查表寄回相应的检查部门。

③ COFCC 检查部门在审核文件并认为申请者基本符合申请条件后，与申请者签署认证协议。

④ 一旦协议生效，申请者根据协议将相关费用汇至 COFCC，中心将派出检查员，对申请人的生产基地、加工厂及贸易情况等进行现场审查（包括采集样品）。

⑤ COFCC 颁证委员会审核检查员递交的检查报告和申请者提交的材料，做出颁证决议。

颁证委员会定期召开会议，对检查员提交的检查报告及相关材料依照有关程序和规范进行评审，并写出评审意见，通常有以下几种不同的颁证结果。

a. 同意颁证　申请者的产品若全部符合有机食品认证要求，可以发给有机认证证书，在此情况下，申请者申请认证的产品可以作为有机产品销售。

b. 有条件颁证　在此情况下，申请者的某些生产条件或管理措施需要改进，只有在申请者的这些生产条件或管理措施满足认证要求，并经 COFCC 确认后，才能获得颁证。

c. 不能获得颁证　生产者的某些生产环节或管理措施不符合有机生产标准，不能通过 COFCC 认证。在此情况下，颁证委员会将书面通知申请人不能颁证的原因。

d. 颁发"有机农场转换证书"　如果申请人的生产基地是因为在一年前使用了禁用物质或生产管理措施尚未完全建立等原因而不能获得颁证，其他方面基本符合要求，并且打算以后完全按照有机农业方式进行生产和管理，则可颁发"有机农场转换证书"，从该基地收获的产品也可作为有机转换产品销售。

⑥ 对于符合条件的农场或加工厂颁发有机认证证书和标志准用证。

⑦ COFCC 有机认证证书的有效期为一年，即只对申请认证的当年种植的作物或产品有效；有效期满前三个月需重新办理申请认证手续。

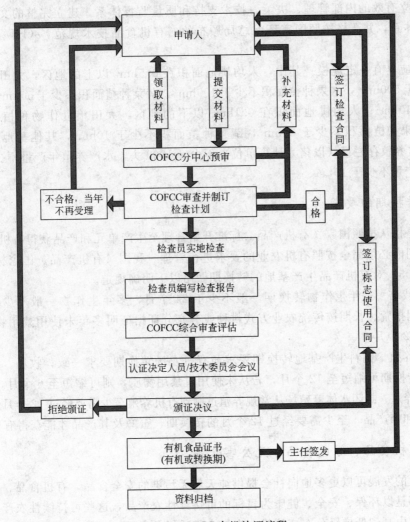

图 9-6　COFCC 有机认证流程

（引自 http://www.ofcc.org.cn/sites/ofcc/List_5515_5736.html）

（三）有机食品生产基地建设要求

根据《国家有机食品生产基地考核管理规定（试行）》，申报国家有机食品生产基地应符合以下条件。

① 基地应具备有机食品生产的基本条件。在有机食品的生产和加工过程中，不造成环境污染和生态破坏。秸秆综合利用率为 100%；农膜回收率为 100%；畜禽粪便综合利用率为95%；作物病虫害生物防治和物理防治推广率达 100%。

② 基地所在单位或组织已制定有机食品发展规划，包括生产基地建设目标、生产基地建设年度计划及运作模式；具备规范的有机食品生产、加工操作规程；有科学的作物轮作计划和

基地生态保护与建设方案。

③ 基地所有耕作土地或养殖品种全部获得国家认可的有机食品认证机构的认证（包括有机转换认证）。土壤环境质量不低于《土壤环境质量标准》（GB 15618—1995）二级标准；水环境质量不低于《地表水环境质量标准》（GHZB 1—1999）Ⅳ类标准；大气环境质量不低于《环境空气质量标准》（GB 3095—1996）二级标准。

④ 已建立有效的内部管理、决策、技术支持和质量监督体系。建立完整的文档记录体系和跟踪审查体系，并严格按照国家环保总局颁布的《有机食品技术规范》（HJ/T 80—2001）组织生产。

⑤ 基地应具有一定规模。其中，人均耕地面积在 0.5hm² 以上的地区，大田粮食作物种植面积不少于 500hm²，水果种植面积不少于 100hm²，蔬菜种植面积不少于 50hm²，其他基地面积不少于 40hm²；人均耕地面积在 0.1hm² 以下的地区，大田粮食作物种植面积不少于 100hm²，水果种植面积不少于 20hm²，蔬菜种植面积不少于 10hm²，其他基地面积不少于 10hm²。畜禽养殖存栏量（以猪为计算单位）不少于 1000 头，水产养殖年产量不少于 50t，茶叶和蜂蜜年产量不少于 10t。

（四）转换期的要求

转换期是指从按照国家《有机产品》标准开始管理至生产单元和产品获得有机认证之间的时段，转换期内必须完全按照有机农业的要求进行管理。我国《有机产品》国家标准（GB/T 19630.1—2005）对有机产品生产基地的转换期做出以下明确规定。

① 作物栽培　一年生作物转换期一般不少于 24 个月，多年生作物一般不少于 36 个月；新开荒、长期撂荒、长期按传统农业方式耕种或有充分证据证明多年未使用禁用物质的农田，转换期至少 12 个月。

② 畜禽养殖　饲料生产基地转换期要求与有机农场转换期要求一致；牧场、非草食动物运动场草地转换期可缩短至 12 个月，若从未使用过禁用物质，则可缩短至 6 个月。

③ 水产养殖　封闭水体养殖场从常规养殖过渡到有机养殖至少需要经过 12 个月的转换期。

④ 蜜蜂和蜂产品　至少需要经过 12 个月的转换期，蜜蜂及其产品才能获得有机认证。

（五）有机食品、绿色食品和无公害食品

有机农业的发展可以更多地向社会提供纯天然无污染的安全食品。有机食品、绿色食品和无公害食品都是以环保、安全、健康为目标的可持续性农产品，这些可持续性农产品按标准规范要求不同，由高到低梯级分布应该为：有机食品、绿色食品、无公害食品。

（1）有机食品　由英语 Organic Food 直译过来，在其他语言中也叫生态或生物食品。IFOAM 将其定义为：根据有机食品种植标准和生产加工技术规范而生产的、经过有机食品颁证组织认证并颁发证书的一切食品和农产品。

（2）绿色食品　它是由我国农业部门推广的一种认证食品，指遵循可持续发展原则，按照特定生产方式生产，经专门机构认证、许可使用绿色食品标志的无污染的安全、优质、营养类食品，分 AA 级和 A 级。绿色食品是从普通食品向有机食品发展的一种过渡性产品。

（3）无公害食品　指产地生态环境清洁，按照特定的技术操作规程生产，将有害物含量控制在规定标准内，并由授权部门审定批准，允许使用无公害标志的食品。无公害食品是绿色食品发展的初级阶段。

有机食品、绿色食品和无公害食品都是安全食品，但三者之间又有明显区别，表 9-2 列举

了三种食品在标准规范、生产要求、土壤肥力来源、病虫草害防治手段、标志、认证机构和认证方式的不同。从中我们可以看出，进入我们餐桌的食品首先必须是无公害食品，其次才要追求绿色食品，随着生活水平的不断提高和食品安全意识的不断加强，对食品要求更高的有机食品成为人们追求的目标。

表 9-2　有机食品、绿色食品和无公害食品的不同

项目	有机食品	绿色食品	无公害食品
标准规范	绝对禁止使用人工合成物质，不允许使用基因工程技术	允许限量使用限定的化学合成物质，不禁止使用基因工程技术	允许限量使用限定的化学合成物质，不禁止使用基因工程技术
生产要求	2～3 年的转换期，要求定地块、定产量	无转换期要求，无数量要求	无转换期要求，无数量要求
土壤肥力来源	无污染的绿肥和经处理的作物残体，无虫害、寄生虫和传染病的人类尿和畜禽粪便以及经过堆积处理的食物和林业副产品	堆肥、沤肥、厩肥、沼气肥、绿肥等农家肥	包括有机食品、绿色食品允许使用肥料种类，并允许使用其他肥料
病虫草害防治手段	作物轮作及各种物理、生物和生态措施	生产过程不使用或限量使用限定的化学合成农药	提倡生物防治和使用生物生化农药防治
标志			
认证机构	国家认监委批准认可并获得中国合格评定国家认可委员会认可的有机产品认证机构和某些国外有机食品认证机构	中国绿色食品发展中心	农业部农产品质量安全中心审批通过的检测机构
认证方式	检察员制度	检察员制度	检查认证和检测认证

第三节　有机食品的生产技术

一、有机农业病虫草害的防治

1. 防治的基本原则

由于有机农业生产过程中禁止使用所有化学合成的农药，所以有机农业的病虫草害要从作物—病虫草害整个生态系统出发，综合运用各种防治措施，创造不利于病虫草害滋生和有利于各类天敌繁衍的环境条件，保持农业生态系统的平衡和生物多样化，减少各类病虫草害所造成的损失，将农作物受到的危害降到最低程度。

2. 防治的技术与方法

有机农业中防治病虫草害可采用的技术和方法包括农业防治、生物防治及物理防治等。

（1）农业防治

① 品种选择　有机蔬菜种子和种苗，应选择适应当地土壤和气候特点，对病虫害有抗性的蔬菜种类及品种，充分考虑保护作物遗传多样性。

② 轮作换茬和清洁田园，适时播种   有机生产基地应采用包括豆科作物或绿肥在内的至少三种作物进行轮作；在 1 年只能生长 1 茬蔬菜的地区，允许采用包括豆科作物在内的两种作物轮作。前茬蔬菜腾茬后，要彻底清洁基地，以减少病害基数。提倡合理的水旱轮作，对某些水生有机蔬菜可采用在水田中养殖鱼类的方法减少杂草。

③ 精耕细作   进行深耕、加厚耕作层，深沟高畦，利于灌排水，灌水最好采用喷灌或滴灌，雨天要防积水。

④ 科学施肥   合理施肥能改善植物的营养条件，提高植物的抗病虫能力，应以农家肥、有机肥为主，配施磷钾肥，施足底肥，合理追肥，适施化肥，结合喷施叶面肥，杜绝使用未腐熟的肥料。

（2）生物防治

① 保护天敌   蚜虫的捕食性天敌有六斑月瓢虫、七星瓢虫等瓢虫类，食蚜蝇、食蚜蝇蚊、大草蛉、小花蝽等十余种。寄生性天敌有蚜茧蜂，微生物天敌有蚜霉菌等。菜粉蝶的天敌也很多，已知的有广赤眼蜂、拟澳洲赤眼蜂、菜粉蝶绒茧蜂、微红绒茧蜂等十几种。捕食性天敌卵期有花蝽，幼虫期、蛹期有黄蜂、食虫蝽等，保护好天敌能起到事半功倍的效果。因此，施药时应使用高效低毒低残留的农药，不能随意加大药量及施药浓度，以确保天敌安全生存、繁殖，增加其种群数量，自然利用天敌，抑制害虫的生长发育，减轻害虫危害。

② 生物农药   生物农药有杀螟杆菌粉剂、青虫菌粉 300～400 倍液，苏云金杆菌可湿性粉剂 1000 倍液，昆虫杆状病毒等，既能有效地杀灭害虫、保护天敌，又不污染作物。

（3）物理防治

① 灯光诱杀   在小菜蛾、菜螟、斜纹夜蛾等成虫羽化期，采用灯光诱杀，即每 2.7hm² 安 1 盏诱虫灯，可诱杀菜螟、小菜蛾、斜纹夜蛾及灯蛾类成虫，效果甚佳。

② 性诱剂诱杀

a. 用活雌蛾制作诱捕器诱杀   把 2～4 头未交尾的活雌蛾装在尼龙纱网制作的小笼子里，吊挂在水盆上方，1 次可诱杀 200～500 头雄蛾。这种办法制作简单、操作方便、成本低、效果好且易推广。

b. 用粗提物诱杀雄成虫   剪取 10～20 头雌蛾腹部末端用二氯甲烷等溶液进行粗提。方法是用一口径较大的水盆装满水，加入少量洗衣粉，然后取一块 5cm×5cm 的吸水纸，卷成纸芯，中间穿铁丝吊在水盆上方距水面 1cm 处，纸芯上滴活性诱剂粗提物 5～10 滴，每天傍晚放置，翌日晨收回。1 盆诱剂有效范围约半径 100m。可连续使用 10 天左右。在成虫羽化盛期，一夜可诱得雄蛾千头以上。

（4）其他防治方法   可用石灰、硫黄、波尔多液防治蔬菜多种病害；允许有限制地使用含铜的材料，如氢氧化铜、硫酸铜等杀真菌剂来防治蔬菜真菌性病害；可用抑制作物真菌病害的软皂、植物制剂、醋等物质防治蔬菜真菌性病害；高锰酸钾是一种很好的杀菌剂，能防治多种病害；允许使用微生物及其发酵产品防治蔬菜病害。还可喷施酸度 4%～10% 的食用酿造醋，不但可以消除杂草，更有土壤消毒的效果，在杂草幼小时喷施效果较好。

二、有机农业的施肥技术

1. 基本原则

有机农业生产中不允许化学肥料的使用，只允许采用有机肥和种植绿肥补充作物生长所需的养分和培肥地力。有机农业的施肥要求能培肥土壤，建立平衡的土壤生态系统，有益于作物的健康成长，应做到种植与培肥地力同步进行，在培肥土壤的基础上通过微生物的作用来供给作物养分。使用动物肥和植物肥的比例为1∶1为好。施肥时应根据肥料特点及不同的土壤性质、不同的蔬菜种类和不同的生长发育期选用不同的肥料和施用方法、数量。

2. 施肥技术

（1）有机农业中可使用的肥料种类　主要是有机农业体系中产生的肥料，包括：①农家肥，如堆肥、厩肥、沼气肥、绿肥、作物秸秆、泥肥、饼肥等；②生物菌肥，包括腐殖酸类肥料、根瘤菌肥料、磷细菌肥料、复合微生物肥料等；③绿肥作物，如草木樨、紫云英、田菁、柽麻、紫花苜蓿等；④有机复合肥，如磷酸一铵、磷酸二铵、磷酸二氢钾，还有活性（生物）有机肥、液肥等新产品。

（2）肥料的无害化处理　有机肥在使用前需经无害化处理，以除去其中的细菌、虫卵、杂草种子和化学农药。将肥料泼水拌匀、堆积，然后覆盖上塑料膜，使其充分发酵腐熟，发酵期堆内温度高达60℃，堆积2个月可使肥料充分腐熟并有效杀死农家肥中带有的病虫草害，肥料容易被作物吸收利用。

（3）基肥　将施肥总量的80％用作基肥，结合耕地将肥料均匀地混入耕作层内，以利于根系吸收。结合整地，施腐熟的厩肥或生物堆肥$4.5\sim7.5t/hm^2$，有条件的可使用有机复合肥作种肥。方法是在移栽或播种前，开沟条施或穴施在种子或幼苗下面，施肥深度以$5\sim10cm$较好，注意中间隔土，避免直接与种子或根系接触。

（4）追肥　追肥分土壤施肥和叶面施肥。土壤追肥时，对种植密度大、去根系较浅的作物可采用铺施追肥，方法是在蔬菜长至$3\sim4$片叶时将肥料均匀撒在土地上，并及时浇水。对种植株行距较小的作物可开沟条施，对种植株行距较大的作物可开穴穴施，并及时浇水。叶面施肥可在苗期、生长期选取生物有机叶面肥，每隔$7\sim10$天喷1次，连喷$2\sim3$次（王小波，2007）。绿肥一般都在花期翻压，翻压深度$10\sim20cm$，每亩翻压$1000\sim1500kg$，可根据绿肥的分解速度，确定翻压时间。

（5）应注意的问题　秸秆类肥料在矿化过程中易引起土壤缺氧，要求在作物播种或移栽前翻压入土；有些肥料如含硝酸根的复合肥，不宜在叶菜类使用；施用有机复合肥时，最好配施农家肥以提高肥效。

有机肥一定要腐熟后再施用，施用时不得与作物食用部分接触，禁止在叶菜类、块茎类和块根类作物上施用；农场中使用的所有肥料应对作物和环境无害，这些肥料应以来自有机农场体系为主。

3. 有机农业质量控制与技术培训

在有机农业生产中，严格按照《有机产品》质量跟踪系统的要求，加强对有机农业生产过程的管理，对作物的生长、管理状况作严格的记录，有完整的田间生产记录档案，由专人负责各生产档案的记载、保管。田间管理记录包括如下内容：品种名称、种子来源、播种日期和量、土地耕作的时间和方式、施肥的时间、数量和肥料名称、来源，除草的时间、方法，采取植保措施的时间、方法、原因及用量，灌溉的时间、数量和水的来源，收获的时间、方式、数量以及种植期间发生了的其他重要事情。并设立质量监督员，监管有机农业生产的全过程，发现问题，及时解决。在实施中，要探索建立一套完善的有机蔬菜的田间档案系统和质量控制跟踪体系，保证有机蔬菜的质量。

因有机农业技术性强、规范严格，要按照有机作物的种植规范对基地人员进行全面的栽培技术的培训，讲解种植的目的意义、种植的技巧、有机农业知识和种植的操作规程，介绍新农药、新肥料的使用方法、新技术的应用以及国内外有机蔬菜生产的新动态，使生产者随时了解和掌握最新的科学技术。

第十章　生态农业与农业清洁生产

生态农业是从生态经济系统结构优化入手，通过工程与生物措施强化生物资源的再生利用能力；通过改善农田景观和农林复合系统建设，使种群结构合理多样化，恢复或完善生态系统原有的生产者、消费者和分解者之间的链接，形成良性循环结构及物能的多级循环利用。本章重点叙述生态农业的概念与兴起背景、生态农业主要发展模式以及农业清洁生产的基础知识。

第一节　生态农业的概念与由来

一、生态农业的概念

生态农业是按照生态学原理、经济学原理和生态经济学原理，运用现代管理手段建立起来的以获得较高的经济效益、生态效益和社会效益的现代化农业发展模式。生态农业组合了传统农业和现代农业的精华，有机结合了农业生态系统的循环机理和社会经济系统的循环机理。生态农业强调"整体、协调、循环、再生"，通过全面规划、综合开发，实现生态系统的能量多级利用、物质循环利用，达到生态效益、经济效益、社会效益"三效益"相统一。

二、生态农业的由来和中国生态农业的发展

20世纪，人类创造了史无前例的科学技术进步和巨大的物质财富，与此同时也承受着人口数量4倍增长和世界经济快速增长所带来的压力。作为以消耗大量资源和石油为基础的现代农业，在解决人类生存问题的同时，也带来了一些严重的弊端并由此引发一系列全球性的问题，例如土地退化、荒漠化发展、环境污染、生物多样性的丧失、气候变化的威胁等问题。世界各国陆续提出了创新性的理论与实践——所谓替代农业的概念。常见的有：有机农业、生物农业、自然农业、生态农业、复合农业和可持续农业等，虽然概念和内涵不尽相同，但其目的都是探讨农业的可持续发展，反映了要适应时代变革的迫切愿望。

中国的生态农业概念的正式提出，是1980年在银川的"农业生态经济学术讨论会"上。在20世纪80年代，我国对生态农业进行了广泛的讨论和小规模的试验，90年代以后，开展全国生态农业县试点工作，同时，全国2000多个县、乡镇先后实施了生态农业建设，探索其技术模式。"十五"期间，继续巩固第一批51个国家级生态农业试点县，重点组织实施第二批和第三批100个生态农业示范县建设工作，带动500个省级生态农业县的建设工作。

中国生态农业的产生不是偶然的，是数千年农业发展实践经验的积累、国际探讨可持续农业运动的影响和国内农业发展道路的反思的综合结果。中国这个文明古国，长期的传统农业实践，孕育着生态学思想，在农业发展历史进程中形成的哲理理念和具体技术深受国内外众多学者的推崇，与现代生态农业理论有许多共同点。这是当代中国生态农业的基础，可以被借鉴和利用。中国传统农业的发展过程中，始终遵循着朴素的系统生态观，以全面、整体和联系的观点来协调其与自然的关系，逐渐形成适应自然条件、对环境和资源条件扬长避短的、符合不同朝代和不同生产力水平的农作模式及其支持体系。中国古代农业生态学思想与传统自然观密切

结合，都以整体观、联系观和动态观来观察和解释世界，主张"天人合一"或"天人相参"。

现代农业发展需要借鉴传统农业朴素达到生态学思想，即注重整体、协调、良性循环、区域分异的思想。例如，对于化肥农药的使用是作为辅助方法，要充分利用农业生态系统的自我调控机制和自然生态过程，利用生物间的相生相克关系，避免滥用化肥、农药、生长调节剂和饲料添加剂等工业辅助能；同时符合大量输出农产品的现代商品农业的要求，对输入的必要人工辅助能（良种、肥料、农药、动力等）进行调节和控制，协调三大效益（社会效益、经济效益和生态效益）。

三、中国生态农业与西方生态农业的比较

中国生态农业是一类承继了中国传统"无废弃物农业"思想精华，生态系统多样性丰富，以实现经济效益、社会效益和生态效益的高度统一为核心目标的农业发展模式。中国生态农业因在指导思想、根本目标上与可持续农业基本一致，而具有典型的可持续农业特征，可以实现资源可持续利用、代际公平、农民增收和农村发展等目标。中国生态农业强调以生态经济原则指导农林牧副渔各业，对整个农业乃至农村系统进行合理布局和设计，同时提高系统投入效率和产出效率，并可将这种生产方式扩大到整个农业生态系统，或者整个县域、市域，具有广泛的参与性和影响力。

中国生态农业就是一种具有中国特色、适合中国国情的可持续发展农业。发展中国生态农业是减轻中国面源污染的重要途径。生态农业综合应用节水、节肥、节药等可持续农业技术，配套实施耕作制度的改革、施肥施药方法的革新、农业灌溉的新手段，是农业面源污染从宏观上得以控制的关键措施。要加强领导，增加投入，依靠科技，强化监督，加快建设生态农业县、生态农业乡镇、生态农业村，促进农业生态环境改善，促进生产、生态、环境协调发展。

中国生态农业是遵循生态经济学规律进行经营和管理的集约化农业体系，而西方生态农业出发点是追求小规模的、封闭式农业系统的生态循环合理性。西方生态农业是20世纪70～80年代涌现的反思常规现代农业、探索新途径的众多思想中的一种。这种新思想从一开始就强调低投入，倡导者宁可牺牲农业生产力，追求回归自然，是带有理想主义色彩的试验。作为中国的生态农业倡导者从一开始就强调高的土地生产力，绝不排斥必要的物质和能量的较多量的投入。更为重要的区别：西方生态农业只是针对单个农户或小农场进行的某种农作生态设计，具有局限性；中国生态农业以生态经济原则指导农林牧副渔各业，对整个农业、农村系统进行合理布局和设计。因此可以说中国的生态农业是中国特色的可持续农业。

四、生态农业的实施内容

生态农业的实施主要是生态农业模式的构建和相应的技术体系的规范。据中国生态学家骆世明研究认为，生态农业建设重点可分3个层次：①生态景观层次的生态安全格局；②生态系统层次的循环农业格局；③群落和种群层次的生物多样性格局。景观层面的生态安全格局涉及面广，时间尺度比较长，最重要的是根据自然流域或行政区域的社会经济发展和生态环境安全要求进行生态规划。规划的重点之一是根据各地生态环境突出问题，有选择性地开展诸如防风固沙、保持水土、治理盐碱、集雨防旱、缓冲洪涝、污染修复、生态恢复、温室气体吸收、野生动植物资源保护等工程；规划的重点之二是根据自然和社会经济条件进行农业生产布局的优化。生态系统层次的循环农业格局是实现节约资源、减少污染、提高效率的重要一环。循环农业应当因地制宜地设计推广农田的秸秆循环体系、农场的农牧结合循环体系、农村的生活生产循环体系和城乡间的有机物循环体系。循环体系建设主要针对养分、水和能源等资源展开。

五、走生态农业的道路——中国农业发展的必然选择

20世纪50年代以前，我国农业基本属于自给自足的传统农业；进入50年代，逐渐向现代农业过渡发展；到80年代时，我国农业发展水平与西方发达国家相比还有很大的差距，1984年以后我国化学农业的发展速度飞快，与此同时西方国家所暴露出来的那些现代化农业的弊端开始显现出来，促使人们对我国的农业发展道路进行反思。

中国农业发展中的生态环境问题：①化肥、农药的过量使用导致各种生态灾难，环境污染；②农业灌溉用水大幅度增加导致的水资源过量开采；③过度垦荒、乱砍滥伐及超载、过度放牧等导致水土流失及土地荒漠化现象严重。在这样的背景下，中国农业要持续发展就必须选择走生态农业的道路。

六、生态农业技术体系的主要特征

（1）明显的综合性特点　生态农业既要考虑生产的可持续性，又要考虑经济与资源的利用、生态的可持续性。通过技术集成的系统设计实现多目标的要求。生态农业建设初期，要求对其原有的农业生产现状进行调查和科学分析，对生产系统进行全面的诊断、评价，然后设计规范农民生产行为与方式的生态农业模式和相应的生态农业工程项目。通过各种硬技术和接口技术组装实施发挥其功能效益。

（2）现代农业技术的优化组装　依靠现代农业技术和系统工程方法，因地制宜地引进、改造和优化组装配套技术。生态农业重视挖掘中国传统农业的精华，强调继承和发挥优良的传统农业技术作用，更重视与现代化农业技术的集成效果。

（3）开发资源再生、高效利用及无（少）废弃物生产的接口技术　将生态系统中的生产者、消费者、分解者与环境连接起来，将系统内各组分衔接成良性循环的整体，加快系统内的物质循环流动，能量的多级传递，提高生态系统的自我调节与自组织能力的同时，形成产投比高的开放系统。

（4）具有明显的地域性　要求实现农业的生态合理性，就是要因地制宜地适应当地自然条件，采用适宜的生态农业模式，做到资源、环境条件具备可行性，推广的技术具有可靠性保证。

七、生态农业的接口技术

在生态农业建设中，能量、物质和信息的汇集和交换场所被称之为接口；另外，促进生态经济协调发展，符合生态恢复演替规律，既保护生态又发展经济的双赢技术也是良性循环的接口技术。

生态农业的良性循环接口由肥料工程、饲料工程、加工工程和储藏工程四部分组成。肥料工程把畜禽粪便加工成种植业的肥料，完成养殖业到种植业的接口；同时把作物秸秆加工还田，完成不同作物之间、上下茬作物之间的接口。饲料工程把种植业的主副产品进行加工处理，把加工工程的废弃物加工处理，为养殖业提供饲料，完成种植业向养殖业加工工程到养殖业的接口；同时，又把畜禽粪便、屠宰下脚饲料化，完成养殖业内部不同畜种间的接口。加工工程把种、养二业的产品加工后投放市场，完成系统向外环境的接口。储藏工程可以存储生产原料、保存（鲜）农产品，促进后熟作用，是实现种、养二业之间及系统与外环境间的接口。

八、生态农业的主要配套技术

生态农业的主要配套技术有以下五个方面。

（1）接口技术　生态农业开发的重点接口技术有废弃物资源化技术，厌氧发酵物开发利用技术，西部生态恢复的草业开发技术，控制水土流失的等高线种植固氮植物篱技术。

（2）高效种养技术　主要有胶林养鸡生态农业技术，种草养鱼的生态农业技术，猪-鱼、猪-草-鱼综合养殖生态农业技术，鱼-鸭综合养殖生态农业技术，滩涂开发的稻-苇-鱼生态农业技术，稻田养蟹生态农业技术，畜禽养殖生态农业配套技术，南方草牧种养型生态农业技术。

（3）立体种植技术　主要有果园立体种植技术，蔬菜立体种植技术，粮菜间作物立体种植技术。

（4）农业废弃物资源化利用技术　主要有秸秆饲料的加工，鸡粪再生饲料的加工。

（5）信息化与精准化技术　农业系统模拟模型技术，农业专家系统技术，精准农业技术。

第二节　生态农业的发展模式

生态农业模式是指生态农业在一定单位或地区实施生态农业技术组装和运行的规划蓝图，是农业生产发展中各种要素的最优组合方式，可以说是资源可持续利用、农业可持续发展的具体方式。

生态农业模式建立的原则：按照生态学原理和经济学原理组织农业生态系统结构和组装配套技术，以发挥整个系统功能达到可持续发展的目标的生态农业系统部局。作为生态农业的发展模式类型，据有关研究和实践表明，国内推广的生态农业发展模式有14种。

一、山区丘陵地区立体开发利用模式

该模式根据地形特点，利用生态系统中不同海拔地型环境组分的差异和不同生物种群适应性的特点，在空间的立体结构上进行合理布局，发挥山坡地生态系统的整合效益，有机地统一生态效益、经济效益和社会效益。

例如，四川的"山顶松柏戴帽，山间果竹缠腰，山下水稻鱼跃，田埂桑放哨"，广东的"山顶种树种草，山腰种茶种药，山下养鱼放牧"，河北的"松槐帽，干果腰，水果脚"等模式。黑龙江拜泉县的生态农业建设经验"十子登科"："山顶栽松戴帽子；梯田埂种苔条（一种灌木）扎带子；退耕还草铺毯子；沟里养鱼修池子；坝内蓄水养鸭子；坝外开发种稻子；瓮地栽树结果子；农田林网织格子；立体开发办场子；综合经营抓票子。"

立体资源利用技术：包括立体种植、分层养殖和立体复合种养。

（1）立体种植　通常是指在同一农田上利用各种农作物、果树、蔬菜、花卉及药材、牧草等生育特性和生态习性的差异性进行合理的间作、套种、混栽，以提高单位面积上下立体空间资源的利用率。其关键技术环节：选用适宜的农业植物种群和品种；确定合理的种群密度与田间结构；采取适宜的栽培技术。

（2）立体养殖　分为陆地立体养殖和水体立体养殖两大类。陆地立体养殖是指在同一陆地立面空间根据个体的大小和生活习性不同，分层养殖家畜、家禽或其他农业经济动物。水体立体养殖是指在同一水体中根据农业水生动物的生活习性和取食特点不同，分层养殖。水体立体养殖，主要有不同鱼种的分层养殖（例如鲢鱼、草鱼和鲤鱼分层养殖）、水禽（鸭、鹅）与鱼分层养殖以及鱼与蚌、鳖或龟、牛蛙混合养殖，但鳖与龟不能混养。其注意事项：因地制宜合

理安排；种群密度要适中；及时加强管理。

（3）立体复合种养　主要有稻田立体种养，如稻-鱼、稻-鸭、稻-萍-鱼、稻-鱼-食用菌等形式；果园、胶园立体种养，如果-鸡、果-旱鸭等形式；林地立体种养，如林木-牛或羊、林木-鸡或蛙等形式；以及庭院立体种养，如葡萄-花卉-鳖（鱼）、果-鸡（兔）-葡萄-鸭-鱼等形式。主要技术环节：改造立体种养环境设施；适宜种群选择与合理搭配；协调种养技术环节。

低洼地基塘农业生态工程：把一些多灾的低洼农田挖成鱼塘，挖出的土将周围地基垫高，称之为"基"（基面以 6～10m 左右宽，高度以高出平常水面 0.5～1m 为宜）。在基上种植桑、果、麻、菜或蔗等，分别称为桑基鱼塘、果基鱼塘、稻基鱼塘、菜基鱼塘或蔗基鱼塘等。鱼塘的形式以东西向的"日"字形，长宽比约 6∶4 最好，塘水面积以 0.3～0.4hm^2 较好，塘水深度以 2.5～3m 为宜。生产工艺流程：基上种植的产品部分（例如茎叶等）直接进入鱼塘，或经过农业动物（虫）过腹消化后以蚕沙、畜禽粪便等形式进入鱼塘；塘泥抬到基上供种植物营养；进入塘中的蚕沙及各种基上生产的青料等首先作草鱼饲料，草鱼粪便和吃剩下的蚕沙腐屑等营养物质可以直接为鲢鱼饵料，也可以促进水中浮游生物大量繁殖（浮游植物是鲢鱼的好饵料，浮游动物如水蚤、轮虫等可供鳙作食料）；各种鱼的排泄物和吃剩下的残余物沉淀于塘泥的表层，促进底栖生物的繁殖，而底栖生物又是鲤鱼的饵料。

二、小流域综合开发模式

小流域是以分水岭和出水口断面为界所形成的自然集水单元，包括上部山冈、中部山坡和下部水流汇集与泥沙沉积区三部分。我国有关科研方面把小流域的面积定义为 3～5km^2。按照地形地貌的不同将小流域分类，不同类型应该选用不同的利用、管理和整治模式。

小流域可以分为峡谷地型、座椅地型、低丘岗地型等，还可以细分为若干亚类。例如座椅地型可以分出下方带有水库和下方不带有水库的类型，而没有水库的又可以分为有水源和缺水源的两种。不同类型也就有不同的适宜的生态农业模式。

例如，以果为主，"牧草-果-菜（瓜）-竹-牧"相结合的丘陵、山地高效生态农业开发模式：主要依据垂直农业种植布局以及生态系统中互惠共生原理，形成山头植树造林，山腰和山脚种果、种菜、育竹笋的既可有效防止因开发造成的水土流失，又能高效利用环境空间，创造良好生态环境，形成牧草旺、牛猪肥、畜粪回土培肥果、菜（瓜）、竹笋的良性循环，通过以上的合理布局和栽种，达到林、果、菜、竹、牛、羊、猪的多种丰收。

三、边缘效应型模式

在水陆交界区（如海边、河岸、湖滨、池塘边），山脚与平原、盆地的交界地带，北方的沙漠、农牧交错地带中荒漠与农田交界区等，都具有边缘效应。这些区域生态环境复杂，生态因子多样，适应于多种生物种类，实际生存的生物种类也多。发挥食物链延伸关系的生态农业作用，常见的模式有鸭-鱼联养模式，即鸭在水域获取食物及活动场所，留下的粪便使水体增加营养，直接或间接促进鱼的增产。沿海地带以红树林作为屏障的模式，从沿海到内陆顺序安排海岸防护林、林内侧沙地起高垄。在细沙掩埋下种植优质的白茎芦笋，再向内安排桑基鱼塘和果基鱼塘，岛屿中心地势高可以安排种植特优品质的紫色甘薯。北方沙化南侵地带有护草和集约经营人工草地相结合模式、乔木防护林相结合模式。

四、城郊商品生产生态农业模式

在农村与城市结合部、过渡带，城郊农业负担着就近供应城市新鲜的蔬菜、禽、蛋、肉、奶的任务。城郊农业具有其优势和特色，应实施规模化种植养殖与循环经济相结合的模式，避免化学农业带来的不良影响，实现农业生产的可持续发展。还有以下一些模式。

（1）高科技生态农业园区开发建设模式 昆明城郊农业的发展可以依托城市的资本、设施、科技和劳力优势，利用当地丰富的生物资源，建立由高等院校、科研院所、信息机构、企业集团等共同参与的多模式"产-学-研联合体"，进行农业高新技术的研究和引进，通过实施种苗工程、生物工程、绿色工程、电子工程等高新技术的应用，发展城郊生态农业示范区，建立生态农业系统工程实验园（场）、高新生态农业开发区及生态农业科技园。

（2）高品质农特产品生产基地模式 在远郊传统农业区（如呈贡、官渡和宜良等地）的坝区，尤其在肥沃农田区应大力推行稻-菜-菌轮作、稻-鱼结合、淡水养殖、设施栽培模式，引进市场潜力好、品质优、具有特色的林果花药菜畜禽鱼品种，实现农产品优化调整，按照无公害农产品、绿色食品和有机食品的技术要求建设以粮油、蔬菜、禽蛋奶等为主，稳定、优质、安全的农产品生产基地。在丘陵山地，结合生态林保护和建设，充分利用丰富的自然资源，根据物种对资源利用的互补性，利用生物间生态位的差异，提高对资源的利用率，构建立体复合生态经济圈，推行林-菌结合、果-蔬结合、林-牧结合、果-游（观光）结合模式。

五、庭院生态农业模式

利用房前房后的空闲庭院进行集约经营的模式，把居住环境和生产环境有机结合，充分利用每一寸土地资源和光能资源，充分利用空闲时间和家庭辅助劳动力，产品除自给外还可以就近市场供应新鲜食品。

庭院农业生态工程：按照农业生态学物质、能量多级利用原理和农业生态系统结构构成方式，从水平和垂直空间及时间节律上进行多物种多层次科学配置，实现庭院内外例如土地、水面、房舍、劳力等生产与生活资源充分有效的利用，并不断改善家庭生产环境的生态工程。例如，以"粮-鸡-猪-沼气-鱼"连环生产为特征的庭院农业生态工程（见图10-1）。其工艺流程是：农田种植的粮、油、豆、饲料的产品被食用、饲用或加工（食品加工的副产品也被饲用）；除部分鸡粪用于喂猪外，人、猪粪尿和猪不能利用的鸡粪残渣送入沼气池发酵；沼气池产的沼气供生活能源用，沼渣沼水主要部分送到池塘作鱼的饵料；塘泥和部分沼渣沼水进入农田作肥料。

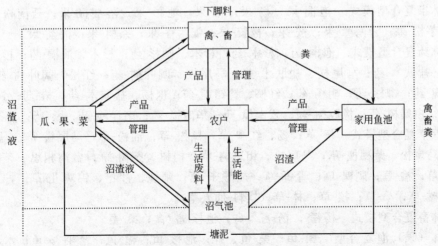

图 10-1 庭院瓜、果、禽、畜、塘、沼生态模式

例如，农户家庭庭院高效农业生态工程：以农户家庭为单位，通过多功能、高效益的生物种群选择与系统的科学组合进行合理布局，创造高效益的庭院农业及高质量的庭院生态环境，并通过庭院生态工程的实施使农村村容村貌发生根本性的转变。

① 以蔬菜（瓜类）、水果、食用菌、花卉、中药材等为主的种植型农业；

② 以饲养猪、鸡等食粮畜禽和牛、鸡、兔等草食家畜为主的养殖型农业；

③ 以池塘淡水养殖为主，配以果、菜、牧，形成种养结合的立体农业；

④ 以沼气为纽带建立良性食物链，使资源得到充分利用和增值为主的生态型农业。

六、山区水土保持型生态农业模式

山区的农业生产要考虑避免和防止水土流失的问题。山区的陡坡应在国家和地方政府统一规划下造林或植草，对已经开垦的要退耕还林还草。确实需要利用坡耕地的要进行坡改梯（梯田、田地），在梯田（地）上实现玉米、大豆、甘薯等不同作物的间套作，增加植被覆盖，控制水土流失。在坡度平缓地区进行等高带状种植，或者采用灌木作梯地耕，减少水土的流失。

七、农林复合系统模式

农林复合系统是包括农作物、林木、动物生产在内的各种成分相互作用的复杂体系。典型的例证有海南省文昌县的胶-茶-鸡农林复合系统，将胶林和驰名的"文昌鸡"结合在一起发展。农林符合系统模式多种多样，常见的有果粮间作、林草间作、枣粮间作、桐粮间作、林药间作等。例如河南背河洼地采用的酥梨与小麦间作系统，既增加了酥梨收益，又通过梨树缓解春季干热风对小麦旱害的影响。又如北京地区实践两百多年的柿粮间作模式，能够一举多得。

中国主要的农林复合类型、模式如下。

（1）林农（草）复合型模式　泡桐-粮；泡桐、沙兰杨-粮；泡桐、石榴-粮；泡桐、柿树-粮；杨-粮；杨、紫穗槐-粮；杨、棕-粮；池杉-粮；水杉-粮；落羽杉-粮；杉木-粮；杉木、茶树-粮；柏木-粮；桤树-粮；柏、桤-粮；桉-粮；早冬瓜-粮；马尾松-粮；湿地松、茶树-粮；楸-粮；香椿-粮；臭椿-粮；槐-粮；铁刀木-粮；铅笔柏-粮；侧柏-粮；木棉-粮；马鹿花-粮；团花-粮；云南樟-粮；银杏-粮；板栗-粮；核桃-粮；橡胶-粮；桑-粮；油桐-粮；柏-粮；文冠果-粮；花椒-粮；白蜡-粮；白蜡、桑-粮；白蜡、女贞、桑-粮；白蜡、紫穗槐、杞柳、圣柳-粮；木豆-粮；竹-粮；毛竹、山苍子-粮。

（2）林果复合型模式　泡桐-果；杨-果；椿-果；池杉-果；落羽极-果；云南松-果；马尾松-果；思茅松-果；云南樟-果；桉-果；橡胶-果；依兰香-果；茶树-果；油茶-果。

（3）林药复合型模式　泡桐-药；杉木-药；杉木、柳杉-药；杉木、油桐-药；杉木、肉桂-药；杉木、盐肤木-药；马尾松、盐肤木-药；马尾松、阔叶树-药；红松、阔叶树-药；杨-药；杨、紫穗槐-药；柳杉-药；胡杨-药；红柳、铃铛刺-药；枫杨、盐肤木-药；椿-药；铁刀木-药；盐肤木-药；白蜡树-药；橡胶树-药；云南樟-药；华南樟-药；南洋检-药；桑-药；油茶-药。

（4）森草复合型模式　杨-草；杨、红柳-草；黑松-草；油松-草；马尾松-草；马尾松、银合欢-草；马尾松、紫穗槐-草；马尾松、相思树-草；档树、茶树-草；台湾相思、茶树-草；红木、茶树-草；榆-草；刺槐-草；青栎-草；胡颓子-草；刺槐、沙枣、锦鸡儿-草；柠条-草；油茶-草；茶树-草；桑-草；核-草；林-草（饮料-仙人草）。

（5）林畜复合型模式　杨-畜；杨-畜、禽；池杉-畜/禽；桑-畜。

（6）林（果）渔复合型　桑-鱼；桑-鱼、蚌；池杉-鱼；榆-鱼；落羽衫-鱼；水杉-鱼；柳杉-鱼；杨、棕-鱼、龟、蚌；荔枝、香蕉-鱼；竹-鱼。

（7）果农复合型模式 枣-粮；苹果-粮；柑橘-粮；柑橘-草莓-粮；橙-粮；山楂-粮；梨-粮；桃-粮；李-粮；杏-粮；柿-粮；荔枝-粮；芒果-粮；番木瓜-粮；葡萄-粮；香蕉-粮；柚-粮。

（8）果草复合型模式 苹果-草；柑橘-草；梨-草；桃-草；芒果-草；板栗-草；核桃-草。

（9）果药复合型模式 樱桃-药；葡萄-药；芒果-药；梨-药；核桃-药。

（10）林果农复合型模式 泡桐-果-粮；池杉-果-粮；落羽杉-果-粮；榆-果-粮；香椿-果-粮；油茶-果-粮。

（11）林果草复合型模式 泡桐-果-草；池杉-草莓-草；黄山松-果-草；苦木槠-果-草；木荷-果-草；油茶-果-草（绿肥）。

（12）林（果）农畜（渔）复合型模式 池杉-粮-禽；池杉-粮-鱼；落羽杉-粮-禽；杨-粮-鱼；杨-果-粮-鱼；杨、棕-粮-鱼、鱼/鳖、蚌；桑-粮-鱼；竹-粮-鱼；苹果、梨-粮-蚯蚓-禽；葡萄-花卉-鱼；香蕉-粮-鱼。

（13）林（果）草、畜（渔）复合型模式 杨-草-畜；池杉-草-畜-鱼；杉木-草-畜；马尾松-草-畜；云南松-草-畜；柳-草-畜；栎类-草-畜；桑-草-畜；松、杉、栎-草-畜；银杏、梨-畜-鱼；茶-草-畜。

（14）林农药复合型模式 杉木-粮-药；杉木、油桐-粮-药；杉木-杜仲、厚朴-粮；毛泡桐-粮-药；池杉-粮-药；黄柏-粮-药。

（15）林畜鱼复合型模式 桑-畜/禽-鱼；桑-蚕-鱼；池杉-畜/畜-鱼；杨-禽-鱼；桉-禽-鱼；荔枝-禽-鱼。

（16）其他复合型模式 林-蛙；森-草-蜂；林-蜂；林-菇-蚯蚓；青杠、板栗-蕨根-黑木耳；杨-芦苇；林-橡胶-茶树；橡胶-茶树；乌桕-茶树；板栗-茶树；桑-茶；桐-茶；杨-茶树-豆类；橡胶-南药；杜仲-黄连；黄柏-黄连；厚朴-黄连。

八、农畜结合与农田用养地结合模式

农畜结合作为我国传统农业和耕作制度的精华，充分利用了植物生产与动物生产相辅相成、相互支持的关系，构成农业生产的良性循环的基础。

农牧渔结合的农业生态工程：实行种植业、养殖业及生物能产相结合，陆地生产与水体生产相结合，通过一套能量多级利用和物质循环利用的生产流程，获得比较高的饲料和能源自给能力，比较高的物质、能量和资金转化效率及环境自净能力。

农田用养结合是合理安排作物间的田间配置，使不同作物相居生存，互不矛盾，能够协调发展。原理是作物种群配置在同一面积上有一定的规律，充分利用其相互有利的一面（即充分利用光热水肥气等条件），避免其相互不利的一面（即避免其竞争和相互有害的影响）。

一般用养结合是在作物生产中，安排间作绿肥、牧草等作物，有利于增加土壤氮素和维持土壤有机质的平衡。在山区采用等高水平分带轮作种植时，有意识地分带轮流翻垦、分带轮作绿肥和豆科作物，有利于提高土壤肥力和恢复氮素平衡。

生物养地技术包括：①强化土壤生物固氮；②增加土壤的有机质含量；③合理改进土壤理化性质。

九、生态食物链模式

生态食物链模式典型的有猪-沼-果、猪-沼-菜、猪-沼-粮模式。原理是以猪为中心，用猪的排泄物进入沼气池，在微生物作用下产生沼气，产生能源，同时沼渣、沼液可以用作肥料种植作物，形成农业生产良性循环。

我国传统农业中一个典型的利用食物链关系的例子：把草鱼、鳙鱼、白鲢、鳊鱼等家鱼按一定比例混合养殖，使其各占不同水层，所食用的饵料不同，相互可以共生。

畜禽粪便及有机废弃物的综合利用技术：主要分为畜禽粪便饲料化技术和沼气及其副产品综合利用技术。

（1）畜禽粪便饲料化技术 其技术的核心是根据畜禽粪便的营养成分和含量不同，分别将它们直接作鱼类或水禽饵料（部分是通过促进水体浮游生物生长，再以浮游生物作饵料）；或经过干燥、发酵消毒处理后，与其他精、粗饲料搭配使用，或者用它们来培养蝇蛆、蚯蚓等，再用蝇蛆、蚯蚓作畜禽的蛋白饲料，从而使本来作肥料的畜禽粪便的生物能量和营养成分同时得到充分的利用，并转化成畜禽鱼产品。

（2）沼气及其副产物综合利用技术 可以分为沼气的利用、沼渣的利用和沼液的利用三部分。

例如，以"牧-沼-果"为主的高效生态农业开发模式：本模式适合在丘陵、山地不同种类、不同时期的果园中推广应用，主要依据农业生态系统中的生产者

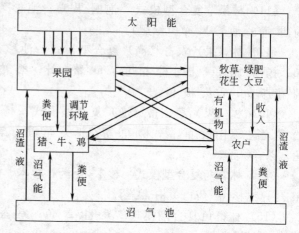

图 10-2 果、草、牧、沼果园生态模式示意

（果、草）、消费者（猪、鸡）与还原者（真菌）组成协调、平衡的循环利用关系，从而实现植物、动物、微生物互生共养、趋利避害、良性循环和高效转化（见图 10-2）。

十、节水和净水型生态农业模式

辽宁大洼县西安养殖场的生态工程经验：以水生饲料为核心，以水为纽带，在闭路循环中实行四级净化五步利用。①在猪舍旁建有养殖水生植物的水池，利用水池中凤眼莲净化猪的排泄物，而凤眼莲可以喂猪实现能量的再利用，完成第一级净化和第一步利用；②从凤眼莲池排出的第一次净化污水再流入细绿萍池进行第二级净化和第二步利用；③经过两级净化的废水放入鱼、蚌塘进行三级净化和第三步利用；④将鱼、蚌塘中经过沉淀曝气的废水灌进稻田，能促进水稻的生长，实现四级净化和第四步利用；⑤将灌入稻田的废水再利用于猪舍作为冲洗粪尿用水，从而实现第五步利用。实现了水的再利用，有效地节约了水资源。

污水农业自净生态工程：通过污水灌溉、污水塘养鱼和种植水生植物等，利用污水增加农业生产，利用农业生产净化污水，使有害废物变成一种农业资源的生产工艺流程。

鱼-猪-水禽复合养殖生态工程：围绕充分利用水体资源优势核心，根据各种鱼类、猪和水禽的生活规律和食性，按照生态学立体结构原理和食物链原理进行组合，并以水体立体养殖为主体结构，实现水体资源充分利用、有效转化为鱼、猪、水禽产品的一种生态工程。

十一、生物质能多层次再生利用和农村多能互补模式

北方"四位一体"生态农业模式：将沼气池、猪舍、蔬菜栽培组装在日光温室里，构成相互利用、互相依存的整套技术体系。原理是温室为沼气池、猪舍、蔬菜创造良好的温湿度条件，猪本身也为温室提高温度。由于猪的呼吸和沼气燃烧可以提高二氧化碳浓度，从而提高蔬菜的产量；蔬菜生产又增加猪舍的氧气，同时猪粪、沼渣沼液可以作为蔬菜的肥料实现互促。

粮油等加工副产品综合利用技术：采用粮油等加工副产品综合利用技术，能使被截留下来的生物能量和物质再参与农业生态系统的能量流动和物质循环利用，从而提高农业生态系统对物质和能量的利用效率。

十二、贸工农综合经营模式

贸工农综合经营模式是根据结构与功能统一的原理，通过农村工农业生产布局的方式延伸产业链条，实现贸工农一体化、中养加一条龙的格局，从而使农产品增殖。湖北京山县有以下五种这样的模式：

（1）龙头企业带动型模式 以实力较强的企业为龙头，通过一种重点产品的生产、加工、销售，连接有关的部门和农户实现一体化经营；

（2）骨干基地带动型模式 通过建立各种类型的多种经营生态农业基地，兴办专业农场，选择生产技术素质高、经济实力强的农户进行规模生产、统一销售；

（3）优势产业带动型模式 借助优势产业的发展，成立相应的产品经销服务公司，利用各种渠道获取市场信息，指导农民以市场为导向发展市场，配套相应的社会服务体系；

（4）专业市场带动型模式 建立各种形式的农副产品市场，为农民产销直接见面提供交易场所，目的是"建一个市场，活一片经济，富一方群众"；

（5）技术协会带动型模式 建立民间技术协会，通过协会向会员提供技术、良种、生产资料、产品销售等服务，使生产、科技和市场紧密结合。

贸工农综合经营模式延长了食物链、生产链和资金链，使农业生产可持续发展。

十三、稻田粮食蔬菜生态综合高效农业开发利用栽培模式

南方为确保粮食安全，实现粮食和经济作物双丰收，抓好稻田轮、间、套作的持续、优质、高产的生态系统建设和沼液、沼渣还田等生态模式，实现田园生态环境的良性循环，主要模式如下：① "稻-稻-蘑菇"（见图 10-3）；② "稻-稻-菜-菜"；③ "稻-薯-菜"；④ "稻-萍（荬）-鱼"；⑤ "稻（饲草）-鸭（鹅）"；⑥ "西兰花-菜瓜"。

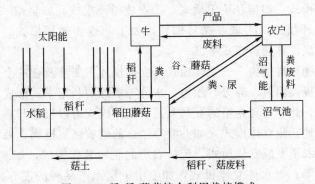

图 10-3 稻-稻-蘑菇综合利用栽培模式

十四、以山地、围垦地景观为主体的生态休闲观光旅游农业开发模式

本模式以因地制宜发展一批特色观光绿色农业园区为主体，把农业花卉、森林、农经、水果等产业和农产品加工、旅游休闲融为一体，结合进高效生态农业示范园区的建设。

城市休闲农场模式：在昆明郊区（如西山区、团结乡、寻甸、富民等地），发展了多种多样的"农家乐"形式，将旅游发展同生态农业建设结合起来，发展林（生态林、绿化林、生态

林、薪炭林)-经济果树模式、林药复合生态模式、林牧复合生态模式、农林复合生态模式和庭院生态模式等多种形式的生态旅游点，发展一定规模的市民农业、教育农业、体验农业、假日花市、观光渔场、农业公园、观光农业、高科技知识农业和森林游乐区，建设城市休闲农场。

十五、生态农业模式类型的理论总结

生态农业模式的基本类型按照生物组织层次分为 5 个层次：①景观层次，以农业土地利用布局为核心的景观模式；②生态系统层次，以农业生态系统组分能物流连接为核心的循环模式；③群落层次，以生物种群结构安排为核心的立体模式；④种群层次，以食物链关系设计为核心的食物链模式；⑤个体与基因层次，以动植物品种选择为核心的物种与品种搭配模式。处于上一层次的生态农业模式基本类型可以与向下各个层次的模式套叠，形成复合模式生态农业基本类型，属于基础分类，不排斥其他根据方便利用、容易理解的其他分类方式。这种基本类型的区分有利于认定生态农业建设的重点，有利于模式改进、模式筛选和推广、模式标准制定及模式的深入研究。

（1）景观层次的农业土地利用布局——景观模式 景观模式主要涉及一个区域或者一个流域范围土地的功能区划分，包括：①在一个行政区域或者地理区域内对各农业生产项目、自然生态保护、旅游观光区、生活休闲区、工业加工区、交通运输线等进行面上的合理布局；②在一个流域实行水源保护、生物多样性保护、水利设施建设、坡地、平原、低洼地的农业高效利用的整体优化布局。

按照其布局主要考虑的因素，又可分为：①生态安全模式，如为防治北方沙化或沿海台风侵袭的农田防护林带模式，防治水土流失的各种坡地模式；②资源安全模式，如西北考虑到水资源短缺的集水农业模式，为保护生物多样性的自然保护区串联设置模式，水源林的乔灌草结合模式等；③环境安全模式，如各种污染源阻断模式；④产业优化模式，如流域布局的"山顶戴帽、果树缠腰、平原高产、洼地鱼虾"模式；⑤环境美化模式等。

（2）生态系统层面的农业生态系统组分能物流连接——循环模式 循环模式主要涉及农业生态系统水平的能量和物质流动方式，实现物质的循环利用。根据循环系统的范围，循环模式可分为：①农田循环模式，如秸秆还田模式；②农牧循环模式，如猪-沼-果模式；③农村循环模式，如生活废物循环模式；④城乡循环模式，如工业废物循环模式、城市垃圾循环模式；⑤全球循环模式，如炭汇林建造模式等。

（3）落层面的生物种群结构——立体模式 立体模式主要涉及在一个生物群落中通过安置生态位互补的生物，提高辐射、养分、积温、水分等资源的利用率，形成有效抵御病、虫、草等生物逆境和水、旱、热等物理逆境的互利关系。立体模式可以根据开展生态农业建设的土地资源类型分为：①山地丘陵立体模式，如乔灌草结合的植被恢复模式、果草间作模式、橡胶和茶叶间作模式等；②农田平原立体模式，包括农田的轮间套作模式，如泡桐和小麦间作模式、玉米和大豆间作模式等；③水体立体模式，如上中下层水产品种的混养模式；④草原立体模式，如不同类型饲料植物的混种，以及不同食性家畜品种在草地混养或轮牧等。

（4）种群层次的生物关系安排——食物链模式 食物链主要涉及有食物链关系的初级生产者、次级生产者和分解者之间的搭配。根据食物链的结构可分为：①食物链延伸模式，如利用秸秆和粪便生产食用菌、蚯蚓、蝇蛆、沼气等，与农业废弃物利用有关的腐生食物链模式，为有害生物综合防治而建立的取食、寄生、捕食、偏害等食物链模式；②食物链阻断模式，如在污染出现时，为阻断污染物的食物链浓缩，需打断食物链联系，在农田生产中可采用种植花卉，用树木、草坪等非食物生产模式，在水体可采用养殖观赏鱼类的生产模式。

（5）个体与基因层面的动植物品种选择——品种搭配模式　品种搭配模式主要涉及适应当地自然生态条件和社会经济需求的动植物品种选择。除品质与产量要求外，选择的品种需要能够抵御当地主要生态逆境，选择搭配各类抗旱、抗寒、耐高温、抗浸、抗盐碱、抗酸、抗瘠瘠、抗病、抗虫、抗草品种。选择的品种也需要能够充分利用当地的生态资源，包括气候资源、养分资源、水分资源等。在高产优质的前提下，根据选择品种的主要依据可以分为抗逆性搭配模式、资源利用效率搭配模式等。

（6）生态农业模式的复合与套叠　由于涉及不同的生物组织层次，生态农业模式基本类型之间可套叠形成复合模式，处于上一层次的模式可套叠处于下面各层次的一个或多个模式。

桑基鱼塘是一个农业生态系统层面的循环模式。在桑-蚕-蚕沙-鱼-塘泥-塘基-桑生态系统大循环模式中，套了水体群落的立体模式。鱼塘中上层鱼为取食浮游生物的鳙鱼，中层为取食草的草鱼，下层为取食粪便和杂物的鲤鱼和鲫鱼。该循环体系实际也利用了生物之间的食物链模式，如蚕对桑、草鱼对草、鳙鱼对浮游生物的捕食食物链关系，鲤鱼和鲫鱼对粪便的腐生食物链关系。当多个桑基鱼塘连接在一起时，可看到壮观的低洼地利用景观模式。无论是蚕种、桑种，还是鱼品种，形成比较稳定的选择和搭配关系后就会形成独特的品种搭配模式。

又如对一个小流域布局进行设计时，在景观上采用陡坡和山顶种植水保林，缓坡开垦梯田种植果树，在下游平原种植高产作物，这就是一个景观模式。如果在平原中利用玉米秸秆和农田生产的饲料喂牲畜，牲畜粪便进入沼气，沼液和沼渣回到果园和农田，就形成了生态系统水平的循环模式。如果水保林采用乔-灌-草结合模式，果园采用果-草结合模式。农田采用玉米间作大豆模式，这些就是群落水平的立体模式。在玉米田中，采用寄生蜂防治玉米螟。玉米秸秆喂牛，利用蚯蚓开展生物堆肥，就形成了几种食物链模式。如果玉米田形成一个不同株型和不同抗性品种的间种格局，在田间就形成了一个品种搭配模式。

第三节　农业清洁生产知识

一、农业自身污染的概念

农业自身污染主要指在农业生产过程中使用的一些化学物质及本身产生的废弃物所造成的污染，具体表现如下。

（1）化肥污染　种植业增产至少有40%应归功于化肥，但是超量施用化肥，使其中的营养元素经地表径流和淋溶进入水体，引起地表水体富营养化和地下水硝酸盐污染；同时还会引起NO_x的反硝化，造成一定的大气污染。

（2）农药污染　表现在土壤、大气、水体和农产品污染四个方面。据统计，我国每年杀虫剂的使用仅有1%作用于靶标，30%残留在植物上，其余部分则飘浮在空气中，或进入土壤和包括地下水在内的江河湖海等各种水系，直接或间接影响人们的健康。我国主要农产品的农药残留超标率高达20%，中毒事件时有发生。受农药污染的耕地占总耕地面积的12%。有调查发现，农村中40%~50%的儿童白血病患者与农药有关，畸形儿出生率在农村比在城市高1倍，这也与农药有关。

农药污染的其他影响：首先，使有害生物的抗药性增强，消除病虫草害更加困难；其次，会导致大量的天敌死亡，影响生态平衡；最后，杀死了大量土壤微生物，从而影响到土壤的理化性质。

（3）畜禽粪便污染　各地建起了不少大中型畜禽养殖场，由于畜禽粪便处置不当或未经处理，随意排放现象比较普遍，已对水源、空气和区域环境造成了严重污染，个别地区还会发生人畜共患疾病。

另外，饲料添加剂中的激素、抗生素、重金属等也随畜禽粪便的排放及厩肥的施用进入土壤和水体中，它们既破坏生态环境，也威胁着人们的健康。

除上述外，还有重金属、残膜和环境激素等污染。农业面源污染发生的范围较广，持续时间长，治理难度大，已成为农业可持续发展的严重障碍。

二、农业清洁生产与生态农业、有机农业的区别

这三者有许多相似之处，但也有不同之处，主要表现在以下几个方面。

（1）理念上的不同 生态农业、有机农业在思维方式上是单一的逆向思维，即出现污染如何防治；而农业清洁生产是既要考虑污染防治，更要从源头思考，如何避免或减少废弃物与污染物的产生，是逆向思维与正向思维相结合的双向思维。

理念上，农业清洁生产是从本质上和全过程认识农业，即是将人通过劳动与自然界进行物质、能量代谢的整个过程加以优化并全面改善，它包括了产品、人和自然界三大要素。对于人，它强调身体健康，也十分看重对客观世界的认知、美学享受、体验等的心理健康；对于自然界，它不仅强调资源与环境的可持续，也十分注重景观；对于劳动，它既强调结果，更看重过程。生态农业与有机农业，对于心理健康、景观、劳动的过程这三个方面或未加考虑或重视不足。

（2）污染物的控制 生态农业、有机农业对污染物的控制是对症下药、末端治理，是被动方法治理；农业清洁生产则是从源头抓起，全过程零排放或减量排放。

（3）病虫草害的防治 生态农业、有机农业在动植物发生病虫草害时，着重诊断病因，才考虑用什么药（生物农药还是化学农药）来治疗；农业清洁生产侧重思考前面哪些生产环节出了问题，如何纠正和预防。

（4）对人工合成化学品的态度 有机农业一概拒绝，生态农业尽可能减少使用；农业清洁生产则是在不产生污染的前提下，不排斥使用一切具有先进科技特征的人工合成化学品。

三、我国农业清洁生产的现状

我国农业为了应对入世、进行现代化建设，将清洁生产的理念引入农业。可以说，农业清洁生产是我国农业发展中的一种新思路。它将污染预防战略持续地应用于农业生产全过程以及产品设计与服务中，通过不断地改善管理和技术进步，提高资源利用率，在产业链的每一个环节上都努力减少污染物的排放，以降低对环境和人类危害，达到环境健康和食品安全的目的，实现经济效益和环境效益的统一。

我国农业清洁生产总体上还处于"思考"阶段。省级科技部门只有江苏省专门立项以全省为对象进行研究，开展了农业清洁生产技术体系的研发、管理体系的研究与标准化，把农业清洁生产技术与管理的综合集成并试验示范，在全省建立3~5个典型示范基地。此外，也有一些专家学者仅对自己从事的行业（如畜牧业等）进行了清洁生产的探讨，尚未从大农业整体来研究。如何实现农业的清洁生产是一个应该引起高度重视、研究与付诸实施的新课题。

四、农业清洁生产的概念与目标

农业清洁生产是指将工业清洁生产的基本思想即整体预防的环境战略持续应用于农业生产过程、产品设计和服务中，从而提高生态效率。要求生产和使用对环境温和的绿色农用品（如

绿色肥料、绿色农药、绿色地膜等），改善农业生产技术，减降农业污染物的数量和毒性，减少生产和服务过程对环境及人类的风险性。

农业清洁生产目标：①合理利用和保护自然资源，减轻农业资源的消耗；②在农业生产过程中，减少污染物的生成和排放，同时防止有毒化学物质污染农产品，促进农业产品在生产、消费过程中与环境相容，降低整个农业活动对人类和环境的风险。

五、实施农业清洁生产的主要措施

（1）强化宣传，树立农业清洁生产意识　要加强农业清洁生产的宣传和培训，改变传统生产观念，努力提高农业生产人员相关知识和技术水平。结合农业生产本身的特点，加强有关清洁生产法律法规和政策的研究制定。要加强政府的宏观调控功能，促进农业清洁生产技术的推广。

（2）清洁施肥和施用清洁肥料　第一，大力推行测土配方施肥、诊断施肥等平衡、配套施肥技术；试验和推广卫星地理定位施肥技术；化肥深施技术。并根据化肥剂型的特征来确定是采用分期多次性的施肥技术还是一次性的施肥技术，同时施用硝化抑制剂、脲酶抑制剂。多施有机肥，将有机肥与无机肥配合施用。第二，加强研制和生产各种对环境温和的新剂型肥料（绿色肥料），如多元无机复合肥、作物专用复合肥、有机无机复合肥、缓释肥料、微生物肥料等，尤其要研制和生产新型控释肥料。第三，结合其他农业措施，如科学种植、合理灌溉以及退耕还林、还草，防止水土流失，发展节水农业等。

（3）应研制和使用对环境温和的绿色农药，全面开展有害物的综合防治（IPM）　化学农药应向高效、低毒、低残留、多样化作用机制和缓释的化合物及其剂型方向发展，停止使用剧毒农药。利用微生物本身或其代谢产物，制成防治病虫害的微生物农药，其优点是选择性强，对人畜及农作物安全无毒，能专一地杀死标靶生物，对非标靶生物无害，不会使害虫产生抗性，无残留，不污染环境，是非常理想的无公害农药。同时，加强生物防治技术的开发研究，如生物基因工程包括作物的转基因抗虫策略、害虫的转基因遗传防治策略和天敌的转基因增效策略在防治作物病虫害中的应用，利用自然天敌来防治虫害等。要采用科学、合理、安全的农药施用技术。

（4）改进地膜的生产与使用

①开发应用优质地膜，提高地膜的强度和耐老化性，保证其在使用后仍可大块清除；②加强研制和推广使用对环境温和的可降解地膜（生物可降解地膜、光降解地膜和光、生物双降解地膜），使其降解和灰化后的产物对环境和农产品无害；③利用天然产物和农副产品的秸秆类纤维生产农用薄膜，可部分取代农用塑料；④利用适期揭膜回收技术处理废旧地膜，其实质是从农艺措施入手，将传统的作物收获后揭膜改为收获前揭膜，筛选出作物的最佳揭膜期，即适期揭膜；⑤制定相应的政策法规和地膜残留标准。

（5）加强对污水灌溉的管理　要制定灌溉用城市污水、工业废水中的重金属、有毒害有机物及酸碱度等标准。

（6）积极防治畜牧业污染　第一，提倡畜牧业回归农村，与种植业相结合，做到以农养牧，以牧养农；第二，科学生产配合饲料，开发"生态营养饲料配方"，提高畜禽对营养物质的利用率，从而减轻环境污染；第三，在饲料中添加酶制剂、酸制剂、抗生素、微生物制剂、激素制剂和丝兰属植物提取物等，能够更好地维持肠道菌群的平衡或提高有机物的消化率；另外，有些中草药饲料添加剂，如艾叶、大蒜、苍术等，不仅能促进畜禽生长发育，而且还能提高畜禽对饲料的利用率，提高生产性能，它们为取代部分抗生素、化学合成药物、微量元素饲料添加剂提供了新途径；第四，加强对畜禽粪便的处理及综合利用：①畜禽粪便有利于改良土壤，利用畜禽粪便可以制作颗粒肥、化肥等商品肥，还可以用作食用菌的培养基料；②生产沼气；③将鸡粪、鸭粪发酵处理后可作猪饲料，用猪粪喂鱼、喂牛、喂羊效果也很好；④用作燃料，如牛粪晒干后可以直接燃烧煮饭，是牧民们的燃料来源之一；⑤其他措施，如加强畜禽舍卫生管理，提高饲养管理的技术水平，实行生态养殖等。

六、推行区域性农业清洁生产推广的具体措施

农业清洁生产是农业生产方式的重大变革，在实际推广中存在一定的难度，抓好以下六点是十分重要的。

第一，依靠各级政府开展农业清洁生产计划、组织、宣传、发动、培训工作；第二，加强农业清洁生产的环境质量监测网络建设；第三，将农业清洁生产与生态农业建设、区域农业综合开发、农业科技示范园和各种农产品商品生产基地建设等结合起来，逐步推行农业清洁生产标准化评估与环境标志认证制度；第四，结合农业结构调整和产业化，通过农业内部结构和功能的优化，促进农业清洁生产的实施，以增加经济效益；第五，全面开展农业清洁生产的相关研究（包括技术体系建立等）；第六，通过以点带面、突出重点、注重实效，不断总结提高，大力、持久地推行农业清洁生产，确保农业清洁生产的落实。

第十一章　生物入侵与生态安全

随着科技的发展和经济的全球化，国际贸易、交通、通讯和旅游等迅速发展，人们的生活质量和生活水平得到很大幅度的提高，但与人类赖以生存的农业有关的生物和环境风险不断扩大，生物多样性保护和生态安全已成为举世关注的焦点问题，而外来入侵生物与生态安全之间的相互关系则是各界重视的热点问题之一。

我国地域辽阔，气候和地理条件高度多样化，世界各地的大多数外来生物都可能在我国找到合适的栖息地。目前我国包括森林、农业区、水域、湿地、草地、城市居民区等在内的所有生态系统，几乎都可见到外来生物入侵的现象（张从，2003）。在自然环境中，一个生态系统通常处于相对稳定的状态，系统内各成员之间保持着动态平衡的关系。若遭外来生物入侵，又逢条件适宜，则随着入侵生物种群的增殖扩大，将破坏景观的自然性与完整性，摧毁生态系统原有的稳定状态。入侵生物能够在个体、遗传、种群、群落和生态系统等各个水平上产生影响，造成物种濒危、灭绝，改变入侵生物的群落结构和功能，给入侵生物生态系统的生物多样性带来严重的威胁。据报道，入侵生物能够通过多种途径竞争排斥本地物种，造成本地生态系统生物多样性的严重丧失，生物入侵被公认为是除生态环境破坏之外造成生物多样性丧失的第二主导因素。生物入侵是当前对森林、草原、农田和水系等生态系统最严重的威胁之一，已对我国的生态环境、生物多样性、经济社会和人民生命健康造成了很大危害（张爱良和李彦连，2003）。

众所周知，海洋、山脉、河流和沙漠等自然障碍所造成的隔离，使各地形成许多特有物种和特定的稳定生态系统。但随着国际贸易、旅游和国际事务的自由化，以及人类对生态环境干扰的加剧，当今环境因子的改变速率和尺度之大是过去任何时代都无法比拟的，外来物种得以有意或无意地引入和传播的机会大大增加，天然屏障的作用则大大缩小，几百万年生物学隔离的历史宣告结束（王献溥，1999；刘红霞和温俊宝，2000）。外来生物入侵成为国际社会面临的共同问题，成为21世纪生物多样性保护、生态安全、农业可持续发展的主要障碍之一。广泛深入认识生物入侵的危害影响，积极开展生物入侵领域的理论和实践研究，了解入侵生物的入侵原因，剖析和挖掘入侵生物对环境生态安全影响的潜在机理，探求控制或抵御入侵生物的关键技术，建立健全和完善的检疫和监管系统和机制，将对入侵生物学的推进和整个生态系统的健康发展做出巨大的贡献，同时对经济社会的发展和人民的生命生存健康具有非常重要的意义。

第一节　生物入侵的相关概念与特点

一、生物入侵相关基本概念

一般认为，本地物种（native species，或叫当地物种 local species、土著物种 indigenous species）是指出现在其（过去或现在的）自然分布范围及扩散潜力以内（即在其自然分布范围内，或在没有人类直接或间接引入或照顾的情况下而可以出现的范围内）的物种、亚种或以下的分类单元。外来物种（alien species 或 alien organism，或者称非本地的 non-native、非土著的 non-indigenous、外国的 foreign、外地的 exotic 物种），是指那些出现在其过去或现在的自然分布范围及扩散潜力以外（即在其自然分布范围以外或在没有直接或间接引入或人类照顾之下而不能存在）的物种、亚种或以下的分类单元，包括其所有可能存活、继而繁殖的部分、配子或繁殖体（庚晋和周洁，2002）。外来入侵物种（alien invasive species，简称 AIS）是对生态系统、栖境、物种、人类健康带来威胁的外来物种，包括植物、动物和微生物。为了确定本地物种与外来物种，生物入侵领域的相关专家给出了一些科学的标准（见表 11-1）（万方浩等，2005）。

表 11-1　确定本地物种和外来物种的标准（按其重要性排列顺序）

序号	标　准	证　据
1	化石证据	从更新时期有化石连续存在。如无化石存在，则意味着物种是外来种，但这不是定论性的
2	历史证据	有文献记录的引种可证明为外来种，早期存在的历史文献不能证明物种是本地种
3	栖息地	局限于人工环境的种很可能是外来种。应注意人工环境常受干扰，人们常把干扰地的本地物种同外来种弄混杂
4	地理分布	在植物中地理分隔虽然普遍存在，但当物种出现地理上不连续时，暗示该种有可能是外来种
5	移植频度	被移植到多个地方的物种可能是外来种，本地种多出现于特定的地方
6	遗传多样性	隔离的种群出现遗传差异，该种群可能是本地种；外来种多有遗传变异，不同地方间出现均匀性
7	生殖方式	完全进行无性生殖的本地种很少，缺乏种子生成的植物可能是外来种
8	引种方式	物种入侵需要传播方式，解释物种引进的假说合理可行，说明物种是外来种
9	同寡食性昆虫的关系	同亲缘关系近的本地种比，取食外来植物的动物少

生物入侵（biological invasion，或 bioinvasion）是指生物由原生存地经自然的或人为的途径侵入到另一个新环境，对入侵地的生物多样性、农林牧渔业生产以及人类健康造成经济损失或生态灾难的过程（万方浩等，2002a）。生物入侵发生于当一种生物到达其原产地以外的地区，并有两层含义：第一，物种必须是外来、非本土的；第二，该外来物种能在当地的自然或人工生态系统中定居、自行繁殖和扩散，最终明显影响当地生态环境，损害当地生物多样性（张从，2003）。在自然界中，物种入侵的种类几乎包括所有的生物类群。它们的入侵已影响到每一个生态系统和各地的生物区系，使成百上千的本地物种陷入灭绝境地，特别是在岛屿和一些特有现象中心最为明显。在地质学时间尺度上，它深远地影响着地球的生物分布。近代的大部分生物入侵源于人类的活动，在农业、林业、畜牧业和水产养殖业中，物种引进在早期极大地推进了人类物质文明的前进。今天，科技的发展和交通的便利使得人为影响造成的生物入侵在数量上与范围上尤为空前。尽管大多数的外来生物无所作为，但有些外来生物可以对入侵的系统产生强烈的影响。生物入侵的负面影响主要在于：①生物入侵将降低地域性动植物区系的独特性；②地理隔离是维持全球生物多样性的前提，而生物入侵打破了地理隔离，成为威胁生物多样性的重要因素之一（郭传友等，2003）。

二、生物入侵的基本特点

一个外来物种进入一个新的生态系统，最后是否入侵成功通常取决于两方面的因素：一是进入新环境的外来物种的自身特点；二是新的环境是否容易被这个物种入侵。

1. 外来入侵种的特点

外来物种在新的生态系统中，如果温度、湿度、海拔、土壤、营养等环境条件适宜，就会自行繁衍。许多外来物种虽然可以形成自然种群，但多数种群数量都维持在较低水平，并不会造成危害。造成生物灾害的往往具有以下特点。

（1）生态适应能力强　主要表现在：遗传多样性高，抗逆性强，生态位广；种子可以休眠以保证在特定时期萌发；能产生抑制其他生物生长的物质；具有能够刺伤动物并引起动物反感的棘刺等；能寄生在其他生物体上；光合效率高。

（2）繁殖能力强　主要表现在：能通过种子或营养体大量繁殖；世代短，能在不利环境下产生后代；植物的根或根茎内有大量营养储存，强的无性繁殖能力；种子的发芽率高，幼苗生长快，幼龄期短。

（3）传播能力强　主要表现在：有适合通过媒介传播的种子或繁殖体，传播率高；种子较小，难以清理，可随风和流水传播到很远的地方；善于与人共栖，容易通过人类活动被传播。

2. 被入侵生态系统的特点

几乎所有的生态系统都有外来物种的入侵，但其中一些生态系统更容易遭到入侵。这些容易遭到入侵的生态系统通常具有以下一些共同特点：①具有足够的可利用资源；②缺乏自然控制机制；③人类进入的频率高。依据外来入侵种的传入途径以及入侵种和生态系统的特点，可以预计在我国外来物种容易入侵的区域为以下几类。

（1）重要的港口、口岸附近，铁路、公路两侧　经国际货运传入的外来种往往首先在港口、口岸附近登陆，遇到适宜的环境条件建立小的种群而后开始扩散；轮船的压舱水排放和营附着生活的海洋物种也常常在港口落脚；火车、汽车携带的外来种则容易在铁路、公路两侧定居、扩散。

（2）人为干扰严重的森林、草场　人类活动可直接带来外来种。森林、草原等生态系统本来是稳定的，严重的人为干扰如乱砍滥伐、过度放牧使生态系统退化、多样性下降，给外来种的入侵创造了良好的条件。

（3）物种多样性较低、生境较为简单的岛屿、水域、牧场　物种多样性低，自然抑制力也低，天敌种类少，外来种容易生存，种群容易扩增。

（4）受突发性的自然干扰，如火灾、洪水和干旱等破坏后的生态环境　在这些生态环境中，生态系统短时间内受到严重破坏，物种组成和群落结构变得简单，入侵种极易迅速占据大量的生态位而成为优势物种。

（5）温暖湿润、气候条件好的地区　如我国的南方地区，由于地理和气候条件，常常给外来入侵种的大爆发提供良好的条件。

三、生物入侵的生态学理论

在自然界长期进化过程中，生物与生物之间相互制约、相互协调、相互适应，将各自的种群限制在一定的栖境和数量，形成了相对稳定的生态系统。但当一些物种通过自然或人为的方式传入到新的栖境后，就会造成生物入侵现象，从而打破入侵地区原有的生态平衡，导致本地物种的减少或灭绝，生物多样性降低，甚至整个生态系统也将遭到破坏（Vitousek et al, 1996）。长期以来，入侵生物的入侵原因及其潜在机理备受国内外相关专家和学者的关注，从入侵生物的种群建立、传播扩散和影响途径等不同角度提出了系列理论或假说。

（1）空余生态位假说（empty-niche hypothesis）　生态位理论是现代生态学中的一个重要内容，它是指生物在环境中适合生存的不同环境因子变化的区间范围。空余生态位假说所指的生态位主要是相对于外来入侵生物来说的，它认为外来生物入侵是因为它们在入侵地利用了本地物种利用率较低，即相对富余的资源而促使其成功入侵（Mack et al, 2000）。因为传统理论中物种丰富的群落被认为内部资源利用比较充分，从而缺少相对空缺的生态位，因此该假说也是物种丰富假说的理论支柱之一（Levine & D'Antonio，1999）。

该假说的研究主要考虑两个方面：一方面是外来物种自身一些相对特殊的生物生态学特征；另一方面则是入侵地生物资源的相对富余状况。例如，美洲斑潜蝇以雌成虫和幼虫危害寄主植物，其幼虫是潜食危害植物叶片，其生活史除成虫外都在植物叶肉组织内部，因此该害虫入侵后很容易利用这一特殊的生态位入侵成功（Carolina & Johnson，1992）。外来物种进入到新的栖境，由于生态环境空余生态位的存在和外来物种竞争作用，从而改变本地生物的生存空间，引起原有生态环境物种生态位分离，或导致物种间的竞争取代。

（2）天敌缺乏假说（absence of predators hypothesis） 天敌缺乏假说又称天敌逃避假说（enemy release hypothesis）。该假说认为，外来物种在被引入到一个新的区域后，新的物种就没有或很少存在它的天敌，从而导致它在数量上的增长和空间分布上的扩张。这是因为物种在多年的协同进化中，各物种之间形成了相对固定的食物链关系。此假说基于三个主要的理论观点：天敌是种群重要调节者；天敌对本地种比对外来种具有更大抑制作用；外来物种可利用天敌调节作用的降低而提高其种群增长。例如，阿根廷蚂蚁（linepithema humile）入侵加州南部海岸后，导致包括收获蚁在内的许多土著蚂蚁大量减少以至灭绝（Suarez et al，1998）；但对海岸上角蜥（phrynosoma coronatum）的猎物选择分析表明，阿根廷蚂蚁并不能取代收获蚁（pogonomyrmex barbatus）等土著种，而成为角蜥的合适食物（Suarez et al，2000）。近年来研究发现，生物入侵是一个很复杂的过程，天敌因素在入侵中的作用远比过去料想的要复杂。对一些外来种来说，成功入侵是由于缺乏天敌的控制，但有些并非如此。如澳大利亚曾引入空心莲子草叶甲（agasicles hygrophila）来防治外来种空心莲子草（alternanthera philoxcroides Mart. Griseb），在水域中取得了较好的效果，但无法控制空心莲子草的旱生种群（Julien & Chan，1992）。在新栖息地的一些土著种可能转向取食外来种，形成其新的天敌，使土著群落对一些外来种的抵抗力得到增强。

（3）强大的繁殖能力假说（greater reproductive potential hypothesis） 成功入侵的外来物种通常具有很强的繁殖能力，能迅速繁殖大量的后代，快速的繁殖能力对其在新栖地种群的建立具有重要作用。如西花蓟马（frankliniella occidentalis pergande）生活史很多，繁殖能力很强，一年能够发生多达 15 代以上，每头雌虫能够产卵 18～40 粒，能很快建立起种群。斑潜蝇的繁殖力很强，每雌虫可产卵 100～600 粒（Parrella，1987），且其生活周期短，世代重叠明显，虫体小，为害习性隐蔽，在入侵和为害早期不易被察觉，一旦被察觉，已呈现出暴发成灾的态势（陈兵等，2002）。

（4）干扰产生空隙假说（disturbance produced gaps hypothesis） 干扰对外来种入侵很重要，干扰的增加将会增加群落的可入侵性，这主要是因为干扰使群落中的生物大量减少，外来物种的竞争压力也随之减小（Duggin & Gentle，1998）。如在人工种植的棕榈植物由于经常受到干扰，其动物群落物种多样性较低，群落结构简单，抵抗锈色棕榈象（rhynchophorus ferrugineus Oliver）入侵的能力就弱（刘奎等，2002）。目前研究的大多数外来入侵生物多出现于受到人类干扰的地方，在未受到干扰的自然生态系统中出现的数量却少得多。

（5）物种丰富假说（species richness hypothesis） 一般来讲，物种丰富的生态系统对外来物种入侵的抗性较高，即物种多样性高的群落要比多样性低的群落对外来物种入侵的抗性高（Elton，1958）。该假说理论上的依据是，多样性低的群落内部种间联系脆弱且具有相对较多的空余生态位（Crawley，1989）。在多样性低的群落，资源利用率较低，这为外来物种间接提供了生存空间，该群落被入侵性就会较高（Hooper & Vitousek，1998）。但是，有关物种丰富度假说，最近一些研究人员从多样性和入侵性进行了相应探究，它类似于生态系统的输出、稳定性和多样性的关系研究，结果也出现了很多争论。

（6）入侵进化假说（evolution of invasiveness hypothesis）　入侵进化假说是指外来植物通过在其入侵扩张期间的"快速进化作用"，形成的种群会比其源发地的同属种群在密度、个体表现型上要大，具有长势迅速等特点（Blossey & Notzold，1995）。如入侵性极强的阿根廷蚂蚁（L. humile）在原产地形成小而分散的蚁群，但在入侵地北美形成较大的单一蚁群，这是由于在原产地种内不同巢穴的个体间争斗激烈，巢穴间边界明确，但在北美的种群内争斗却很少，巢穴间没有明显边界，数个家族生活于同一领域而形成大的单一蚁群。数个家族生活于同一领域使得它在对土著种的争斗中有数量优势。同时，较少的种内争斗减少了内耗，使得种群的生活与繁殖能力都大大提高（Suarez et al，1999）。由于亲缘选择，阿根廷蚂蚁北美种群不同巢穴之间的争斗较少，从而形成了有利于其入侵的行为特性（Tsutsui et al，2000）。外来入侵种到达新环境入侵成功以后，其生态适应性、遗传结构、行为等可能会发生改变。

第二节　生物入侵的现状与入侵原因

一、外来生物入侵的国际现状

生物入侵是一场没有硝烟的战争，可以危及一个国家生态安全、危害一个国家的经济安全、威胁一个国家的生物安全、损害一个国家的人民利益，甚至动摇一个社会的稳定根基，这决不是危言耸听。以 19 世纪导致欧洲大饥荒的外来入侵生物为例，起源于墨西哥的马铃薯晚疫病［$Phytophthora\ infestans$（Mont.）de Bary］于 19 世纪 40 年代传到欧洲和南美洲，1845～1847 年该病在爱尔兰爆发并引起大饥荒，致使 800 万居民中约 100 万人死亡和超过 150 万人流落他乡，可见生物入侵可严重影响社会的稳定与发展（姚一建等，2002）。淋巴腺鼠疫由跳蚤携带，而跳蚤通过寄生于入侵物种——原产自印度的黑家鼠（Rattus rattus），从中亚传播到北非、欧洲和中国；随着欧洲殖民地的建立，麻疹（measles virus，MV）和天花（variola virus）从欧洲大陆席卷西半球。当地居民对这些疾病抵抗力很弱，从而促使了阿芝特克和印加帝国的衰落（McNeely，2001）。在 21 世纪经济全球化、国际贸易自由化的新形势下，生物安全已成为各国国家安全的重要组成部分，表现在以下几方面。

① 随着国际贸易、旅游和交通的迅速发展，外来种长距离的迁移与入侵、传播与扩散到新的生态环境中，其入侵的危险性日益增加。现代农业中的物种资源引进与交换，这种有目的地共享生物多样性资源，使得特定生态系统产生巨大经济效益，同时也增加了外来有害生物所伴随入侵的危险性（万方浩等，2002a）。

② 外来生物的入侵已对农林渔牧业安全生产、生物多样性、人畜健康带来严重的影响。外来生物入侵给很多国家造成不可逆的生态灾害的同时，也导致了巨大的经济损失（McNeely，2001），如表 11-2 所示。美国每年直接或间接用于主要入侵物种控制和预防的费用高达 1366 亿美元（Pimentel et al，2000），印度和南非每年因外来入侵物种造成的经济损失分别为 1300 多亿美元和 800 亿美元（李尚义和李宁，2002；张从，2003），这还不包括一些无法计算的隐性损失。

③ 危险性农作物病虫害及潜在的动物烈性传染疾病、人畜共患疾病（疯牛病、口蹄疫、禽流感）一旦传入后果不堪设想，各国对这些危险性外来生物均采取严格封锁措施；同时，SARS、禽流感的爆发给予了国际社会新的警示。建立和完善防范外来生物入侵快速反应机制

表 11-2   部分外来入侵物种在国外造成经济影响的花费例证（McNeely，2001）

物 种	经济变量	经济影响	地点
疾病生物体	用于人类、植物、动物健康的年成本	410 亿美元/年	美国
一例外来动植物物种	经济损失	1370 亿美元/年	美国
柽柳（Tamarix）	55 年来生态系统价值损失	70 亿~160 亿美元	美国西部
矢车菊（Centaurea spp.）和乳浆大戟（Euphorbia escula）	经济损失	直接损失 40.5 亿美元/年，间接损失 8900 万美元/年	美国三个州
斑贻贝（Driessana polymorpha）	1989~2000 年经济农作物的损失	7.5 亿~10 亿美元	美国和欧洲
12 种最具危险性的外来入侵物种	1983~1992 年用于除草剂的控制成本	3.44 亿美元/年	英国
6 种杂草物种	农业生态系统控制成本	1.05 亿美元/年	澳大利亚
松属（Pinus），哈克木属（Hakea），金合欢属（Acacia）和相思树类	自然生态恢复的花费	20 亿美元	南非
凤眼莲（Eichornia crassipes）	控制成本	2000 万~5000 万美元/年	非洲七国
穴兔（Oryctolagus）	农业损失	3.73 亿美元/年	澳大利亚
大蜂螨（Varroa jacobsoni Oudemans）	引入蜜蜂的经济成本	2.67 亿~6.02 亿美元	新西兰
大瓶螺（Pomacea canaliculata）	水稻生产损失	2800 万~4500 万美元/年	菲律宾

与紧急处理程序成为防御体系的焦点。

④ 外来生物入侵的威胁已成为农产品国际贸易技术壁垒的主要障碍之一。目前，在 40 多个国际公约、协议和指导准则中，均涉及外来入侵种问题。如生物多样性公约（CBD）、生物安全卡塔赫拉协议（BS-Protocol）、实施卫生与植物卫生措施协议（SPS）、国际检疫性有害生物风险评估（PRA）、外来入侵物种预防与控制的指导原则（GEF）、国际植物保护公约（IP-PC）。特别是在《生物多样性公约》中，呼吁所有缔约国阻止引入那些威胁生态系统、栖息地或物种的外来种，控制或根除那些已经引入的外来种。与控制外来种密切相关的两个国际规则（SPS 协议——《实施卫生与植物卫生措施协议》和 TBT 协议——《贸易技术壁垒协议》）中均明确规定：在有充分科学依据的情况下，为保护生产安全和国家安全，可以设置一些技术壁垒，以阻止有害生物的入侵危害。中国加入 WTO 后，国际贸易将日益频繁，外来物种人为传入机会大大增加，在不能强行设置贸易壁垒的同时，加强外来种和生物入侵的基础科学研究，将为保护国家安全和公平国际贸易提供重要的科学依据（苏荣辉等，2002）。

⑤ 防范恐怖分子利用高科技手段——生物技术制造超强的生物武器、防止"恐怖分子生物入侵"是保卫国家安全的战略性任务。作用于人体、动物和植物的病原微生物都可以被当作武器来破坏经济和社会的稳定，来打击敌对国家。如农业生产遭受攻击，控制病害传播和清除染病牲畜所需费用及其带来的经济损失十分巨大，对社会稳定所造成的损害十分严重。例如，疯牛病与典型猪瘟，都可以很容易地传播到任何一个国家，并摧毁该国的农业。据悉，为了控制疯牛病爆发，英国屠杀了大约 320 万头牲畜。20 世纪 90 年代爆发的英国疯牛病所造成的经济损失高达 90 亿~140 亿美元，使农牧业遭受重创。1983~1984 年，美国政府为消灭禽流感共花费了 6300 万美元，消费者为此则多花费了 3.49 亿美元。美国的农业产值占美国国民生产总值的 1/6，如其农业遭到生物恐怖主义的威胁，则对其经济和社会都将造成严重的冲击。

当今世界，以基因工程为核心的生物技术正突飞猛进。生命科学的发展给人类带来巨大财富和便利的同时，也可更加容易地被滥用于制造廉价高能的杀人武器。通过转基因可制造出的超级病原微生物，具备常人无法想象的毁灭能力，并具有研究和使用方便、隐蔽性极强、危害严重且难以消除等特点，很难像对核武器那样实行有效控制，因此容易扩散到世界各国，对世界和平和人类生存构成严重威胁（姚一建等，2002）。

⑥ 外来生物入侵已受到各国政府及科学界的高度重视，但从根本上由于缺乏对入侵生物的综合性认识，有关入侵生物学、入侵生态学等研究基础极为薄弱，还不足以准确地进行早期预警、快速检测、有效监测和持续治理。世界自然保护联盟（IUCN）2001 年制定的《外来入侵物种全球策略（global strategy on invasive alien species，GSIAS）》，提出了外来入侵物种管理全球十大策略，即：a. 提高对外来入侵物种的管理能力；b. 加强对外来入侵物种的研究能力；c. 加强信息共享；d. 加强外来物种的引种管理和跟踪调查；e. 加强研究机构的协作与合作；f. 潜在外来入侵生物风险评估的研究；g. 提高外来入侵生物防范的公众意识；h. 制定防范外来入侵物种的国家策略与行动计划；i. 将外来入侵物种管理纳入全球变化行动计划；j. 加强国际合作。

总之，外来生物入侵全面涉及经济安全、生态安全、社会安全与国家利益，其预防与控制研究也就成为了国内外研究的热点与焦点。自 20 世纪 50 年代到 21 世纪的今天，国际上主要从对外来入侵生物的生物学特性、生态学特性和控制技术等方面进行研究，逐步扩大到对外来入侵生物的入侵机制、灾变机制、早期预警系统、经济影响评价和可持续控制体系等方面。希望通过相关基础和应用方面的研究和国际交流能尽快全面提升国际上对外来入侵生物的管理、预防与控制的能力。国际上外来入侵植物、动物、微生物等的入侵现状举例如下。

（1）外来入侵植物　世界上许多国家和地区都受到外来植物入侵的强烈影响，并引发了世界植物区系的大动荡（Elton，1958）。在美国入侵植物的覆盖面积达 $4 \times 10^8 hm^2$，并以每年递增 1200 万公顷左右的速度扩散，每天有多达 $1863hm^2$ 的土地受到入侵植物的负面影响（Nancy，2000）。在夏威夷大约有 4600 种外来植物，是该岛本地植物种的 3 倍（John，1973）；日本忍冬（Lonicera japonica Thunb.）则在美国东南部低洼地形成了茂密的杂丛。美国农业部为了治理佛罗里达大沼泽地，在那里播下了从澳大利亚引进的白千层树（Melaleuca leucadendra）种子，这种树吸水能力强，生长快，长势茂密，树根还可释放出有害物质，使当地植物无法与其共存，白千层树四处蔓延，已经占地 60 万公顷。如不设法控制，佛罗里达著名景观大沼泽将不复存在。又如美国西部草原的欧亚旱雀麦草（Bromus sp.），比当地冰草（Agropyron spp.）更能吸收水分，生长更迅速，已经占地 4 千万公顷。再如凤眼莲，俗名水葫芦，原生在南美的委内瑞拉，后以观赏植物引入其他国家。它的繁殖能力非常旺盛，竟成为一些国家的害草，不得不再耗费巨资去消灭它，故美国称其为"百万美元杂草"（田家怡和潘怀剑，2000）。

（2）外来入侵动物　外来动物入侵的案例也不胜枚举。1957 年人们将尼罗河鲈鱼（Lates niloticus）放养到非洲的维多利亚湖，希望提高渔业产量，但凶猛的尼罗河鲈鱼吃掉了湖里近 200 种原有鱼类（田家怡和潘怀剑，2000）。位于加利福尼亚海岸边的圣卡达尼拉岛，由于放牧了引入的山羊和其他异地动物，使岛上 48 种当地动物被消灭（Thorn，1967）。引入到太平洋许多海岛上的林蛇，正毁灭着岛上特产鸟类种群，其中关岛上的 10 种特产鸟类的数量减少到濒临灭绝的边缘（Savidge，1987）。美国受外来物种入侵和危害最为严重的是水生系统，已发现外来鱼类 138 种，外来软体动物 88 种，同时其他生态系统也有不同数量和比例的各类外来入侵物种（陈兵和康乐，2003）。美国蒙大拿州弗拉特黑德河于 20 世纪 60 年代放养从外地引进的糠虾，以期补充该河鲑鱼的食物，结果糠虾又是河里浮游动物的杀手，鲑鱼苗则以浮游动物为主食，导致河里鲑鱼大量减少，同时以鲑鱼为食的鹰、鸥、水獭、狼和熊的生存也面临危机。北美最令人震惊的异地动物条斑贻贝，于 1988 年通过欧洲油船压舱箱"偷渡"到大湖，此后两年内这种小型海洋软体动物在伊利湖的部分水域中大量繁殖，密度高达 7×10^5 只/m^3，并逐渐抑制了本地贻贝的生长。这种异地物种给渔场、水库和船舶造成巨大经济损失，同时，给所入侵的特有水生生物群落带来了严重生态影响（Stolzenburg，1992）。

（3）外来入侵微生物　外来有害微生物入侵具有极强的破坏性。由于其具有隐蔽性强、变异频率高、潜伏期短和危害严重持久等特点，一旦侵入，就极难根除，后患无穷，并造成许多不可逆的生态灾害。世界上许多国家都曾因外来微生物入侵而蒙受巨大损失，如起源于东亚的荷兰榆树病（*Ophiostoma* spp.）分别于 1910 年和 1970 年左右两次大流行，第一次历时 40 余年，造成大多数欧洲国家和北美 10%～40% 的榆树死亡；第二次流行产生新的病原菌，导致大多数欧洲榆树死亡，仅英国就丧失了 3000 万株，而在北美洲的死亡数则达几亿株。如今，此病害已传播到美国大部分州内，每年导致 40 万株榆树死亡，使榆树濒临绝种的边缘（Plam，2001）。由于栗疫病（*Fusarium vasinfectum*）扩散传染给缺乏抗性的美国板栗树，在短短的几十年内，美国境内几乎全部板栗树均因感染此病害而死亡（Primack，1996；姚一建等，2002）。美国北部地区的濒危物种黑足雪貂（*Mustela nigripes*），1985 年调查统计该物种从 1984 年的 129 只下降了 50%，原因就是其在野外感染了境外传入的犬热病（Primack，1996）。

二、我国外来生物入侵现状

目前我国外来生物入侵的情况十分严重，除青藏高原上少数人迹罕至的偏远保护区外，全国 34 个省、市、自治区均不同程度地存在外来入侵物种的影响或威胁；涉及的生态系统多，包括从森林、农业区、水域、湿地、草地、城市居民区等几乎所有生态系统，其中以低海拔地区及热带岛屿生态系统的受损程度最为严重；涉及的物种类型多，从脊椎动物（哺乳类、鸟类、两栖爬行类、鱼类），无脊椎动物（昆虫、甲壳类、软体动物），高、低等植物（入侵植物以草本植物为主），到细菌、病毒等均能找到例证，主要表现在以下几方面。

（1）已入侵生物的扩散蔓延、爆发成灾　中国是世界上物种多样性最丰富的国家之一，已知有陆生脊椎动物 2554 种，鱼类 3862 种，高等植物 30000 种，包括昆虫在内的无脊椎动物、低等植物和真菌、细菌、放线菌种类更为繁多（李振宇和解焱，2002；中国生物多样性国情研究报告编写组，1998）。据初步统计，入侵我国的外来物种（包括农林牧渔业）至少有 400 多种。在世界自然保护联盟（IUCN）公布的全球 100 种最具威胁的外来物种中，我国就有 50 种（见表 11-3），是全球受外来生物入侵影响最大的国家之一。

表 11-3　我国在全世界 100 种最重要入侵生物中所占种类和比例

类别	全世界	中国	比例/%	类别	全世界	中国	比例/%
微生物	8	1	12.5	鱼类	8	6	75.0
水生植物	4	3	75.0	鸟类	3	3	100.0
陆生植物	32	19	59.4	爬行类	2	0	0
水生无脊椎动物	8	2	25.0	哺乳类	14	9	64.3
陆生无脊椎动物	18	6	33.3	总数	100	50	50.0
两栖类动物	3	1	33.3				

研究表明，严重危害我国农林业的外来动物约有 40 种，害虫类包括美国白蛾 [*Hyphantria cunea*（Drury）]、松突圆蚧（*Hemiberlesia pitysophila* Takagi）、湿地松粉蚧 [*Oracella acuta* (Lobdell) Ferris]、稻水象甲 (*Lissorhoptrus oryzophilus* Kuschel)、斑潜蝇 (*Liriomyza* spp.)、松材线虫 (*Burasphelenchus xylophilus*)、蔗扁蛾 (*Opogona scchari* B.)、苹果绵蚜 [*Eriosoma lanigerum* (Hausmann)]、葡萄根瘤蚜 (*Viteus uitfoliae* Fitch)、二斑叶螨 (*Tetranychus urticae* Koch)、马铃薯甲虫 [*Leptinotarsa decemlineata* (Say)]、桔小实蝇 (*Bactrocera dorsalis* Hendel)、白蚁、红脂大小蠹 (*Dendroctonus vales* Imago) 等。其他外来动物包括原产于南美的福寿螺 (*Ampullaria gigas* Spix),原产于东非的非洲大蜗牛 (*Achatina fulica* Ferussac),原产于北美洲的麝鼠 (*Ondatra libethica*),原产于前苏联的松鼠、褐家鼠和黄胸鼠,原产南美洲的獭狸。引进外来鱼类对湖泊的本地鱼种和生态系统也构成了巨大威胁 (李振宇和解焱,2002)。对我国农林业危害较大的外来微生物或病害也有数十种。

综合分析我国主要外来入侵生物的环境生态经济影响,我国 10 种最有害的外来杂草是: 紫茎泽兰 (*Eupatorium adenophorum* Spreng.)、豚草 (*Ambrosia artemisiifolia* L.)、水葫芦、空心莲子草 [*Alternanthera philoxcroides* (Mart.) Griseb]、大米草 (*Spartina* spp.)、薇甘菊 (*Mikania micrantha* Kunth)、飞机草 [*Erechtites valerianaefolia* (Wolf) DC.]、毒麦 (*Lolium temulentum* L.)、假高粱 [*Sorghum halepense* (L.) Pers] 和少花蒺藜草 (*Cenchrus* spp.)。10 种最有害的农林外来昆虫是: 烟粉虱 [*Bemisia tabaci* (Gennadius)]、稻水象甲、马铃薯甲虫、蔗扁蛾、棉红铃虫 [*Pectinophora gossypiella* (Saunders)]、苹果绵蚜、红脂大小蠹、美国白蛾、湿地松粉蚧和松突圆蚧。10 种最有害的外来入侵植物病害是松材线虫病、香蕉穿孔线虫病 [*Radopholus similis* (Cobb) Thorne]、小麦矮腥黑穗病 (*Filletia contraversa* Kuhnn.)、大豆疫霉 [*Phytophthora megasperma* (Drechs.) f. sp. glycinea]、玉米霜霉病 (*Peronospora* spp.)、棉花枯萎病和黄萎病 (*Fusarium oxysporiumr* f. sp. vasinfectum, *Verticillium alboatrum* Reinke et Berth)、马铃薯癌肿病 [*Synchytrium endobioticum* (S. chilberszky) Percivadl]、水稻细菌性条斑病 (*Xanthomonas oryzicola* Fang et al)、甘薯黑斑病 (*Ceratocystis fimbriata*) 和梨火疫病 [*Erwinia amylovora* (Burrill) Winslow et al]。这些已入侵生物的外来生物对我国的农业、森林、湿地、草原、江河湖泊、岛屿、自然保护区等自然生态系统和城市生态系统、基础设施建设、人类疾病控制、人文环境和国际贸易等都产生了巨大影响。每年仅 11 种主要外来入侵害虫和杂草害对我国造成的经济损失就高达 574.3 亿元人民币 (万方浩等,2002b),如表 11-4 所列,每年各种外来入侵生物对我国造成的总经济损失估计在 2000 亿元人民币以上。

表 11-4 主要入侵害虫及杂草的经济损失估计

入侵生物种名	发生面积/万公顷	防治费用/万元	直接损失费用/万元	间接损失费用/万元	总计/万元	年份
松材线虫	7.24	3258	14373.1	307066.5	324697.6	1998
湿地松粉蚧	35.24	15858	NA	747308.3	763166.3	1999
松突圆蚧	80.9	36450	898000	343153.5	1277603.5	1996
美国白蛾	9.9	4455	NA	NA	4455.0	1998
松干蚧	11	4950	NA	466537.5	471487.5	1998
稻水象甲	33	38340	59400	NA	97740.0	1999
斑潜蝇	100	45000	1350000	NA	1395000.0	2000
豚草	NA	NA	NA	60000	60000.0	1993
紫茎泽兰/飞机草	2470	NA	1333800	NA	1333800.0	2000
水葫芦/空心莲子草	NA	NA	NA	4500	4500.0	1999
大米草	NA	NA	NA	10000	10000.0	1999
总计	2747.28	148311	3655573.1	1938565.8	5742449.9	

注: NA 为无有关数据。

(2) 危险性外来有害生物接连入侵，新的疫情不断突发 我国在蒙受外来入侵生物造成重大经济损失的同时，一些危险性外来有害生物相继传入，新的疫情不断突发。如1987年福建漳州发现香蕉穿孔线虫传入，目前该线虫已蔓延至闽、粤、琼等6省（田家怡和潘怀剑，2000）。1994年初初次在海南省发现的美洲斑潜蝇（*Liriomyza sativae* Blanchard），到目前为止已广泛分布于我国29个省、市、自治区，对我国的蔬菜生产构成了严重威胁（问锦曾等，1996）。我国1997年报道在北京发现蔗扁蛾，此后，该虫相继发现于广东、海南、福建、新疆、江苏、上海、山东、四川和河南、甘肃、吉林、浙江、江西、广西等地的花卉市场或对花卉生产造成危害（杨集昆和程桂芳，1997；商含武等，2003）。1998年陕西发现甜樱桃感染李属坏死环斑病毒（prunus necrotic ring-spot virus，PNRSV）（阮小风等，1998）。自1998年以来香蕉枯萎病（*Fusarium oxysporum* f．sp．cubense Snyder & Hansed）在广州开始零星发病危害香蕉，近年来在广东珠江三角洲进一步蔓延扩展（卓国豪等，2003）。1998年开始在海南省文昌县发现锈色棕榈象［*Rhynchophorus ferrugineus* (Oliver)］严重危害椰子，目前海口、琼山、琼海、万宁、三亚有大量椰子树遭受危害，发生面积近1万公顷，近2万株椰子树死亡。目前除海南省外，台湾、广东、广西和云南等地区也发现该虫（张润志等，2003）。2001年，在海南省东方市江南苗圃内的华盛顿棕榈（*Washingtonia filifera*）上发现水椰八角铁甲［*Octodonta nipae* (Maulik)］（孙江华等，2003）；2003年在北京发现危害蔬菜的西花蓟马［*Frankliniella occidentalis* (Pergande)］（张友军等，2003）。

(3) 外来生物入侵的频率急剧增加，危险性不断增加 随着我国加入WTO以及全球经济一体化进程加快，日趋频繁的国际贸易往来使外来生物入侵的概率和危险性激增，仅上海出入境检验检疫局2001年就截获各类外来有害生物2047批次，其中国家严令禁止入境的一类危险性病虫害222批次。我国海关多次截获小麦矮腥黑穗病（TCK）、大豆疫病、梨火疫病、地中海实蝇［*Ceratitis capitata* (Wiedemann)］等。2002年海关共截获各类有害生物1310种，22448批次，分别比上年增加1.5倍和3.4倍。入侵频率在20世纪90年代以前为每8～10年发现1种，到90年代以后，每年都新发现入侵生物1～2种。

(4) 我国针对外来入侵生物的基础研究薄弱，技术储备不足 我国已有很多外来物种侵入，但有关外来入侵生物的入侵生物学、入侵生态学的研究基础极为薄弱。针对几种主要外来入侵生物，如烟粉虱的遗传变异与寄主谱扩张机制、稻水象甲的生态地域扩张机制、松材线虫病的致病机理、紫茎泽兰的扩散蔓延机制等研究均还没有取得明确的结论。在对外来入侵生物的预防与管理中，缺乏早期预警系统，难以建立快速反应机制；缺乏快速检测与侦测技术，难以建立狙击系统；基础研究薄弱，难以提升可持续控制技术水平；缺乏部门协调机制，难以统一部署与行政监管。

针对这种形势，国家亟须基础科学依据和控制技术，以期达到对外来物种的可持续控制。通过对外来种基础科学与控制技术的研究，充分应用分子生物学、生物化学、信息网络和生物生态学等技术，建立起既能为公众服务，也能为国家决策提供依据的应用技术平台，全面提升我国在生物灾害研究领域的国际学术地位。今后我国针对外来入侵生物的研究与发展趋势如下：①潜在外来入侵生物（危险农林业病虫草害、动物烈性传染性疫病）风险评估的研究，建立早期预警系统与狙击体系；②发展快速分子生物检测、侦测与监测技术，建立入侵生物灾害应急控制与公共危机处理技术及程序；③农业动植物危险、烈性、潜在入侵疫病流行学以及外在重大农作物入侵害虫的传播扩散途径与机制研究，建立阻断与扑灭技术体系；④拓宽与创新紧急扑灭、生物防治、生态调控与生态修复的技术与方法，建立入侵生物可持续治理的综合防御与控制体系。

第三节　生物入侵影响危害与作用途径

外来有害生物的入侵，其经济代价是农林牧渔业产量与质量的惨重损失与高额的防治费用；其生态代价是生态系统的结构和功能的破坏、本地物种多样性不可弥补的消失以及种的灭绝，构成对自然遗传资源、生物多样性保护与持续利用及人类生存环境的重要威胁；生物入侵还会严重影响社会和人类健康。因此外来生物入侵已引起广泛关注，科学家们已普遍意识到，目前生物入侵已成为全球变化的因素之一，并将同其他全球变化因素一起左右整个地球的未来（Vitousek，1997；Enserink，1999；Mack，2000）。

一、外来生物入侵对生态系统的影响

外来入侵物种是生态系统最大的生物威胁。大部分外来种成功入侵后大爆发，难以控制，且对生态系统产生的破坏性不可逆转，形成优势种群，并危及本地物种的生存，引起本地物种的消失与灭绝。

1. 生态系统的直接破坏

外来入侵生物对特定的生态系统的结构、功能及生态环境产生严重的干扰与危害。外来物种一旦成功入侵生态系统，其影响是多方面的：a. 改变原有生态系统内的物种组成和数量；b. 改变系统内的营养结构；c. 改变干扰、胁迫的机制；d. 获取和利用资源上不同的本地物种。只要具备其中一条，许多外来入侵物种就能够直接或间接地改变生态系统过程。

外来物种可以通过竞争或占据本地种生态位来排挤本地种，与当地物种竞争食物、直接扼杀当地物种、分泌释放化学物质以抑制其他物种生长，来减少当地物种的种类和数量，甚至导致物种濒危或灭绝。由于直接减少了当地物种的种类和数量，形成单优群落，间接地使依赖于这些物种生存的当地其他物种的种类和数量减少，导致生态系统单一和退化，改变或破坏了当地的自然景观。有的入侵种，特别是藤本植物，可以完全破坏发育良好、层次丰富的森林。许多外来入侵物种使植被破坏，变成层次单一的低矮植被类型。这些植物群落（包括物种组成和空间结构等）的改变相应地引起一些生态过程的改变，这包括正常的火灾扰动体系、营养循环、水文状况和能量收支等，最终对原有生态系统造成巨大的破坏和不可逆转的后果（李振宇和解焱，2002）。入侵物种可以通过资源利用改变生态进程。例如，大西洋加那利群岛上的固氮植物火树（*Myrica faya*）入侵夏威夷后占据了岛上大部分湿地和干树林，通过固氮和增加土壤中可利用的氮而影响在贫瘠的火山土里的演替进程，土壤含氮量增加，促进了矿质营养的循环，为新的入侵物种提供了沃土（Vitousek，1990）。有些科学家则认为生物入侵对生态系统所造成的最大影响是对干扰速率的影响。例如，来自欧洲的禾草已在北美和夏威夷的许多草原占优势，通过极大提高火灾的强度与频率而在许多地区排挤或降低了本地种的丰度。入侵物种也可以通过改变生态环境的物理特性而极大地改变生态系统功能。例如，非本地草食动物（如山羊）不仅啃食山坡上的植被，而且可导致大量的侵蚀与滑坡，因而严重地影响了溪流生态系统（向言词等，2001）。

20 世纪 60～80 年代从英美等国引进旨在保护滩涂的大米草具有极强的繁殖力，近年来在沿海地区疯狂扩散，其覆盖面积越来越大，现已扩散到我国北起辽宁锦西县，南到广东电白县 80 多个县市的沿海滩涂上，已经到了难以控制的局面。肆意蔓延的大米草能够破坏近海生物栖息环境，使沿海养殖的多种生物窒息死亡；堵塞航道，影响船只出港、渔民捕捞活动和航运；影响海水的交换能力，导致水质下降并引发赤潮；严重影响沿海贝类水产养殖；与沿海滩涂本地植物竞争生长空间，致使大片红树林消亡（万方浩等，2002b）。被称为"植物杀手"的微甘菊（*Mikania micrantha*）原产于南美洲，20世纪80年代传入我国东南沿海，现在广东沿海低山地区、沿海岛屿、香港特区广泛分布，严重危害天然林、人工速生林、果园、公园及风景区和绿地，并进一步威胁到整个华南地区。深圳内伶仃岛是薇甘菊危害比较严重的地区，岛是国家级自然保护区，岛上生活着国家级保护动物猕猴20多群共600多只。目前该岛近500hm²的山林，已有40%～60%被薇甘菊所覆盖，发展下去将危及猕猴的生存（周晓梅和黄炳球，2001）。明朝末期引入的美洲产仙人掌属（*Opuntia*）4个种分别在华南沿海地区和西南干热河谷地段形成优势群落，那里原有的天然植被景观已很难见到（李振宇和解焱，2002）。

生物入侵还可以改变栖息地干扰体制。这方面最为显著的是外来草本类植物使受入侵地区的野火的频率和强度增大。如在美国，来自欧洲的早雀麦侵占了许多自然生态系统，在这种植物入侵以前，这些生态系统的野火周期是60～110年，而其进来之后，周期变成了3～5年，由于火灾频繁，造成其他植物难以生存，出现只有这种植物的单一种群群落（D'Antonio et al，1992；Pimentel et al，2000）。外来种可以改变土壤组分和含水量。许多外来杂草生长快，如紫茎泽兰是需肥量大、吸肥力强的外来植物，可消耗大量的氮、磷、钾等营养，造成土壤肥力下降，对群落中其他植物的生长造成很大影响（祝心如等，1997；赵国晶和马云萍，1989）。如早雀麦的根可达到本地种难以达到的深度，消耗掉大量水分，使地下水位下降，土壤过度干燥；桉树（*Euculyptus* sp.）大量吸取水分生存，对水土保持不利，造成土壤干燥和肥力低，同被其取代的森林相比，桉树林中的生物多样性低，其广泛种植给海南和雷州半岛带来了不少问题（马敬能等，1998）。

值得注意的是，与人类对环境的破坏不同，外来入侵物种对生态系统的破坏及威胁是长期的、持久的。当人类停止对某一环境的污染后，该环境会逐渐恢复，而当外来物种入侵后，即使停止继续引入，已传入的个体并不会自动消失，而会继续大肆繁殖和扩散，控制或清除往往十分困难。

2. 生物多样性的丧失

造成物种多样性丧失的两大威胁分别是外来物种入侵和生态环境的破碎化（Baskin，1998）。生态环境的破坏在造成本地物种丧失的同时，还会促进外来物种的入侵（Stylinski and Alien，1999）。外来物种同本地物种的竞争，可以威胁到本地物种的生存，甚至造成其灭绝，使群落的物种多样性受到影响，使栖息地遭到破坏，本地动物丧失食物和栖息地而大量死亡，群落的生物多样性减少，群落的组成结构发生变化（Higgins et al，1996；Suarez et al，1998）。由于外来物种的排斥、竞争导致灭绝的本地特有物种是不可恢复的，因而对外来物种威胁生物多样性的问题应引起足够的重视。

外来生物入侵可通过压制或排挤本地物种的方式，改变食物链或食物网络的组成和结构。特别是外来杂草，在入侵地往往导致植物区系的多样性变得非常的单一，并破坏可耕地（万方浩等，2002a，2002b）。原产美洲的墨西哥至哥斯达黎加一带的紫茎泽兰，约于20世纪40年代由中缅边境传入云南省，现已在我国西南地区蔓延成灾，并仍以每年大约60km的速度，随西南风向东和向北传播蔓延（向业勋，1983），其侵入草场、林地和丢荒地，很快形成单种优势群落，导致原有植物群落的衰退和消失。由于紫茎泽兰对土壤肥力的吸收力强，能极大地耗尽土壤养分，对土壤可耕性的破坏极为严重（强胜，1998；万方浩等，2002b）。在上海郊区，北美一枝黄花（*Solidago altissma* L.）往往形成单一优势群落，致使其他植物难以生长（车晋滇和郭喜红，1999）。原产南美洲的水葫芦近年来在我国17个省（自治区、直辖市）蔓延成灾，严重危害的有浙江、福建、台湾、云南、广东和海南6省。水葫芦在河道、湖泊、池塘中的覆盖率往往可达 100%，由于降低了水中的溶解氧，致使水生动物死亡，严重影响水生生物多样性（丁建清等，1995）。在云南滇池，水葫芦覆盖的水面面积超过 1000hm² 以上，由于水质富营养化，使滇池生物多样性遭到严重破坏，20 世纪 60 年代曾有 16 种水生高等植物，但随着水葫芦的大肆"疯长"，使大多数本地水生植物如海菜花 [Ottelia acuminata（Gagnep.）Dandy] 等相继消亡，到 80～90 年代仅剩下 3 种水生植物；鱼类则从 60 年代以前的 15 种降至 80 年代的 5 种（吴克强，1993；丁建清和王韧，1998）。

在遗传多样性方面，入侵物种对本地物种遗传多样性的影响可以是间接的，例如，改变自然选择的模式或本地种群间的基因流通；也可以是直接通过杂交（hybridization）和基因渗透（introgression）。当入侵施加强烈的选择压力时，预计本地物种的自然种群会改变其等位基因频率。外来种除了改变自然选择体系，还会以更微妙的方式改变进化进程，例如由于外来生物入侵，随着生态环境片段化，残存的次生植被常被入侵物种分割、包围和渗透，使本地生物种群进一步破碎化、斑块化，从而切断基因流动，造成一些植被的近亲繁殖和遗传漂变（李振宇和解焱，2002）。有些入侵物种可与同属近缘种，甚至不同属的种杂交，如加拿大一枝黄花（Solidago canadensis L.）可与假蓍紫菀（Aster ptarmicoides）杂交。入侵物种与本地物种的基因交流可能导致后者的遗传侵蚀。在植被恢复中将外来物种与本地近缘种混植，如在华北和东北国产落叶松产区种植日本落叶松（Larix kaempferi），在海南国产海桑属（Sonneratia）产区栽培从孟加拉国引进的无瓣海桑（S. apetala），都存在相关问题。与外来北美野鸭（Anas platyrhynchos）的杂交威胁到濒危种新西兰灰鸭（A. superciliosa）和夏威夷鸭（A. wyvilliana）的生存（Rhymer and Simberloff，1996）。

3. 本地物种的灭绝与消失

外来生物入侵可以从种群、群落和生态系统各个层次上影响到每一个生态系统和生物区系，使成百上千的本地物种陷入灭绝境地，加速生物多样化的丧失和物种的灭绝，特别是在岛屿和"生态岛屿"最为明显（万方浩等，2002a）。20 世纪在美国灭绝的鱼类中有 68% 与生物入侵有关（苏荣辉等，2002）。我国云南水域 432 种土著鱼类中，近 5 年来一直未采集到标本的鱼类约有 130 种，约占总种数的 30%；另外约有 150 种鱼类在 60 年代是常见种，现在已是偶见种，约占总种数的 34.7%；余下的 152 种鱼类，其种群数量均比 60 年代明显减少，其中外来鱼类的引入是这些土著鱼类减少的最主要原因（苏荣辉等，2002）。1967～1970 年，巴拿马的加通湖（the Gatun Lake）中引入了一种非洲丽鱼（Butis koillmatodon），导致湖中原有 8 种常见鱼种中的 6 种灭绝，种群骤减到 1/7，并使由水生无脊椎动物、藻类和食鱼鸟类构成的食物链遭到严重破坏。棕树蛇（Biogair regularis）曾被引入到许多太平洋岛屿上。这种蛇的大肆捕食使仅关岛一处特有的 10 种鸟类减少到灭绝的地步（Savidge，1987）。在海洋生态系统中，由于盲目引进外来种或远洋船只携带，导致生态系统许多原有物种因被排挤而消失（Picketts，1997）。在我国福建海域发现了一种原产于南美洲的沙筛贝（Mgtilopsis sallei），它可占据海岸基岩及养殖设施的表面，不仅使当地的附着生物全部消失，还因争夺饵料使人工养殖的各种贝类产量下降（梁玉波和王斌，2001）。

二、外来生物入侵对经济的影响

外来生物入侵新区后，占据适宜的生态位，种群迅速增殖、扩大，发展成当地新的优势种，其带来的直接后果除了对入侵地造成不可逆的生态灾害，还有对人类社会经济的危害（McNeely，2001）。如前文所述，美国每年直接或间接用于主要入侵物种管理（控制和预防）的费用高达 1366 亿美元，印度和南非每年因外来入侵物种造成的经济损失分别为 1300 多亿美元和 800 亿美元。我国每年仅由 11 种主要外来入侵害虫和杂草害造成的经济损失就高达 574.3 亿元人民币，每年各种外来入侵生物对我国造成的总经济损失估计在 2000 亿元人民币以上。

在美国，大约有 50000 种外来种，其中约 15% 为有害生物；受外来种入侵和危害最严重的水生系统中，外来鱼类共 138 种，软体动物共 88 种，其他生态系统均有不同数量和比例的各类侵入种（陈兵和康乐，2003）。美国的有害生物中，外来种动植物及微生物所占比例为：农业害虫占 39%，林业害虫占 27%，农作物病害占 31%，畜禽病虫害占 7%，牧场杂草占 41%，农田杂草占 73%（陆庆光，1999）。1906~1991 年的近 90 年间，由于国际贸易传入美国的有害生物如欧洲玉米螟［Ostrinia nubilalis（Hubner）］、地中海实蝇等达 29 种，造成直接经济损失 920 亿美元。在美国每年因外来生物入侵造成的经济和环境损失一直呈上升趋势，其费用主要用于农林业和湿地系统的修复及其他方面，其中仅入侵昆虫每年就造成近 139 亿美元的作物损失（Ruesink et al，1995）。毁灭性最大的是舞毒蛾（lymantria dispar），仅在 1980~1996 年每年造成的损失就超过 3000 万美元（Wallner，1997）。在夏威夷，98% 的作物损失是由入侵种造成的（Pimentel，2000）。在美国受威胁和濒危的 958 个本地种中，有约 400 种主要是由于外来物种的竞争或危害造成的，这种损失难以用货币来计算（李振宇和解焱，2002）。1986 年 10 月 25 日英国发现第一例疯牛病之后，已花费了 62.5 亿美元用于消除由此造成的混乱，且从 1995 年英国牛肉制品出口已下降了 99%，且要为销毁病牛付给农民 8.5 亿英镑的补偿，英国养牛业受到沉重的打击。欧盟各国为防止该病入境至少耗去 30 亿欧元。日本和韩国为了防止口蹄疫疫病传播，不得不屠杀 35 万头牧畜，造成的经济损失达 9000 万美元（李尚义和李宁，2002）。

中国现有的生态环境已在种种因素影响下不容乐观，入侵物种日益猖獗，给中国造成的经济损害非常巨大：①外来入侵动植物对农业、林业、畜牧业和渔业等可带来直接经济危害，每年因外来入侵生物造成的农产品产量下降、品质减低、生产成本增加，给我国的农村经济造成每年数千亿元的经济损失的事时有发生；②外来入侵生物可通过影响生态系统而对旅游业带来损失，外来物种大面积的入侵定居会改变整个景观的格局，尤其是在风景区里的入侵，使风景改变，影响旅游业的发展；③外来生物通过改变生态系统所带来的一系列水土、气候等不良影响从而产生的间接经济损失是巨大的，但其计算相对困难。此外，由于我们在控制害虫草害中使用的杀菌剂、杀虫剂和除草剂，对生态系统与环境和人类健康的影响是难以估计的，及缺乏对生态环境和经济之间复杂关系的深入了解，对生物入侵造成的经济损失的精确估计十分困难。此外，在国际贸易活动中，对外来生物入侵的防范和对其威胁的恐惧常常引起国与国之间的贸易摩擦，成为贸易制裁的重要借口或手段，常导致重大经济损失。

1. 外来生物入侵植物物对我国经济的影响

中国科学院植物所、动物所开展的外来植物调查和编目表明，我国受外来植物物种入侵所造成的危害也是触目惊心的。如入侵我国的紫茎泽兰可强烈排挤本地植物，致使食物网结构崩溃，严重威胁生物多样性，而且该草含有的毒素易引起马匹的气喘病或导致牲畜误食后死亡，仅 1979 年在云南省的 52 个县 179 个乡，发病马 5015 匹，死亡 3486 匹，甚至造成"无马县"；牛羊也因无可食饲料种群数量锐减。据不完全估计，紫茎泽兰每年给我国畜牧业带来的经济损失达数千万元人民币（刘伦辉等，1985；万方浩等，2002b）。原产北美洲的豚草大约于 20 世纪 30~50 年代传入我国，现已扩散于东北、华北、华东、华中地区的 15 个省市，形成了沈阳、南京、九江-南昌、武汉四大扩散辐射中心，并有向华南、西北扩散的趋势。豚草具有很强的生态可塑性，适于在不同环境中生长，易于形成单一优势群落，破坏本地植被结构，可导致难以预料的生态后果，如由于豚草吸水吸肥能力强，使土壤很快贫瘠，对农业生产造成严重损失；不能有效地为昆虫天敌提供活动、栖息和避难的场所，使农业害虫猖獗；其花粉还是人类变态反应症（枯草热，又称花粉热）的主要致病源，对人体健康产生危害，并给旅游业带来损失。仅沈阳市因豚草对农作物、交通、健康所造成的经济损失每年就达 834 万元人民币（万方浩等，1993）。水葫芦覆盖水面，堵塞河道，影响航运，降低水中容氧量，影响水生生物的生长，严重影响水生生物多样性（吴克强，1993）。浙江温州市和福建莆田市 1999 年用于人工打捞水葫芦的费用分别为 1000 万元和 500 万元，上海地区 2002 年用于打捞水葫芦的费用有 1900 万元，近年来云南省昆明市为治理滇池里的水葫芦已花费 40 多亿元。水葫芦带来的农业灌溉、粮食运输、水产养殖、旅游等方面的经济损失更大（丁建清和解焱，2001）。肆意蔓延的大米草严重影响沿海贝类水产养殖，仅福建省，由于米草在沿海滩涂的恶性繁殖，使许多乡镇无法养殖海产品，每年就高达 1000 万元以上（白鸥和朱一农，1999）。假高粱、毒麦等异地植物在我国部分地区大肆蔓延，我国植物检疫机构也多次在国外进口的农产品中检验到携带有上述有害植物（丁建清和王韧，1998）。南方地区的飞机草等外来入侵植物不断竞争、取代本地植物资源，已严重影响了周围牲畜正常饲养。

2. 外来生物入侵动物对我国经济的影响

目前严重危害我国农林业的 40 余种外来动物对农林业生产造成巨大的经济损失。如美洲斑潜蝇最早于 1993 年在海南发现，到目前为止，该虫已广泛分布于我国 29 个省、市、自治区，发生面积 4100 万亩以上。可寄生 22 个科的 110 种植物，尤其是黄瓜、甜瓜、西瓜、西葫芦、丝瓜、番茄、辣椒、茄子、豇豆、菜豆、豌豆和扁豆等蔬菜瓜果类受害严重，对我国蔬菜生产构成严重威胁。每年防治费用 45 亿元以上，造成的经济损失高达 48 亿元人民币（王福祥，1997）。美国白蛾在我国于 1979 年首先在辽宁省丹东发现，后陆续在山东、陕西、河北、天津等省市发生，涉及 140 多个县（区），发生面积 105 万公顷（梅丽娟等，2002），相继给这些省市的林业、园林和城市绿化造成了极其严重的危害，酿成了重大损失。尤其是近年来美国白蛾的发生已接近首都北京，一旦传入，将给首都的林业和园林绿化造成重大威胁。稻水象甲 1988 年首次在我国河北省唐海县爆发成灾。其后，天津、山东、辽宁、吉林、浙江、福建等地陆续发生，发生面积达 33 万公顷。水稻受害后，一般产量损失 5%～10%；严重田块 40%～60%；少数田块基本无收（李先誉，1997；魏鸿钧，1997）。松突圆蚧 1969 年在日本发现，其后在中国香港、中国澳门也发现此虫，1982 年 5 月在广州珠海市马尾松林内发现，1983 在广东省的发生面积为 11.3 万公顷，1989 年危害面积达 60 万公顷，12 万公顷的松林枯死或濒临死亡，损失木材或生产量 666 万立方米；至 1996 年该虫危害面积达 80.9 万公顷，且正以每年 6 万～7 万公顷的速度向西北等方向蔓延，其每年造成松林枯死 1.3 万公顷以上，仅 1986 年的损失就达 2.9 亿人民币（曹文文，1999）。

被称为"松树癌症"的松材线虫病于 1982 年在南京中山陵风景区的黑松上首次发现，其后迅速扩散到江苏、广东、浙江、山东、安徽、台湾、香港等地，并猖獗成灾（马以桂等，1997），仅安徽省就累计死亡松树 98 万株，直接经济损失 1.2 亿元。1982～1991 年，全国松材线虫的发生面积总计为 3.8 万公顷，松树染病死亡 140 万株，损失木材 5 万立方米。1996 年，全国发生面积 4.1 万公顷，仅浙江省就病死松树 173 万株。1997 年发生面积上升到 5.7 万公顷，1998 年增至 7.24 万公顷，1999 年约 7.4 万公顷（国家林业局，1998；中国农业年鉴，1997，1998，1999，2000）。再如香蕉穿孔线虫 [*Radopholus similis* (Cobb) Thorne]，于 1985 年随香蕉苗引进从菲律宾传入我国。该线虫侵入香蕉植株，造成香蕉大面积倒伏。1987 年在漳州南靖、平和两县发现，且危害柑橘、甘蔗、茶、菠萝、烟草等数十种经济作物、水果和苗木。仅5年时间，就毁坏香蕉苗8000多株，柑橘1000多株，被迫销毁柑橘树苗20万株，投入人工近万人（田家怡和潘怀剑，2000）。

3. 外来生物入侵微生物对我国经济的影响

外来微生物在适宜的生态气候条件下，往往是暴发性的，种群呈指数级别形式增长，一旦暴发，难以控制。许多危险性病害，如水稻细菌性条斑病、棉花黄萎病、柑橘溃疡病等，都是在从国外引进或国内各地生产、调运的农作物种子、苗木及植物产品的过程中传播的。如原产于美国的棉枯萎病和棉黄萎病，20世纪30年代随棉种进入我国，造成的后患一直延续至今，成为我国棉花种植史上最重要的病害。仅1982年的统计，我国16个省628个县发生这两种病害的棉田面积达148.2万公顷，其中2.07万公顷棉花绝收（白鸥等，1999）。原产于美国的甘薯黑斑病（*Ceratacystis firnbriata*），1937年从日本传入我国辽宁省。到1945年该病已蔓延到辽宁、河北、山东、山西、河南、安徽、江苏、陕西等甘薯产区，造成极为严重的损失。据河南安阳、信阳两区和安徽北部两个县统计，因喂食病薯，有上万头耕牛中毒死亡，该病至今仍在各省市为害（白鸥等，1999）。

在动物致病微生物方面，如1997年我国台湾地区暴发的猪口蹄疫，导致70万人失业。鳟鱼传染性胰腺坏死病毒（infectious pancreatic necrosis virus，IPNC）于1940年在加拿大首次发现，现已传播到欧洲、亚洲和美洲，1984～1989年该病曾在我国西北地区某虹鳟鱼场爆发流行，鳟鱼死亡率高达95%（刘兴发等，1997）；该病毒具有广泛的寄主范围，除鳟鱼外，还能侵染七鳃鳗、圆口纲脊椎动物、硬骨鱼类和一些甲壳类动物，对我国野生水生动物生存和水产养殖业的发展构成严重威胁。2003年12月15日韩国农林部证实在韩国出现传染性极强的H5N1病毒以来，日本、越南、柬埔寨、泰国、印度尼西亚、中国内地及中国台湾等国及地区也相继出现禽流感疫情，引起了社会的恐慌。20世纪90年代以来，日本、泰国、中国等许多亚洲国家和地区因虾病流行，对虾养殖产量锐减，造成重大经济损失，其中危害最严重的是白斑综合征病毒（white spot syndrome virus，WSSV）引起的白斑综合征，在我国广大对虾养殖地区迅速扩散，10年来导致对虾养殖及相关产业经济损失达上百亿元（蔡生力和陈专静，2001）。近年又发生了对虾涛拉综合征病毒（TSV）入侵，使我国虾养殖业雪上加霜，再次受到严重打击。

三、外来生物入侵对人类安全的影响

外来入侵生物不仅对生态环境、农林业生产带来巨大的损失，某些病菌的入侵，还直接威胁人类健康，或间接危及人类生命，影响社会安定。一些重大人畜疾（疫）病，如口蹄疫、禽流感、疯牛病等对人类健康和社会稳定带来严重威胁与恐慌。1997年我国台湾地区爆发的猪口蹄疫，导致70万人失业；香港特区爆发疑为人禽共患的禽流感引起了全社会的恐慌。侵入我国的豚草所产生的花粉是引起人类花粉过敏症的主要病原，导致近年来北方地区"枯草热"症逐年上升（万方浩等，1993）。马铃薯晚疫病随着马铃薯的传播而传播，1845年曾在爱尔兰大暴发，作为主粮的马铃薯全部枯死，由于缺粮，爱尔兰当年大约有150万人饿死（李尚义和李宁，2002）。1930年按蚊从非洲西部传入巴西，当年就有10%的人口感染上此病。1942～1943年，该病从苏丹传入埃及尼罗河地区，致使该地区的死亡人数超过13万人（李尚义和李宁，2002）。1991年在美国的阿拉巴马州机动港口的压舱桶中发现了一株南美霍乱菌，霍乱菌也在机动海湾的牡蛎和鳍鱼样中发现，引发公众避免接触或食用牡蛎或各类海鲜食物（罗玮等，2001）；流行于非洲的西尼罗病毒，1999年首次出现于西半球的美国纽约州，其后短短三年，全美国年发病人数由最初的62人猛升至2万多人，病死人数则由最初的7人迅速增至

2002 年的 240 余人（杨平均和梁铬球，1996）。目前感染或携带西尼罗病毒的家畜、鸟类及蚊虫媒介已遍布美国本土的绝大部分州。

第四节　生物入侵的预防与控制

一、入侵的预防

（1）建立外来生物入侵早期预警与风险预测体系　根据信息资料对可能入侵的生物进行风险评估与预警，加强防范措施与制定应急控制技术。对于生物引种，在引入前应进行科学的评估、预测和测验，谨慎引种，不仅要考虑到当前，还应预测将来；不仅要看经济利益，还要看生态危害；不仅要考虑地区性问题，更要考虑全国性问题。引入后应加强观测，释放后应不断跟踪，如发现问题应及时采取有效对策，避免大面积造成危害。对已入侵生物的危害、分布、蔓延与流行进行风险评估与预警，加强监测。加强外来入侵种生物气候限制、物种种系发生、地域分布限制、生态适应性等系统研究基础，以便有能力识别、记载及监测入侵种的动态及更新资料，发布风险区域。

（2）加强边境海关检疫和阻截作用，阻止新的入侵种入境　采取有效的口岸控制措施，加强对入境的各种交通工具如列车、汽车、轮船和旅游者携带各种货物的检查，防止无意带入外来生物。构筑防止外来有害物种入侵的第一道防线，是减少外来入侵物种无意引进风险最重要的环节，这远比入侵发生后采取任何措施更经济、更有效。针对潜在入侵生物，特别是动植物病害，发展快速检测以及去除以各种形式（贸易产品、包装材料）携带入侵的有效技术。

（3）加强宣传，提高公众防范意识　外来入侵种问题和人类活动密不可分。人类日常生活起居、工作等都会涉及运输，而许多生物入侵正是沿着运输途径传播，人类日常生活习惯也是入侵物种问题的一部分。因此，防止生物入侵，需要全社会共同努力，应充分调动公众的积极性，提高全社会防范意识，使全社会参与到防止生物入侵的行动中。整理已有材料并编纂成册，如把入侵物种的概念、危害、国内外重要经验教训编辑成深入浅出的教育普及材料，以各种可能的方式（包括书本、刊物、小册子、万维网、广播、电视等）进行传播，使公众认识到生物入侵的危害性，了解人类与生物入侵的关系，提高思想认识，防止有害生物入侵。

（4）加强技术培训，提高监控技术　在有关检验检疫、生物引种、交通运输、国际贸易、旅游等重点行业的职工中，进行有针对性的宣传、教育、培训工作，使他们尽快了解和掌握国际植物检疫动态及 WTO 有关检疫规则，提高检疫、监测、控制技术水平，为社会提供更优质的服务；对外来种容易侵入的地区如岛屿、湖泊、自然保护区等的工作人员加强防范入侵种意识，提高他们对早期生物入侵的警惕性。

（5）加强科学研究　加强对生物入侵的研究，明确入侵种类、分布、机制，评价入侵种带来的生态危害，研究控制对策和具体技术，是我国目前解决生物入侵的关键。没有科学的研究结果作为指导，就不可能从根本上解决这个问题。在研究外来种的同时，应充分研究、了解本地生物种类，在诸如退耕还林还草工作中，尽可能利用本地种，发挥本地种的作用，减少引进使用外来种。

（6）建立外来入侵生物数据库与信息系统，加强信息流通和国际合作　国内目前在生物入侵方面的信息很多，但不能有效地沟通。成立国家生物入侵信息中心，建立信息库，包括种类、起源与分布、生物学生态学特性、风险分析与管理、有效的控制技术等；发展识别入侵种群的起源地与入侵途径的方法；有效利用国际互联网和局域网，加强信息流通和国际合作，对预防和控制生物入侵具有重要作用。因为入侵物种的问题总是涉及原产国问题，原产国相应物种的防治方法、生态特点、天敌生物等信息对入侵国的防治有着重要作用。一个国家入侵物种的经验和教训，对其他国家在引入或防治同样物种时，有极大的参考价值。例如我国台湾省从美国加利福尼亚和夏威夷引进澳洲瓢虫（*rodolia cardinalis*）防治吹绵蚧壳虫（*Icerya pur-chasi*）获得成功，即是学习了美国从澳大利亚引进澳洲瓢虫控制吹绵蚧壳虫成功的经验。入侵种在一个国家出现的信息可为周边国家提供早期预报。

（7）有效的持续控制技术体系　针对已入侵生物，发展出针对特定目标的有效的、可接受的消灭或控制外来有害生物的技术与方法。重点在于发展消灭或控制外来入侵生物综合治理技术体系，制定最佳的方案与组合技术。强化对外来入侵物种的生物防治基础、技术与方法研究，及对引进的有益物种可能成为另类入侵种的收益与风险评估研究。

（8）建立生态经济影响评估体系和经济制约机制　经济方面的争论对解决外来入侵物种问题起了不少作用。从经济角度出发的讨论要比从感情和生态保护角度出发的讨论更具有说服力。谈到引入外来入侵物种所耗费的成本问题，人类的认识是有局限的。因为入侵现象经常不被注意，而且没有任何明确的责任界定，外来入侵种最初的影响也常常是不显著的。在外来入侵种引发大范围破坏前，很难有人去考虑监控、早期控制等问题。但是只有考虑这些，才能正确分析成本-效益比率。有些人无意中把物种引入新栖息地，但他们并不愿花钱采取措施来阻止此类偶然事件的发生。他们可能没有意识到事情的危险性，但是大多数情况下只是因为这种危险不会威胁到这些人自身的利益。因此这些花费常常不公平地由无辜的人来承担，而不是那些允许（或导致）此类事故发生的人。特别是控制生物入侵直接关系到国际和国内贸易，确定外来入侵物种的成本与利益更成为一个至关重要的大问题，我们在考虑贸易成本的同时，也应把引入外来物种的潜在成本考虑进去。因此针对已入侵生物，发展外来生物（包括有意识地引进的物种）生态与经济影响评估体系。针对既定种在既定地区的生态代价与经济代价的影响预测模式研究，研制出既定外来入侵生物的预测指标体系，以便将这种模式应用到其他地区或其他种的评估中。同时需要建立合理的潜在外来入侵种引入的经济控制机制，明确引入外来物种者应该承担的经济上的责任，包括对引入物种的危险性评估、实验、监测、治理，以及如果外来入侵种造成危害，引入者应该承担的经济赔偿责任等。

二、入侵种的控制方法

1. 人工、机械防除

人工、机械防治适宜于那些刚刚传入、定居，还没有大面积扩散的入侵物种。在群落中有其他敏感植物存在时，也要用机械法。这种方法常被用于水葫芦、空心莲子草、大米草、薇甘菊等外来入侵植物的防治。1991 年，云南昆明曾发动 10 多万军民人工打捞；1999 年，浙江温州市政府投入 1000 万元人工打捞；福建莆田专门成立了水葫芦打捞办公室，每年花费 500 万元。1999～2001 年，深圳市政府曾多次组织军民人工拔除薇甘菊。陕西西安、咸阳和辽宁锦州等地通过采用人工剪除幼虫网幕、高截树头成功控制了美国白蛾（王伟平，1996；燕长安等，1992）。国外在消灭易燃的外来种时，有时采用火烧的办法在控制草地里的外来树种时比较有效。我国人力资源丰富，人工防除可在短时间内迅速清除有害生物，但对于已沉入水里和土壤的植物种子和一些有害动物则无能为力。高繁殖力的有害植物容易再次生长蔓延，需要年年防治。人工、机械防治有害动植物后如不妥善处理动植物残株，它们可能成为新的传播源，客观上加速了外来生物的扩散。

2. 替代控制

替代控制主要针对外来植物，是一种生态控制方法，其核心是根据植物群落演替的自身规律，用有经济或生态价值的本地植物取代外来入侵植物。它的优点在于：①替代控制植物一旦定植便长期控制入侵植物，不必连年防治；②替代植物能保持水土，改良土壤，涵养水源，提高环境质量；③替代植物有直接经济价值，能在短期内收回栽植成本，长期获益；④替代植物可使荒芜土地变成经济用地，提高土地利用率。替代控制的不足在于对环境的要求较高，很多生态环境并不适宜人工种植植物，如陡峭的山地、水域等，同时人工种植本地植物恢复自然生态环境涉及的生态学因素很多，实际操作起来有一定的难度。研究利用替代植物控制外来有害植物，应充分研究本地土生植物的生物生态学特性，如它们与入侵植物的竞争力等，掌握繁殖、栽培这些植物的技术要点，并探讨本地植物的经济特性、市场潜力等，以便同时获得经济效益和生态效益。

3. 化学防除

化学农药具有效果迅速、使用方便、易于大面积推广应用等特点，但在防除外来生物时，化学农药往往也杀灭了许多种本地生物，而且化学防除一般费用较高，在大面积山林及一些自身经济价值相对较低的生态环境如草原使用往往不经济、不现实；而且，对一些特殊环境如水库、湖泊，化学农药是限制使用的。国外在用化学方法处理外来杂草时，应用较多的有草甘膦和绿草烷两类除草剂。草甘膦是种广谱性的除草剂，它可以杀死几乎所有的植物，而绿草烷则是种选择性的除草剂，它只对阔叶木本植物有杀伤力，可以应用于消灭草原上的外来树种而有力地保护草本植物。由于这两种除草剂被植物吸收后可以传输到全植物体，也可传到根部，所以两者都是系统性的除草剂，用它们可以控制处理能以地下茎和地下根进行繁殖的外来种。化学杀虫剂杀灭害虫的作用方式也有触杀、胃毒、驱避等，也有激素和生长调节剂类农药。外来害虫抗药性发展很快，应经常交替、轮换使用多种杀虫剂，以延缓和降低害虫的抗药性。化学防治是目前防治斑潜蝇、稻水象甲等外来害虫的最主要的方法，采用的化学杀虫剂包括巴丹、灭扫利、杀虫双、艾福丁等。喷施灭幼脲和溴氰菊酯也可有效控制美国白蛾。用化学农药要注意选择恰当的时间、温度：一是为了更好地发挥化学农药的药效；二是为了对其他生物不造成伤害。

4. 生物防治

生物防治是指从外来有害生物的原产地引进食性专一的天敌，将有害生物的种群密度控制在生态和经济危害水平之下。基本原理是依据有害生物-天敌的生态平衡理论，在有害生物的传入地通过引入原产地的天敌因子重新建立有害生物-天敌之间的相互调节、相互制约机制，恢复和保持这种生态平衡。通常从释放天敌到获得明显的控制效果一般需要几年甚至更长的时间，因此对于那些要求在短时期内彻底清除的入侵物，生物防治难以发挥良好的效果。但天敌一旦在新的生态环境下建立种群，就可能依靠自我繁殖、自我扩散，长期控制有害生物，所以生物防治具有控效持久、防治成本相对低廉的优点（Harley et al, 1992）。引进天敌之前要对外来种的原栖息地进行考查，了解其天敌和病原体，研究和评估它们的安全性，而后引进这些病原体、天敌等到受外来种入侵的地方释放，同时还要对释放的生物控制剂进行监控和预测，可以提高预测性和增强其安全性，以防止引进的天敌成为新的外来入侵生物。例如，天敌昆虫非洲蛾（*Cactoblastis cactorum*）曾成功地控制了澳大利亚、南非、夏威夷等地的仙人掌（*Opuntia* spp.），但在 1989 年，美国的佛罗里达发现该虫威胁当地的一种花卉植物仙人掌，成为一种严重的害虫（Simberloff, 1996）。生物防治措施防治外来入侵种其有利之处是应用的恰当时，不会造成大的干扰和环境污染。在我国，广东省 1988 年从日本引进的松突圆蚧花角蚜小蜂在广东成功控制了松突圆蚧的危害。到 1993 年放蜂总面积达 73.83 万公顷，占疫区面积的 80％左右，寄生蜂的定居率为 97.8％～100％，雌蚧被寄生率 40％～50％（潘务耀等，1993；陈永革等，1998）。截至 2000 年底，已有 7 种专一性天敌昆虫被成功地引入控制水花生、普通豚草、三裂叶豚草（*Ambrosia trifida* L.）、水葫芦、紫茎泽兰等外来有害植物，其中 5 种在当地已经建立种群，南方水域中的水花生已基本得到控制（万方浩等，1993；丁建清等，2000）。截至 1996 年，世界上已有 13 个国家采用生物防治技术成功控制了水葫芦的危害。例如美国，于 1884 年作为观赏植物引入水葫芦后蔓延成灾，20 世界 60 年代开始释放水葫芦象甲、螟蛾和螨，在路易斯安那州水葫芦的发生面积已减少 75％；在佛罗里达的一释放点，水葫芦的覆盖面积从 1974 年的 90％下降到 1980 年的 25％；在该州的释放点，到 1976 年，水葫芦已完全消失。泰国 1896 年从印度尼西亚引入水葫芦，后成为泰国最重要的水生杂草，目前泰国主要河道上水葫芦由于象甲的控制已明显减少。

5. 综合治理

将生物、化学、机械、人工、替代等单项技术融合起来，发挥各自优势、弥补各自不足，达到综合控制入侵生物的目的，这就是综合治理技术。综合治理并不是各种技术的简单相加，而是它们有机地融合，彼此相互协调、相互促进。以利用生物和化学防治综合治理入侵植物为例，由于融合了化学和生物防治的优势，同时又弥补了各自的不足，因此具有以下特点：①速效性，在实施的前期，在一些急需除掉有害植物的地方，将有选择地使用一定品种和剂量的除草剂，以在短期内迅速抑制有害植物种群的扩散蔓延，从而加快控制速度；②持续性，由于除草剂只能取得短期防效，难以持久，因此，使用除草剂后，释放一定数量的专食有害植物的天敌昆虫并使其建立种群定居，长期自我繁殖，并逐渐达到和保持植物与天敌之间的种群动态平衡，取得持续控制的结果；③安全性，与单一应用化学除草剂相比，综合治理对化学除草剂的品种、使用浓度、剂量及应用次数都有严格的限制，所选择的除草剂对其他生物安全，使用浓度、剂量、次数都大大低于常规用量，因此具有较高的安全性，对环境影响不大；④经济性，综合治理技术体系以生物防治为主，在释放天敌后，天敌可自我繁殖，建立种群，在达到一定数量后基本上不再需要人工增殖，因此具有一次投资、长期见效的优势，防治成本相对较低。

6. 生态环境管理和生态恢复控制

根据外来种的生态学特征和当地生态环境的特点和生态规律，采用生态环境管理的方法来控制外来种。例如，在从掌握当地植被生长周期等生态规律的基础上，使用火烧和放牧的方法消耗一定的外来种；使用水淹的方法消灭旱生动植物；使用排空法清除水生的入侵生物；采用轮作倒茬的方法控制外来农田害虫等。

对于外来杂草，可利用种树和覆盖地表的方法来控制。因为树木的遮蔽有利于耐阴植物的生长，可在一定程度上控制外来杂草的滋生。利用树叶、干草、麦秆等覆盖地表可大大减少杂草生长，并保持土壤湿润、调节土温、增加土壤肥力。

当外来种已被控制或消灭之后，要及时对这些受到干扰地带进行恢复建设。这种恢复性工作的目的有：①有效地阻止外来种的再次入侵；②使生态系统的生产力得到恢复；③恢复群落的物种多样性；④社会服务功能的恢复，包括两方面：一是经济功能，如农业、畜牧业、林业、渔业等方面的产量和质量的恢复和提高；二是间接的服务功能，如减少土壤侵蚀、野火等干扰，改良土质和水质，使景观得到恢复，其旅游等价值得以提高。

三、我国应采取的对策

1. 立法与管理对策

目前，国家还没有专门针对外来种的法规或条例，应迅速制定防止外来入侵和入侵种管理的法律条规，从法制高度重视生物入侵问题。由于外来入侵生物威胁到社会的方方面面，仅靠某一个或几个部门是不够的，应成立包括农业、林业、环保、海洋、贸易、检疫、卫生、国防、司法、教育、科研等国家主管部门在内的统一管理协调委员会，从国家利益的高度全面管理外来入侵种。

立法时应充分考虑到入侵种传入的各个环节，针对每一传入途径制定相应的法制管理对策，尤其是对生物引种（包括动物、植物、微生物和转基因生物）、交通运输、国际贸易货物、旅游等加强立法监管，应制定明确的、细致的管理规程，其中至少应包括以下几方面：①引进者递交引进申请（引入前的可行性分析报告）；②管理部门对引进申请进行科学论证，同意或拒绝申请；③引进过程中的监管；④引进后的检疫、试种、监管、分析评价；⑤引进者申请释放或扩散；⑥管理部门对释放申请进行论证，同意或拒绝释放；⑦释放后的检测和中长期评估。

2. 致力于入侵外来生物问题的国家能力建设

国家能力建设是成功地解决入侵生物种问题的关键。中国是一个农业大国，任何种类的生物入侵无疑会对特定的生态系统和区域造成巨大的生态与经济损失。在承诺和履行生物多样性及生物安全性等国际公约的前提下，既要有效地防止异域有害生物的入侵，保卫中国国家生态安全，又要对国际社会提供可用的信息及经验。因此，国家能力建设应包括以下几方面。

（1）监管能力　根据我国的国情，建立健全有关预防、管理、防治外来有害生物的国家政策法规和条例，充分执行已有的政策、法令及条例。完善已有的动植物检疫法，成立跨部门的、多学科的外来入侵生物专家工作组。

（2）狙击能力　建立黑色、白色和灰色名单，根据"黑名单"建立的针对性或指定性检疫体系，执行全面检疫体系（在没有证据说明进境外来生物无害之前，均应将其视为有害，禁止或限制其入境），将外来有害生物拒之于国门之外。对已侵入但仅局部发生的外来有害生物，要采取严格内检措施，防止扩散与蔓延。

（3）预警能力　发展早期预警系统，建立风险评估体系。一方面，根据信息资料对可能入侵的生物进行风险评估与预警，加强防范措施与制定应急控制技术；另一方面，对已入侵生物的危害、分布、蔓延与流行进行风险评估与预警，加强监测与实施有效的技术予以扑灭、根除或控制。

（4）快速反应能力　构建"快速反应"机制与体系：一旦发现有害的入侵生物，有能力快速地予以清除或消灭，这需要政府的支持、训练有素的专业人员、必要的仪器设备及可使用的经费。

（5）信息处理能力　建立国家外来有害生物信息库和专门网站，与国际机构（SCOPE、UNEP、IUCN）、国际项目计划（GISP、DIVERSITAS）等交流信息；与国际、地区有关机构开展有关共同问题的合作或协作研究。

（6）教育宣传能力　建立外来入侵生物培训中心或网络，在正确识别入侵生物及其危害，预防、清除、控制、灭绝外来入侵生物的管理方法，风险与环境影响评估，生态系统的恢复等方面，对有关人员进行强有力的技术培训。通过各种媒体对公众进行教育与宣传。

3. 致力于入侵外来生物问题的研究能力建设

目前有关外来入侵生物的知识，还不足以准确地进行风险评估和设计有效的管理措施，有关入侵生物学、入侵生态学的研究基础极为薄弱。研究生物入侵在时间上是一个长久的课题，在空间上是一个立体交叉的学科群领域，许多问题并不是短期"攻关"就能解决的，还有许多问题并不能因为入侵的不确定性而采用"亡羊补牢"的方式来解决，否则后果将极其惨重，代价也将远远高于先期研究投资的成千上万倍。因此，有关外来生物的研究是政府应优先发展的课题与领域，其研究能力建设包括以下几方面。

① 完善阻止和预防外来有害生物入侵的检测技术（如实施全面检疫体系的技术与方法），以及去除以各种形式（贸易产品、包装材料）携带入侵的有效技术。编制外来生物的黑色、灰色和白色名单。

② 外来入侵生物初始种群的野外监测技术与发展大面积发生蔓延检测技术（如遥感监测、雷达监测）的研究。

③ 建立针对特定目标的有效的、可接受的消灭或控制外来有害生物的技术与方法；建立消灭或控制外来入侵生物的综合治理技术体系，制定最佳的方案与组合技术。对新发现的小面积危害的入侵生物，采用高效的紧急扑灭技术；对暴发性的入侵者，采用紧急的化学防治及其他一次性的扑灭技术；对大面积发生并已基本稳定的，采用能建立自然生态平衡达到长久抑制效果的生物防治技术。

④ 开展更深层次的外来入侵种生物气候限制、物种种系发生、地域分布限制、生态适应性等多方面的相互关联的系统研究，以便有能力识别、记载及监测入侵种的动态及更新资料。

⑤ 加强建立外来生物环境影响及风险评估系统。

⑥ 强化对外来有害物种的生物防治基础、技术与方法的研究，及对引进的有益物种可能成为另类入侵种的收益与风险评估研究。

⑦ 对既定种在既定地区的生态代价与经济代价的影响预测模式研究，研制出既定外来入侵生物的预测指标体系，以便将这种模式应用到其他地区或其他种的评估中。

⑧ 被入侵生态系统的恢复研究。

⑨ 创建外来入侵生物管理示范区。通过例证示范对外来生物监测、管理与控制的体系。

⑩ 研制外来入侵生物的识别、控制、管理的技术程序与指南。

4. 监测与管理能力建设

建立外来有害生物入侵的监管体系，组织协调各部门间的管理工作，严格引种的审核、批准与检疫程序。目前，我国的引种制度极不规范，对引种的监管还无章可循。只重视引种前的审批工作，而忽视引种释放后的管理。建立经济惩罚体制，实行经济责任制度。无论是有意识、还是无意识地引入外来生物，均应采用经济政策规范引种的行为与责任。

四、外来生物入侵种的生物安全性优先行动计划

按照国际《生物多样性公约》及生物安全卡塔赫拉协议中的有关条款要求，签约国应阻止引入对生态系统、栖境、物种、人类健康带来威胁的外来物种（包括活体遗传改良或修饰生物），建立和维护有效的方法与技术控制和根除已入侵的外来有害物种。1997 年，环境问题科技委员会基于生物多样性公约的有关内容，特别是针对外来有害生物物种对环境、生物多样性、农牧业生产造成的严重经济损失和危害，建立了全球入侵生物计划。如全球自然保护联合会提出了制定外来入侵生物管理法规与准则的指南（Shine et al, 2000）；南太平洋区环境计划针对太平洋地区的外来生物进行了现状评估与策略（Sherley, 2000）。由此可看出，国际上对外来有害生物的问题是极为重视的，我们应当共同努力加强预防和控制外来有害生物，保障生态安全。

第十二章 农村环境保护的政策法规和标准

完善的政策法规与标准是做好农村环境保护工作的基础，本章简要回顾了我国在农村环境保护方面的历史，介绍了与农村环境保护相关的政策法规与标准，并对最新的一些政策也做了说明。

第一节 我国农村环境保护政策的历史回顾

我国从 20 世纪 70 年代开始重视农业生态环境保护工作，当时周总理在接见农林部等有关同志时指出："对我们来说工业公害是个新课题，工业化一搞起来，这个问题就大了，农林部门应该把这个问题提出来，农林又要空气，又要水。"这是农业部门开始关注环境保护的直接起因。我国的农业农村环境保护工作大体经历了三个阶段：第一阶段，1970～1978 年，主要抓了农业环境污染调查，配合工业污染治理开展科学研究，并制定了一些农业环境保护的办法、条例和标准，为开展农业环境管理和监测工作提供了科学依据和技术储备；第二阶段，1979～1984 年，重点抓了农业环境机构和监测网络建设，为农业环境保护工作的深入开展打下了初步的组织基础；第三阶段，从 1985 年至今，主要是明确了农业环境保护必须与经济建设协调发展，重点保护好农业自然资源，强化农业环境管理，保护和改善农业生态环境，增强农业后劲，促进农业持续、稳定、协调发展。20 多年来，在党中央、国务院和全国人大的重视和支持下，我国的农业生态环境保护工作在管理机构、政策法规、监测网络、教育培训等方面都取得了显著的进展，逐步建立了相对健全的农业生态环境管理、监测和法制体系。

一、管理机构建设

1976 年原农林部在科教局内设处级环保组，首次将农业环保纳入行政管理体系，负责农业环境保护工作。此后，随着国际国内对环境保护的关注和我国农业环境形势的客观需要，农业环保事业得到不断发展。1984 年，设立了司局级的能源环保办公室，1987 年改名为能源环保局，1989 年又改名为环保能源司。为加强农业生态环境保护工作的统一组织和协调，1985 年成立了由部领导任主任，部内各个司局负责同志组成的农业部环境保护委员会，环境保护委员会办公室设在环保能源司，形成了有关司局分工负责和环保能源司归口管理的体制。在 1998 年的国务院机构改革中，本着"精简、廉洁、效能"的原则，把农业环保部分职能转移给国家环保总局，农业部保留相关法律规定和国务院确定的行业性环保职能。在组织机构方面，国务院环境保护委员会是我国农业环境保护的最高领导机构，成立于 1984 年，农业部部长任副主任。

严格地说，我国农业环境管理工作是从 80 年代才真正开始的。由于起步晚，不少省份还没有成立专门的农业环境管理机构，全国尚未形成从上到下完整的农业环境管理系统。多年来，大量农业生态环境管理工作主要依托各级农业环境监测站来进行。由于农业环境监测站是事业性机构，难以全面充分发挥管理职能，因而，影响了农业环境管理的效能和作用。

二、政策法规建设

经过多年的努力，农业部门在农业生态环境保护法制建设方面取得了很大进展。目前，已基本形成了一个由法律、行政法规、地方性法规、部门规章和地方政府规章构成的、立体多元、协调配合的农业生态环境政策法规体系。在农业用水、土地、生物资源等方面已制定了专门法规，16个省和100多个地县出台了农业环境保护条例。

《宪法》规定，国家保护和改善生活环境和生态环境，防治污染和其他公害。《环境保护法》规定，各级人民政府应当加强对农业环境的保护，防治土壤污染、植被破坏、水土流失以及其他生态失调现象的发生和发展。《农业法》规定，发展农业必须合理利用资源，保护和改善生态环境；此外，我国还出台了许多农业环境保护单行法规，主要包括《森林法》、《土地管理法》、《草原法》、《渔业法》、《水土保持法》、《基本农田保护条例》、《自然保护区管理条例》、《全国农业环境监测工作条例》、《农药安全使用规定》等。全国已有16个省（自治区、直辖市）和100多个地县分别颁布了省级和地县级《农业环境保护条例》，这些法律、法规明确赋予农业部门保护农业生态环境的职责和权力，标志着我国农业环境保护工作已逐步走上了有法可依的轨道。在完善法律法规体系的同时，先后颁布了《农田灌溉水质标准》、《渔业水质标准》、《城镇垃圾农用控制标准》、《畜禽废水排放标准》、《绿色食品标准》、《农业环境监测技术规范》等一系列农业环境和农产品质量控制标准和规范，这些标准和规范是农业环境保护法规体系的重要组成部分，是农业环境管理及科研监测的重要依据。

在加强法制体系建设的同时，各级部门加大了农业环境执法监督工作的力度，黑龙江、山东、云南、吉林、湖北等省份建立了农业环境监察员制度，有效地纠正了执法不严、违法不纠的现象，维护了环保法规的尊严，提高了公众的环保意识。

1992年联合国环境与发展大会后，中国政府制定了《中国21世纪议程》，把农业可持续发展作为国家发展基本战略，并贯彻于《国民经济和社会发展国家"九五"计划和2010年远景目标纲要》中。《国家环境保护"九五"计划和2010年远景目标规划》强调，农业发展必须在保护生态环境、维持良好的生态系统功能的前提下，保证农产品的有效供给。在1998年底召开的全国农业工作会议上，时任农业部部长的陈耀邦再次强调"改善生态环境是防御旱涝等自然灾害的根本措施，在农业和农村经济工作中，要把农业生态环境的保护和建设放在突出的位置"。在国务院1999年初出台的《全国生态环境建设规划》中，明确提出争取用大约50年的时间，动员和组织全国人民，依靠科学技术，改善生产和生活条件，转变增长方式，加强综合治理力度，完成一批对改善全国生态环境有重要影响的工程，扭转生态环境恶化的势头，建立起比较完善的生态环境预防监测和保护体系，大部分地区的生态环境明显改善，努力实现山川秀美。

但总体说来，我国的农业环境法规体系还相对薄弱，部分法规条例已经难以适应新的经济体制的变化和需要，地区间、部门间的发展水平也参差不齐。在执法工作方面，存在执法力量薄弱、执法机构过于分散、执法人员素质不高、执法装备落后等问题，这些都严重影响了执法的效果，不利于农业可持续发展方针的贯彻落实。

三、监测网络建设

中国农业环境监测网络属于国家环境监测网的二级网，负责中国农业生态环境质量的监测，了解和掌握农业生态环境质量状况和发展趋势。近十年来，全国农业环境监测网络建设取得长足的发展，逐步建成了从农业部至各省、重点地县的网络系统，全国农牧业系统已挂牌建站约 700 个，从业人员达 5220 人，其中山东、湖北、云南等 9 个省级农业环境监测机构通过了国家质量监督部门的计量认证，基本形成了以农业部环境监测总站为中心的农业环境监测网络。建立了农业环境监测三项报告制度，积极开展常规例行监测、污染事故处理、生态农业指导、基本农田保护、污灌普查、农业环境信息发布等工作，先后组织开展了"全国农业环境质量状况发展趋势调查"、"全国主要农畜产品质量（有害物残留）调查"、"全国污水灌区环境质量调查"、"三峡流域农业生态和环境监测"、"淮河流域农业环境质量调查与污染防治对策研究"以及"绿色食品基地环境质量评价"等多项工作。该网络通过开展农业环境常规监测工作，每年获取监测数据 10 万多个，是国家环境状况公报的重要信息来源。监测网络每年调查处理恶性农业生态环境污染事故数千起，挽回经济损失数亿元，保护了农民的合法利益和生产积极性。

但是，由于农业生态环境监测尚未被列入国家建设计划，农业部门财力不足，支持力量不够，当前各省级农业环境监测站现有设备条件很不整齐，实际监测能力差别很大。调查结果表明，各省级农业环境监测站总计平均设备投资仅为 55.9 万元，人员编制在 10 人左右，只有约1/3的省级站具备相对完善的污染监测条件，部分监测站仅依靠所了解的一般性知识进行经验性环境调查、观察报告和管理；一般地县级监测站仅 3~5 人，没有实验室，工作开展受到很大限制。

四、教育培训现状

近年来，我国农业环境保护宣传教育和科技培训工作取得了较大进展。形成了以农业部环境科研监测所为骨干、以各相关农业科研单位、高等农业院校为主体的农业环保科研体系，取得了一大批科研成果和实用技术。目前全国已有十多所大专院校设立了农业环境保护系或专业，并有一批中等农业学校开设了农业环境保护专业或课程，培养了上万名农业环境保护专业人才。与此同时，通过各种方式对数十万干部群众进行了农业环保知识和技术培训，创办了以农业生态环境保护为宗旨和主题的期刊数十种，年发行量超过 10 万册。多次在中央和地方主要报纸杂志、电台、电视台等大众传媒中开设专栏，宣传农业生态环境保护思想。充分利用现有条件，制作浅显易懂、贴近农民口味的声像资料，并通过信息网络等形式宣传农业生态环境保护思想，大大增强了公民的农业环保意识。

第二节　农村环境保护相关的法律法规

中国是一个农业大国，农村人口占大多数，农村和农业是连接人与自然的主要纽带，农村环境是中华民族生存和发展的重要物质基础，农村环境保护对于建设资源节约型社会、环境友好型社会、生态文明社会和社会主义新农村，具有重要的意义和作用。农村环境保护法律法规是农村环境保护活动得以顺利、有效和可持续开展的法律保障，对于建设资源节约型、环境友好型和生态文明型的新型农村，促进农村城市化、农业现代化、城乡一体化和人与自然的和谐发展，促进经济、社会和生态的可持续发展，具有重要的促进和保障作用。农村环境保护法律法规涉及的主要领域可以用农村环境保护法规的主要内容来表示。

一、防治农村环境污染的法律规定

1. 防治农村饮用水源污染、保护农村饮用水源的法律规定

我国早在 1959 年就颁布了《生活饮用水卫生规程》。2006 年 8 月 30 日，国务院总理温家宝主持召开国务院常务会议，审议并原则通过了《全国农村饮水安全工程"十一五"规划》，

2007年7月国家发改委和水利部发布了《全国农村饮水安全工程示范县建设管理办法》和《县级农村饮水安全工程"十一五"规划指南》，规定了保护农村饮用水源、防治农村饮用水源污染的具体政策和措施。2008年修订的《水污染防治法》从四个方面加强了饮用水的法律保护：在立法目的部分（第一条），增加了"保障饮用水安全"的目标；在指导原则部分（第三条），提出要"优先保护饮用水水源"；在结构上增设了"饮用水水源保护"专章，即第五章共10个条款，主要规定了饮用水保护区划、禁设排污口、禁止或者限制含磷洗涤剂等措施；在罚则部分的第七十五条和第八十一条加重了危害饮用水行为的处罚，从而将"保护饮用水安全"放在了重要位置。目前已颁布的《饮用水水源污染防治管理条例》（征求意见稿，2007年11月13日）对饮用水源保护制度作了具体规定。该条例明确了地方政府饮用水水源污染防治的责任，建立了饮用水水源污染防治的规划制度、饮用水水源环境管理评估制度、饮用水水源保护生态补偿机制，完善饮用水水源保护区制度、饮用水水源污染防治应急预警机制；并参照集中式饮用水水源保护区的管理规定，明确有关分散式饮用水水源的管理的原则性规定。

2. 防治农村土壤污染的法律规定

《国务院关于落实科学发展观加强环境保护的决定》明确提出，要"以防治土壤污染为重点，加强农村环境保护"，并要求开展全国土壤污染状况调查和超标耕地综合治理，抓紧拟定有关土壤污染方面的法律法规草案。目前我国《环境保护法》（1989年）、《水污染防治法》（2008年修订）、《土地管理法》（2004年）及其《实施条例》（1999年）等法律法规已有防治土壤污染的零散规定，一些防治环境污染的一般性法律措施与制度原则上也适用于农村土壤污染防治。国家环境保护部于2008年6月6日发布了《关于加强土壤污染防治工作的意见》（环发〔2008〕48号），对土地防治的重要性、指导思想、基本原则、主要目标、重点领域和工作措施等做了具体规定。

3. 防治畜禽、水产养殖污染的法律规定

为了防治畜禽养殖污染，我国《农业法》、《固体废物污染环境防治法》、《畜牧法》等法律做出了一系列规定。《水污染防治法》（2008年2月28日修订）规定："国家支持畜禽养殖场、养殖小区建设畜禽粪便、废水的综合利用或者无害化处理设施。畜禽养殖场、养殖小区应当保证其畜禽粪便、废水的综合利用或者无害化处理设施正常运转，保证污水达标排放，防止污染水环境，从事水产养殖应当保护水域生态环境，科学确定养殖密度，合理投饵和使用药物，防止污染水环境。"国家环境保护总局还制定了《畜禽养殖污染防治管理办法》（2001年5月8日公布）和《畜禽养殖业污染物排放标准》（2001年12月28日发布）等部门规章和标准，其中《畜禽养殖污染防治管理办法》规定了一系列防治畜禽养殖污染的措施和法律制度。

4. 防治工业企业污染特别是乡镇企业污染的法律法规

早在20世纪80年代初乡镇工业兴起时，我国就已经意识到了乡镇企业污染农村环境问题，相继制定了《关于加强乡镇、街道企业环境管理的规定》（1984年9月）、《关于加强乡镇企业环境保护工作的规定》（1997年3月）等法律政策文件。我国现行农村环境保护法已经含有大量规制乡镇企业污染的内容，有关防治工业企业污染的法律法规原则上也适用于位于农村的企业。根据《乡镇企业法》（1996年10月29日公布）的规定，乡镇企业应当依法合理开发和使用自然资源，遵守有关环境保护的法律、法规，按照国家产业政策，在当地人民政府的统一指导下，采取措施，积极发展无污染、少污染和低资源消耗的企业，切实防治环境污染和生态破坏，保护和改善环境。乡镇企业不得采用或者使用国家明令禁止的严重污染环境的生产工艺和设备；不得生产和经营国家明令禁止的严重污染环境的产品。

5. 防治农药化肥等面源污染的法律规定

为了控制农药化肥等分散性、面源性的污染，我国相继制定了《环境保护法》、《农业法》、《水污染防治法》等法律法规，要求加强农药和化肥环境安全管理，推广高效、低毒和低残留化学农药，禁止在蔬菜、水果、粮食、茶叶和中药材生产中使用高毒、高残留农药；防止不合理使用化肥、农药、农膜和污灌带来的面源污染。为了加强对农药生产、经营和使用的监督管理，保护农业、林业生产和生态环境，维护人畜安全，我国先后制定了《农药管理条例》（1997 年发布，2001 年 11 月 29 日修订）、《农药限制使用管理规定》（2002 年）、《农药生产管理办法》（2004 年）等专门法规、规章，规定了我国农村环境保护法规制的主要领域农药污染防治法监督管理体制、农药生产许可制度和农药登记制度，并对农药经营准入限制以及农药生产、经营、使用的污染防治做了具体规定。

二、防治农村环境污染与生态破坏的法规

农村环境破坏主要指农村的水土流失、土地沙化退化、林草植被破坏、湿地和生物多样性减少等现象。农村环境保护不仅要防治农村环境破坏，而且要保护和建设农村生态。农村生态建设是环境保护工作的重要组成部分，是改善区域环境质量的重要措施。

1. 防治农村环境破坏的法律规定

《环境保护法》、《水土保持法》、《防沙治沙法》、《野生动物保护法》、《森林法》、《草原法》、《水法》等法律中有关防治环境破坏的规定，原则上都适用于防治农村环境破坏。目前我国农村环境保护法突出防治水土流失、防沙治沙、防治土地退化、防治森林草原植被减少，强调遏制新的人为生态破坏，依据《环境影响评价法》和《建设项目环境保护管理条例》加强农村开发建设项目的环境影响评价制度和"三同时"制度；采取有效措施，加强对外来有害入侵物种、转基因生物和病原微生物的环境安全管理。

2. 农村生态保护和建设的法律规定

有关农村生态保护和建设的政策和法律规范主要体现在《农业法》（1993 年 7 月通过，2002 年 12 月修订）、《城乡规划法》（2007 年 10 月 28 日通过）和《国家环境保护总局关于加强农村生态环境保护工作的若干意见》（1999 年 11 月）之中。《全国生态环境建设规划》（1998 年）和《全国生态环境保护纲要》（2000 年）这两个文件初步划定了我国生态保护和建设的大致范围。有关法律政策文件要求：以保护和恢复生态系统功能为重点，以生态功能保护区、生态脆弱区的建设和保育为主体，重视保护农村植被，加强村庄绿化、庭院绿化、通道绿化、农田防护林建设和林业重点工程建设；加强生态示范区、农村生态功能区、生态园区建设管理；制定和推行农村生态补偿政策，重视流域上下游之间、资源开发与生态保护之间、自然保护区内外的生态补偿，建立遗传资源获取与惠益共享机制，建立矿山生态环境恢复治理保证金制度。

3. 发展生态农业和绿色能源的法律规定

生态农业的一个基本要求是合理利用和节约利用各种自然资源。农村作为农业人口的居住场所，在地域上直接处于农业环境当中，农村环境的这一地域特点反映在法律上，就是在农村环境法制建设中，与合理开发利用农业自然资源和保护生态环境有关的内容占据重要地位。我国《农业法》等法律政策文件强调采取措施发展生态农业，调整、优化农业和农村经济结构，推进农业产业化经营和循环经济，发展农业科技和农业清洁技术，促进农业机械化和信息化，提高农业综合生产能力。我国已经制定《有机食品认证管理办法》、《有机食品国家标准》以及良好农业规范国家标准和认证实施规则。要求积极开展国家有机食品生产基地创建工作，推动

有机食品的产业化发展，加强对无公害、绿色、有机农产品生产基地的环境监管；发展节水农业，建设节水农业示范基地，提高水资源利用效率和农业生产能力。《节约能源法》（1997年11月）和《可再生能源法》（2005年3月）等法律政策文件已经规定了若干保障农村能源供给、发展农村绿色能源、防治农村能源污染的措施，要求优化农村能源结构和能源配置，合理开发和利用水能、沼气、太阳能、风能等可再生能源和清洁能源，把农村污染治理和废弃物资源化利用同发展清洁能源结合起来。

4. 建设优美村镇、生态村镇的法律规定

1999年，国家环境保护总局发布的《关于加强农村生态环境保护工作的若干意见》，提出了"创建生态文明村镇"、创建"环境优美城镇（村镇）"或"环境保护先进城镇（村镇）"的任务和措施，要求"积极开展生态乡、生态镇和生态村的建设"，强调"小城镇和村镇庄环境整治是农村生态环境保护的重点"。2000年，中共中央、国务院发布了《关于促进小城镇健康发展的若干意见》，决定在全国开发创建文明小城镇的活动。2005年，《中共中央国务院关于推进社会主义新农村建设的若干意见》对包括优美村镇、生态村镇建设内容的新农村建设做出了一系列政策规定。《城乡规划法》（2007年）、《村庄和集镇规划建设管理条例》（1993年）等法律法规对建设环境优美村镇和生态村镇作了某些规定。根据《村庄和集镇规划建设管理条例》，村庄、集镇规划建设管理，应当坚持合理布局、节约用地的原则，全面规划，正确引导，依靠群众，自力更生，因地制宜，量力而行，逐步建设，实现经济效益、社会效益和环境效益的统一。任何单位和个人都应当维护村容镇貌和环境卫生，妥善处理粪堆、垃圾堆、柴草堆，养护树木花草，美化环境。任何单位和个人都有义务保护村庄、集镇内的文物古迹、古树名木和风景名胜等设施。《国家级生态村创建标准（试行）》（2006年）要求国家级生态村应该做到：制定符合区域环境规划总体要求的生态村建设规划；村庄建设与当地自然景观、历史文化协调；村容整洁，村域范围无乱搭乱建及随地乱扔垃圾现象，管理有序；村内宅边、路旁等种有适宜树木。生长的地方应当植树；空气质量好，无违法焚烧秸秆垃圾等现象。

综上所述可知，目前我国已经初步形成农村环境保护法律体系的框架，已经建立防治农村水污染、畜禽养殖污染、农药污染、乡镇企业污染以及建设优美村镇、生态村镇和农村环境综合整治等方面的某些法律制度。由于农村环境保护法治建设的推动，我国的农村环境保护工作也取得了重要成就。

第三节　农村环境保护相关的标准

一、环境标准

环境标准，是为了保障人群健康，防治环境污染，促进生态良性循环，合理利用资源，促进经济和社会发展，依照环境基准、环境保护法律和有关政策，对环境中有害成分、排放源的污染物的限量阈值和配套措施所做的技术规定。

根据《中华人民共和国环境保护法》和《中华人民共和国标准化法》规定，标准的制定和修改由政府负责。在质量标准中，凡国家有的项目，地方标准不可再制定同一项目标准；在污染物排放标准中，地方可以制定更严格的同一种标准，一旦标准被批准，该地区只能执行较严格的地方标准。

我国现有的环境标准按用途分为六类：环境质量标准，污染物排放标准（或各污染物控制标准），环境基础标准，环境方法标准，环境标准物质标准和环保设备、仪器标准。

1. 环境质量标准

环境质量标准是衡量环境质量的依据，是环境保护的政策目标，也是制定污染物排放标准的基础。环境质量标准包含大气环境质量标准、水环境质量标准、土壤环境标准和生物环境质量标准四类。环境质量标准适用于全国范围，地方只能制定国家环境质量标准的技术依据是环境基准。

2. 污染物排放标准

污染物排放标准指为了保护环境，实现环境质量目标，对排入环境中的有害物质或有害因素所作的控制规定，一是控制污染物排放浓度，二是控制排放总量。目前已颁布的排放标准时浓度控制标准，包含大气污染物排放标准、水污染排放标准、固体废弃物排放标准、辐射控制标准、物理因素控制标准。

3. 环境基础标准

在环境标准化活动中，对有指导意义的符号、代号、指南、程序、规范等所作的统一规定，它是制定一切环境标准的基础。

4. 环境方法标准

在环境保护工作中，以试验、分析测试、抽样与统计运算为对象所指定的方法标准。

5. 环境标准物质标准

在环境监测中，用来标定仪器、验证测试方法、进行量值传递或质量控制的材料或物质。它必须经过标准化活动定值并由标准化权威机构批准，并给出保证值，即元素或策划过分含量均值和不正确度。

6. 环保设备、仪器标准

为保证环境监测数据的对比性和准确性，并保证污染防治设备运行效率，对有关环保设备、仪器的各项技术要求作统一规定。

二、农村环境保护的标准

目前，我国已经颁布的适用于农村环境的国家标准有：渔业水质标准、农田灌溉水质标准、保护农作物的大气污染物最高允许浓度、农用污泥中污染物控制标准、城镇垃圾农用控制标准、农药安全使用标准和土壤环境质量标准等。

1. 控制农村饮用水污染的标准

我国在 1985 年就颁布了《生活饮用水卫生标准》（GB 5749—85）和 1989 年颁布了《农村生活饮用水量卫生标准》（GB 11730—89）。随着经济的发展，人口的增加，不少地区水源短缺，有的城市饮用水水源污染严重，居民生活饮用水安全受到威胁。1985 年发布的《生活饮用水卫生标准》已不能满足保障人民群众健康的需要。为此，卫生部和国家标准化管理委员会对原有标准进行了修订，联合发布新的强制性国家《生活饮用水卫生标准》（GB 5749—2006）。此标准加强对水质有机物、微生物和水质消毒的要求，统一了城镇和农村饮用水卫生标准，并且实现饮用水标准与国际接轨。

2. 控制农村农业用水污染的标准

我国在 1985 年颁布了《农田灌溉水质标准》，1992 年进行了第一次修订，2005 年进行了第二次修订《农田灌溉水质标准》（GB 5084—2005），其目的是为防止土壤、地下水和农产品污染，保障人体健康，维护生态平衡，促进经济发展。《农田灌溉水质标准》按照灌溉水的用途，将农业灌溉水的水质要求分为两类：第一类是指工业废水或城市污水作为农业用水的主要水源，并长期利用的灌区，灌溉量为水田 800m³/(亩·年)，旱田 300m³/(亩·年)；第二类是指工业废水或城市污水作为农业用水的补充水源，而实行清污混灌轮灌的灌区，其用量不超过第一类的一半。

3. 控制农村土壤污染的标准

我国在 1995 年颁布了《土壤环境质量标准》（GB 15618—1995），为贯彻《中华人民共和国环境保护法》防止土壤污染，保护生态环境，保障农林生产，维护人体健康，制定本标准。

《国务院关于落实科学发展观加强环境保护的决定》明确提出，要"以防治土壤污染为重点，加强农村环境保护"，并要求开展全国土壤污染状况调查和超标耕地综合治理。

4. 控制畜禽、水产养殖污染的标准

为了防治畜禽、水产养殖污染，我国制定了一系列的相关标准。1989 年颁布了《渔业水质标准》（GB 11607—89），其目的是防止和控制渔业水域水质污染，保证鱼、虾、贝、藻类正常生长、繁殖和水产品的质量。《水污染防治法》（2008）规定："国家支持畜禽养殖场、养殖小区建设畜禽粪便、废水的综合利用或者无害化处理设施。畜禽养殖场、养殖小区应当保证其畜禽粪便、废水的综合利用或者无害化处理设施正常运转，保证污水达标排放，防止污染水环境……从事水产养殖应当保护水域生态环境，科学确定养殖密度，合理投饵和使用药物，防止污染水环境。"

《畜禽养殖业污染物排放标准》（GB 18596—2001），对控制畜禽养殖业生产的废水、废渣和恶臭起到了一定作用，促进了养殖业生产工艺和技术进步。

5. 控制关于工业企业污染特别是乡镇企业污染的标准

早在 20 世纪 80 年代初乡镇工业兴起时，我国就已经意识到了乡镇企业污染农村环境问题，相继颁布了《保护农作物的大气污染物最高允许浓度》、《城镇污水处理厂污染物排放标准》、城镇垃圾农用控制标准等相关文件，并且我国现行环境保护标准中已经包含了大量规制乡镇企业污染的内容，有关防治工业企业污染的环境保护标准原则上也适用于位于农村的企业。按照国家产业政策，在当地人民政府的统一指导下，采取措施，积极发展无污染、少污染和低资源消耗的企业，切实防治环境污染和生态破坏，保护和改善环境。乡镇企业不得采用或者使用国家明令禁止的严重污染环境的生产工艺和设备；不得生产和经营国家明令禁止的严重污染环境的产品。

6. 控制关于农药化肥等面源污染的相关标准

为了控制农药化肥等分散性、面源性的污染，根据《环境保护法》、《农业法》、《水污染防治法》，颁布了《农药安全使用标准》（GB 4285—89）及《化肥使用环境安全技术导则》（HG 555—2010），加强农药和化肥环境安全管理，推广高效、低毒和低残留化学农药，禁止在蔬菜、水果、粮食、茶叶和中药材生产中使用高毒、高残留农药；防止不合理使用化肥、农药、农膜和污灌带来的面源污染。同时为了保护农业、林业生产和生态环境，维护人畜安全，国家颁布了《农药质量标准》和《农药存留标准》。

第四节　农村环境保护相关的政策

政策是行为的先导，当前的环境政策已经不适应发展的需要，必须做出适当调整，坚持以科学发展观为指导，统筹规划、突出重点，因地制宜。

在过去的十几年里，虽然现有的环境政策特别是环境污染控制政策是在工业和城市污染的基础上建立的，但环境政策制定者的初衷也包含农村，希望制定的环境政策是系统而完整的，具有普适性。然而，由于农村和城市环境特点及造成环境问题的因素不同，现行的环境政策在

农村的成效是有限的。首先，我国以行政管制为主要手段的环境政策因为农村环境机构的缺失和农村生产、生活方式特点而失去其可操作性。其次，对农民环境权益配置不公，导致引导性环境政策在农村失去了市场。引导性环境政策是通过一定的鼓励和激励性手段调动和发挥环境关系中各方主观能动性，引导其主动参与环境保护。引导性环境政策的顺利实施与否就要看政府是否公平配置了环境权和建立了利益驱动机制，并建立起对权利及权利行使预期受益的长期、稳定保护。但是在现实社会中，城市和农村存在着严重的不公平现象。再次，环境补偿措施不到位，使农村居民保护环境的积极性减少。

我国在工业化和城市环境已经受到严重危害的情形下提出了"预防为主，防治结合"的环境政策原则，并制定了系统的环境政策，但环境政策在农村的可行性问题和政策成效还有待于实际工作的检验。农村环境状况至今仍旧在环境政策得以执行的前提下急剧恶化，这不能不说明我国现有的环境政策在解决农村环境问题上有明显的不足。环境政策需要有专门的机构来执行，而农村环境机构的匮乏和环境要素保护职责权限的分割导致有利争着管、无利都不管的尴尬局面，以及现阶段我国农村环境面临日益严峻的挑战。

2008年7月24日召开了全国农村环境保护工作电视电话会议，这是新中国成立以来国务院首次召开的农村环境保护会议，这充分反映了党和政府对农村环保工作的高度重视，对全面推进我国环境保护工作，统筹城乡环境保护，进一步推动生态文明和全面建设小康社会，具有重要意义。会上，中共中央政治局常委、国务院副总理李克强做了重要发言，首次提出农村环保要"以奖促治"、"以奖代补"；并强调统筹城乡经济社会发展和环境保护，切实把农村环保放到更加重要的战略位置。

一、农村环境保护基本政策

1983年，在第二次全国环境保护会议上，环境保护作为一项基本国策被确定下来。经过20多年的探索与实践，我国初步形成了"预防为主，防治结合"、"谁污染谁治理"、"强化环境管理"三大环境保护基本政策。

"预防为主，防治结合"政策指的是：把消除污染、保护环境的措施在经济开发和建设过程之前或之中实施，把环境污染的预防和治理工作结合起来进行，从而大大减轻事后治理所要付出的代价。其内容主要包括以下四个方面：其一，把环境保护纳入到国民经济与社会发展计划中去，进行综合平衡；其二，实行城市环境综合整治，把环境保护规划纳入城市总体发展规划，调整城市产业结构和工业布局；其三，实行建设项目环境影响评价制度；其四，实行污染防治设施必须与主体工程同时设计、同时施工、同时投产的"三同时"制度。

"谁污染，谁治理"政策指的是：治理污染、保护环境是生产者不可推卸的责任和义务，由污染产生的损害责任以及治理污染所需要的费用，都必须由污染者承担和补偿，从而使"外部不经济性"内化到企业的生产中去。这项政策明确了环境责任，开辟了环境治理的资金来源。其主要内容包括：要求污染企业把污染防治与技术改造结合起来，技术改造资金要有适当比例用于环境保护措施；污染者承担损害责任；对污染源实行限期治理；征收环境资源补偿和生态破坏补偿。

"强化环境管理"政策是三大环境政策的核心。这一方面是因为通过改善和强化环境管理可以完成一些不需要花很多资金就能解决的环境污染问题；另一方面是因为强化环境管理可以为有限的环境保护资金创造良好的投资环境，提高投资效益。这项政策的主要内容是：其一，加强环境保护的立法和执法。据国家环境保护总局（现国家环境保护部）局长周生贤在2006年12日召开的第一次全国环境政策法制工作会议上透露，我国已初步建立起符合国情的环保法律体系，截至 2006 年底，我国已经制定了 9 部环境保护法律、15 部自然资源法律，制定颁布了环境保护行政法规 50 余项，部门规章和规范性文件近 200 件，军队环保法规和规章 10 余件，国家环境标准 800 多项，批准和签署多边国际环境条约 51 项，各地方人大和政府制定的地方性环境法规和地方政府规章共 1600 余项。这样一个环境保护法律、法规体系为强化环境管理提供了强大的法律依据。其二，建立全国环境保护管理网络。其三，建立、改革并不断完善各项环境管理制度。经过 20 多年的探索和总结，我国已建立了八项环境管理制度，即建设项目"环境影响评价制度"，"三同时"制度，"城市环境综合整治定量考核制度"，党政负责人亲自抓、负总责的"环境保护目标责任制度"、"排污收费制度"、"污染集中控制制度"和"污染限期治理制度和危险废物行政代处置制度"。

二、与农村环境保护密切相关的最新政策

2006 年 2 月 21 日，《中共中央国务院关于推进社会主义新农村建设的若干意见》下发，即改革开放以来中央第八个"一号文件"。这份"一号文件"的实施必将促进农村环境保护工作的开展。

1. 逐步免除农村义务教育收费的政策

我国农民受教育时间较短，科学文化知识缺乏，是他们掌握现代农业技术的最大障碍。可持续农业不仅是农业发展与环境的协调，也是现代科技与农业生产的有机结合。因此，普及农民的科学文化知识，发展农村教育事业，是传统的粗放型农业增长方式向现代集约型农业增长方式转变的内在要求。国家 2006 年开始对西部地区农村义务教育阶段学生全部免除学杂费，对其中的贫困家庭学生免费提供课本和补助寄宿生生活费，2007 年在全国农村普遍实行这一政策。

这一政策的实施，必将极大地促进农村教育事业发展，提高农民科学文化素质，有利于农村环境保护工作的实施。

2. 对农业和农民的直接补贴政策

对农民实行的"三减免、三补贴"和退耕还林补贴等政策。2006 年，粮食主产区要将种粮直接补贴的资金规模提高到粮食风险基金的 50％以上，其他地区也要根据实际情况加大对种粮农民的补贴力度，增加良种补贴和农机具购置补贴。适应农业生产和市场变化的需要，建立和完善对种粮农民的支持保护制度。这一政策的出台和实施，一方面会极大地提高农民种粮的积极性和增加农民收入，也会提高农民投入的积极性。

3. "以奖促治"政策的出台与实施

2008 年国务院办公厅正式出台文件转发"以奖促治"政策实施方案以期加快解决突出农村环境问题。"方案"指出，到 2010 年集中整治一批环境问题最为突出、当地群众反映最为强烈的村庄，使危害群众健康的环境污染得到有效控制，环境监管能力得到加强，群众环境意识得到增强。到 2015 年，环境问题突出、严重危害群众健康的村镇基本得到治理，环境监管能力明显加强，群众环境意识明显增强。

"方案"明确了"以奖促治"政策的实施范围。原则上以建制村为基本治理单元，优先治理淮河、海河、辽河、太湖、巢湖、滇池、松花江、三峡库区及其上游、南水北调水源地及沿线等水污染防治重点流域、区域，以及国家扶贫开发工作重点县范围内群众反映强烈、环境问题突出的村庄。"方案"提出，在重点整治的基础上，可逐步扩大治理范围。

"以奖促治"政策重点支持农村饮用水水源地保护、生活污水和垃圾处理、畜禽养殖污染和历史遗留的农村工矿污染治理、农业面源污染和土壤污染防治等与村庄环境质量改善密切相

关的项目。

　　"方案"对整治成效提出了具体要求，包括：在农村集中式饮用水水源地划定水源保护区，在分散式饮用水水源地建设截污设施，加强水质监测能力，依法取缔保护区内的排污口，确保无污染事件发生；采取集中和分散相结合的方式，妥善处理农村生活垃圾和生活污水，并确保治理设施长期稳定运行和达标排放；有效治理规模化畜禽养殖污染，对分散养殖户进行人畜分离，集中处理养殖废弃物；对历史遗留农村工矿污染采取工程治理措施，消除污染隐患；建立有机食品基地，在污灌区、基本农田等区域，开展污染土壤修复示范工程，保障食品安全。

　　"方案"规定，"以奖促治"资金是财政资金，专项用于农村环境综合整治。省级财政部门应在中央财政下达资金的 20 个工作日内，及时下达资金预算。资金使用实行县级财政报账制，县级财政、环境保护部门要加强资金的审核和管理，确保专款专用、专项核算，不得截留、挤占和挪用。资金使用和环境综合整治进展情况要在当地张榜公布，实行村务公开。

　　财政部将会同环境保护部对资金使用情况进行监督检查，对截留、挤占和挪用资金或有其他违规行为的，将相应扣减或取消安排下一年度资金，并按规定追究相关人员责任。

　　"方案"强调，省级环保、财政部门要加强"以奖促治"政策实施进展和成效、资金使用、污染治理设施运行等情况的考核验收，并于每年 2 月底前将上年度政策实施情况报送环境保护部和财政部。

　　"方案"指出，环境保护部要做好"以奖促治"政策实施的统筹规划，加强对治理工作的指导、协调、监督和考核，要会同有关部门尽快编制全国农村环境综合整治规划，确定"以奖促治"政策支持的范围、目标、内容和资金需求，为年度资金安排提供依据。财政部要制定有关政策措施，加大资金投入，会同环境保护部抓紧制定出台"以奖促治"资金管理办法。发展改革委要制定综合性政策措施，加大解决农村环境问题的支持力度。其他有关部门要按照职能分工，加强协调配合，形成工作合力。

附　录

附录一　生态县、生态市、生态省
建设指标(修订稿)

一、生态县（含县级市）建设指标

1. 基本条件

（1）制定了《生态县建设规划》，并通过县人大审议、颁布实施。国家有关环境保护法律、法规、制度及地方颁布的各项环保规定、制度得到有效的贯彻执行。

（2）有独立的环保机构。环境保护工作纳入乡镇党委、政府领导班子实绩考核内容，并建立相应的考核机制。

（3）完成上级政府下达的节能减排任务。三年内无较大环境事件，群众反映的各类环境问题得到有效解决。外来入侵物种对生态环境未造成明显影响。

（4）生态环境质量评价指数在全省名列前茅。

（5）全县80％的乡镇达到全国环境优美乡镇考核标准并获命名。

2. 建设指标

项目	序号	名　称	单　位	指　标	说明
经济发展	1	农民年人均纯收入 　经济发达地区 　　县级市（区） 　　县 　经济欠发达地区 　　县级市（区） 　　县	元/人	 ≥8000 ≥6000 ≥6000 ≥4500	约束性指标
	2	单位 GDP 能耗	t标煤/万元	≤0.9	约束性指标
	3	单位工业增加值新鲜水耗 农业灌溉水有效利用系数	m³/万元	≤20 ≥0.55	约束性指标
	4	主要农产品中有机、绿色及无公害产品种植面积的比重	％	≥60	参考性指标

续表

项目	序号	名　称	单　位	指　标	说明
生态环境保护	5	森林覆盖率 　山区 　丘陵区 　平原地区 　高寒区或草原区林草覆盖率	%	≥75 ≥45 ≥18 ≥90	约束性指标
	6	受保护地区占国土面积比例 　山区及丘陵区 　平原地区	%	≥20 ≥15	约束性指标
	7	空气环境质量	—	达到功能区标准	约束性指标
	8	水环境质量 近岸海域水环境质量		达到功能区标准，且省控以上断面过境河流水质不降低	约束性指标
	9	噪声环境质量	—	达到功能区标准	约束性指标
	10	主要污染物排放强度 化学需氧量（COD） 二氧化硫（SO_2）	kg/万元（GDP）	<3.5 <4.5 且不超过国家总量控制指标	约束性指标
	11	城镇污水集中处理率 工业用水重复率	%	≥80 ≥80	约束性指标
	12	城镇生活垃圾无害化处理率 工业固体废物处置利用率	%	≥90 ≥90 且无危险废物排放	约束性指标
	13	城镇人均公共绿地面积	m²	≥12	约束性指标
	14	农村生活用能中清洁能源所占比例	%	≥50	参考性指标
	15	秸秆综合利用率	%	≥95	参考性指标
	16	规模化畜禽养殖场粪便综合利用率	%	≥95	约束性指标
	17	化肥施用强度（折纯）	kg/hm²	<250	参考性指标
	18	集中式饮用水源水质达标率 村镇饮用水卫生合格率	%	100	约束性指标
	19	农村卫生厕所普及率	%	≥95	参考性指标
	20	环境保护投资占GDP的比重	%	≥3.5	约束性指标
社会进步	21	人口自然增长率	‰	符合国家或当地政策	约束性指标
	22	公众对环境的满意率	%	>95	参考性指标

二、生态市（含地级行政区）建设指标

1. 基本条件

（1）制定了《生态市建设规划》，并通过市人大审议、颁布实施。国家有关环境保护法律、法规、制度及地方颁布的各项环保规定、制度得到有效的贯彻执行。

（2）全市县级（含县级）以上政府（包括各类经济开发区）有独立的环保机构。环境保护工作纳入县（含县级市）党委、政府领导班子实绩考核内容，并建立相应的考核机制。

（3）完成上级政府下达的节能减排任务。三年内无较大环境事件，群众反映的各类环境问题得到有效解决。外来入侵物种对生态环境未造成明显影响。

（4）生态环境质量评价指数在全省名列前茅。

（5）全市 80％的县（含县级市）达到国家生态县建设指标并获命名；中心城市通过国家环保模范城市考核并获命名。

2. 建设指标

项目	序号	名　称	单　位	指　标	说明
经济发展	1	农民年人均纯收入 经济发达地区 经济欠发达地区	元/人	≥8000 ≥6000	约束性指标
	2	第三产业占 GDP 比例	％	≥40	参考性指标
	3	单位 GDP 能耗	t标煤/万元	≤0.9	约束性指标
	4	单位工业增加值新鲜水耗 农业灌溉水有效利用系数	m³/万元	≤20 ≥0.55	约束性指标
	5	应当实施强制性清洁生产企业通过验收的比例	％	100	约束性指标
生态环境保护	6	森林覆盖率 　山区 　丘陵区 　平原地区 高寒区或草原区林草覆盖率	％	≥70 ≥40 ≥15 ≥85	约束性指标
	7	受保护地区占国土面积比例	％	≥17	约束性指标
	8	空气环境质量	—	达到功能区标准	约束性指标
	9	水环境质量 近岸海域水环境质量	—	达到功能区标准，且城市无劣Ⅴ类水体	约束性指标
	10	主要污染物排放强度 化学需氧量（COD） 二氧化硫（SO₂）	kg/万元（GDP）	<4.0 <5.0 且不超过国家总量控制指标	约束性指标
	11	集中式饮用水源水质达标率	％	100	约束性指标
	12	城市污水集中处理率 工业用水重复率	％	≥85 ≥80	约束性指标
	13	噪声环境质量	—	达到功能区标准	约束性指标
	14	城镇生活垃圾无害化处理率 工业固体废物处置利用率	％	≥90 ≥90 且无危险废物排放	约束性指标
	15	城镇人均公共绿地面积	m²/人	≥11	约束性指标
	16	环境保护投资占 GDP 的比重	％	≥3.5	约束性指标
社会进步	17	城市化水平	％	≥55	参考性指标
	18	采暖地区集中供热普及率	％	≥65	参考性指标
	19	公众对环境的满意率	％	>90	参考性指标

三、生态省建设指标

1. 基本条件

（1）制定了《生态省建设规划纲要》，并通过省人大常委会审议、颁布实施。国家有关环境保护法律、法规、制度及地方颁布的各项环保规定、制度得到有效的贯彻执行。

（2）全省县级（含县级）以上政府（包括各类经济开发区）有独立的环保机构。环境保护工作纳入市（含地级行政区）党委、政府领导班子实绩考核内容，并建立相应的考核机制。

（3）完成国家下达的节能减排任务。三年内无重大环境事件，群众反映的各类环境问题得到有效解决。外来入侵物种对生态环境未造成明显影响。

（4）生态环境质量评价指数位居国内前列或不断提高。

（5）全省80%的地市达到生态市建设指标并获命名。

2. 建设指标

项目	序号	名 称	单 位	指 标	说明
经济发展	1	农民年人均纯收入 　东部地区 　中部地区 　西部地区	元/人	≥8000 ≥6000 ≥4500	约束性指标
	2	城镇居民年人均可支配收入 　东部地区 　中部地区 　西部地区	元/人	≥16000 ≥14000 ≥12000	约束性指标
	3	环保产业比重	%	≥10	参考性指标
生态环境保护	4	森林覆盖率 　山区 　丘陵区 　平原地区 　高寒区或草原区林草覆盖率	%	≥65 ≥35 ≥12 ≥80	约束性指标
	5	受保护地区占国土面积比例	%	≥15	约束性指标
	6	退化土地恢复率	%	≥90	参考性指标
	7	物种保护指数	—	≥0.9	参考性指标
	8	主要河流年水消耗量 　省内河流 　跨省河流	—	<40% 不超过国家分配的水资源量	参考性指标
	9	地下水超采率	%	0	参考性指标
	10	主要污染物排放强度 　化学需氧量（COD） 　二氧化硫（SO_2）	kg/万元（GDP）	<5.0 <6.0 且不超过国家总量控制指标	约束性指标
	11	降水 pH 值年均值 酸雨频率	%	≥5.0 <30	约束性指标
	12	空气环境质量	—	达到功能区标准	约束性指标
	13	水环境质量 近岸海域水环境质量	—	达到功能区标准,且过境河流水质达到国家规定要求	约束性指标
	14	环境保护投资占 GDP 的比重	%	≥3.5	约束性指标
社会进步	15	城市化水平	%	≥50	参考性指标
	16	基尼系数	—	0.3～0.4 之间	参考性指标

四、指标解释

（一）生态县

第一部分　基本条件

（1）制定了《生态县建设规划》，并通过县人大审议、颁布实施。国家有关环境保护法律、法规、制度及地方颁布的各项环保规定、制度得到有效的贯彻执行。

指标解释：按照《生态县、生态市建设规划编制大纲（试行）》（环办〔2004〕109号），组织编制或修订完成生态县（市、区）建设规划。通过有关专家论证后，由当地政府提请同级人大审议通过后颁布实施。

规划文本和批准实施的文件报国家环保总局备案，规划应实施2年以上。

严格执行国家和地方的生态环境保护法律法规，并根据当地的生态环境状况，制定本地区生态环境保护与建设的政策措施；严格执行项目建设和资源开发的环境影响评价和"三同时"制度。主要工业污染源达标率100％，小造纸、小化工、小制革、小印染、小酿造等不符合国家产业政策的企业全部关停。

数据来源：当地政府或各有关部门的文件、实施计划。

（2）有独立的环保机构。环境保护工作纳入乡镇党委、政府领导班子实绩考核内容，并建立相应的考核机制。

指标解释：设有独立的环保机构，将环境保护纳入党政领导干部政绩考核。成立以政府主要负责人为组长、有关部门负责人参加的创建工作领导小组，下设办公室。评优创先活动实行环保一票否决。

数据来源：当地政府或各有关部门的文件。

（3）完成上级政府下达的节能减排任务。三年内无较大环境事件，群众反映的各类环境问题得到有效解决。外来入侵物种对生态环境未造成明显影响。

指标解释：按照国务院印发的《节能减排综合性工作方案》，明确各乡镇各部门实现节能减排的目标任务和总体要求，完成年度节能减排任务。

较大环境事件，指"国家突发环境事件应急预案"规定的较大环境事件（Ⅲ级以上，含Ⅲ级），具体要求详见上述预案。及时查处、反馈群众投诉的各类环境问题。

外来入侵物种指在当地生存繁殖，对当地生态或者经济构成破坏的外来物种。

数据来源：发展改革、环保等部门。

（4）生态环境质量评价指数在全省名列前茅。

指标解释：按照《生态环境状况评价技术规范（试行）》（HJ/T 192—2006）开展区域生态环境质量状况评价。

生态环境质量评价指数连续三年在全省排名前10位（不含已命名生态县的排名）。

数据来源：环保部门。

（5）全县80％的乡镇达到全国环境优美乡镇考核标准并获命名。

指标解释：全县（含县级市、区）80％的乡镇（街道）被命名为"全国环境优美乡镇（街道）"。

数据来源：环保部门。

第二部分　建设指标

1. 农民年人均纯收入

指标解释：指乡镇辖区内农村常住居民家庭总收入中，扣除从事生产和非生产经营费用支出、缴纳税款、上交承包集体任务金额以后剩余的，可直接用于进行生产性、非生产性建设投资、生活消费和积蓄的那一部分收入。

数据来源：统计部门。

2. 单位GDP能耗

指标解释：指万元国内生产总值的耗能量。计算公式为：

$$单位 GDP 能耗 = \frac{总能耗（吨标煤）}{国内生产总值（万元）}$$

数据来源：统计、经济综合管理、能源管理等部门。

3. 单位工业增加值新鲜水耗、农业灌溉水有效利用系数

（1）单位工业增加值新鲜水耗　指标解释：工业用新鲜水量指报告期内企业厂区内用于生产和生活的新鲜水量（生活用水单独计量且生活污水不与工业废水混排的除外），它等于企业从城市自来水取用的水量和企业自备水用量之和。工业增加值指全部企业工业增加值，不限于规模以上企业工业增加值。计算公式为：

$$单位工业增加值新鲜水耗 = \frac{工业用新鲜水量（m^3）}{工业增加值（万元）}$$

数据来源：统计、经贸、水利、环保等部门。

（2）农业灌溉水有效利用系数　指标解释：指田间实际净灌溉用水总量与毛灌溉用水总量的比值。毛灌溉用水总量指在灌溉季节从水源引入的灌溉水量；净灌溉用水总量指在同一时段内进入田间的灌溉用水量。计算公式为：

$$农业灌溉水有效利用系数 = \frac{净灌溉用水总量}{毛灌溉用水总量} \times 100\%$$

数据来源：水利、农业、统计部门。

4. 主要农产品中有机、绿色及无公害产品种植面积的比重

指标解释：指有机、绿色及无公害产品种植面积与农作物播种总面积的比例。有机、绿色及无公害产品种植面积不能重复统计。计算公式为：

$$有机、绿色及无公害产品种植面积的比重 = \frac{有机、绿色及无公害产品种植面积}{农作物种植总面积} \times 100\%$$

数据来源：农业、林业、环保、质检、统计部门。

5. 森林覆盖率

指标解释：森林覆盖率指森林面积占土地面积的比例。高寒区或草原区林草覆盖率是指区内林地、草地面积之和与总土地面积的百分比。计算公式为：

$$林草覆盖率 = \frac{林草地面积之和}{土地总面积} \times 100\%$$

数据来源：统计、林业、农业、国土资源部门。

6. 受保护地区占国土面积比例

指标解释：指辖区内各类（级）自然保护区、风景名胜区、森林公园、地质公园、生态功能保护区、水源保护区、封山育林地等面积占全部陆地（湿地）面积的百分比，上述区域面积不得重复计算。

数据来源：统计、环保、建设、林业、国土资源、农业等部门。

7. 空气环境质量

指标解释：指辖区空气环境质量达到国家有关功能区标准要求，目前执行《环境空气质量标准》（GB 3095—1996）和《环境空气质量功能区划分原则与技术方法》（HJ 14—1996）。

数据来源：环保部门。

8. 水环境质量、近岸海域水环境质量

指标解释：按规划的功能区要求达到相应的国家水环境或海水环境质量标准。目前采用《地表水环境质量标准》（GB 3838—2002）、《地下水环境质量标准》（GB/T 14848—93）和《海水水质标准》（GB 3097—1997）。

省控以上断面过境河流水质不降低。

数据来源：环保部门。

9. 噪声环境质量

指标解释：指城市区域按规划的功能区要求达到相应的国家噪声环境质量标准。目前采用《城市区域环境噪声标准》（GB 3096—93）。

数据来源：环保部门。

10. 主要污染物排放强度

指标解释：指单位 GDP 所产生的主要污染物数量。按照节能减排的总体要求，依据本指标计算化学需氧量（COD）和二氧化硫（SO_2）的排放强度。计算公式为：

$$主要污染物排放强度 = \frac{全年\ COD\ 或\ SO_2\ 排放总量（千克）}{全年国内生产总值（万元）}$$

COD 和 SO_2 的排放不得超过国家总量控制指标，且近三年逐年下降。

数据来源：环保部门。

11. 城镇污水集中处理率、工业用水重复率

（1）城镇污水集中处理率　指标解释：城镇污水集中处理率指城市及乡镇建成区内经过污水处理厂二级或二级以上处理，或其他处理设施处理（相当于二级处理），且达到排放标准的生活污水量与城镇建成区生活污水排放总量的百分比。计算公式为：

$$生产污水集中处理率 = \frac{二级污水处理厂处理量 + \substack{一级污水处理厂、排\\江、排海工程处理量}\times0.7 + \substack{氧化塘、氧化沟、沼气\\池及湿地处理系统处理量}\times0.5}{城镇建成区生活污水排放总量}\times100\%$$

数据来源：建设、环保部门。

（2）工业用水重复率　指标解释：指工业重复用水量占工业用水总量的比值。计算公式为：

$$工业用水重复率 = \frac{工业重复用水量}{工业用水总量}\times100\%$$

数据来源：统计、发展改革、经贸、环保部门。

12. 城镇生活垃圾无害化处理率、工业固体废物处置利用率

指标解释：城镇生活垃圾无害化处理率指城市及建制镇生活垃圾资源化量占垃圾清运量的比值。工业固体废物处置利用率指工业固体废物处置及综合利用量占工业固体废物产生量的比值。无危险废物排放。有关标准采用《一般工业固体废弃物储存、处置场污染控制标准》（GB 18599—2001）、《生活垃圾焚烧污染控制标准》（GB 18485—2001）、《生活垃圾填埋污染控制标准》（GB 16889—1997）。

数据来源：环保、建设、卫生部门。

13. 城镇人均公共绿地面积

指标解释：指城镇公共绿地面积的人均占有量。公共绿地包括公共人工绿地、天然绿地，以及机关、企事业单位绿地。

数据来源：统计、建设部门。

14. 农村生活用能中清洁能源所占比例

指标解释：指农村用于生活的全部能源中清洁能源所占的比例。清洁能源是指环境污染物和温室气体零排放或者低排放的一次能源，主要包括天然气、核电、水电及其他新能源和可再生能源等。

数据来源：统计、经贸、能源、农业、环保等部门。

15. 秸秆综合利用率

指标解释：指综合利用的秸秆数量占秸秆总量的比例。秸秆综合利用包括秸秆气化、饲料、秸秆还田、编织、燃料等。计算公式为：

$$秸秆综合利用率 = \frac{综合利用的秸秆数量}{农村秸秆总量} \times 100\%$$

数据来源：统计、农业、环保部门。

16. 规模化畜禽养殖场粪便综合利用率

指标解释：指集约化、规模化畜禽养殖场通过还田、沼气、堆肥、培养料等方式利用的畜禽粪便量与畜禽粪便产生总量的比例。有关标准按照《畜禽养殖业污染物排放标准》（GB 18596—2001）和《畜禽养殖污染防治管理办法》执行。

数据来源：环保、农业部门。

17. 化肥施用强度（折纯）

指标解释：指本年内单位面积耕地实际用于农业生产的化肥数量。化肥施用量要求按折纯量计算。折纯量是指将氮肥、磷肥、钾肥分别按含氮、含五氧化二磷、含氧化钾的100%成分进行折算后的数量。复合肥按其所含主要成分折算。计算公式为：

$$化肥施用强度 = \frac{化肥施用量（千克）}{耕地面积（公顷）}$$

数据来源：农业、统计、环保部门。

18. 集中式饮用水源水质达标率、村镇饮用水卫生合格率

（1）集中式饮用水源水质达标率　指标解释：指城镇集中饮用水水源地，其地表水水源水质达到《地表水环境质量标准》（GB 3838—2002）Ⅲ类标准和地下水水源水质达到《地下水质量标准》（GB/T 14848—1993）Ⅲ类标准的水量占取水总量的百分比。计算公式为：

$$\frac{集中式饮用水源}{水质达标率} = \frac{各饮用水水源地取水水质达标量之和}{各饮用水水源地取水量之和} \times 100\%$$

数据来源：建设、卫生、环保等部门。

（2）村镇饮用水卫生合格率　指标解释：指以自来水厂或手压井形式取得饮用水的农村人口占农村总人口的百分率，雨水收集系统和其他饮水形式的合格与否需经检测确定。饮用水水质符合国家生活饮用水卫生标准的规定，且连续三年未发生饮用水污染事故。计算公式为：

$$\frac{村镇饮用水}{卫生合格率} = \frac{取得合格饮用水农村人口数}{农村人口总数} \times 100\%$$

数据来源：环保、卫生、建设等部门。

19. 农村卫生厕所普及率

指标解释：指使用卫生厕所的农户数占农户总户数的比例。卫生厕所标准执行《农村户厕卫生标准》（GB 19379—2003）。

数据来源：卫生、建设部门。

20. 环境保护投资占 GDP 的比重

指标解释：指用于环境污染防治、生态环境保护和建设投资占当年国内生产总值（GDP）的比例。要求近三年污染治理和生态环境保护与恢复投资占 GDP 比重不降低或持续提高。计算公式为：

$$环保投资占 GDP 的比重 = \frac{污染防治投资 + 生态环境保护和建设投资}{国内生产总值（GDP）} \times 100\%$$

数据来源：统计、发展改革、建设、环保部门。

21. 人口自然增长率

指标解释：指在一定时期内（通常为一年）人口净增加数（出生人数减死亡人数）与该时期内平均人数（或期中人数）之比，采用千分率表示。计算公式为：

$$人口自然增长率 = \frac{本年出生人数 - 本年死亡人数}{年平均人数} \times 1000‰$$

数据来源：计划生育、统计部门。

22. 公众对环境的满意率

指标解释：指公众对环境保护工作及环境质量状况的满意程度。

数据来源：现场问卷调查。

（二）生态市

第一部分　基本条件

指标解释参照生态县的相关内容。"生态环境质量评价指数在全省名列前茅"是指生态环境质量评价指数连续三年在全省排名前 3 位（不含已命名生态市的排名）。

第二部分　建设指标

1. 农民年人均纯收入

指标解释：参照生态县的相关内容。

2. 第三产业占 GDP 比例

指标解释：指第三产业的产值占国内生产总值的比例。计算公式为：

$$第三产业占 GDP 比例 = \frac{第三产业产值}{国内生产总值（GDP）} \times 100\%$$

数据来源：统计部门。

3. 单位 GDP 能耗

指标解释：参照生态县的相关内容。

4. 单位工业增加值新鲜水耗、农业灌溉水有效利用系数

指标解释：参照生态县的相关内容。

5. 应当实施强制性清洁生产企业通过验收的比例

指标解释如下。

《清洁生产促进法》规定：污染物排放超过国家和地方规定的排放标准或者超过经有关地方人民政府核定的污染物排放总量控制标准的企业，应当实施清洁生产审核；使用有毒、有害原料进行生产或者在生产中排放有毒、有害物质的企业，应当定期实施清洁生产审核。同时规定，省级环保部门在当地主要媒体上定期公布污染物超标排放或者污染物排放总量超过规定限额的污染严重企业的名单。

数据来源：经贸、环保、统计部门。

6. 森林覆盖率

指标解释：参照生态县的相关内容。

7. 受保护地区占国土面积比例

指标解释：参照生态县的相关内容。

8. 空气环境质量

指标解释：参照生态县的相关内容。

9. 水环境质量、近岸海域水环境质量

指标解释：参照生态县的相关内容。

10. 主要污染物排放强度

指标解释：参照生态县的相关内容。

11. 集中式饮用水源水质达标率

指标解释：参照生态县的相关内容。

12. 城市污水集中处理率、工业用水重复率

（1）城市污水集中处理率　指标解释：指城市市区经过城市污水处理厂二级或二级以上处理且达到排放标准的污水量与城市污水排放总量的百分比。计算公式为：

$$城市污水集中处理率 = \frac{城市污水处理厂处理污水量（万吨）}{城市污水排放总量（万吨）} \times 100\%$$

数据来源：建设、环保部门。

（2）工业用水重复率　指标解释：参照生态县的相关内容。

13. 噪声环境质量

指标解释：参照生态县的相关内容。

14. 城镇生活垃圾无害化处理率、工业固体废物处置利用率

指标解释：参照生态县的相关内容。

15. 城镇人均公共绿地面积

指标解释：参照生态县的相关内容。

16. 环境保护投资占 GDP 的比重

指标解释：参照生态县的相关内容。

17. 城市化水平

指标解释：指城镇建成区内总人口占地区总人口的比重。计算公式为：

$$城市化水平 = \frac{城镇建成区内总人口数}{市（县）总人口数} \times 100\%$$

数据来源：统计部门。

18. 采暖地区集中供热普及率

指标解释：指城市市区集中供热设备供热总容量占市区供热设备总容量的百分比。计算公式为：

$$市区集中供热普及率 = \frac{市区集中供热设备供热总容量（兆瓦）}{市区供热设备供热总容量（兆瓦）} \times 100\%$$

数据来源：建设部门。

19. 公众对环境的满意率

指标解释：参照生态县的相关内容。

（三）　生态省

第一部分　基本条件

指标解释：参照生态县的相关内容。

第二部分　建设指标

1. 农民年人均纯收入

指标解释：参照生态县的相关内容。

2. 城镇居民年人均可支配收入

指标解释：指城镇居民家庭在支付个人所得税、财产税及其他经常性转移支出后所余下的人均实际收入。

数据来源：统计部门。

3. 环保产业比重

指标解释：指环保产业产值占国内生产总值（GDP）的比重。环保产业是环境保护相关产业的简称，指国民经济结构中为环境污染防治、生态保护与恢复、有效利用资源、满足人民环境需求，为社会、经济可持续发展提供产品和服务支持的产业。它不仅包括污染控制与减排、污染清理及废物处理等方面提供产品与技术服务的狭义内涵，还包括涉及产品生命周期过程中对环境友好的技术与产品、节能技术、生态设计及与环境相关的服务等。

数据来源：统计、发展改革、经贸、环保部门。

4. 森林覆盖率

指标解释：参照生态县的相关内容。

5. 受保护地区占国土面积比例

指标解释：参照生态县的相关内容。

6. 退化土地恢复率

指标解释：土地退化是指由于使用土地或由于一种营力或数种营力结合致使雨浇地、水浇地或草原、牧场、森林和林地的生物或经济生产力和复杂性下降或丧失，其中主要包括：①风蚀和水蚀致使土壤物质流失；②土壤的物理、化学和生物特性或经济特性退化；③自然植被长期丧失。本指标计算以水土流失为例，水利部规定小流域侵蚀治理达标标准是，土壤侵蚀治理程度度达70％。其他土地退化，如沙漠化、盐渍化、矿产开发引起的土地破坏等也可类推。计算公式为：

$$退化土地恢复率 = \frac{已恢复的退化土地总面积}{退化土地总面积} \times 100\%$$

数据来源：水利、林业、国土、农业部门。

7. 物种保护指数

指标解释：指考核年动植物物种现存数与生态省建设规划基准年动植物物种总数之比。计算公式为：

$$物种保护指数 = \frac{考核年动植物物种数}{基准年动植物物种数}$$

数据来源：林业、农业、环保部门。

8. 主要河流年水消耗量

指标解释：对省域内主要河流，国际上通常将40％的水资源消耗作为临界值；对跨省主要河流，水资源的消耗不得超过国家分配的水资源量。

数据来源：水利部门。

9. 地下水超采率

指标解释：指一年内区域地下水开发利用量超过可采地下水资源总量的比例。

数据来源：水利、国土资源、建设部门。

10. 主要污染物排放强度

指标解释：参照生态县的相关内容。

11. 降水 pH 值年均值、酸雨频率

降水 pH 值年均值指一年降水酸度（pH 值）的平均值。酸雨频率指一年的降水总次数中，pH 值小于 5.6 的降水发生比例。

数据来源：环保部门。

12. 空气环境质量

指标解释：参照生态县的相关内容。

13. 水环境质量，近岸海域水环境质量

指标解释：参照生态县的相关内容。

14. 环境保护投资占 GDP 的比重

指标解释：参照生态县的相关内容。

15. 城市化水平

指标解释：参照生态市的相关内容。

16. 基尼系数

指标解释：是用来反映社会收入分配平等状况的指数。基尼系数一般介于 0～1 之间，0 表示收入绝对平均，1 表示收入绝对不平均，小于 0.2 表示收入高度平均，大于 0.6 表示收入高度不平均，0.3～0.4 之间表示较为合理。国际上一般把 0.4 作为警戒线。

基尼系数的计算方法：按人均收入由低到高进行排序，分成若干组（如果不分组，则每一户或每一人为一组），计算每组收入占总收入比重（W_i）和人口比重（P_i），计算公式为：

$$G = 1 - \sum_{i=1}^{n} P_i (2Q_i - W_i)$$

其中

$$Q_i = \sum_{k=1}^{i} W_k$$

或

$$G = 1 - \sum_{i=1}^{n} P_i \left(2 \sum_{k=1}^{i} W_k - W_i \right)$$

数据来源：统计部门。

附录二 国家级生态乡镇
建设指标（试行）

一、基本条件

1. 机制健全

建立了乡镇环境保护工作机制，成立以乡镇政府领导为组长，相关部门负责人为成员的乡镇环境保护工作领导小组。乡镇设置了专门的环境保护机构或配备了专职环境保护工作人员，建立了相应的工作制度。

2. 基础扎实

达到本省（区、市）生态乡镇（环境优美乡镇）建设指标一年以上，且80％以上行政村达到市（地）级以上生态村建设标准。编制或修订了乡镇环境保护规划，并经县级人大或政府批准后组织实施两年以上。

3. 政策落实

完成上级政府下达的主要污染物减排任务。认真贯彻执行环境保护政策和法律法规，乡镇辖区内无滥垦、滥伐、滥采、滥挖现象，无捕杀、销售和食用珍稀野生动物现象，近三年内未发生较大（Ⅲ级）以上级别环境污染事件。基本农田得到有效保护。草原地区无超载过牧现象。

4. 环境整洁

乡镇建成区布局合理，公共设施完善，环境状况良好。村庄环境无"脏、乱、差"现象，秸秆焚烧和"白色污染"基本得到控制。

5. 公众满意

乡镇环境保护社会氛围浓厚，群众反映的各类环境问题得到有效解决。公众对环境状况的满意率≥95％。

二、建设指标

类别	序号	指 标 名 称	指标要求		
			东部	中部	西部
环境质量	1	集中式饮用水水源地水质达标率(%)	100		
		农村饮用水卫生合格率(%)	100		
	2	地表水环境质量	达到环境功能区或环境规划要求		
		空气环境质量			
		声环境质量			
环境污染防治	3	建成区生活污水处理率(%)	80	75	70
		开展生活污水处理的行政村比例(%)	70	60	50

续表

类别	序号	指　标　名　称	指标要求		
			东部	中部	西部
环境污染防治	4	建成区生活垃圾无害化处理率(%)	≥95		
		开展生活垃圾资源化利用的行政村比例(%)	90	80	70
	5	重点工业污染源达标排放率(%)	100		
	6	饮食业油烟达标排放率(%)＊＊	≥95		
	7	规模化畜禽养殖场粪便综合利用率(%)	95	90	85
	8	农作物秸秆综合利用率(%)	≥95		
	9	农村卫生厕所普及率(%)	≥95		
	10	农用化肥施用强度[折纯,公斤/(公顷·年)]	＜250		
		农药施用强度[折纯,公斤/(公顷·年)]	＜3.0		
生态保护与建设	11	使用清洁能源的居民户数比例(%)	≥50		
	12	人均公共绿地面积(m²/人)	≥12		
	13	主要道路绿化普及率(%)	≥95		
	14	森林覆盖率(%,高寒区或草原区考核林草覆盖率)＊	山区、高寒区或草原区	≥75	
			丘陵区	≥45	
			平原区	≥18	
	15	主要农产品中有机、绿色及无公害产品种植(养殖)面积的比重(%)	≥60		

注：标"＊"指标仅考核乡镇、农场；标"＊＊"指标仅考核涉农街道。

三、指标说明

1. 基本条件

（1）机制健全　建立了乡镇环境保护工作机制，成立以乡镇政府领导为组长，相关部门负责人为成员的乡镇环境保护工作领导小组。乡镇设置了专门的环境保护机构或配备了专职环境保护工作人员，建立了相应的工作制度。

指标解释：要求乡镇政府成立生态乡镇建设工作领导小组，由主要领导牵头，有关部门领导参加，下设建设工作办公室，建设工作有组织、有计划、有方案，措施得力，定期检查落实；乡镇环境保护目标责任制得到落实；乡镇党委、政府将环境保护工作纳入重要议事日程，每年研究环保工作不少于两次。要求乡镇配备专职环境保护工作人员；建立相应的工作制度和污染源档案等。

考核要求：查看近一年内当地党委、政府研究环境保护工作的会议纪要或会议记录、印发的有关文件和污染源档案等资料。查看乡镇环境保护资金使用的有关文件、记录。查看各级环保项目下达、建设、验收和管理文件。查看设立环境保护机构或配备环境保护人员的有关文件、档案。现场检查。

（2）基础扎实　达到本省（区、市）生态乡镇（环境优美乡镇）建设指标一年以上，且80％以上行政村达到市（地）级以上生态村建设标准。编制或修订了乡镇环境保护规划，并经县级人大或政府批准后组织实施两年以上。

指标解释：达到本省（区、市）生态乡镇（环境优美乡镇）建设指标一年以上，并获省

（区、市）环境保护厅（局）命名或公告；80％以上行政村达到市（地）级以上环境保护部门制定的生态村指标，并获上级命名或公告。按照环境保护部、建设部关于印发《小城镇环境规划编制导则（试行）》的通知（环发［2002］82号），编制或修订完成乡镇环境规划，经县级人大或政府批准后组织实施两年以上。

考核要求：查看省（区、市）、市（地）环境保护厅（局）的命名文件或公告文件；所辖行政村数量的证明文件；乡镇环境规划的文本及有关批准文件。

（3）政策落实　完成上级政府下达的主要污染物减排任务。认真贯彻执行环境保护政策和法律法规，乡镇辖区内无滥垦、滥伐、滥采、滥挖现象，无捕杀、销售和食用珍稀野生动物现象，近三年内未发生重大（Ⅱ级以上级别）环境污染事件。基本农田得到有效保护。草原地区无超载过牧现象。

指标解释：有节能减排任务的乡镇，要按有关要求完成上级政府下达的能源消耗降低、主要污染物减排的指标任务。严格执行建设项目环境管理有关规定；工业污染源稳定达标排放；工业固体废物得到适当处置并无危险废物排放，执行《一般工业固体废物贮存、处置场污染控制标准》（GB 18599—2001）；镇域内无"十五小"、"新六小"等国家明令禁止的重污染企业；无大于25度坡地开垦、任意砍伐山林、破坏草原、开山采矿及乱挖中草药资源等现象；无随意捕杀、销售、食用国家珍稀野生动物现象；近三年内没有发生过较大（Ⅲ级以上级别）环境污染事件，判断标准参照2006年国务院颁布《国家突发环境事件应急预案》关于环境污染事件的分级规定。划定的基本农田保护区数量和等级不变或有所提高。"草原地区无超载过牧现象"是指乡镇辖区内牲畜养殖不得超过国家草原载畜量标准。

考核要求：查看上级政府下达的能源消耗降低、主要污染物减排指标的相关文件或任务书；查看指标完成情况证明材料。查看建设项目环境管理的有关档案资料；查看所有工业企业名单及工业企业达标验收有关材料；现场抽查企事业单位烟尘治理设施安装及运行情况；抽查企业污染物排放及污染治理设施运行情况；现场查看是否存在滥垦、滥伐、滥采、滥挖、滥牧的现象。

（4）环境整洁　乡镇建成区布局合理，公共设施完善，环境状况良好。村庄环境无"脏、乱、差"现象，秸秆焚烧和"白色污染"基本得到控制。

指标解释："乡镇建成区布局合理"是指严格按规划要求，有合理的功能分区布局，有良好的居住小区和基本完善的工业小区。"公共设施完善"是指城镇建成区自来水、排水管网、道路、卫生厕所、通讯设施、文化体育活动场所、医疗机构、适龄儿童入学、防洪等符合国家相关标准的要求。"环境状况良好"是指街道路面平整，排水通畅，无污水溢流、无暴露垃圾、无冒黑烟、水体黑臭现象；街道卫生状况良好，主要街道有卫生设施，垃圾箱（果壳箱）箱体整洁，周围无暴露垃圾、无蝇蛆；有专门保洁队伍，镇区建筑垃圾和生活垃圾日清日运，无垃圾乱堆乱倒现象，无直接向江河湖泊排放污水和倾倒垃圾的现象；城镇建成区内应禁止散养家禽；危险废物、医疗废物和放射性废物得到安全处置。"村庄环境整洁，无脏乱差现象"是指城镇所辖村庄主要道路平整，两侧无暴露垃圾，无乱搭乱建，无露天粪坑，无污水横流现象，基本做到垃圾定点堆放；绿化、美化好；有良好的感官和视觉效果。"秸秆焚烧和'白色污染'基本得到控制"主要是指无秸秆焚烧和一次性餐盒、塑料包装袋、废弃农膜随意丢弃现象。

考核要求：现场检查、考核。

（5）乡镇环境保护社会氛围浓厚，群众反映的各类环境问题得到有效解决　公众对环境状况的满意率≥95％。

指标解释：要求乡镇及其所辖街道和各村有环保宣传的标语或橱窗，主要街道每公里不少于一个。12369环境投诉处理满意率要求达到95％以上。"公众对环境状况的满意率"指公众对环境保护工作及环境质量状况的满意程度。

考核要求：现场检查是否有环保宣传标语或橱窗。查看环境投诉记录及处理情况。采取对乡镇辖区各职业人群进行抽样问卷调查的方式获取数据，随机抽样人数不低于乡镇总人口的0.5％。问卷在"满意"、"不满意"二者之间进行选择。各职业人群应包括以下四类，即机关（党委、人大、政府或政协）工作人员、企业（工业、商业）职工、事业（医院、学校等）单位工作人员、城镇居民和村民。

2. 考核指标

（1）集中式饮用水水源地水质达标率、农村饮用水卫生合格率 指标解释：集中式饮用水水源地水质达标率指在乡镇辖区内，根据国家有关规定，划定了集中式饮用水水源保护区，其地表水水源一级、二级保护区内监测认证点位（指经乡镇所在县级以上环保局认证的监测点，下同）的水质达到《地表水环境质量标准》（GB 3838—2002）或《地下水质量标准》（GB/T 14848—1993）相应标准的取水量占总取水量的百分比。

农村饮用水卫生合格率指在乡镇辖区内，以自来水厂或手压井形式取得饮用水的村镇人口占总人口的百分率；雨水收集系统和其他饮水形式的合格与否需经检测确定，其饮用水水质需符合国家生活饮用水卫生标准的规定。

数据来源：环保、卫生、建设等部门。

（2）地表水环境质量、空气环境质量、声环境质量 指标解释：地表水环境质量达到环境功能区或环境规划要求，是指乡镇辖区内主要河流、湖泊、水库等水体的认证点位监测结果，在已经划定环境功能区的乡镇，要达到环境功能区要求；在未划定环境功能区的乡镇，要达到乡镇环境规划以及所在流域和区域环境规划对相关水体水质的要求。

空气环境质量达到环境功能或环境规划要求，是指乡镇建成区内大气的认证点位监测结果，在已经划定环境功能区的乡镇，要达到环境功能区要求；在未划定环境功能区的乡镇，要达到乡镇环境规划以及流域和区域环境规划对大气环境质量的要求。

声环境质量达到环境功能区或环境规划要求，是指乡镇建成区内声环境的认证点位监测结果，在已经划定环境功能区的乡镇，要达到环境功能区要求；在未划定环境功能区的乡镇，要达到乡镇环境规划对声环境质量的要求。

数据来源：县级以上环保部门。

（3）建成区生活污水处理率、开展生活污水治理的行政村比例 指标解释：建成区生活污水处理率指乡镇建成区（中心村）经过污水处理厂或其他处理设施处理的生活污水量占生活污水排放总量的百分比。污水处理厂包括一级、二级集中污水处理厂，其他处理设施包括氧化塘、氧化沟、净化沼气池以及湿地处理工程等。离城市较近乡镇生活污水要纳入城市污水收集管网，其他地区根据经济发展水平、人口规模和分布情况等，因地制宜选择建设集中或分散污水处理设施；位于水源源头、集中式饮用水水源保护区等需特殊保护地区或处于水体富营养化严重的平原河网地区的乡镇，生活污水处理必须采取有效的脱氮除磷工艺，满足水环境功能区要求。

开展生活污水处理的行政村是指通过采取符合当地实际的处理方式对生活污水进行处理，且受益农户达80％以上的行政村。

数据来源：县级以上建设部门、环保部门。

（4）建成区生活垃圾无害化处理率、开展生活垃圾资源化利用的行政村比例 指标解释：建成区生活垃圾无害化处理率是指乡镇建成区经无害化处理的生活垃圾数量占生活垃圾产生总量的百分比。生活垃圾无害化处理指卫生填埋、焚烧和资源化利用（如制造沼气和堆肥）。卫生填埋场应有防渗设施，或达到有关环境影响评价的要求（包括地点及其他要求）。执行《生活垃圾填埋场污染控制标准》（GB 16889—2008）和《生活垃圾焚烧污染控制标准》（GB 18485—2001）等垃圾无害化处理的有关标准。

开展生活垃圾资源化利用的行政村比例是指乡镇非建成区开展生活垃圾资源化利用的行政村占非建成区行政村总数的比例。生活垃圾资源化利用是指在开展垃圾"户分类"的基础上，对不能利用的垃圾定期清运并进行无害化处理，对其他垃圾通过制造沼气、堆肥或资源回收等方式，按照"减量化、无害化"的原则实现生活垃圾资源化利用。其中，开展生活垃圾资源利用的行政村，其生活垃圾资源化利用率不低于60％。

数据来源：县级以上城建（环卫）部门、统计部门。

（5）重点工业污染源排放达标率　指标解释：指乡镇辖区内实现稳定达标排放的重点工业污染源数量占所有重点工业污染源总数的比例。重点工业污染源包括废水排放和废气排放两类污染源。"重点工业污染源"是指乡镇辖区内分别按废水、废气中主要污染物排污量从高到低，累计排放量占乡镇排污总量85％的工业污染源。"排放达标"是指浓度稳定达到排放标准，执行排污许可证的规定，不超过排污总量指标要求，未发生污染事故。

工业废水排放达标率是指乡镇范围内的重点工业企业，经其所有排污口排到企业外部并稳定达到国家或地方排放标准的工业废水总量占外排工业废水总量的百分比。

工业废气排放达标率是指乡镇范围内的重点工业企业，在燃料燃烧和生产工艺过程中稳定达到排放标准的工业烟尘、工业粉尘和工业二氧化硫排放量分别占其排放总量的百分比。

数据来源：县级以上环保部门。

（6）饮食业油烟达标排放率　指标解释：指街道辖区内油烟废气达标排放的饮食业单位占所有排放油烟废气的饮食业单位总数的百分比。执行《饮食业油烟排放标准（试行）》（GB 18483—2001）。饮食业项目环保审批和验收合格率要求达到100％。（该项指标仅考核街道；涉农街道是指辖区内存在基本农田的街道。）

数据来源：县级以上环保部门。数据收集采用抽样监测的方法，抽样比例不得低于街道辖区内排放油烟废气的饮食业单位总数的20％。

（7）规模化畜禽养殖场粪便综合利用率　指标解释：指乡镇辖区内畜禽养殖场综合利用的畜禽养殖粪便与产生总量的比例。按照《畜禽养殖污染防治管理办法》（国家环境保护总局令第9号），规模化畜禽养殖场，是指常年存栏量为500头以上的猪、3万羽以上的鸡和100头以上的牛的畜禽养殖场，以及达到规定规模标准的其他类型的畜禽养殖场。规模以下畜禽养殖场分级标准及畜禽养殖废弃物综合利用要求，由省级环境保护行政主管部门做出规定。畜禽养殖粪便综合利用主要包括用作肥料、培养料、生产回收能源（包括沼气）等。规模化畜禽养殖场应执行《畜禽养殖业污染物排放标准》（GB 18596—2001）的相关规定。

数据来源：县级以上环保部门、农业部门。

（8）农作物秸秆综合利用率　指标解释：指乡镇辖区内综合利用的农作物秸秆数量占农作物秸秆产生总量的百分比。秸秆综合利用主要包括粉碎还田、过腹还田、用作燃料、秸秆气化、建材加工、食用菌生产、编织等。乡镇辖区全部范围划定为秸秆禁烧区，并无农作物秸秆焚烧现象。

数据来源：县级以上环保部门、农业部门。

（9）农村卫生厕所普及率　指标解释：指乡镇辖区内使用卫生厕所的农户数占农户总户数的比例。卫生厕所标准执行《农村户厕卫生标准》（GB 19379—2003）。

数据来源：县级以上卫生、建设部门。

（10）农用化肥施用强度、农药施用强度　指标解释：农用化肥施用强度指乡镇辖区内实际用于农业生产的化肥施用量（包括氮肥、磷肥、钾肥和复合肥）与播种总面积之比。化肥施用量要求按折纯量计算。农药施用强度指实际用于农业生产的农药施用量与播种总面积之比。

数据来源：县级以上农业、统计部门。

（11）使用清洁能源的居民户数比例　指标解释：指乡镇辖区内使用清洁能源的居民户数占居民总户数的百分比。清洁能源指消耗后不产生或很少产生污染物的可再生能源（包括水能、太阳能、沼气等生物质能、风能、核电、地热能、海洋能）、低污染的化石能源（如天然气），以及采用清洁能源技术处理后的化石能源（如清洁煤、清洁油）。

数据来源：县级以上统计、经贸、能源、农业、环保等部门。统计范围包括乡镇建成区和所辖行政村。

（12）人均公共绿地面积　指标解释：人均公共绿地面积指乡镇建成区（中心村）公共绿地面积与建成区常住人口的比值。公共绿地，是指乡镇建成区内对公众开放的公园（包括园林）、街道绿地及高架道路绿化地面，企事业单位内部的绿地、乡镇建成区周边山林不包括在内。

数据来源：县级以上城建部门。

（13）主要道路绿化普及率　指标解释：指乡镇建成区（中心村）主要街道两旁栽种行道树（包括灌木）的长度与主要街道总长度之比。

数据来源：县级以上城建部门、园林部门。

（14）森林覆盖率　指标解释：指乡镇辖区内森林面积占土地面积的百分比。森林，包括郁闭度0.2以上的乔木林地、经济林地和竹林地。同时，依据国家特别规定的灌木林地、农田林网以及村旁、路旁、水旁、山旁、宅旁林木面积折算为森林面积的标准计算。高寒区或草原区考核林草覆盖率，具体指标值参照山区森林覆盖率标准执行。

数据来源：县级以上统计、林业部门。

（15）主要农产品中有机、绿色及无公害产品种植（养殖）面积的比重　指标解释：指乡镇辖区内，主要农（林）产品、水（海）产品中，认证为有机、绿色及无公害农产品的种植（养殖）面积占总种植（养殖）面积的比例。其中，有机农、水产品种植（养殖）面积按实际面积两倍统计，总种植（养殖）面积不变。有机、绿色和无公害农、水产品种植（养殖）面积不能重复统计。

数据来源：县级以上农业、林业、环保、质检、统计部门。

附录三 国家级生态乡镇申报表

国家级生态乡镇申报表

申报乡镇＿＿＿＿＿＿＿＿＿＿＿＿＿＿＿＿＿＿＿＿＿＿

乡（镇）长＿＿＿＿＿＿＿＿＿＿＿＿＿＿＿＿＿＿＿

联系人＿＿＿＿＿＿＿＿＿＿电话＿＿＿＿＿＿＿＿＿＿

申报日期＿＿＿＿＿＿年＿＿＿＿月＿＿＿＿日

环 境 保 护 部

生态乡镇建设指标完成情况

类别	序号	指 标 名 称	指标要求			指标完成情况
			东部	中部	西部	
环境质量	1	集中式饮用水源水质达标率(%)	100			
		农村饮用水卫生合格率(%)	100			
	2	地表水环境质量	达到环境功能区或环境规划要求			
		空气环境质量				
		声环境质量				
环境污染防治	3	建成区生活污水处理率(%)	80	75	70	
		开展生活污水处理的行政村比例(%)	70	60	50	
	4	生活垃圾无害化处理率(%)	90			
		建成区生活垃圾无害化处理率(%)	≥95			
	5	重点工业污染源达标排放率(%)	100			
	6	饮食业油烟达标排放率(%)＊＊	≥95			
	7	规模化畜禽养殖场粪便综合利用率(%)	95	90	85	
	8	农作物秸秆综合利用率(%)	≥95			
	9	农村卫生厕所普及率(%)	≥95			
	10	农用化肥施用强度[折纯,公斤/(公顷·年)]	<250			
		农药施用强度[折纯,公斤/(公顷·年)]	<3.0			
生态保护与建设	11	使用清洁能源的居民户数比例(%)	≥50			
	12	人均公共绿地面积(m²/人)	≥12			
	13	主要道路绿化普及率(%)	≥95			
	14	森林覆盖率(%,高寒区或草原区考核林草覆盖率)＊　山区、高寒区或草原区	≥75			
		丘陵区	≥45			
		平原区	≥18			
	15	主要农产品中有机、绿色及无公害产品种植(养殖)面积的比重(%)	≥60			

注：标"＊"指标仅考核乡镇、农场；标"＊＊"指标仅考核涉农街道。

续表

县(市)级人民政府意见：
年　月　日(盖章)
市(地)级环境保护局意见：
年　月　日(盖章)
省(区、市)环境保护厅(局)专家组审查意见：
专家组组长签字： 年　月　日
省(区、市)环境保护厅(局)公示情况：
年　月　日(盖章)

省(区、市)环境保护厅(局)复查情况：
(对公示无疑问的乡镇不填此项)

年　月　日(盖章)

省(区、市)环境保护厅(局)复核申请：

年　月　日(盖章)

环境保护部专家组意见：

专家组组长签字：
年　月　日

环境保护部复核意见：

年　月　日(盖章)

附录四 云南省生态乡镇考核指标

一、基本条件

（1）成立了由乡镇人民政府主要领导负责、有关部门领导参加的生态乡镇建设领导小组及办事机构；

（2）编制完成了乡镇环境规划，经专家论证后，乡镇人大常委会审议通过并颁布实施；

（3）乡镇环境规划列入当地新农村建设总体规划，政府每年至少召开一次有关生态乡镇建设的工作会议；

（4）行政区内的工矿企业完成上级政府下达的节能减排任务，三年内无重大污染事故和生态破坏事件。群众反映的突出环境问题得到有效解决。

二、考核指标

按照经济、社会、环境保护协调发展，村民生产生活环境得到改善的原则，生态乡镇考核指标共 20 项，分为经济社会发展、环境保护和生态环境保护三个部分，具体指标见下表。

考核内容	序号	指标名称		指标值
经济社会发展	1	农民人均纯收入/(元/年)		≥2200
	2	农村厕所普及率/%		≥80
	3	农村饮用水卫生合格率/%		≥90
	4	环保村规民约		有
	5	乡镇道路硬化率/%		≥80
环境保护	6	地表水环境质量		达到环境规划要求
	7	空气环境质量		达到环境规划要求
	8	声环境质量		达到环境规划要求
	9	生活垃圾定点存放处置率/%		≥70
	10	生活污水集中处理率/%		≥60
	11	农村工业污染治理达标率/%		100
	12	清洁能源普及率/%		≥50
生态环境保护	13	水土流失治理率/%		≥70
	14	森林覆盖率/%	山区	≥60
			半山区	≥40
			坝区	≥15
	15	人畜粪便综合利用率/%		≥70
	16	农用化肥施用强度(折纯)/(公斤/公顷)		≤280
	17	主要农产品农药残留合格率/%		≥80
	18	农作物秸秆综合利用率/%		≥80
	19	基本农田保护率/%		100
	20	村民对环境满意率/%		≥90

云南省生态乡镇考核指标解释

1. 农民人均纯收入

指标解释：乡镇行政区内农村住户当年从各个来源得到的总收入相应扣除从事生产和非生产经营费用支出、缴纳税收、上交承包集体任务金额以后剩余的，可直接用于进行生产性、非生产性建设投资、生活消费和积蓄的那一部分人均收入。

数据来源：县统计部门。

2. 农村卫生厕所普及率

指标解释：使用各种类型卫生厕所的农户数占农村总户数的百分比。农户单独拥有厕所，实现厕所与猪圈分离，并及时清理。

数据来源：县城建、农业部门。

3. 饮用水卫生合格率

指标解释：农户取得安全饮水的人口数占总人口数的百分比。安全饮用水执行国家《生活饮用水卫生标准》（GB 5749—2006）。

数据来源：县卫生部门。

4. 环保村规民约

村民为自觉维护区域环境而制定的有关规章制度。

5. 乡镇道路硬化率

指标解释：道路已硬化面积占主要道路总面积的百分比。乡镇道路指由乡（镇）政府所在地，到各村民委员会的道路路面建成柏油、水泥或弹石路面等。

数据来源：县交通部门。

6. 农村水环境质量

指标解释：按环境规划的功能区要求达到相应的国家环境水质量标准中的各项指标要求。

数据来源：县环保部门。

7. 农村空气环境质量

指标解释：按环境规划的功能区要求达到相应的国家环境空气质量标准中的各项指标要求。

数据来源：县环保部门。

8. 农村声环境质量

指标解释：声环境质量达到环境规划要求，是指乡镇建成区噪声污染控制在乡镇环境规划要求的范围内。

数据来源：县环保部门。

9. 水土流失治理率

指标解释：经治理合格的水土流失面积占水土流失总面积的百分比。

数据来源：县水利部门。

10. 森林覆盖率

指标解释：森林面积占土地面积的百分比。森林面积是指郁闭度为 0.2 以上的乔木林地，经济林地和竹林地面积。国家特别规定了灌木林地、农田林网以及村旁、路旁、水旁、山旁、宅旁林木面积折算为森林面积的标准。

数据来源：县林业部门。

11. 农村工业污染治理达标率

指标解释：实现稳定达标排放的企业数占区内企业总数的百分比。

数据来源：县环保部门。

12. 清洁能源普及率

指标解释：使用清洁能源的户数占总户数的百分比。清洁能源指消耗或处理后不产生或很少产生污染物的能源（包括水能、太阳能、生物质能、天然气、液化气等）。

数据来源：县农业部门。

13. 人畜粪便综合利用率

指标解释：人畜粪便综合利用量占区内人畜粪便产生量的百分比。

数据来源：县农业部门。

14. 农业化肥施用强度

指标解释：年内化肥施用量占耕地总面积的百分比（单位：公斤/公顷）。化肥施用量按折纯量计算。折纯量是指将氮肥、磷肥、钾肥分别按氨、五氧化二磷、氧化钾的量进行折算后的数量。复合肥按其所含主要成分折算。

数据来源：县农业部门。

15. 主要农产品农药残留合格率

指标解释：当地主要粮食、蔬菜、水果抽样中农药残留符合国家标准的样品数占抽样总数的百分比。当地主要农作物产品农药残留检测评价执行《农产品安全质量》有关标准以及农业部无公害食品系列标准。

数据来源：县质量监督部门。

16. 农村生活垃圾定点存放处置率

指标解释：生活垃圾定点存放并得到及时处置的户数占总户数的百分比。有固定的生活垃圾收集桶（箱、池）；有卫生责任制度，有专人负责全村垃圾收集与清运、道路清扫、河道清理等日常保洁工作。

数据来源：县城建部门。

17. 乡镇生活污水集中处理率

指标解释：乡镇建成区内经过污水处理厂或其他处理设施处理的生活污水量占乡镇建成区生活污水排放总量的百分比。污水处理厂包括一级、二级集中污水处理厂，其他处理设施包括氧化塘、氧化沟、净化沼气池以及湿地废水处理工程等。

数据来源：县城建部门。

18. 农作物秸秆综合利用率

指标解释：综合利用的秸秆数量占秸秆产生量的百分比。秸秆的综合利用包括：秸秆气化、饲料、秸秆还田、编织等。

数据来源：县农业部门。

19. 基本农田保护率

指标解释：现受保护基本农田面积占基本农田总面的百分比。

数据来源：县农业部门。

20. 村民对环境满意率

指标解释：问卷结果为"满意"＋"基本满意"的问卷数占问卷发放总数的百分比。对村民进行抽样问卷调查，随机抽样户数不低于全村居民户数的五分之一，问卷在"满意"、"基本满意"、"不满意"之间进行选择。

参 考 文 献

[1] Baskin Y. Winners and losers in a changing world: Global changes may promote invasion and alter the fate of invasive species. *Bioscience*, 1998, 48 (10): 788-792.

[2] Blossey B, Nötzold R. Evolution of increased competitive ability in invasive nonindigenous plants: a hypothesis. *Journal of Ecology*, 1995, 83: 887-889.

[3] Crawley M J. Insect herbivores and plant population dynamisc. *Annual Reriew of Entomology*, 1989, 34: 531-564.

[4] D'Antonio C M, Vitousek P M. Biological invasion by exotic grasses, the grass/fire cycle, and global change. *Annu. Rev. Ecol. Syst.*, 1992, 23: 63-87.

[5] Duggin J A, Gentle C B. Experimental evidence on the importance of disturbance intensity for invasion of Lantana camara L. in dry rainforest-open forest ecotones in north-eastern NS W, Australia. *Forest Ecology and Managemen*, 1998, 109: 279-292.

[6] Elton C S. The Ecology of Invasions by Animals and Plants. London: Metheun, 1958.

[7] Enserink M. Predicting invasions: Biological invaders sweep in. *Science*. 1999, 285: 1834-1836.

[8] Harley K L S, Forno I W. Biological Control of weeds. Melborne-Sydney: Inkata Press, 1992.

[9] hen S. Organic agriculture in China-current situation and challenges. EU-China Trade Project, 2008.

[10] Higgins S I, et al. Modeling invasive plant spread: the role of plant environment interactions and model structure. *Ecology*. 1996, 77 (7): 2043-2054.

[11] Hooper D U, Vitousek P M. Effects of plant composition and diversity on nutrient cycling. *Ecological Monographs*. 1998, 68: 121-149.

[12] John H S. List and summary of the flowering plants in the Hawaiian Islands. Pacific Tropical Botanical Garden Memoir, 1973, (1).

[13] Julien M H, Chan R R. Biological control of alligator weed-unsuccessful attempts to control terrestrial growth using the flea beetle. *Disonycha argentinensis Entomophaga*. 1992, 37 (2): 215-221.

[14] Levine J M, D'Antonio C M. Elton revisited: a review of evidence linking diversity and invasibility. *Oikos*. 1999, 87: 15-26.

[15] Mack R N, Simberloff D, Lonsdale W M, Evans H, Clout M, Bazzaz F A. Biotic invasions: causes, epidemiology, global consequences, and control. *Ecol. Appl.*, 2000, 10 (3): 689-710.

[16] Nancy P A. Meeting the invasive species challenge. *Aquatic*, 2000, 22 (4): 11-12.

[17] Parrella M P. Biology of Liriomyza. *Ann. Rev. Entomol.*, 1987, 32: 201-224.

[18] Picketts T A, Ostfeld R S, Shachak M, et al (eds). The ecology basis of conservation: Heterofeneity, Ecosystem, and Biodiversity. New York: Chapman & Hall. 1997, 202-216.

[19] Pimentel D, Lach L, Zuniga R and Morrison D, 2000. Environmental and economic costs of non-indigenous species in the United States. *BioScience*, 50: 53-65.

[20] Plam M E. Systematics and the impact of invasive fungi on agriculture in the United States. *BioScience*, 2001, 51 (2): 141-147.

[21] Rhymer J, Simberloff D. Extinction by hybridization and introgression. *Ann. Rev. Evol. Syst.*, 1996, 27: 83-109.

[22] Ruesink J L. Reducing the risks of nonindigenous pecies introductions. *Bioscience*, 1995, 45 (7): 465-477.

[23] Savidge J A. Extinction of an island forest avifauna by an introduced snake. *Ecology*, 1987, 68: 660-668.

[24] Seidel K. Reingung von Gewassem dutch hohrre pflanzen. *Naturwiss*, 1966, 53: 289-297.

[25] Sherley G. Invasive species in the Pacific: a tecical review and draft regional strategy. South Pacific Regional Environmentnal Programme. 2000, 190.

[26] SimberloffD, Stiling P. How risky is biological control? *Ecology*, 1996, 77: 1965-1974.

[27] Stolzenburg W. The mussels'message. *Nature Conservancy*, 1992, 42: 16-23.

[28] Stylinski C D, Alien E B. Lack of native species recovery following severe exotic disturbance in southern Californian shrublands. *J. Appl. Ecol.*, 1999, 36: 544-554.

[29] Suarez A V, Bolger D T, Case T J. The effect of fragmentation and invasion on the native ant community in coastal southern Califo rnia. *Ecology*, 1998, 79: 2041-2056.

[30] Suarez A V, Richmond J, Case T J Prey selection in horned lizards following the invation of argentine ants in southern Califo rnia. *Ecological Applications*, 2000, 10 (3): 711-725.

[31] Suarez A V, Tsutsui N D, Holway D A, Case T J. Behavioral and genetic differentiation between native and introduced populations of the Arentine ant. *Biological Invasions*, 1999, 1 (1): 43-53.

[32] Tsutsui N D, Suarez A V, Holway D A, Case T J. Reduced genetic variation and the success of an invasive species. *Proceedings of the National Academy of Science*, USA, 2000, 97 (11): 5948-5953.

[33] Vitousek P M, 1990. Biological invasions and ecosystem processes: towards and integration of population biology and ecosystem studies. *Oilos*, 57: 7-13.

[34] Vitousek P M. Introduced species: a significant component of human-caused global change. *N. Z. d. Ecol.*, 1997, 21: 1-16.

[35] Vitousek P M, D'Antonio C M, Loope L L, et al. Biological invasions as global environmental change. *American Scientist*, 1996, 84: 468-478.

[36] Wallner WE, Global gypsy the moth that gets around. In: Britton K O, (eds). Exotic Pests of Eastern Forests. Tennessee Exotic Pest Plant Council, USDA Forest Service, Nashville, TN. 1997, 63-70.

[37] Willer, N, Yussefi-Menzler, M, Sorensen, N. The World of Organic Agriculture-Statistics and Emerging Trends 2008. FiBL, Frick, Switzerland, 2008.

[38] 安琼. 塑料对农田生态系统的污染及防治. 农村生态环境, 1996, 12 (2).

[39] 白晓龙, 顾卫兵, 沃飞等. 农村生活污水处理技术与展望. 环境整治, 2008 (6): 59-63.

[40] 白鸥, 朱一农. 狙击生物入侵. 科技新时代, 1999, 5: 54-57.

[41] 边炳鑫, 赵由才. 农业固体废物的处理与综合利用. 北京: 化学工业出版社, 2005.

[42] 步士全. 环境法规与标准知识问答. 北京: 化学工业出版社, 2006, 10.

[43] 蔡生力, 陈专静. 凡纳对虾白斑综合征病毒的检测和预防. 上海水产大学学报, 2001, 10 (4): 364-369.

[44] 蔡守秋, 吴贤静. 农村环境保护法治建设的成就、问题和改进. 当代法学, 2009 (1).

[45] 蔡守秋. 论农村环境保护法规制的主要领域. 中国地质大学学报: 社会科学版, 2008 (11).

[46] 曹志洪. 解译土壤质量演变规律, 确保土壤资源持续利用. 世界科技研究与发展, 2001, (23) 3: 28-32.

[47] 曹文文. 松突圆蚧的监测与防范. 植物检疫, 1999, 13 (5): 297-298.

[48] 车晋滇, 郭喜红. 北美一枝黄花. 杂草科学, 1999, 1: 17.

[49] 陈兵, 赵云鲜, 康乐. 外来潜潜蝇入侵和适应机理及管理对策. 动物学研究, 2002, 23: 155-160.

[50] 陈兵, 康乐. 生物入侵及其与全球变化的关系. 生态学杂志, 2003, 22 (1): 31-34.

[51] 陈永革, 古德祥. 松突圆蚧与松突圆蚧花角蚜小蜂种间关系研究. 昆虫天敌, 1998, 20 (3): 136-142.

[52] 陈爱国. 我国乡镇工业环境问题及其出路. 河南社会科学, 1999 (4): 69-73.

[53] 陈吉宁, 杜鹏飞, 黄霞等. 新农村建设中的环境问题及对策研究//清华大学环境科学与工程系研究课题. 北京: 清华大学, 2006.

[54] 陈砀, 肖亿群, 邱江平. 蚯蚓生物滤池处理城市污水初步试验. 上海交通大学学报, 2003, 21 (4): 336-339.

[55] 陈元, 张丽华. 农村沼气综合利用技术. 农村牧区能源, 2007: 177-178.

[56] 陈英旭. 农业环境保护. 北京: 化学工业出版社, 2006.

[57] 成先雄, 严群. 农村生活污水土地处理技术. 四川环境, 2005, 24 (2): 39-44.

[58] 程桂荪, 刘小秋, 刘渊君. 农田地膜残片允许值的研究. 土壤肥料, 1991, (5).

[59] 程永伟, 施永生, 王琳, 周明. 人工湿地应用于小城镇污水处理的研究进展. 云南化工, 2006, 53-56.

[60] 崔玉亭. 化肥与生态环境保护. 北京: 化学工业出版社, 2000.

[61] 戴丽等. 滇池分散式农户型双室堆沤肥技术研究. 昆明: 云南科技出版社, 2005.

[62] 丁建清. 生物防治: 杂草综合治理的重要内容. 杂草学报, 1995, 9 (1): 60-64.

[63] 丁建清, 王韧. 外来种对中国生物多样性的影响//《中国生物多样性国情研究报告》编写组 (编). 中国生物多样性国情研究报告. 北京: 中国环境科学出版社, 1998, 58-61.

[64] 丁建清, 王韧, 付卫东. 外来有害植物对我国生物多样性的影响及其治理现状与对策//许智宏主编. 面向21世纪的中国生物多样性保护, 第三届全国生物多样性保护与持续利用研讨会论文集. 北京: 中国林业出版社, 2000: 297-306.

[65] 丁建清, 解焱. 中国外来种入侵机制及对策//汪松, 谢彼德, 解焱主编. 保护中国的生物多样性 (二). 北京: 中国环境科学出版社, 2001: 107-128.

[66] 杜兵, 司亚安, 孙艳玲. 生态厕所的类型及粪污处理工艺. 给水排水, 2003, 29 (5): 60-62.

[67] 段丽杰，林山杉，盛连喜. 列车上应用生态厕所的初步研究. 东北师范大学学报，2004，36（1）：117-120.

[68] 樊平，李志刚，王世仙，徐产俊. 浅析农作物秸秆综合利用现状、问题和对策. 安徽农学通报，2009，15（12）：62-68.

[69] 傅定法，黄东风，程冠华. 乡镇工业发展对环境的影响. 能源工程，1994（4）：3-7.

[70] 高洪军，朱平，彭畅. 浅析氮肥对生态环境负效应及对策. 吉林农业科学，2004，29（6）.

[71] 高怀友. 中国农业环境保护工作现状. 中国环境管理，1999，3：15-16.

[72] 庚晋，周洁. 物种入侵危害生物安全. 甘肃林业，2002，1：33-35.

[73] 郭传友，王中生，方炎明. 外来种入侵与生态安全. 南京林业大学学报：自然科学版，2003，27（2）：73-78.

[74] 郭正主. 环境法规. 北京：化学工业出版社，2003，6.

[75] 国家林业局编. 中国林业年鉴. 北京：中国林业出版社，1998.

[76] 管冬兴，彭剑飞，邱诚，楚英豪. 我国农村生活垃圾处理技术探讨. 资源开发与市场，2009，25（1）：19-22.

[77] 关亮炯. 我国水污染现状及治理对策. 科技情报开发与经济，2004，14（6）：80-82.

[78] 国家环境保护局科技标准司城市污水土地处理技术指南. 北京：中国环境科学出版社，1997.

[79] 国家环境保护局自然保护司编. 中国乡镇工业环境污染及其防治对策. 北京：中国环境科学出版社，1995.

[80] 国家认证认可监督管理委员会 2006 年第 4 号公告.《良好农业规范认证实施规则（试行）》. 国家认监委（2006 年 2 月 5 日）.

[81] 国家认证认可监督管理委员会 2007 年第 22 号公告.《关于修订〈良好农业规范认证实施规则〉（CNCA-N-004：2007）的公告》. 国家认监委（2007 年 9 月 6 日）.

[82] 郭明辉. 可焚烧的超微细碳酸钙塑料薄膜与环保性能. 甘肃环境研究与监测，2002，15（1）.

[83] 郭伟，李培军. 污水快速渗滤土地处理研究进展. 环境污染治理技术与设备，2004，5（8）：1-7.

[84] 郝吉明，马广大. 大气污染控制工程. 北京：高等教育出版社，2002.

[85] 韩润平，陆雍森，杨健. 复合床生态滤池处理城市污水中试研究. 环境科学学报，2004，24（3）：450-454.

[86] 何明明，袁瑾英. 乡镇工业环境污染防治对策. 环境保护，1997（11）：9-10.

[87] 何文清，严昌荣，赵彩霞，常蕊芹，刘勤，刘爽. 我国地膜应用污染现状及其防治途径研究. 农业环境科学学报，2009，28（3）.

[88] 何小莲，李俊峰，何新林. 稳定塘污水处理技术的研究进展. 水资源与水工程学报，2007，18（5）：75-77.

[89] 何益波，李立清，曾清如. 重金属污染土壤修复技术的进展. 广州环境科学，2006，21（4）：26-31.

[90] 贺震. 土壤污染敲响警钟. 环境经济，2009，（3）：51-54.

[91] 胡庆永. 农业环境保护概论. 济南：山东大学出版社，1986.

[92] 胡天，媛徐伟. 水解酸化上向流曝气生物滤池工艺处理小城镇污水. 给水排水，2004，30（10）：25-27.

[93] 胡晓明，张无敌，尹芳. 云南省农作物秸秆资源综合利用现状. 安徽农学通报，2009，37（23）：67-69.

[94] 华小梅. 我国农药的生产使用状况及其对环境的影响. 环境保护，1999（9）.

[95] 环境保护与资源综合利用法律法规汇编. 北京：中国标准出版社，2006，12.

[96] 黄新欣. 乡镇工业企业环境污染防治对策. 福建环境，2002（3）：38-40.

[97] 黄星炯，陈仲清，刘香春. 地膜残留对花生生育影响的研究. 中国油料，1993（3）.

[98] 黄勇，杨忠芳. 土壤质量评价国外研究进展. 地质通报，2009，28（1）：130-136.

[99] 黄珍发. 机蔬菜栽培技术. 国农村小康科技，2009，3：45-46.

[100] 惠玉虎. 我国化肥使用现状和提高化肥利用率的措施. 农资科技，1997（2）.

[101] 纪峰等. 快速渗滤在小堡村污水治理中的应用. 北京水利，1998，（5）：26-27.

[102] 季昆森. 低碳经济在农业大有可为. 农民日报，2009.

[103] 贾继文，陈宝成. 农业清洁生产的理论与实践研究. 环境与可持续发展，2006，（4）：1-4.

[104] 贾建业，汤艳杰. 土壤污染的发生因素与治理方法. 热带地理，2003，23（2）：115-118，122.

[105] 贾良清，蒋宗豪，欧阳志云. 有机（生态）产业及其对安徽省农业可持续发展的促进. 安徽农业科学，2003，31（2）：235-237，240.

[106] 焦翔，穆建华，刘强. 美国有机农业发展现状及启示. 农业质量标准，2009，3：48-50.

[107] 蒋克彬，彭松，王明明. 农村生活污水治理措施. 四川环境，2008，27（5）：114-117.

[108] 荆肇乾，吕锡武. 小型污水处理工艺及其应用展望. 江苏环境科技，2002，15（3）：33.

[109] 劳秀素. 无公害蔬菜施肥与用药指南. 北京：中国农业科学技术出版社，2003.

[110] 李广超，傅梅绮. 大气污染控制技术. 北京：化学工业出版社，2004.

[111] 李军状，罗兴章，郑正等. 蚯蚓生态滤池处理农村生活污水现场试验研究. 环境污染与防治，2008，30（12）：11-16.

[112] 李茂荣. 乡镇企业发展存在问题与对策. 经济论坛.1999，（7）：37-38.

[113] 李秋洪. 论农田"白色污染"的防治技术. 农业环境与发展，1997，14（2）.

[114] 李尚义，李宁. 经济全球一体化须防有害生物入侵. 安徽农学通报，2002，8（3）：48-49.

[115] 李文华，闵庆文，张壬午编著. 生态农业的技术与模式. 北京：化学工业出版社，2005，10；186-264，113-130，40-89.

[116] 李先誉. 我国稻水象甲的发生及治理. 植物检疫，1997，11（增刊）：62-63.

[117] 李显军. 中国有机农业发展的背景、现状和展望. 世界农业，2004，7；7-11.

[118] 李晓亮，王常芸，周先学. 国外有机农业现状及我国的发展建议. 当代生态农业，2006，Z1；89-90.

[119] 李燕城. 水处理实验技术. 北京：中国建筑工业出版社，2001，82-86.

[120] 李振宇，解炎编. 中国外来入侵种. 北京：中国林业出版社，2002，28-29.

[121] 梁玉波，王斌. 中国外来海洋生物及其影响. 生物多样性，2001，9（4）：458-465.

[122] 梁祝，倪筋仁. 农村生活污水处理技术与政策选择. 中国地质大学学报. 社会科学，2007，7（3）：18-21.

[123] 林葆. 化肥与无公害农业. 北京：中国农业出版社，2003.

[124] 林江等. 生态卫生与全面小康. 北京：气象出版社，2005.

[125] 蒋正华主编. 生态健康与科学发展观. 北京：气象出版社，2005.

[126] 林晖. 乡镇工业的污染特点及基本防治对策. 中国环境管理，1999（2）：37-38.

[127] 林玉锁主编. 农药与生态环境保护. 北京：化学工业出版社，2000.

[128] 柳晶晶. 我国农村环境保护立法问题的若干思考. 湖北广播电视大学学报，2009（3）：85-86.

[129] 刘超翔，胡洪营，张健等. 表面流与潜流式生态床处理农村污水. 中国给水排水，2002，18（11）：5-8.

[130] 刘超翔，胡洪营，黄霞等. 滇池流域农村污水生态处理系统设计. 中国给水排水，2003，19（2）：93-94.

[131] 刘超翔，胡洪营，张健等. 不同深度人工复合生态床处理农村生活污水的比较. 环境科学，2003；24（5）：92-96.

[132] 刘大恩. 农作物污染事故赔偿处理探讨. 广西农业科学，2003，（4）.

[133] 刘华波，杨海真. 稳定塘污水处理技术的应用现状与发展. 天津城市建设学院学报，2003，9（1）：19-23.

[134] 刘红霞，温俊宝. 重视生物入侵的影响（上）. 世界农业，2000，8；26-28.

[135] 刘奎，彭正强，符悦冠. 红棕象甲研究进展. 热带农业科学，2002，22（2）：70-77.

[136] 刘伦辉，谢寿昌，张建华. 紫茎泽兰在我国的分布、危害与防除途径的探讨. 生态学报，1985，5（1）：1-6.

[137] 刘青松. 农村环境保护. 北京：中国环境科学出版社，2003.

[138] 刘兴发，李红卫，钟志红，侯顺利，臧荣鑫，赵卫平. 虹鳟鱼传染性胰腺坏死病毒反转录——聚合酶链反应的建立. 中国兽医科技，1997，27（11）：26-27.

[139] 刘晓宁，邱荣华. 地下渗滤系统处理分散式生活污水的研究. 节水灌溉，2007（8）：129-130.

[140] 陆庆光. 生物入侵的危害. 世界农业，1999，4；38-39.

[141] 卢辉，邵承斌，敫黎鑫. 畜禽粪便处理技术的研究动态. 重庆工商大学学报，2008，25（6）：624-627.

[142] 卢振辉. 国外有机食品标准和法规. 中国果菜，2003，2；14.

[143] 骆世明. 论生态农业模式的基本类型. 中国生态农业学报，2009，17（3）：405-409.

[144] 罗玮，赵先富，胡征宇. 迎接入侵种的挑战. 水生生物学报，2001，25（5）：516-523.

[145] 马卓. 中国有机农业发展现状、问题和对策. 中国农学通报，2006，22（11）：81.

[146] McNeely J A. 外来入侵物种问题的人类行为因素：环球普遍观点与中国现状的联系//汪松，谢彼德，解焱主编. 保护中国的生物多样性（二）. 北京：中国环境科学出版社，2001，139-151.

[147] 马敬能等. 中国生物多样性保护综述. 北京：中国林业出版社，1998.

[148] 马骧聪. 环境保护法基本问题. 北京：中国社会科学出版社，1983，04.

[149] 马以桂，高崇省，赵森. 松材线虫. 天津农林科技，1997，3；32-38.

[150] 梅丽娟，尤德康，苏宏钧，张自然. 美国白蛾国家级工程进展及治理对策. 中国森林病虫，2002，21（2）：42-44.

[151] 《农业环境污染事故等级划分规范》NY/T 1262—2007.

[152] 潘理黎，吕伯昇，严国奇等. 我国免水生态厕所的发展现状与展望. 科技导报，2005，（11）：66-68.

[153] 潘科，杨顺生，陈钰. 人工湿地污水处理技术在我国的发展研究. 四川环境，2005，24（2）：25-28.

[154] P 伦斯，G 泽曼，G 莱廷格著. 分散式污水处理和再利用——概念、系统和实施. 王晓昌，彭党聪，黄廷林等译. 北京：化学工业出版社，2004.

[155] Primack R B 著. 保护生物学概论. 祁承经译. 长沙：湖南科学技术出版社，1996：94-95.

[156] 潘务耀，唐子颖，谢国林，连俊和，丁德诚. 松突圆蚧花角蚜小蜂引进和利用的研究. 森林病虫通讯，1993，1：15-18.

[157] 强白发. 韩国有机农业的发展及对我国的借鉴意义. 生态经济，2009，5：132-135.

[158] 强胜. 世界性恶性害草——紫茎泽兰研究历史及现状. 武汉植物学研究，1998，16（4）：366-372.

[159] 任军，闫晓艳. 日本施肥现状及发展趋势. 土壤肥料，1996（3）.

[160] 任效乾，王守信. 环境保护及其法规. 北京：冶金工业出版社，2002.

[161] 阮小凤，杨勇，马书尚，周瑗月. 甜樱桃病毒病的 ELISA 检测研究. 山东农业大学学报，1998，29（3）：277-282.

[162] 商含武，祝荣增，赵琳，林云彪，王荣洲，周新昌. 外来害虫蔗扁蛾的寄主范围. 昆虫知识，2003，40（1）：55-59.

[163] 上上下下的"厕所革命"——关注农村环境卫生系列报道. 宁夏日报，2004-11-08.

[164] 邵琛霞. 浅议农村环境保护立法. 南京审计学院学报，2006（5）.

[165] 司恩平. 健康来自于土壤——关注土壤污染问题. 支部生活：中共云南省委党刊，2006（10）：41-42.

[166] 苏东辉，郑正，王勇等. 农村生活污水处理技术探讨. 环境科学，2005，28（1）：79-81.

[167] 苏荣辉，娄治平，张润志. 对生物入侵研究对策的思考. 中国科学院院刊，2002，5：335-338.

[168] 孙红，伊素芹，李显军. 有机农业及其发展探讨. 农业质量标准，2009，4：28-30.

[169] 孙江华，虞佩玉，张彦周，王小君. 海南省新发现的林业外来入侵害虫——水椰八角铁甲. 昆虫知识，2003，40（3）：286-287.

[170] 孙铁珩，周启星，张凯松. 污水生态处理技术体系及应用. 水资源保护，2002，3：6-9.

[171] 孙铁珩，周启星，李培军. 污染生态学. 北京：科学出版社，2001.

[172] 孙铁珩，李培军，周启星. 土壤污染形成机理与修复技术. 北京：科学出版社，2005，9.

[173] 田家怡，潘怀剑. 异地生物入侵德害及综合防治对策. 滨州师专学报，2000，16（2）92-96.

[174] 陶丽英，王文海，刘梅英等. 化学絮凝法处理采油废水的研究. 环境保护科学，2004，30（122）：13-15.

[175] 陶光球，陈全美. 重大农业环境污染事故纠纷的处理及防范对策. 现代农业科技，（7）.

[176] 帖靖玺，钟云，郑正等. 2 级串联人工湿地处理农村污水的脱氮除磷研究. 中国给水排水，2007，23（1）88-96.

[177] 万方浩，郑小波，郭建英主编. 重要农林外来入侵物种的生物学与控制. 北京：科学出版社，2005.

[178] 万方浩，关广清，王韧. 豚草及豚草综合治理. 北京：中国科学技术出版社，1993.

[179] 万方浩，郭建英，王德辉. 中国外来入侵生物的现状、管理对策及风险评价体系//王德辉，Jeffrey A M 主编. 生物多样性与外来入侵物种管理国际研讨会论文集. 北京：中国环境科学出版社，2002：77-102.

[180] 万方浩，郭建英，王德辉. 中国外来入侵生物的危害与管理对策. 生物多样性，2002a，10（1）：119-125.

[181] 万洪富. 我国区域农业环境问题及其综合治理. 北京：中国环境科学出版社，2005，1：13-60.

[182] 王德楷，郑钦玉. 三峡库区农村沼气综合利用途径与思考. 西南农业大学学报，2006，4（3）：5-9.

[183] 王福祥. 美洲斑潜蝇的发生及综合防治. 农业科技通讯，1997，2：34.

[184] 王冠军，谢思桃. 毛管渗滤土地处理技术与住区水环境的保护. 2003 住区水环境国际研讨会论文集. 北京：给水排水编辑部，2003.80-90.

[185] 王洪宁. 农作物秸秆资源化及开发利用途径. 污染防治技术，2009，22（1）：33-34.

[186] 王洪涛，陆文静. 农村固体废物处理处置与资源化技术. 北京：中国环境科学出版社，2006.

[187] 王建强. 长期使用化肥对土壤的影响与防治. 化学工程与设备，2008（11）.

[188] 王靖邦，赵力. 浅谈处理农业污染事故的四大技术环节. 农业环境与发展，1996，（1）（总47期）.

[189] 王敬国. 农用化学物质的利用与污染控制. 北京：北京出版社，2001.

[190] 王敬国. 资源与环境概论. 北京：中国农业大学出版社，2000.

[191] 王频. 残膜污染治理的对策和措施. 农业工程学报，1998，14（3）.

[192] 王庆安，任勇，钱骏等. 成都市活水公园人工湿地塘床系统的生物群落. 重庆环境科学，2001，23（2）：52-55.

[193] 王伟平. 美国白蛾防治模式推广与应用. 森林病虫通讯，1996，3：44-45.

[194] 王献溥. 生物入侵的生态威胁及其防除措施. 植物杂志，1999，4：4-5.

[195] 王小波. 有机蔬菜生产的关键技术运筹. 安徽农业科学，2007，35（12）：3535-3536.

[196] 王晓方，申茂向. 塑料农膜——中国农业发展的希望和曙光. 中华人民共和国科学技术部农村科技司，1998.

[197] 王晓红，陈晓玲. 乡镇工业污染对企业生产环境的影响及防治对策. 中国公共卫生，1998，14（5）.

[198] 王映雪. 城郊高效生态农业建设模式与对策研究. 云南农业，2009，（5）：50-51.

[199]　魏翠英. 化肥对环境的污染及防治措施. 山东环境, 1999 (4).

[200]　魏复盛等. 中国土壤环境背景值研究. 环境科学, 1991, 12 (4)：14.

[201]　魏鸿钧. 我国稻水象发生态势与持续控制. 植物检疫, 1997, 11 (增刊)：60-62.

[202]　问锦曾, 王音, 雷仲仁. 美洲斑潜蝇中国新纪录种. 昆虫分类学报, 1996, 18 (4)：322-312.

[203]　文化. 农业清洁生产. 农业新技术, 2003, (2) (总第 5 期)：1-3.

[204]　文湘华, 钱易. 生物稳定塘生态系统的研究现状评述. 环境污染与防治, 1992, (1)：22-26.

[205]　吴春华. 可生物降解的耐水性塑料薄膜的研制. 南京林业大学学报, 2002, 26 (2).

[206]　吴磊, 吕锡武, 李先宁等. 厌氧/跌水充氧接触氧化/人工湿地处理农村污水. 中国给水排水, 2007, 23 (3)：57-59.

[207]　吴克强. 滇池流域的生态失调. 国内湖泊 (水库) 协作网通讯, 1993, (1)：47-49.

[208]　吾甫尔江·托乎提, 艾海提·牙生, 巴雅尔. 论地膜污染与防治对策. 新疆环境保护, 2000, 22 (3).

[209]　吴天马. 实施农业清洁生产势在必行. 环境导报, 2000, (4), 1-4.

[210]　吴永锋等. 生活污水快速渗滤处理现场试验研究. 环境科学学报, 1996, 16 (3)：282-286.

[211]　武志杰, 梁文举, 姜勇, 董加耕. 农产品安全生产原理与技术. 北京：中国农业科学技术出版社, 2006.

[212]　夏邦寿. 生活污水厌氧消化出水后处理技术研究进展. 中国沼气, 2007, 25 (1)：23-26.

[213]　夏光. 环境政策创新：环境政策的经济分析. 北京：中国环境科学出版社, 2002, 8.

[214]　向连城. 新型稳定塘污水处理技术 AIPS. 环境科学研究, 1995 (1)：48-50.

[215]　向言词, 彭少麟, 周厚诚, 方炜. 生物入侵及其影响. 生态科学, 2001, 20 (4)：68-72.

[216]　向业勋. 紫茎泽兰的分布、危害及防除意见. 杂草科学, 1983, (4)：10-11.

[217]　肖军, 赵景波. 农田塑料地膜污染及防治. 四川环境, 2005, 24 (1).

[218]　熊东红, 贺秀斌, 周红艺. 土壤质量评价研究进展. 世界科技研究与发展, 2005, 27 (1)：71-75.

[219]　许香春, 王朝云. 国内外地膜覆盖栽培现状及展望. 中国麻业, 2006, 28 (1).

[220]　严昌荣, 梅旭荣, 何文清, 郑盛华. 农用地膜残留污染的现状与防治. 农业工程学报, 2006, 22 (11).

[221]　严煦世, 范瑾初. 给水工程. 北京：中国建筑工业出版社, 1995, 252-261.

[222]　燕长安, 陈玉文, 邢景光. 锦州市扑灭了美国白蛾. 植物检疫, 1992, 6 (1)：37-38.

[223]　杨集昆, 程桂芳. 中国新记录的辉蛾科及蔗扁蛾的新结构 (鳞翅目：谷蛾总科), 武夷科学, 1997, 13：24-30.

[224]　杨健, 吴敏. 城市污水厂混合污泥的生态稳定处理. 环境污染与防治, 2003, 25 (6)：354-357.

[225]　杨莉, 谢刚, 凌云, 谢宇. 新农村生活垃圾处理方案的选择. 现代农业科技, 2008, 18：336-337.

[226]　杨丽. 国际有机运动联盟及其标准. 中国标准化, 2002, 10：56-58.

[227]　杨丽萍, 田宁宁, 褚富春. 土壤毛管渗滤污水净化绿地利用研究. 城市环境与城市生态, 1999, 12 (3)：4-7.

[228]　杨惠娣. 塑料农膜与生态环境保护. 北京：化学工业出版社, 2000.

[229]　杨平均, 梁铬球. 生物入侵的生态学问题及现状. 昆虫天敌, 1996, 18 (1)：91-97.

[230]　姚一建, 魏铁铮, 蒋毅. 微生物入侵和防范生物武器研究现状与对策. 中国科学院院刊, 2002, (1)：26-30.

[231]　尹军, 崔玉波. 人工湿地污水处理技术. 北京：化学工业出版社, 2006：185-194.

[232]　雨诺·温布拉特梅林, 辛普生·赫伯特. 生态卫生原则、方法和应用. 朱强等译. 北京：中国建筑出版社, 2006.

[233]　曾晶, 王厚俊. 农村沼气综合利用的环境与技术经济评价. 中国农机化, 2004, 4：26-28.

[234]　翟金良, 邓伟, 刘振乾. 中国农业自身污染及其控制对策. 环境保护科学, 2001, 27.

[235]　张爱良, 李彦连. 生物入侵与天敌引种. 生物学教学, 2003, 28 (1)：54-56.

[236]　张保民, 王兰芝, 潘同霞. 残膜土壤对小麦生长发育的影响. 河南农业科学, 1996, 15 (2).

[237]　张保民, 王兰芝, 潘同霞. 残膜对花生生长发育的影响. 农业环境保护, 1994, 13 (4).

[238]　张冰峰. 农用化肥对生态环境的影响. 农林科技, 2009 (1).

[239]　张从. 外来物种入侵与生物安全性评价. 环境保护, 2003, 6：29-30.

[240]　张春玲, 胡俊峰, 于素芳, 刘国庆. 我国乡镇工业环境污染现状及其防治措施. 铁道劳动安全卫生与环保, 2001 (4)：4-6.

[241]　张从. 农业环境保护概论. 北京：中国农业大学出版社, 1999.

[242]　张大弟, 张晓红. 农药污染与防治. 北京：化学工业出版社, 2001.

[243]　张桂香, 赵力, 刘希涛. 土壤污染的健康危害与修复技术四川环境, 2008, 27 (3)：105-109, 126.

[244]　张克强, 杨鹏, 李野等. 农村污水处理技术. 北京：中国农业科学技术出版社, 2007.

[245]　张名位. 农产品 GAP 生产技术. 北京：化学工业出版社, 2005.

[246] 张乃明. 绿色农业知识读本. 北京：中国社会出版社，2009.

[247] 张乃明. 环境污染与食品安全. 北京：化学工业出版社，2007.

[248] 张乃明，段永蕙，毛昆明. 土壤环境保护. 北京：中国农业科技出版社，2002.

[249] 张润志，任立，孙江华，吴坚，曾睿. 椰子大害虫——锈色棕榈象及其近缘种的鉴别（鞘翅目：象虫科）. 中国森林病虫，2003，(2)：3-6.

[250] 张晓敏. 科学发展观视野下的我国农村环境保护立法思考. 河南师范大学学报：哲学社会科学版，2008，(11).

[251] 张心昱，陈利顶. 土壤质量评价指标体系与评价方法研究进展与展望. 水土保持研究，2006，13（3）：30-34.

[252] 张颖，王晓辉. 农业固体废弃物资源化利用. 北京：化学工业出版社，2005.

[253] 张友军，吴青君，芮昌辉等. 农药无公害使用指南. 北京：中国农业出版社，2003.

[254] 张友军，吴青君，徐宝云，朱国仁. 危险性外来入侵生物——西花蓟马在北京发生危害. 植物保护，2003，29（4）：58.

[255] 张远，樊瑞莉. 土壤污染对食品安全的影响及其防治. 中国食物与营养，2009（3）：10-13.

[256] 赵凤艳. 作物标准化生产概论. 北京：中国农业科学出版社，2009，3：33-73，145-158，177-178，209-218.

[257] 赵国晶，云萍. 云南省紫茎泽兰的分布与危害的调查研究. 杂草科学，1989，3（2）：37-40.

[258] 赵素荣，陈书荣. 农膜污染研究. 农业环境与发展，1998，15（3）.

[259] 赵素荣，张书荣，徐霞. 农膜残留污染研究. 农业环境与发展，1998，(3).

[260] 赵学宁. 有机蔬菜病虫害综合防治技术. 北京农业，2008，12：13-14.

[261] 赵新双. 土壤污染现状及防治措施. 现代农村科技，2009（12）：37-39.

[262] 赵勇，李红娟，孙治强. 郑州农区土壤重金属污染与蔬菜质量相关性分析. 中国生态农业学报，2006，14（4）：126-130.

[263] 赵玉杰等. 农业环境污染事故损失评价方法研究. 安全与环境学报，2004，4（5）.

[264] 郑戈，李景明，刘耕. 生活污水净化沼气工程在新农村建设中的作用与发展对策. 农业工程学报，2006（S1）：268-270.

[265] 郑展望，周联友. 一体化工艺处理浙江某示范小康村生活废水. 污染防治技术，2007（4）：78-80.

[266] 中国环境与发展国际合作委员会. 新农村建设中的环境保护. http：//WWW. cciced. org/2008-02/19/content_10183495_11. Htm，2008-02-19.

[267] 中国农科院土壤肥料研究所. 中国肥料. 上海：上海科学技术出版社，1994.

[268] 中国农业年鉴编辑委员会. 中国农业年鉴1997. 北京：中国农业出版社，1997.

[269] 中国农业年鉴编辑委员会. 中国农业年鉴1998. 北京：中国农业出版社，1998.

[270] 中国农业年鉴编辑委员会. 中国农业年鉴1999. 北京：中国农业出版社，1999.

[271] 中国农业年鉴编辑委员会. 中国农业年鉴2000. 北京：中国农业出版社，2000.

[272] 中国生物多样性国情研究报告编写组. 中国生物多样性国情研究报告（国家环保局主持）. 北京：中国环境科学出版社，1998.

[273] 中国植物营养与肥料学会会讯. 1996（3）.

[274] 钟英. 分散生活污水除磷脱氮净化工艺好氧部分研究. 武汉：华中农业大学硕士毕业论文，2005.

[275] 周生贤. 全力抓好全国土壤污染状况调查工作. 环境保护，2006（14）：4-6.

[276] 周婷. 沟渠式生物接触氧化法处理农村面源污水的试验研究. 中国优秀硕士学位论文全文数据库，2008.

[277] 周晓梅，黄炳球. 薇甘菊的发生及防治. 世界农业，2001，(10)：42-43.

[278] 周秀艳，李培军，孙洪З. 辽宁典型工矿区与污灌区土壤重金属污染状况及原因. 土壤，2006，38（2）192-195.

[279] 周泽江，肖兴基，杨永岗. 有机食品的发展现状及趋势探讨. 上海环境科学，2002，21（12）：700-704，752.

[280] 朱文霞，曹俊萍，何颖霞. 土壤污染的危害与来源及防治. 农技服务，2008，25（10）：135-136.

[281] 朱兆良. 农田中氮肥的损失与对策. 土壤与环境，2000，9（1）.

[282] 祝心如，王威，赵国镇，王大力. 三裂叶豚草对大豆根系生长及其结瘤的影响. 生态学报，1997，17（4）：407-411.

[283] 卓国豪，黄有宝，吴运新，潘礼增，冯伟场，刘绍钦. 香蕉枯萎病的综合防治技术. 植物检疫，2003，17（5）：279-280.